Atraída por um Highlander

Universo dos Livros Editora Ltda.
Rua do Bosque, 1589 – Bloco 2 – Conj. 603/606
CEP 01136-001 – Barra Funda – São Paulo/SP
Telefone/Fax: (11) 3392-3336
www.universodoslivros.com.br
e-mail: editor@universodoslivros.com.br
Siga-nos no Twitter: @univdoslivros

MAYA BANKS

Atraída por um Highlander

São Paulo
2017

UNIVERSO DOS LIVROS

Diretor editorial
Luis Matos

Editora-chefe
Marcia Batista

Assistentes editoriais
Aline Graça
Letícia Nakamura

Tradução
Alline Salles

Preparação
Clarisse Cintra | BR75

Revisão
Mariane Genaro
Marina Constantino

Arte
Francine C. Silva
Valdinei Gomes

Capa
Zuleika Iamashita

Avaliação do original
Rayanna Pereira

Dados Internacionais de Catalogação na Publicação (CIP)
(Câmara Brasileira do Livro, SP, Brasil)

B218n

Banks, Maya

Atraída por um Highlander / Maya Banks ; tradução de Alline Salles. – São Paulo: Universo dos Livros, 2017.
416 p. : il. (Os irmãos McCabe, v. 1)

ISBN: 978-85-503-0096-2
Título original: *In bed with a Highlander*

1. Ficção americana 2. Ficção histórica 3. Highlands (Escócia) - Ficção 4. Relação homem-mulher - Ficção 5. Ficção erótica I. Título II. Salles, Alline

17-0076 CDD 813

Para Kim Whalen, que acreditou neste livro desde o comecinho e me disse que encontraria uma casa para ele. Você acabou de fazer isso.

Para Lillie, que é um apoio inestimável de muitas formas. Você deixa meu coração de leitora extremamente feliz com nossa discussão sobre livros, e seu suporte constante às minhas histórias é algo pelo qual sempre serei grata.

Para Fatin, que é uma mamãe leoa. Você cuida tão bem de mim. Eu te amo por isso!

E, finalmente, para minha família, por seguir comigo por toda a Escócia. Pelos trens perdidos, pelas voltas inúteis, pela comida horrível e por uma das melhores épocas da minha vida. Amo muito todos vocês.

– Agora vai me contar o que quero saber? – ele perguntou.

Para ser justo, e ele era um homem justo, queria lhe dar a oportunidade de confessar sua identidade antes de ele falar o que sabia.

Ela ergueu o queixo para demonstrar rebeldia, que agora ele esperava dela, e balançou a cabeça.

– Não, não vou. Não pode exigir que eu confie em você. Porque essa é a coisa mais ridícula que já ouvi.

Ele sentiu que ela estava se preparando para um sermão completo e fez a única coisa que sabia que a silenciaria.

Rapidamente, aproximou-se dela, segurou seus braços e a levantou devagar. Seus lábios encontraram os dela em uma onda de calor, enquanto a arfada de ultraje dela foi engolida por sua boca.

Seu corpo ficou rígido contra o dele, e suas mãos o empurravam na tentativa de afastá-lo. Ele passou a língua nos lábios dela, saboreando sua doçura, exigindo entrar em sua boca.

A segunda arfada dela saiu mais como um suspiro. Seus lábios se abriram e ela se desfez no peito dele como mel quente. Ficou toda derretida e se encaixava nele como a espada se encaixava em sua mão. Perfeitamente.

Ele se forçou para dentro, deslizando a língua na dela. Ela ficou retesada novamente, e seus dedos apertaram o peito dele como adagas minúsculas.

Ele fechou os olhos e os imaginou se cravando em suas costas enquanto investia entre as coxas dela.

Senhor, mas ela era muito doce. Não, ir para a cama com ela não seria nenhum sacrifício. A visão dela engolindo seu membro tremeluziu em sua mente, e ele se viu bastante satisfeito com a imagem. Realmente bem satisfeito.

Quando ele finalmente se afastou, os olhos dela estavam brilhantes, seus lábios deliciosamente inchados, e ela oscilava como uma árvore ao vento.

Ela piscou muitas vezes e franziu o cenho de forma abrupta.

– Por que fez isso?

– Era a única forma de fazer você ficar quieta.

Ela ficou eriçada com a afronta.

– Me fazer ficar quieta? Você tomou liberdades com meus… meus… lábios para me calar? Foi muito insolente da sua parte, laird. Não permitirei que faça isso novamente.

Ele sorriu e cruzou os braços à frente do peito.

– Permitirá, sim.

Ela ficou boquiaberta, perplexa, e abriu e fechou a boca, esforçando-se para falar.

– Posso garantir que não.

– Posso garantir que vai.

Capítulo 1

Mairin Stuart ajoelhou-se no piso de pedra ao lado do altar de madeira e baixou a cabeça para sua oração vespertina. Passou a mão pela pequena cruz de madeira pendurada em um fio de couro em volta do pescoço, e seu polegar esfregou um caminho familiar pela superfície agora lisa.

Por muitos minutos, ela sussurrou as palavras que recitara desde criança, então finalizou como sempre.

Por favor, Deus. Não deixe que me encontrem.

Ela se levantou, arranhando os joelhos nas pedras irregulares. O traje marrom e liso que vestia indicava seu lugar junto às outras noviças. Apesar de estar ali há muito mais tempo que as outras, nunca fizera os votos que completariam sua jornada espiritual. Nunca foi sua intenção.

Foi até a bacia no canto e despejou água do jarro. Ela sorriu ao umedecer sua roupa, e as palavras de madre Serenity flutuaram em sua mente.

Limpeza anda junto à religiosidade.

Ela secou o rosto e começou a retirar sua túnica para continuar a lavagem quando ouviu um barulho terrível. Assustada, soltou o tecido e virou para olhar a porta fechada. Enérgica para agir, ela correu e abriu a porta, entrando apressada no salão.

À sua volta, as outras freiras também enchiam o salão. Os murmúrios consternados aumentavam. Um berro ecoou pelo corredor da entrada principal do convento, seguido por um grito de dor, e o coração de Mairin congelou.

Madre Serenity.

Mairin e as outras irmãs correram em direção ao som, algumas ficaram para trás enquanto outras seguiam determinadas à frente. Quando chegaram à capela, Mairin ficou paralisada pelo que viu.

Havia guerreiros por toda parte. Pelo menos vinte, todos vestidos com armaduras de guerra, rostos sujos, suor encharcando os cabelos e as roupas. Mas não havia sangue. Eles não foram para lá em busca de um santuário ou ajuda. O líder segurava madre Serenity pelo braço e, mesmo de longe, Mairin podia sentir a dor na expressão da madre superiora.

– Onde ela está? – o homem perguntou com uma voz fria.

Mairin deu um passo para trás. Ele parecia cruel. Mau. A raiva serpenteava seu olhar como uma cobra esperando para dar o bote. Ele chacoalhou madre Serenity quando ela não respondeu, e ela gritou como uma boneca despedaçada.

Mairin fez o sinal da cruz e sussurrou uma oração apressada. As freiras ao seu redor se juntaram em um círculo e também começaram a rezar.

– Ela não está aqui – madre Serenity gritou. – Eu lhe disse que a mulher que procura não está aqui.

– Está mentindo! – ele rugiu.

Ele olhou para o grupo de freiras, seu olhar era frio sobre elas.

– Mairin Stuart. Me digam onde ela está.

Mairin ficou gélida, o medo fervilhava em seu estômago.

Como ele a encontrara? Depois de todo esse tempo. Seu pesadelo não havia acabado. Estava, na verdade, apenas começando.

Suas mãos tremiam tanto que ela teve que escondê-las nas dobras do vestido. O suor se acumulava na testa, e as entranhas se revolviam. Ela engoliu, relutando para não ficar enjoada.

Quando não houve resposta, o homem sorriu, o que provocou um frio na espinha de Mairin. Ainda as encarando, ele ergueu o braço de madre Serenity a fim de ficar à vista de todas. De forma insensível, flexionou seu dedo mindinho até Mairin ouvir o estalo do osso se quebrando.

Uma das freiras gritou e correu para a frente, mas foi impedida pelo golpe com as costas da mão de um dos soldados. O restante das freiras perdeu o fôlego com a enorme ofensa.

– Esta é a casa de Deus – disse madre Serenity com a voz fraca. – Vocês pecam grandemente ao trazer violência para o solo sagrado.

– Cale a boca, velha – o homem rebateu. – Me diga onde Mairin Stuart está ou matarei cada uma de vocês.

Mairin prendeu a respiração e apertou os dedos na lateral do corpo. Ela acreditava nele. Havia muita maldade, muito desespero, em seus olhos. Ele fora enviado com uma incumbência do diabo, e não seria contrariado.

Ele pegou o dedo do meio da madre Serenity, e Mairin correu adiante.

– Por favor, não! – madre Serenity gritou.

Mairin a ignorou.

– Eu sou Mairin Stuart. Agora, solte-a!

O homem soltou a mão da madre Serenity, depois empurrou-a para trás. Encarou Mairin com interesse, então olhou sugestivamente seu corpo de cima a baixo. As bochechas de Mairin queimaram com o desrespeito descarado, mas ela não cedeu, encarando o homem com o olhar mais desafiador que conseguia.

Ele estalou os dedos e dois homens avançaram até Mairin, agarrando-a antes de ela conseguir pensar em correr. Eles a colocaram no chão em um segundo, e ela ajeitou com as mãos a bainha do vestido.

Ela se debateu chutando ferozmente, agitando os braços, mas não era páreo para a força deles. Eles a estuprariam ali no chão da capela? Lágrimas se acumularam em seus olhos enquanto eles tiravam sua roupa, desnudando os quadris. Eles a viraram para a direita e dedos tocaram seus quadris, bem no lugar da marca.

Ah, não.

Ela baixou a cabeça quando as lágrimas da derrota escorregaram pelo seu rosto.

– É ela! – um deles disse animado.

Ele foi instantaneamente jogado para o lado quando o líder agachou para analisar ele mesmo a marca.

Também a tocou, delineando o brasão real de Alexander. Emitindo um grunhido de satisfação, agarrou seu queixo e a puxou até ela encará-lo.

O sorriso dele a revoltava.

– Estamos procurando você há bastante tempo, Mairin Stuart.

– Vá para o inferno – ela cuspiu.

Em vez de bater nela, seu sorriso se alargou.

– Tsc, tsc, que blasfêmia na casa de Deus.

Ele se ergueu rapidamente e, antes que Mairin pudesse piscar, estava sendo carregada no ombro de um homem, e os soldados saíam do convento para a noite fria.

Não perderam tempo e montaram nos cavalos. Mairin foi amordaçada e teve as mãos e os pés amarrados, jogada na sela à frente de um dos homens. Eles estavam longe, o trovão dos cascos ecoava pela noite congelante, antes de ela ter tempo de reagir. Eram precisos e impiedosos.

A sela cravava em sua barriga, e ela balançava para cima e para baixo até ter certeza de que iria vomitar. Resmungou, temendo que fosse sufocar com a mordaça tão apertada em sua boca.

Quando eles, enfim, pararam, ela estava quase inconsciente. Uma mão pegou sua nuca, os dedos delinearam com calma as costas esbeltas. Ela foi erguida e jogada no chão sem cerimônia.

Ao seu redor, montaram acampamento enquanto ela estava deitada tremendo no ar úmido. Finalmente, ouviu alguém dizer:

– É melhor você cuidar da moça, Finn. Laird Cameron não ficará feliz se ela morrer de frio.

Um grunhido irritado foi ouvido, porém, um minuto depois, ela estava desamarrada e sem a mordaça. Finn, o aparente líder daquele sequestro, se curvou sobre ela, seus olhos brilhavam à luz do fogo.

– Não há ninguém para ouvi-la gritar e, se emitir um som, vou quebrar sua mandíbula.

Ela balançou a cabeça, assentindo, e rastejou para ficar sentada. Ele a deitou de costas com a bota e riu quando ela se virou com afronta.

– Há um cobertor perto do fogo. Vá até lá e durma um pouco. Partiremos ao amanhecer.

Ela se cobriu agradecida pelo calor da coberta, sem se importar que as pedras e os galhos no chão penetrassem sua pele. Laird Cameron. Ela ouvira a conversa dos soldados que entravam e saíam do convento. Ele era cruel. Ganancioso e ávido para aumentar seu crescente poder. Havia boatos de que seu exército era um dos maiores em toda a Escócia e que David, o rei escocês, o temia.

Malcolm, filho bastardo de Alexander, e meio-irmão de Mairin, já liderara uma rebelião contra David na tentativa de tomar o trono. Se Malcolm e Duncan Cameron fossem aliados, eles teriam um poder quase invencível.

Ela engoliu em seco e fechou os olhos. A posse de Neamh Álainn tornaria Cameron invencível.

– Senhor Deus, me ajude – ela sussurrou.

Ela não poderia permitir que ele tivesse controle de Neamh Álainn. Era o legado *dela*, a única coisa que tinha de seu pai.

Era impossível dormir, então permaneceu enrolada no cobertor, com a mão em volta da cruz de madeira enquanto, rezava pedindo força e orientação. Alguns soldados dormiam enquanto outros permaneciam em uma vigília cuidadosa. Ela não era tão tola para achar que teria oportunidade de fugir. Não quando valia mais que o próprio peso em ouro.

Entretanto, eles também não a matariam, o que lhe garantia certa vantagem. Ela não tinha nada a temer, mas tudo a ganhar ao tentar fugir.

Uma hora, em sua vigília de oração, uma agitação logo atrás a fez sentar-se e olhar para a escuridão. Em volta dela, os soldados sonolentos se levantaram, empunhando a espada, quando um grito de criança varreu a noite.

Um dos homens carregava até o círculo ao redor do fogo uma criança, que chutava e se debatia, e jogou-a no chão. O menino se agachou e olhou em volta de forma selvagem enquanto os homens riam de maneira barulhenta.

– O que é isso? – Finn perguntou.

– Peguei-o tentando roubar um dos cavalos – respondeu o captor da criança.

A raiva deixou Finn semelhante a um diabo, parecendo mais demoníaco à luz do fogo. O menino, que não podia ter mais do que 7 ou 8 anos, ergueu o queixo de maneira desafiadora, como se provocasse o homem a fazer seu pior.

– Por que é tão insolente, animalzinho? – Finn rugiu.

Ele levantou a mão, e Mairin voou pelo chão, jogando-se na frente da criança quando o punho dele desceu, atingindo o rosto dela.

Ela cambaleou, mas se recuperou e, com agilidade, jogou-se de volta sobre a criança, mantendo-o perto para que pudesse protegê-la o máximo que podia.

O menino se debateu debaixo dela, gritando obscenidades em galês. A cabeça dele bateu na mandíbula já dolorida dela, e ela viu estrelas.

– Fique quieto – ela lhe disse em sua língua. – Fique parado. Não vou deixar que o machuquem.

– Saia de cima dele! – Finn rugiu.

Ela se curvou em volta do menininho que, finalmente, parara de chutar e se agitar. Finn se abaixou e pegou o cabelo dela, puxando brutalmente para cima, porém ela se recusou a ceder.

– Terá que me matar primeiro – ela disse impassível quando ele a obrigou a olhá-lo.

Ele soltou o cabelo com um palavrão, recuou e chutou as costelas de Mairin. Ela se arqueou de dor, mas sem deixar de proteger a criança do maníaco brutal.

– Finn, chega – um homem gritou. – O laird a quer inteira.

Murmurando um xingamento, ele se afastou.

– Deixe-a ficar com o pedinte imundo. Terá que largar dele logo.

Mairin levantou a cabeça para olhar nos olhos de Finn.

– Toque neste menino uma única vez e eu corto minha garganta.

A risada de Finn ecoou pela noite.

– Esse é um blefe maluco, moça. Se vai tentar negociar, precisa aprender a convencer.

Devagar, ela se levantou até estar a um metro do homem, bem maior que ela. Encarou-o até os olhos dele brilharem e ele desviar o olhar.

– Blefe? – ela disse suavemente. – Acho que não. Na verdade, se eu fosse você, manteria todo e qualquer objeto pontudo longe de mim. Acha que não sei qual é meu destino? Ir para a cama com aquele laird estúpido de vocês até minha barriga crescer com uma criança e ele poder controlar Neamh Álainn. Eu prefiro morrer.

Finn estreitou os olhos.

– Você é maluca!

– É, pode ser e, neste caso, eu me preocuparia com o fato de um desses objetos pontudos ser enfiado entre suas costelas.

Ele acenou com a mão.

– Fique com o menino. Nosso laird vai lidar com ele e com você. Não somos gentis com ladrões de cavalo.

Mairin o ignorou e se voltou para o menino, que estava encolhido no chão, olhando-a com uma mistura de medo e admiração.

– Venha – disse ela com gentileza. – Se nos apertarmos o suficiente, haverá bastante cobertor para nós.

A criança foi ansiosa com ela, encostando seu corpo pequeno contra o dela.

– Onde é sua casa? – Mairin perguntou quando ele se ajeitou contra ela.

– Não sei – disse ele, lamentando. – Deve ser muito distante daqui. Pelo menos dois dias.

– Shh – ela disse, confortando-o. – Como veio parar aqui?

– Eu me perdi. Meu pai disse para eu nunca sair do castelo sem os homens dele, mas eu estava cansado de ser tratado como uma criança. Não sou criança, sabe.

Ela sorriu.

– Sim, eu sei. Então você saiu do castelo?

Ele assentiu.

– Montei em um cavalo. Só queria encontrar o tio Alaric. Era para ele voltar e eu pensei em esperá-lo na fronteira para encontrá-lo.

– Fronteira?

– Das nossas terras.

– E quem é seu pai, pequenino?

– Meu nome é Crispen, não "pequenino". – O desgosto estava evidente em sua voz, e ela sorriu de novo.

– Crispen é um nome nobre. Agora continue com sua história.

– Qual é seu nome? – ele perguntou.

– Mairin – ela respondeu com delicadeza.

– Meu pai é o Laird Ewan McCabe.

Mairin se esforçou para se lembrar do nome, mas havia tantos clãs que ela não conhecia. Sua casa era nas Terras Altas, porém ela não via aquele país há dez longos anos.

– Então você foi encontrar seu tio. E o que aconteceu?

– Eu me perdi – disse ele, lamentando. – Em seguida, um soldado McDonald me encontrou e tentou me levar para seu laird como refém, porém não poderia deixar isso acontecer. Iria desonrar meu pai, e ele não tem condições de pagar o resgate. Isso acabaria com nosso clã.

Mairin afagou o cabelo dele quando seu bafo quente soprou em seu peito. Ele parecia muito mais velho do que era. E orgulhoso.

– Fugi e me escondi na carroça de um mercador viajante. Viajei por um dia antes de ele me encontrar. – Ele ergueu a cabeça, batendo em sua mandíbula dolorida de novo. – Onde estamos, Mairin? – ele sussurrou. – Estamos muito longe de casa?

– Não tenho certeza de onde é sua casa – ela disse com pesar. – Mas estamos nas Terras Baixas, e aposto que estamos a pelo menos dois dias a cavalo do seu castelo.

– Terras Baixas – ele cuspiu. – Você é das Terras Baixas?

Ela sorriu pela sua impetuosidade.

– Não, Crispen. Sou das Terras Altas.

– Então o que está fazendo aqui? – ele insistiu. – Eles a roubaram da sua casa?

Ela suspirou.

– É uma longa história. Que começou antes de você nascer.

Quando ele estava prestes a perguntar outra coisa, ela o silenciou com um aperto delicado.

– Durma agora, Crispen. Precisamos ter força se vamos fugir.

– Vamos fugir? – ele sussurrou.

– É claro que sim. É isso que prisioneiros fazem – ela disse em tom alegre.

O medo na voz dele a fez se apiedar do menino. Como deveria ser aterrorizante estar tão longe de casa e daqueles que o amam.

– Você vai me levar de volta para meu pai? Vou falar para ele protegê-la do Laird Cameron.

Ela sorriu com a ferocidade em sua voz.

– Claro, vou fazer com que volte para casa.

– Jura?

– Eu juro.

– Encontrem meu filho!

O grito de Ewan McCabe pôde ser ouvido por todo o pátio. Todos os seus homens estavam atentos, com expressões sérias. Algumas vincadas por empatia. Eles achavam que Crispen estava morto, apesar de ninguém ousar levantar essa possibilidade para Ewan.

Não que Ewan já não tivesse pensado nisso, mas não descansaria até encontrar seu filho – vivo ou morto.

Ewan virou para seus irmãos, Alaric e Caelen.

– Não posso enviar todos os homens à procura de Crispen – disse ele, baixinho. – Fazer isso nos deixaria vulneráveis. Confio a vocês dois a minha vida, a vida de meu filho. Quero que cada um de vocês leve um grupo de homens e cavalgue em direções diferentes. Tragam-no para casa.

Alaric, o segundo McCabe mais velho, assentiu.

– Você sabe que não vamos descansar até encontrá-lo.

– Sim, eu sei – Ewan disse.

Ewan observou enquanto os dois partiram, gritando ordens para os homens. Ele fechou os olhos e apertou os dedos, cerrando os punhos, com raiva. Quem ousaria pegar seu filho? Ele esperou por três dias por um pedido de resgate, mas não veio nada. Por três dias, vasculhou cada centímetro das terras McCabe e fora delas.

Isso era um aviso de ataque? Seus inimigos planejavam atacá-lo quando ele estivesse fraco? Quando cada soldado disponível estivesse envolvido na busca?

Sua mandíbula ficou tensa no momento em que ele olhou ao redor de seu castelo despedaçado. Ele lutou por oito anos para manter seu clã vivo e forte. O nome McCabe sempre fora sinônimo de poder e orgulho. Há oito anos, eles resistiram a um ataque devastador. Traídos pela mulher que Caelen amava. O pai e a esposa de Ewan foram mortos, seu filho sobrevivera apenas porque fora escondido por um dos servos.

Não sobrara quase nada quando ele e seus irmãos retornaram. Somente uma grande massa de ruínas, seu povo espalhado aos quatro cantos, seu exército quase dizimado.

Não havia nada para Ewan quando se tornou laird.

Fora necessário todo esse tempo para reconstruir. Seus soldados eram os mais bem treinados das Terras Altas. Ele e seus irmãos trabalharam muitas horas para se certificar de que havia comida para velhos, doentes, mulheres e crianças. Os homens ficavam muitas vezes sem comida. Em silêncio, eles cresceram, aumentando seu número até que, enfim, Ewan começou a mudar o rumo de seu sofrido clã.

Logo, seus pensamentos se voltariam para vingança. Não, isso não estava correto. Vingança fora o que o sustentara por todos esses oito anos. Não houve sequer um dia que ele *não tenha* pensado nisso.

– Laird, trago notícias de seu filho.

Ewan virou e viu um de seus soldados correndo até ele, a túnica empoeirada como se tivesse acabado de descer do cavalo.

– Fale – exigiu ele.

– Um dos McDonald encontrou-o há três dias na fronteira ao norte. Ele o pegou, com a intenção de levá-lo ao seu laird para exigir um resgate. Só que o menino escapou. Ninguém o viu desde então.

Ewan estremeceu de raiva.

– Pegue oito soldados e vá até McDonald. Leve esta mensagem. Ele vai mostrar qual soldado pegou meu filho da entrada de meu castelo ou assinará a própria morte. Se não concordar, eu mesmo vou até ele. Vou matá-lo. E não será rápido. Não esqueça nenhuma palavra.

O soldado se curvou.

– Sim, laird.

Ele se virou e saiu apressado, deixando Ewan com um misto de alívio e raiva. Crispen estava vivo ou pelo menos estivera. McDonald era tolo por violar seu acordo de paz. Apesar de ambos os clãs mal poderem ser considerados aliados, McDonald não era tão idiota a ponto de incitar a ira de Ewan McCabe. Seu castelo podia estar em pedaços, e seu povo podia não ser o mais bem alimentado, mas sua força fora restabelecida e duplicada.

Seus soldados eram uma força mortal a ser considerada, e aqueles que viviam perto de Ewan podiam provar. Porém, Ewan não se importava com os vizinhos. Sua atenção estava em Duncan Cameron. Ewan não ficaria feliz até toda Escócia ser lavada com o sangue de Cameron.

Capítulo 2

Mairin olhou exausta a fortaleza que se aproximava à medida que eles cavalgavam pelo último trecho e adentravam o pátio. Os pensamentos da fuga desapareceram quando ela encarou desamparada a fortaleza maciça. Era impenetrável.

Havia homens por todos os cantos, a maioria deles treinando, alguns consertando partes do muro interno, outros descansando e bebendo água de um balde perto da murada.

Como se pressentisse seus pensamentos pessimistas, Crispen olhou para cima, com os olhos verdes brilhando de medo. Os braços dela encobriam seu corpo, as mãos juntas à frente dele, e ela o apertava para tentar confortá-lo. Mas a verdade de Deus era que ela estava tremendo de medo como a última folha do outono.

O soldado que guiava seu cavalo a pegou, e ela teve que lutar para ficar na sela. Crispen os estabilizou ao segurar as rédeas.

Finn foi até eles e arrancou Mairin do cavalo. Crispen foi com ela, gritando pela surpresa de cair do abraço dela para o chão.

Finn a jogou no solo, seus dedos a machucavam com o aperto. Ela se soltou dele e foi, com as mãos atadas, ajudar Crispen a se levantar.

Em volta deles, as atividades cessaram quando todos pararam para observar os recém-chegados. Algumas das mulheres olhavam com curiosidade para ela de longe, sussurrando por trás das mãos.

Ela sabia que devia parecer assustada, mas estava mais preocupada com o que aconteceria quando Laird Cameron chegasse e visse seus prisioneiros. Que Deus a ajudasse.

Então, ela o viu. Ele apareceu no topo das escadas que levavam ao castelo, seu olhar duro enquanto a procurava. Os boatos de sua crueldade, de sua ganância e de sua ambição a fizeram esperar a própria visão do diabo. Para sua surpresa, ele era um homem extremamente bonito.

Sua roupa era imaculada, como se nunca tivesse visto o campo de batalha. Ela sabia que não era bem assim. Cuidara de muitos soldados que cruzaram seu caminho. Usava um par de calças xadrez de couro e uma túnica verde-escura com botas que pareciam novas demais. Ao seu lado, uma espada reluzia à luz do sol cuja lâmina estava amolada de forma mortífera.

Suas mãos foram, automaticamente, para a garganta, e ela engoliu com rapidez o nó que se formou.

– Você a encontrou? – Duncan Cameron gritou do topo das escadas.

– Sim, laird. – Finn a empurrou para a frente, balançando-a como uma boneca. – Esta é Mairin Stuart.

Duncan semicerrou os olhos e franziu o cenho como se estivesse decepcionado. Ele a estivera procurando por muito tempo? Ela estremeceu e tentou não permitir que o medo tomasse conta dela.

– Mostre-me – Duncan rosnou.

Crispen foi até ela assim que Finn a puxou contra ele. Ela bateu contra seu peito com força suficiente para fazê-la perder o ar. Outro soldado apareceu ao seu lado e, para sua completa humilhação, eles levantaram a bainha de seu vestido.

Duncan desceu os degraus, com a expressão franzida pela concentração enquanto se aproximava. Algo feroz brilhou em seus olhos, e eles se iluminaram com a vitória.

Seu dedo acariciou a marca, e ele sorriu.

– O brasão real de Alexander – ele sussurrou. – Pensavam que você estivesse morta por todo esse tempo, que Neamh Álainn estivesse perdida para sempre. Agora ambas são minhas.

– Nunca – ela falou por entre os dentes.

Ele pareceu surpreso por um instante e, então, recuou, fazendo careta para Finn.

– Cubra-a.

Finn puxou o tecido e soltou seu braço. Crispen voltou para o lado dela imediatamente.

– Quem é esse? – Duncan vociferou ao colocar os olhos em Crispen. – É o fedelho dela? Ela diz que é? Não pode ser!

– Não, laird – Finn foi rápido ao responder. – A criança não é dela. Nós o pegamos tentando roubar um de nossos cavalos. Ela o protege. Nada mais.

– Livre-se dele.

Mairin envolveu Crispen com os braços e encarou Duncan com toda sua raiva.

– Se tocá-lo, vai se arrepender de ter nascido.

Duncan piscou, surpreso. Então, o ódio tomou seu rosto, tornando-o quase roxo.

– Você ousa, *ousa* me ameaçar?

– Vá em frente, me mate – ela disse tranquilamente. – Isso serviria *bem* ao seu propósito.

Ele avançou e bateu em sua face com as costas da mão. Ela caiu no chão com a mão no rosto.

– Deixe-a em paz! – Crispen gritou.

Ela o alcançou, puxando-o para baixo, até ele estar embalado em seus braços.

– Shhh – ela o advertiu. – Não faça nada que o deixe mais bravo.

– Vejo que recobrou seu bom senso – Duncan disse. – Cuide para que não o perca novamente.

Ela não disse nada, só ficou deitada no chão, segurando Crispen e encarando as botas brilhantes de Duncan. *Ele não deve trabalhar nunca*, ela pensou. Até a mão dele fora macia contra seu rosto. Como um homem que obteve poder às custas de outros poderia ter tanta força?

– Leve-a para dentro e entregue-a às mulheres para banhá-la – Duncan disse com desgosto.

– Fique perto de mim – ela sussurrou para Crispen. Não confiava que Finn não fosse machucá-lo.

Finn a puxou para se levantar e a arrastou e carregou para dentro. Apesar de o lado de fora brilhar, o interior era sujo, mofado e cheirava a cerveja velha. Cachorros latiam empolgados, e ela franziu o nariz quando o cheiro de fezes atacou suas narinas.

– Para cima – Finn rosnou ao empurrá-la para as escadas. – E não tente nada. Os guardas estarão do lado de fora de sua porta. Seja rápida. Não quer deixar nosso laird esperando.

As duas mulheres cuja função era vigiar o banho de Mairin a olhavam com um misto de empatia e curiosidade enquanto lavavam seu cabelo bruscamente.

– Quer que dê banho no rapaz também? – uma perguntou.

– Não! – Crispen exclamou da cama onde estava sentado.

– Não – Mairin ecoou suavemente. – Deixem-no.

Após elas enxaguarem o sabão do cabelo de Mairin, ajudaram-na a sair da banheira e logo a vestiram em um traje azul lindo com bordados elaborados em volta do pescoço, nas mangas e na bainha. Ela não deixou de perceber o significado de estar vestida com as cores de Duncan. Ele já a considerava sua conquista.

Quando as duas mulheres se ofereceram para arrumar seu cabelo, Mairin balançou a cabeça. Assim que secasse, ela o trançaria.

Dando de ombros, as mulheres saíram do cômodo, deixando-a aguardando ordens de Duncan.

Ela se sentou na cama ao lado de Crispen, e ele se aconchegou em seu braço.

– Estou sujando você – ele sussurrou.

– Não me importo.

– O que vamos fazer, Mairin?

A voz dele estava trêmula de medo, e ela beijou o topo de sua cabeça.

– Vamos pensar em algo, Crispen. Vamos pensar em algo.

A porta se abriu, e Mairin colocou Crispen para trás por instinto. Finn estava parado na porta, com o olhar triunfante.

– O laird quer você.

Ela se virou para Crispen e segurou seu queixo até ele olhá-la diretamente nos olhos.

– Fique aqui – ela sussurrou. – Não saia deste quarto. Prometa.

Ele assentiu, com os olhos arregalados de terror.

Ela se levantou e foi até Finn. Quando ele segurou seu braço, ela se soltou de forma brusca.

– Consigo andar sozinha.

– Vadia insolente – ele rosnou.

Ela desceu as escadas à frente dele, seu pavor aumentava a cada segundo. Quando viu o padre em pé ao lado da lareira no grande salão, soube que Duncan não queria perder tempo. Ele se casaria, dormiria com ela e selaria seu destino e, com isso, o de Neamh Álainn.

Enquanto Finn a empurrava para a frente, ela rezava por força e coragem para o que deveria fazer.

– Aí está minha noiva – Duncan disse ao se virar da conversa com o padre.

Seu sorriso era frio, e ele a analisou intensamente, quase como se a alertasse das consequências se ela se recusasse.

Deus, me ajude.

O padre limpou a garganta e voltou a atenção para Mairin.

– É de sua vontade, moça?

O silêncio pairou enquanto todos aguardavam a resposta. Então, lentamente, ela balançou a cabeça. O padre olhou para Duncan, com olhar de acusação.

– O que é isso, laird? O senhor me disse que ambos desejavam se casar.

O olhar na expressão de Duncan fez o padre recuar. O padre fez o sinal da cruz apressadamente e se posicionou a uma distância segura do laird.

Então, Duncan se virou para ela, e seu sangue congelou. Para um homem tão bonito, ele estava bem feio naquele momento.

Deu um passo em sua direção, agarrando seu braço acima do cotovelo e apertando-o até o ponto de ela achar que seu osso se quebraria.

– Vou perguntar mais uma vez – ele disse em uma voz suave e falsa. – É de sua vontade?

Ela sabia. Sabia que, quando pronunciasse a negação, ele revidaria. Ele poderia até matá-la se visse seu caminho para Neamh Álainn destruído. Porém, ela não ficara enclausurada todos esses anos para se render ao primeiro sinal de adversidade. De alguma forma, de algum jeito, ela encontraria uma saída para essa confusão.

Ela ergueu os ombros, como se sentisse o ferro da espada em sua espinha. Com a voz distinta e clara, pronunciou sua negação.

– Não.

O rugido de raiva dele quase explodiu os tímpanos de Mairin. Seu punho a fez voar alguns metros, e ela se encolheu como uma bola, procurando por ar. Ele lhe bateu tão forte nas costelas que ela não conseguia puxar ar para seus pulmões.

Ela ergueu seu olhar chocado e desfocado para vê-lo se elevando sobre ela, seu ódio era terrível e palpável. Naquele instante, ela sabia que fizera a escolha certa. Mesmo se ele a matasse com tamanha exaltação, como seria sua vida como sua esposa? Depois de ela lhe dar o herdeiro necessário para Neamh Álainn, não seria mais útil para ele, e ele se desfaria dela.

– Renda-se – ele ordenou, com o punho erguido, alertando-a.

– Não.

A voz dela não saiu tão forte como antes. Saiu mais como uma respiração do que outra coisa, e seus lábios tremeram. Porém, ela se fez ouvida.

No grande salão, os murmúrios aumentaram, e o rosto de Duncan se dilatou, suas bochechas ficaram roxas até ela pensar que ele fosse explodir.

Aquela bota brilhante a chutou, acertando seu corpo. O grito de dor dela foi silenciado pelo golpe seguinte. Ele chutou de novo e de novo, então a levantou e acertou o punho na lateral de seu corpo.

– Laird, o senhor irá matá-la!

Ela estava quase inconsciente. Não tinha ideia de quem o alertara. Estava pendurada pela mão, cada respiração lhe causava uma dor insuportável.

Duncan a soltou, enojado.

– Tranque-a em seus aposentos. Ninguém vai lhe dar comida ou água. Nem a seu fedelho. Vamos ver em quanto tempo ela se rende quando ele começar a choramingar de fome.

Novamente, ela foi erguida sem tomarem cuidado com seus ferimentos. Cada degrau era uma agonia enquanto ela subia contra a pedra dura. A porta de seu aposento se abriu, e Finn a jogou lá dentro.

Ela caiu no chão, lutando para ficar consciente a cada respiração.

– Mairin!

Crispen se jogou para cima dela, suas mãozinhas apertando-a dolorosamente.

– Não, não me toque – ela sussurrou rouca. Se ele a tocasse, Mairin tinha certeza de que desmaiaria.

– Você precisa ir para a cama – ele disse desesperado. – Vou ajudá-la. Por favor, Mairin.

Ele estava à beira das lágrimas, e foi apenas o pensamento de como ele sobreviveria nas mãos de Duncan se ela morresse que a impediu de fechar o olhar e rezar por paz.

Ela se ergueu o suficiente para rastejar até a cama, cada movimento enviava um grito por sua espinha. Crispen a carregou o quanto pôde e, juntos, eles conseguiram colocá-la na beirada da cama.

Ela se derreteu no colchão de palha, lágrimas quentes escorreram por suas faces. Doía respirar. Crispen se ajeitou ao lado dela, e seu corpo quente e doce procurava o conforto que ela não podia oferecer. Em vez disso, os braços dele a envolveram, e ele a abraçou com seu corpo pequenino.

– Por favor, não morra, Mairin – ele implorou baixinho. – Estou com medo.

– Lady. Milady, acorde. Precisa acordar.

O sussurro repentino Fez Mairin retomar a consciência e, assim que ela se virou, procurando o barulho que a perturbara, a agonia tomou conta de seu corpo até ela perder o fôlego.

– Sinto muito – a mulher disse ansiosa. – Sei que está muito ferida, mas precisa se apressar.

– Apressar?

A voz de Mairin estava arrastada, e seu cérebro era uma massa de teias de aranha. Ao seu lado, Crispen se agitou e deu sinal de medo quando viu a sombra em cima da cama.

– É, apresse-se – a voz impaciente soou novamente.

– Quem é você? – Mairin conseguiu perguntar.

– Não temos tempo para conversar, milady. O laird está dormindo bêbado. Pensa que está muito machucada para fugir. Temos que ir agora se quiser escapar. Ele planeja matar a criança se a senhorita não se render.

Ao ouvir a palavra *fugir*, algumas das teias se extinguiram. Ela tentou se sentar, mas quase gritou quando a dor a atingiu como uma faca em sua lateral.

– Aqui, deixe-me ajudá-la. Você também, menino – a mulher disse a Crispen. – Me ajude com a milady.

Crispen passou por cima da cama e desceu.

– Por que está fazendo isso? – Mairin perguntou quando ambos a ajudaram a se sentar.

– O que ele fez foi uma vergonha – a mulher murmurou. – Bater em uma moça como bateu na senhorita. Ele está louco. A senhorita é a obsessão dele. Temo por sua vida independentemente de se render ou não. Ele vai matar o menino.

Mairin apertou sua mão com a pouca força que tinha.

– Obrigada.

– Precisamos ir. Há um túnel no outro quarto. Terão que partir sozinhos. Não posso me arriscar levando-os até lá. No fim, Fergus os aguarda com um cavalo. Ele colocará a senhorita e o garoto nele. Vai doer, sim, mas terá que aguentar. Este é o único jeito.

Mairin assentiu, concordando. Fugir com sofrimento ou morrer confortável. Não parecia uma decisão tão difícil.

A mulher abriu a porta do quarto, virou-se para Mairin e colocou o dedo sobre seus lábios. Ela gesticulou para a esquerda para avisar Mairin que o guarda estava ali.

Crispen deu a mão para ela, e ela o apertou novamente para confortá-lo. Centímetro por centímetro, eles engatinharam e passaram pelo guarda dorminhoco na escuridão do corredor. Mairin prendeu a respiração por todo o caminho, temendo que, se a soltasse, o guarda acordasse e alertasse a todos.

Finalmente, chegaram ao outro aposento. A poeira subiu e envolveu seu nariz quando eles entraram, e ela teve que apertar as narinas para não espirrar.

– Por aqui – a mulher sussurrou na escuridão.

Mairin seguiu o som de sua voz até sentir o frio emanando da parede de pedra.

– Que Deus esteja com vocês – a mulher disse ao apresentar o pequeno túnel a Mairin e Crispen.

Mairin parou apenas o suficiente para apertar a mão dela em um agradecimento rápido, então apressou Crispen a entrar na passagem estreita.

Cada passo causava uma onda de sofrimento nela. Ela temia que suas costelas estivessem quebradas, mas não havia nada que pudesse ser feito.

Eles correram pela escuridão, Mairin arrastava Crispen atrás dela.

– Quem vem lá?

Mairin parou ao ouvir a voz do homem, mas se lembrou de que a mulher disse que Fergus os aguardaria.

– Fergus? – ela chamou baixinho. – Sou eu, Mairin Stuart.

– Venha, milady – ele a incentivou.

Ela correu para o fim do túnel e pisou no solo úmido e frio, estremecendo quando seus pés descalços tocaram os seixos ásperos. Olhou à sua volta e viu que o túnel dava nos fundos da construção, onde havia apenas uma barragem entre o castelo e a encosta que se projetava para o céu.

Sem falar nada, Fergus se camuflou na escuridão, e Mairin correu para alcançá-lo. Eles se moveram aos pés da montanha e seguiram para a floresta densa no perímetro da fortaleza de Duncan.

Um cavalo estava amarrado a uma das árvores, e Fergus o libertou com rapidez, pegando as rédeas ao se virar para Mairin.

– Vou erguê-la primeiro, depois o garoto. – Ele apontou ao longe. – O norte é por ali. Que Deus esteja com vocês.

Sem mais uma palavra, ele a levantou, montando-a na sela. Tudo o que ela podia fazer era não cair. As lágrimas encheram seus olhos e ela se curvou, lutando para permanecer consciente.

Por favor, Deus, me ajude.

Fergus levantou Crispen, que se ajeitou à frente dela. Ela ficou grata que ele não ficara atrás dela, porque Deus sabia que ela precisava de alguma coisa em que se encostar.

– Consegue segurar as rédeas? – ela sussurrou para Crispen ao se apoiar nele.

– Vou protegê-la – Crispen disse ferozmente. – Segure-se em mim, Mairin. Vou nos levar para casa, eu juro.

Ela sorriu ao ouvir a determinação em sua voz.

– Sei que vai.

Fergus deu um tapa no cavalo, que começou a andar. Mairin mordeu o lábio para não gritar com a dor que lutava para sair. Ela não conseguiria aguentar nem a um quilômetro.

Alaric McCabe parou seu cavalo e ergueu o braço para fazer seus homens pararem. Eles cavalgaram a manhã toda, procurando por incontáveis rastros, seguindo pegadas de cavalo sem sucesso. Todas terminavam de repente. Ele desmontou da sela e seguiu adiante para analisar a agitação no solo. Ajoelhando-se, tocou os rastros de casco fracos e a grama amassada. Parecia que alguém tinha caído do cavalo. Recentemente.

Ele sondou a área e viu uma pegada em uma parte do solo a alguns metros dali, depois ergueu o olhar na direção em que a pessoa seguiu. Devagar, ele se levantou, desembainhou a espada e gesticulou para seus homens se espalharem e circularem a área.

Com cuidado, andou por entre as árvores, observando com cautela qualquer sinal de emboscada. Ele viu primeiro o cavalo, pastando a uma curta distância, as rédeas soltas, a sela torta. Franziu o cenho. Tanta negligência com um cavalo certamente era um pecado.

Um leve ruído à sua direita o fez girar, e ele se viu encarando uma pequena mulher, com as costas apoiadas em a uma árvore enorme. Suas saias pulavam como se ela tivesse uma ninhada de gatinhos escondidos, e seus olhos azuis arregalados estavam cheios de medo – e fúria.

Seu cabelo escuro comprido estava bagunçado e chegava à cintura, e foi quando ele notou as cores de sua túnica e os brasões bordados à bainha.

A raiva o cegou por um instante, e ele avançou, segurando sua espada em arco acima da cabeça.

Ela colocou um braço para trás, empurrando alguma coisa entre ela e a árvore. Suas saias se contorceram novamente, e foi nesse momento que ele percebeu que ela protegia uma pessoa. Uma criança.

– Fique atrás de mim – ela sibilou.

– Mas, Mair...

Alaric congelou. Ele conhecia aquela voz. Seus dedos tremeram e, pela primeira vez na vida, sua mão ficou trêmula no punho da espada. O inferno seria um lugar muito frio antes de ele deixar um Cameron encostar em sua família.

Com um rosnado de raiva, ele avançou, pegou a mulher pelo ombro e a arremessou para o lado. Crispen ficou parado contra a árvore, com a boca aberta. Então viu Alaric e pulou em seus braços.

A espada caiu no chão – outro pecado de negligência –, mas, naquele momento, Alaric não se importava. O alívio o fez cambalear.

– Crispen – ele disse rouco, enquanto abraçava o menino.

Um grito de raiva o ensurdeceu assim que foi atingido por uma mulher voadora. Ele foi tão surpreendido que tropeçou para trás, soltando Crispen.

Ela se jogou entre ele e Crispen e deu uma joelhada em sua virilha. Alaric se curvou, xingando quando a dor o tomou. Caiu e se ajoelhou em uma perna, pegando a espada ao assobiar para seus homens. A mulher era louca.

Por entre o borrão da dor, ele a viu agarrar Crispen, que resistia, e tentar correr. Muitas coisas aconteceram de uma vez. Ela parou de repente, fazendo Crispen trombar em suas costas. Quando ela começou a andar na direção oposta, Gannon levantou o braço para impedi-la.

Para o espanto de Alaric, ela girou, pegou Crispen e se jogou no chão, seu corpo protegendo o garoto.

Gannon e Cormac paralisaram e olharam para Alaric bem quando o restante dos homens surgiu por entre as árvores.

Para confundir mais ainda todos eles, Crispen finalmente saiu debaixo de Mairin e se jogou por cima dela, fazendo uma careta feroz para Gannon o tempo todo.

– Não a machuquem! – ele berrou.

Todos os homens piscaram surpresos pela ferocidade de Crispen.

– Garoto, eu não ia bater na moça – Gannon disse. – Eu estava tentando impedi-la de fugir. Com você. Por Deus, estamos procurando você há dias. O laird está doente de preocupação.

Alaric foi até Crispen e o retirou de cima da mulher. Quando se abaixou para levantá-la, Crispen explodiu de novo, jogando-o para longe.

Alaric encarou seu sobrinho com a boca aberta.

– Não a toque – Crispen disse. – Ela está muito ferida, tio Alaric.

Crispen mordeu o lábio inferior e pareceu que ia desabar e chorar. Quem quer que fosse a mulher, era óbvio que Crispen não tinha medo dela.

– Não vou machucá-la, garoto – Alaric disse baixinho.

Ele se ajoelhou, tirou os cabelos do rosto dela e percebeu que ela estava inconsciente. Havia um machucado em sua bochecha, mas, tirando isso, não parecia ferida.

– Onde ela está machucada? – ele perguntou a Crispen.

Crispen ficou com os olhos cheios de lágrima, e ele as secou apressadamente com as costas de sua mão suja.

– Seu estômago. E as costas. Ela sente muita dor quando a tocam.

Com cuidado, para não assustar o garoto, Alaric puxou a roupa dela. Quando viu sua barriga e suas costas, ele prendeu a respiração. À sua volta, os homens xingaram e murmuraram sua pena pela moça.

– Deus do céu, o que aconteceu com ela? – Alaric perguntou.

Toda sua caixa torácica estava roxa, e ferimentos feios desfiguravam suas costas. Ele podia jurar que um deles tinha a forma de uma bota.

– Ele bateu nela – Crispen falou sufocado. – Leve-nos para casa, tio Alaric. Quero meu pai.

Sem querer que o menino perdesse a compostura na frente dos outros homens, Alaric assentiu e deu um tapinha em seu braço. Haveria muito tempo para ouvir a história de Crispen mais tarde. Ewan iria querer ouvir tudo.

Ele olhou para a mulher inconsciente e franziu o cenho. Ela oferecera o corpo pelo de Crispen, mas vestia as cores de Duncan Cameron. Ewan ficaria descontrolado se Cameron tivesse a ver com o desaparecimento de Crispen.

Guerra. Enfim, a guerra seria declarada.

Ele acenou para Cormac cuidar da moça e foi até Crispen, querendo que o menino cavalgasse com ele. Havia muitas perguntas para as quais ele queria resposta ao seguir para casa.

Crispen balançou a cabeça inflexível.

– Não, *você* a leva, tio Alaric. Ela tem de ir com você. Jurei a ela que papai a manteria a salvo, mas ele não está aqui, então precisa ser você. Você *tem* que levá-la.

Alaric suspirou. Não havia discussão com o garoto e, naquele momento, estava tão aliviado por ele estar vivo que cedeu às suas exigências ridículas. Mais tarde, torceria a orelha do fedelho por questionar sua autoridade.

– Quero cavalgar com você também – Crispen disse olhando nervoso para a mulher.

Ele se aproximou dela como se não suportasse a ideia de se separar.

Alaric olhou para o céu. Ewan não tivera uma mão muito firme com o menino. Era isso.

Então, Alaric cavalgou com a mulher deitada na sela à sua frente, seu corpo protegido por um braço, enquanto Crispen estava sentado em sua outra perna, com a cabeça aninhada no peito dela.

Ele observou seus homens, desafiando qualquer um deles a rir. Inferno, ele teve de renunciar à sua espada pela função de carregar as duas pessoas, sem contar que seu peso não era o mesmo que o de apenas um guerreiro.

Era bom Ewan ser muito grato. Ele poderia decidir o que seria feito com a mulher assim que a jogasse no colo de Ewan.

Capítulo 3

Assim que cruzaram a fronteira para as terras McCabe, um grito ecoou pelas colinas e, ao longe, Mairin ouviu o brado ser retransmitido. Logo o laird saberia do retorno de seu filho.

Ela torceu as rédeas nos dedos de um jeito nervoso quando Crispen desmontou empolgado da sela.

– Se continuar agarrando essas rédeas, moça, você e o cavalo vão acabar voltando para o lugar de onde vieram.

Ela olhou culpada para Alaric McCabe, que cavalgava à sua direita. Sua advertência soou como brincadeira, mas Deus sabia que aquele homem a aterrorizava. Ele parecia selvagem com seu cabelo escuro comprido e despenteado e as tranças pendentes de suas têmporas.

Quando ela acordou em seus braços, quase derrubou os dois da sela na urgência de fugir. Ele fora obrigado a vigiar Crispen e Mairin devido à conspiração dos dois contra ele e os colocara no chão até a coisa toda ser solucionada.

Ele não ficara satisfeito com a teimosia dela, mas Mairin tinha o menino firme ao seu lado e obtivera de Crispen a promessa de não dizer a ninguém seu nome, então ambos ficaram mudos quando Alaric exigiu respostas.

Ah, ele vociferou e chacoalhou os braços. Até ameaçou enforcá-

-los, mas, enfim, murmurou blasfêmias contra mulheres e crianças antes de continuar a jornada que levaria Crispen para casa.

Alaric insistira que ela cavalgasse com ele pelo menos mais um dia, porque ele disse, categoricamente, que a probabilidade de ela montar em um cavalo sozinha em sua condição era nula, e era um pecado usar um bom cavalo para montar inadequadamente.

A viagem que levaria, normalmente, dois dias, durou três, graças à consideração de Alaric pela condição de Mairin e suas frequentes paradas para descansar. Ela sabia que Alaric tinha consideração porque ele lhe *dissera*. Inúmeras vezes.

Após o primeiro dia, estava determinada a cavalgar sem ajuda de Alaric, por nenhum outro motivo a não ser contrariá-lo. Obviamente, ele não tinha paciência com mulheres e ela suspeitava que, com exceção de seu sobrinho, a quem ele com certeza amava, tinha ainda menos paciência com crianças.

Mesmo assim, dado o fato de que ele não sabia nada sobre ela, só que Crispen a protegia, ele a tratava bem, e seus homens foram educadamente respeitosos.

Agora que se aproximavam da fortaleza McCabe, o medo fervilhava em sua garganta. Ela não poderia mais ficar quieta. O laird exigiria respostas, e ela seria obrigada a dá-las.

Ela se inclinou para sussurrar no ouvido de Crispen.

– Você se lembra do que me prometeu, Crispen?

– Sim – ele respondeu, sussurrando. – Não vou dizer seu nome a ninguém.

Ela assentiu, sentindo-se culpada por pedir tal coisa ao menino, porém, se ela pudesse fingir ser alguém sem importância, somente uma mulher que tropeçou em Crispen e o levou a salvo ao seu pai, talvez ele fosse grato o suficiente para lhe fornecer um cavalo e um pouco de comida, e ela seguiria seu caminho.

– Nem para seu pai – ela insistiu.

Crispen assentiu solenemente.

– Só vou dizer que me salvou.

Ela apertou o braço dele com a mão livre.

– Obrigada. Não poderia ter um protetor melhor.

Ele jogou a cabeça para trás sorrindo largamente para ela, inflando as costas de orgulho.

– Sobre o que vocês dois estão cochichando? – Alaric perguntou irritado.

Ela olhou para ele e o viu observando-os, com os olhos semicerrados de suspeita.

– Se eu quisesse que você soubesse, teria falado alto – ela disse tranquila.

Ele se virou resmungando o que ela sabia serem blasfêmias sobre mulheres irritantes.

– Deve deixar o padre exausto com a extensão de suas confissões – ela disse.

Ele ergueu uma sobrancelha.

– Quem disse que confesso alguma coisa?

Ela balançou a cabeça. Aquele homem arrogante provavelmente pensava que seu caminho para o paraíso já estava guardado e que agia de acordo com a vontade de Deus apenas por respirar.

– Vejam, ali está! – Crispen gritou ao apontar ansiosamente para a frente.

Eles subiram a colina e olharam para o castelo de pedra que ficava ao lado da próxima colina.

O muro estava desmoronado em várias partes, e havia alguns homens trabalhando normalmente, substituindo as pedras da parede. O que ela podia ver do lado de fora do castelo era que parecia queimado de um incêndio antigo.

O lago se estendia à direita do castelo, com a água refletindo a luz do sol. Um dos riachos serpenteava à frente, fornecendo uma barreira natural ao portão frontal. No entanto, a ponte que o atravessava cedia precariamente no meio. Uma passagem temporária e estreita por sobre a água havia sido criada ao lado, e permitia apenas um cavalo por vez.

Apesar do estado óbvio de ruína do castelo, a propriedade era linda. Espalhadas pelo vale à esquerda do castelo, ovelhas pastavam, pastoreadas por um ancião rodeado por dois cachorros. De vez em quando, um dos cachorros corria para arrebanhar as ovelhas de volta à fronteira imaginária, e então retornava ao seu mestre para receber carinho de aprovação na cabeça.

Ela se virou para Alaric, que parou ao seu lado.

– O que aconteceu aqui?

No entanto, ele não respondeu. Uma carranca profunda franziu seu rosto, e seus olhos escureceram, tornando-se quase pretos. Ela agarrou as rédeas um pouco mais forte e se arrepiou com a intensidade do ódio dele. Sim, ódio. Não havia outro termo para o que ela viu em seus olhos.

Alaric esporeou o cavalo, e o dela o seguiu automaticamente, fazendo-a segurar Crispen para se certificar de que nenhum deles caísse.

Desceram pela colina, e os homens de Alaric rodeavam-na protetoramente. Crispen se agitava tanto na sela que ela teve que agarrar seu braço para que ele não saísse voando.

Quando chegaram à passagem temporária, Alaric parou para aguardá-la.

– Vou entrar primeiro. Você vem logo atrás de mim.

Ela assentiu, compreendendo. Não que ela quisesse ser a primeira a entrar no castelo, de qualquer forma. De certo modo, aquilo estava sendo mais assustador para ela do que entrar no castelo de Duncan

Cameron, porque ela não sabia seu destino ali. Com certeza, sabia o que *Cameron* tinha em mente para ela.

Eles cavalgaram pela ponte e pela entrada larga e arqueada do pátio. Um grito estrondoso foi ouvido, e ela precisou de um tempo para perceber que saíra de Alaric. Ela olhou e o viu parado e montado no cavalo, com o punho erguido no ar.

À sua volta, soldados – e havia centenas – ergueram suas espadas e emitiram o mesmo grito, levantando e baixando as lâminas em comemoração.

Um homem entrou correndo no pátio, o cabelo voando enquanto suas passadas largas pareciam engolir o solo debaixo dele.

– Papai! – Crispen gritou e desmontou antes de ela impedi-lo.

Ele desceu correndo ao chão, e Mairin observou fascinada o homem que presumia ser o pai de Crispen. Seu estômago se contorceu e ela engoliu, tentando não entrar em pânico novamente.

O homem era enorme e parecia tão malvado quanto Alaric, e ela não sabia como podia pensar nisso quando havia tanta alegria em seu rosto ao pegar Crispen nos braços, porém ele a assustava de uma forma que Alaric não o fazia.

Os irmãos eram bem parecidos em forma física e estatura. Ambos tinham cabelos escuros que caíam nos ombros e usavam tranças. Quando ela olhou em volta, no entanto, viu que todos os homens usavam o cabelo da mesma forma. Comprido, grande e selvagem.

– Estou muito feliz em vê-lo, garoto – seu pai riu.

Crispen agarrava-se no homem com seus bracinhos, lembrando Mairin de quando ele ficou agarrado entre suas saias.

Por cima da cabeça de Crispen, seu olhar encontrou o de Mairin, e seus olhos imediatamente se endureceram. Ele observou cada detalhe dela, Mairin tinha certeza, e ela se contorceu desconfortável, sentindo-se horrivelmente despedaçada pelo seu exame minucioso.

Ela começou a descer do cavalo porque se sentia um pouco tola por todos estarem desmontando, mas Alaric estava lá, erguendo as mãos para retirá-la sem esforço do cavalo e colocá-la no chão.

– Calma, moça – ele alertou. – Você está se curando bem, mas precisa de cuidados.

Ele quase soou preocupado, porém, quando ela olhou para ele, estava com a mesma carranca de sempre. Irritada, ela franziu a testa para ele. Alaric piscou, surpreso, então a empurrou em direção ao laird, que aguardava.

Ewan McCabe parecia muito mais ameaçador agora que Crispen não estava em seus braços, mas, sim, no chão. Ela se viu recuando até esbarrar na montanha que era Alaric.

Ewan olhou primeiro para Alaric, ultrapassando-a como se ela fosse invisível, o que era bom para ela.

– Tem meus agradecimentos por trazer meu filho para casa. Tenho toda confiança em você e em Caelen.

Alaric limpou a garganta e cutucou Mairin para seguir adiante.

– Precisa agradecer à moça pelo retorno de Crispen. Eu simplesmente providenciei a escolta.

Ewan semicerrou os olhos ao analisá-la mais. Para o espanto dela, seus olhos não eram escuros – olhos ferozes, ela pensou –, mas de um verde pálido. Quando ele franziu o rosto, no entanto, sua expressão se anuviou como uma nuvem negra, e quem não poderia pensar que seus olhos eram pretos?

Assustada com essa revelação – e se ela quisesse evitar o confronto inevitável com aquele homem, quem poderia culpá-la? –, ela se virou e encarou os olhos de Alaric. Ele piscou, depois a olhou como se pensasse que ela fosse maluca – e Mairin tinha quase certeza de que era o que pensava.

– Seus olhos também são verdes – ela murmurou.

A carranca de Alaric se transformou em olhar de preocupação.

– Tem certeza de que não levou um golpe na cabeça do qual não me contou?

– Você vai olhar para mim – Ewan rugiu.

Ela pulou e se virou, dando um passo para trás instintivamente e trombando novamente contra Alaric.

Ele murmurou um palavrão e se curvou, mas ela estava muito preocupada com Ewan para prestar atenção nos xingamentos de Alaric. Sua coragem se esvaíra, e a determinação de não sentir dor, de não permitir ser intimidada, teve uma morte brutal imediata.

As pernas e as mãos de Mairin tremiam, e a dor percorria sua lateral, fazendo-a arfar discretamente a cada respiração. O suor molhava a testa, porém ela não se permitiria baixar mais a guarda.

Ele estava bravo – com ela – e, pela vida dela, ela não sabia dizer por quê. Não deveria estar grato por salvar a vida de seu filho? Não que ela tenha feito algo realmente heroico, mas ele não tinha ciência disso. Até onde ele sabia, ela podia ter lutado contra dez homens para salvar Crispen.

Até ele encará-la de volta admirado, ela não havia percebido que balbuciara todo esse pensamento em voz alta. O pátio inteiro ficara em silêncio e olhava para ela como se tivesse lançado uma maldição em todos eles.

– Alaric? – ela murmurou, sem desviar o olhar do laird.

– Sim, milady?

– Você me pega se eu desmaiar? Acho que uma queda não faria bem aos meus ferimentos.

Para sua surpresa, ele agarrou seus ombros e a segurou firmemente. As mãos dele tremularam um pouco, e ele emitiu um som esquisito. Ele estava rindo dela?

Ewan avançou, sua admiração fora substituída pela carranca obscura de novo. Ninguém no Clã McCabe sorria?

– Não, não sorrimos – Alaric disse, divertindo-se.

Ela tapou a boca, determinada a não dizer mais nenhuma palavra, e se preparou para a censura do laird.

Ewan parou a um passo à frente dela, obrigando-a a levantar a cabeça para encontrar seu olhar. Era difícil ser corajosa quando estava feito recheio de um sanduíche entre dois guerreiros enormes, mas seu orgulho não permitiria que ela se jogasse aos seus pés e implorasse por misericórdia. Mesmo que ela pensasse ser a melhor ideia. Não ela, que enfrentara Duncan Cameron e sobrevivera. Aquele guerreiro era maior e mais desprezível, e provavelmente poderia esmagá-la como um inseto, porém ela não morreria como uma covarde. Na verdade, não morreria, se pudesse arriscar dizer alguma coisa.

– Você vai me dizer quem é, por que está usando as cores de Duncan Cameron e como meu filho foi parar nas suas mãos.

Ela balançou a cabeça, encostou em Alaric, só para ouvi-lo xingar novamente quando ela pisou em seus pés, então deu um passo à frente de novo, lembrando-se, tarde demais, de ter jurado coragem.

Ewan franziu o cenho ainda mais, se é que era possível.

– Está me desafiando?

Havia um tom de incredulidade em sua voz que talvez achasse engraçado se não estivesse banhada em dor e prestes a se despir das vestes que ofenderam tanto aquele homem.

Seu estômago fervilhou, e ela rezou para não vomitar nas botas dele. Não eram novas e brilhantes como as de Duncan, mas, de alguma forma, ela pensou que ele veria aquilo como ofensa mesmo assim.

– Não o estou desafiando, laird – ela disse em uma voz firme que a orgulhou.

– Então me dê a informação que procuro. E o faça agora – ele adicionou em uma voz ameaçadora.

– Eu...

Sua voz se quebrou como gelo, e ela engoliu a náusea que subiu por sua garganta. Foi salva por Crispen, que, obviamente, não aguentava mais. Ele avançou, colocando-se entre ela e seu pai, e abraçou as pernas dela, enterrando o rosto em seu abdome ferido.

Um gemido baixo escapou dela, e ela colocou os braços em volta de Crispen por reflexo para retirá-lo de suas costelas. Ela teria escorregado para o chão se não fosse Alaric ter segurado seus braços para estabilizá-la de novo.

Crispen se virou em seu abraço e encarou o pai, que parecia estar lutando contra uma surpresa extrema e impaciência ardente.

– Deixe-a em paz! – Crispen exclamou. – Ela está ferida e eu jurei que você a protegeria, papai. Eu *jurei.* Um McCabe nunca quebra sua promessa. Você me disse.

Ewan olhou para baixo para seu filho, admirado, abrindo e fechando a boca enquanto as veias de seu pescoço pulsavam.

– O garoto está certo, Ewan. A moça está precisando muito de uma cama. Um banho quente não seria nada mal.

Surpresa pelo apoio de Alaric, porém mais grata do que poderia expressar, ela arriscou outro olhar para o laird só para vê-lo embasbacado por Alaric.

– Cama? *Banho*? Meu filho foi devolvido a mim por uma mulher usando as cores do homem que mais detesto na vida, e o que todos sugerem é que eu lhe dê banho e uma cama?

Ele estava perto de explodir. Ela recuou e, nesse momento, Alaric a acomodou movendo-se para o lado, para que ela pudesse se distanciar de Ewan.

– Ela salvou a vida de seu filho – Alaric disse calmamente.

– Ela levou uma surra por mim – Crispen gritou.

A expressão de Ewan titubeou, e ele a encarou de novo como se tentasse ver por si mesmo a extensão de seus ferimentos. Ele parecia contrariado, como se realmente quisesse exigir que ela cooperasse, porém, com Crispen e Alaric olhando com expectativa para ele, fechou a boca e deu um passo para trás.

Seus músculos pulsavam nos braços e no pescoço, e ele respirou fundo muitas vezes, como se estivesse tentando se manter paciente. Ela sentiu compaixão por ele, de verdade. Se fosse seu filho, ela exigiria, da mesma forma que ele saber cada detalhe. E se fosse verdade – e Ewan não tinha motivo para mentir – que Duncan Cameron era seu inimigo mortal, ela podia entender bem por que olhava para ela com desconfiança e ódio. Sim, ela compreendia muito bem seu dilema. Não significava que ia cooperar, no entanto.

Reunindo coragem e esperando que não soasse atrevida, ela olhou para o homem nos olhos.

– Realmente salvei a vida de seu filho, laird. Ficaria muito grata por toda ajuda que puder fornecer. Não pedirei muito. Um cavalo e talvez um pouco de comida. Seguirei meu caminho e não o importunarei mais.

Ewan não olhava mais para ela. Não, ele virara o rosto para o céu como se rezasse por paciência e salvação. Talvez ambos.

– Um cavalo. Comida.

Ele disse as palavras ainda olhando para o alto. Então, devagar, baixou a cabeça até aqueles olhos verdes ressecarem a respiração dela.

– Você não *vai* a nenhum lugar, moça.

Capítulo 4

Ewan encarou a mulher diante dele, e era tudo o que ele podia fazer para não a sacudir veementemente. Aquela garota era audaciosa, tinha que admitir isso. Não sabia o que ela fizera com seu filho, mas logo chegaria ao cerne dessa questão.

Até mesmo Alaric parecia estar enfeitiçado por ela e, ao mesmo tempo que entendia isso, porque, Senhor, a moça era formosa, o fato de seu irmão defendê-la o incomodava.

Ela ergueu mais ainda o queixo para desafiá-lo e a luz refletiu em seus olhos. Azuis. Não um simples azul, mas um tom brilhante que o fazia lembrar do céu no fim da primavera logo antes do início do verão.

Seu cabelo estava emaranhado, mas os cachos caíam até a cintura, uma cintura na qual ele poderia colocar as mãos inteiras. Sim, suas mãos caberiam perfeitamente na curva entre os quadris e os seios dela e, se ele as deslizasse um pouquinho, cobriria o generoso seio.

Ela era linda. E era problema.

E estava com dor. Não fingiria isso.

Os olhos dela escureceram e ele teve uma visão melhor das sombras que os rodeavam. Ela estava tentando, de forma corajosa, esconder seu desconforto, mas ele irradiava dela em ondas quase imperceptíveis.

Seu interrogatório teria que esperar.

Ele ergueu a mão e acenou em direção a uma das mulheres reunidas no pátio.

– Atenda às necessidades dela – ele pediu. – Dê-lhe um banho. Peça a Gertie para preparar um prato de comida. E, por Deus, dê-lhe outras cores para vestir, que não as de Cameron.

Duas das mulheres McCabe avançaram apressadas e cada uma pegou um braço da jovem parada ao lado de Alaric.

– Cuidado – Alaric alertou. – Seus ferimentos ainda a fazem sofrer.

As mulheres retiraram as mãos e, em vez de tocá-la, gesticularam para que ela as seguisse pelo castelo. Ela olhou em volta, nervosa, e estava claro que não queria entrar. Escondeu o lábio inferior entre os dentes até Ewan ter certeza de que o faria sangrar se não parasse.

Ewan suspirou.

– Não estou ordenando sua morte, moça. A senhorita pediu banho e comida. Está duvidando da minha hospitalidade agora?

Ela franziu o cenho, e seus olhos se estreitaram ao olhar diretamente para ele.

– Eu pedi um *cavalo* e comida. Não preciso da sua hospitalidade. Preferiria seguir meu caminho assim que possível.

– Não tenho cavalos extras e, além disso, não vai a lugar nenhum até eu solucionar toda essa questão. Se não deseja tomar banho, estou certo de que as mulheres ficariam felizes em levá-la à cozinha para que possa comer.

Ele finalizou com um levantar de ombros sinalizando que não se importava se ela tomasse banho ou não. Isso fora ideia de Alaric, mas todas as mulheres não ficariam ansiosas para mergulhar em uma banheira com água quente?

Ela franziu os lábios como se fosse discutir, mas, obviamente, decidiu que concordar era a melhor opção.

– Eu gostaria de um banho.

Ele assentiu.

– Então sugiro que siga as senhoras escada acima antes que eu mude de ideia.

Ela se virou, murmurando alguma coisa baixinho que ele não conseguiu ouvir. Ele semicerrou os olhos. A senhorita do contra estava testando sua paciência de maneira extrema.

Ele olhou para seu filho e o viu correndo atrás das mulheres em direção ao castelo.

– Crispen – ele chamou.

Crispen se virou, com a ansiedade escrita em sua pequena testa por ser mantido longe da mulher.

– Venha aqui, filho.

Após outra hesitação, ele se lançou em direção a Ewan, que o pegou nos braços mais uma vez.

Seu coração bateu freneticamente quando o alívio de segurar seu filho de novo o invadiu.

– Você me fez envelhecer uns dez anos, garoto. Nunca mais me preocupe assim.

Crispen segurou nos ombros de Ewan e enterrou o rosto em seu pescoço.

– Não vou, papai. Eu juro.

Ewan o segurou muito mais do que o necessário, até Crispen se debater para se soltar. Ele pensara que não voltaria a ver o filho de novo e, se fosse acreditar em Alaric, tinha que agradecer à mulher por isso.

Olhou por cima da cabeça de Crispen para Alaric, exigindo respostas de seu irmão silencioso. Alaric deu de ombros.

– Se está querendo respostas de mim, está olhando para a pessoa errada. – Apontou impaciente para Crispen. – Ele e a moça se recusaram a me contar qualquer coisa. O pentelhinho atrevido quis que eu trouxesse ambos para que você pudesse protegê-la.

Ewan franziu o cenho e olhou nos olhos de Crispen.

– Isso é verdade, filho?

Crispen parecia decididamente culpado, porém a determinação brilhava em seus olhos. Seus lábios se torceram com rebeldia, e ele ficou tenso como se esperasse Ewan começar um sermão.

– Dei minha palavra – Crispen respondeu teimoso. – Você disse que um McCabe nunca quebra uma promessa.

Ewan balançou a cabeça cansado.

– Estou começando a me arrepender de lhe dizer as coisas que um McCabe não faz. Venha, vamos nos sentar no salão para você me contar essa sua aventura.

Ele olhou para Alaric, silenciosamente exigindo sua presença também. Então, virou-se para Gannon.

Pegue seus homens e cavalgue para o norte para encontrar Caelen. Diga que Alaric retornou para casa com Crispen. Volte o mais rápido que puder.

Gannon se curvou e saiu apressado, gritando ordens ao fazê-lo.

Ewan colocou Crispen no chão, mas continuou segurando-o firme pelo ombro ao guiá-lo para dentro do castelo. Eles entraram no salão em meio a gritos e exclamações. Crispen foi abraçado por todas as mulheres pelas quais passava e recebeu tapinhas nas costas dos homens do clã. Finalmente, Ewan acenou para que se afastassem a fim de ficarem sozinhos.

Ewan se sentou à mesa e deu um tapinha no assento ao seu lado. Crispen subiu no banco enquanto Alaric se sentou do outro lado da mesa.

– Agora me conte o que aconteceu – Ewan exigiu.

Crispen baixou o olhar para suas mãos, seus ombros estavam caídos

– Crispen – Ewan começou gentilmente. – O que mais eu lhe disse que os McCabe fazem?

– Dizem a verdade – Crispen respondeu de má vontade.

Ewan sorriu.

– Isso mesmo. Agora, comece sua história.

Crispen suspirou de forma dramática antes de dizer:

– Eu saí escondido para encontrar o tio Alaric. Pensei em esperar na fronteira e surpreendê-lo quando ele voltasse para casa.

Alaric olhou para Crispen, mas Ewan ergueu a mão.

– Deixe-o continuar.

– Devo ter ido muito longe. Um dos soldados McDonald me pegou e disse que iria me levar para seu laird como refém.

Ele olhou para Ewan com olhos suplicantes.

– Eu não podia deixá-lo fazer isso, papai. Iria envergonhá-lo, e nosso clã não pode pagar um resgate. Então fugi e me escondi na carroça de um mercador viajante.

Ewan se tensionou de raiva do soldado McDonald, e seu coração se espremeu pelo orgulho na voz do filho.

– Você nunca me envergonharia, Crispen – Ewan disse baixinho. – Agora continue sua história. O que aconteceu depois?

– O mercador me descobriu depois de um dia e me expulsou. Eu não sabia onde estava. Tentei roubar um cavalo dos homens que estavam acampando, porém eles me pegaram em flagrante. M... Quero dizer, ela me salvou.

– Quem o salvou? – Ewan insistiu.

– *Ela* me salvou.

Ewan engoliu sua impaciência.

– Quem é *ela*?

Crispen se agitou desconfortável.

– Não posso contar. Eu prometi.

Ewan e Alaric trocaram olhares frustrados, e Alaric ergueu uma sobrancelha como se dissesse "eu te disse".

– Tudo bem, Crispen, o que exatamente você prometeu?

– Que eu não contaria quem ela é – Crispen soltou. – Sinto muito, papai.

– Entendi. O que mais você prometeu?

Crispen pareceu confuso por um instante e, do outro lado da mesa, Alaric sorriu quando percebeu aonde Ewan queria chegar.

– Só prometi que não contaria a você o nome dela.

Ewan abafou seu sorriso.

– Certo, então continue sua história. A moça o salvou. Como ela o fez? Estava acampando com os homens dos quais você tentou roubar o cavalo? Eles a estavam escoltando até um destino?

Crispen franziu a testa ao pensar se poderia divulgar tal informação sem quebrar a promessa.

– Não vou perguntar o nome dela de novo – Ewan disse sinceramente.

Parecendo aliviado, Crispen franziu os lábios e disse:

– Os homens a sequestraram do convento. Ela não queria ir com eles. Eu os vi levando-a ao acampamento.

– Por Deus, ela é freira? – Ewan exclamou.

Alaric balançou a cabeça inflexível.

– Se aquela mulher é uma freira, então eu sou um monge.

– Você pode se casar com uma freira? – Crispen perguntou.

– Por que faria uma pergunta dessa? – Ewan quis saber.

– Duncan Cameron queria se casar com ela. Se ela for uma freira, ele não pode, não é?

Ewan se endireitou e lançou um olhar cruel para Alaric. Então se virou para Crispen, tentando se manter calmo para não assustar o filho.

– Os homens dos quais você tentou roubar o cavalo eram soldados de Cameron? Foram eles que sequestraram a mulher do convento?

Crispen assentiu honestamente.

– Eles nos levaram para Laird Cameron. Ele tentou fazê-la... se casar... com ele, mas ela se recusou. Quando fez isso, ele a espancou.

Lágrimas brotaram de seus olhos, e ele fez uma expressão séria para contê-las.

Novamente, Ewan olhou para Alaric a fim de julgar sua reação às novidades. Quem seria essa mulher que Duncan Cameron queria tanto a ponto de sequestrá-la de um convento? Seria uma herdeira mantida lá até seu casamento?

– O que aconteceu depois que ele bateu nela? – Ewan questionou.

Crispen esfregou o rosto, deixando uma trilha de sujeira na bochecha.

– Quando ela voltou para o quarto, mal conseguia ficar em pé. Tive que ajudá-la a se deitar na cama. Depois, uma mulher nos acordou e disse que o laird estava bêbado e dormindo e planejava me ameaçar para obrigá-la a fazer o que ele queria. Disse que precisávamos fugir antes de ele acordar. A moça estava com medo, mas jurou para mim que me protegeria. Então, prometi que iria nos trazer para cá para que você a protegesse. Não vai deixar Duncan Cameron se casar com ela, não é, papai? Não vai deixar que ele a machuque de novo?

Ele olhava ansioso para Ewan, com o olhar zeloso e sério. Parecia muito mais velho do que seus oito anos naquele momento, como se tivesse assumido grande responsabilidade, uma muito maior do que cabia à sua idade, porém a qual ele estava determinado a cumprir.

– Não, filho. Não permitirei que Duncan Cameron prejudique a moça.

O alívio inundou a expressão de Crispen e, de repente, ele pareceu extremamente exausto. Oscilou na cadeira e apoiou-se no braço de Ewan.

Por um bom tempo, Ewan ficou olhando para a cabeça de seu

filho, resistindo à vontade de passar os dedos em suas madeixas rebeldes. Ewan não podia evitar sentir orgulho na forma como Crispen lutou pela mulher que o salvou. De acordo com Alaric, Crispen enfrentara Alaric e seus homens o caminho todo de volta ao castelo McCabe. E agora estava exigindo que Ewan mantivesse a promessa que fizera em nome do Clã McCabe.

– Dormiu – Alaric murmurou.

Ewan passou a mão na cabeça do filho com cuidado e o segurou firmemente contra o corpo.

– Quem é essa mulher, Alaric? O que ela é para Cameron?

Alaric emitiu um som de frustração.

– Queria poder lhe dizer. A moça não me disse uma palavra nesse tempo todo que esteve comigo. Ela e Crispen ficaram com a boca fechada como dois monges com voto de silêncio. Tudo que sei é que, quando a encontrei, ela estava seriamente ferida. Nunca vi uma mulher tão machucada. Revirou meu estômago, Ewan. Não há desculpa para um homem tratar uma mulher como ele fez. E mesmo assim, ferida como estava, ela enfrentou a mim e a meus homens ao pensar que éramos uma ameaça a Crispen.

– Ela não disse nada esse tempo todo que estava com você? Não deixou nada escapar? Pense, Alaric. Ela precisa ter dito algo. Simplesmente não é da natureza da mulher ficar quieta por longos períodos de tempo.

Alaric grunhiu.

– Alguém precisa dizer isso a ela. Estou falando, Ewan, ela não disse nada. Me encarava como se eu fosse um sapo. Pior, fez Crispen agir como se eu fosse o inimigo. Os dois cochichavam como conspiradores e me olhavam bravos quando eu ousava intervir.

Ewan franziu o cenho e tamborilou os dedos na madeira sólida da mesa.

– O que Cameron poderia querer com ela? Mais ainda, o que uma moça das Terras Altas estaria fazendo em um convento das Terras Baixas? Os senhores das Terras Altas protegem suas filhas mais do que ouro. Não consigo entender uma filha ser enviada a um convento a dias de distância.

– A menos que ela estivesse sendo punida – Alaric comentou. – Talvez tivesse sido flagrada em uma imprudência. Muitas moças já namoraram entre os lençóis fora da santidade do casamento.

– Ou talvez ela fosse extremamente difícil de lidar e seu pai entrou em desespero. – Ewan murmurou ao se lembrar de como ela fora difícil e teimosa alguns instantes antes. Ele acreditaria naquela situação. Mas, de novo, ela precisaria ter cometido um pecado escandaloso para um pai mandá-la para tão longe.

Alaric riu.

– Ela é espirituosa – então ficou sério –, mas protegeu bem Crispen. Colocou o corpo entre ele e os outros mais de uma vez, e sofreu muito com isso.

Ewan pensou naquilo por um tempo. Então olhou para Alaric de novo.

– Você viu os ferimentos?

Alaric assentiu.

– Vi. Ewan, o imbecil a chutou. Havia marcas de bota nas costas dela.

Ewan xingou, e o som ecoou pelo salão.

– Gostaria de saber qual é a ligação que ela tem com Cameron. E por que ele a quer tanto assim para roubá-la de um convento e ter batido nela exageradamente quando ela se recusou a se casar com ele. Por que, então, ele pensou em usar meu filho para persuadi-la.

– Teria funcionado – Alaric disse com tom sério. – A moça é muito protetora de Crispen. Se Cameron o tivesse ameaçado, ela teria consentido. Tenho certeza disso.

– Isso é um problema para mim – Ewan disse baixinho. – Cameron a quer. Meu filho quer que eu a proteja. A moça quer apenas ir embora. E há o mistério de quem ela é.

– Se Cameron descobrir onde ela está, virá atrás dela – Alaric alertou.

Ewan assentiu.

– Virá mesmo.

Os dois irmãos se encararam fixamente. Alaric balançou a cabeça, concordando com a declaração silenciosa de Ewan. Se Cameron queria briga, os McCabe estavam mais do que dispostos a lhe dar.

– E a moça? – Alaric finalmente perguntou.

– Vou decidir assim que escutar a história dela – Ewan respondeu.

Estava confiante de que conseguiria ser um homem sensato e, assim que ela percebesse isso, cooperaria totalmente.

Capítulo 5

Mairin acordou com a sensação de não estar sozinha no minúsculo aposento no qual estava dormindo. Sua nuca se arrepiou e ao abrir um olho cautelosamente ela viu Ewan McCabe parado na porta.

A luz do sol entrava pela janela, penetrando nos buracos da cortina de peles. De alguma forma, a luz o tornava mais ameaçador do que se ele estivesse escondido no escuro. Na luz, ela podia ver quanto ele era grande. Ele parecia um retrato sinistro, enquadrado pela porta na qual mal cabia.

– Perdoe-me pela invasão – Ewan disse com voz áspera. – Estava tentando encontrar meu filho.

Foi quando ela, então, seguiu seu olhar para o embrulho ao seu lado, o qual percebeu ser Crispen, que subira em sua cama durante a noite. Ele estava aninhado firmemente ao lado dela, com as cobertas puxadas até o pescoço.

– Desculpe. Não percebi… – ela começou.

– Já que eu o coloquei na minha cama ontem à noite, tenho certeza de que não viu – ele disse secamente. – Parece que ele veio até aqui durante a noite.

Ela começou a se mexer, mas Ewan ergueu uma mão.

– Não, não o acorde. Sei que vocês dois precisam descansar. Vou pedir a Gertie que guarde o café da manhã para vocês.

– O-obrigada.

Ela olhou para ele sem saber o que fazer, em dúvida sobre sua repentina gentileza. No dia anterior, ele estava tão sério que sua carranca era suficiente para fazer um homem correr. Depois de um rápido balançar de cabeça, ele saiu do quarto e fechou a porta.

Ela franziu o cenho. Não confiava em tal reviravolta. Então olhou para o menino dormindo ao seu lado, e sua expressão suavizou-se. Delicadamente, tocou seu cabelo, ficando maravilhada com seus cachos macios delineavam seu rosto. Com o tempo, ficaria mais comprido que o do pai.

Talvez o homem tivesse se acalmado com o retorno a salvo do filho. Talvez estivesse até agradecido e culpado pela grosseria.

A esperança apertou seu peito. Talvez ele estivesse mais maleável para lhe dar um cavalo e suprimentos. Ela não fazia ideia de para onde ir, mas, já que Duncan Cameron parecia ser o inimigo mortal de Ewan McCabe, não era uma boa ideia permanecer ali.

A tristeza invadiu seu coração e ela segurou Crispen mais forte. O convento fora seu lar por muito tempo, e a presença confortadora das irmãs não estava mais disponível para ela. Ela estava sem lar e sem um porto seguro.

Fechando os olhos, sussurrou uma oração fervorosa para ter a misericórdia e a proteção de Deus. Com certeza, ele cuidaria dela no momento em que necessitasse.

Quando ela acordou de novo, Crispen não estava mais em sua cama. Ela se esticou e flexionou os dedos do pé e, instantaneamente, estremeceu quando a dor serpenteou por seu corpo. Mesmo um banho quente e uma cama confortável não haviam tirado completamente seu desconforto. Ainda assim, conseguia se mexer consideravelmente melhor do que no dia anterior e estava bem o suficiente para montar um cavalo sozinha.

Jogando as cobertas para o lado, apoiou os pés descalços no chão de pedra e se encolheu com o frio. Ela se levantou e foi até a janela para abrir as cortinas e permitir que a luz do sol entrasse.

Os raios solares deslizaram por ela como âmbar. Ela fechou os olhos e virou o rosto para o céu, ansiosa para sentir o calor.

Era um lindo dia que só a primavera das Terras Altas poderia ter. Ela olhou para as colinas, aquecendo-se com o conforto de ver seu lar pela primeira vez em muitos anos. Na verdade, houve muitos dias em que ela se desesperou por achar que nunca mais veria o paraíso de novo. Neamh Álainn. Lindo paraíso. Um dia, ela estaria contemplando seu legado – seu legado de infância. A única parte que tinha de seu pai.

Ela cerrou o punho.

– Eu não falharei – ela sussurrou.

Sem querer perder mais tempo no piso superior, ela vestiu o traje simples que a criada deixara para ela. A gola era bordada com uma cadeia delicada de flores e, no meio, em verde e dourado, estava o que ela presumia ser o brasão dos McCabe. Grata por estar usando outra coisa que não as cores de Duncan Cameron, correu até a porta.

Quando se aproximou da base das escadas, hesitou, sentindo-se repentinamente insegura. Foi salva de entrar no salão de forma esquisita quando uma das mulheres McCabe a viu. Ela sorriu e se apressou para cumprimentá-la.

– Boa tarde. Está se sentindo melhor hoje?

Mairin estremeceu.

– Já é tarde? Não queria ter dormido o dia todo.

– Você precisava descansar. Parecia estar quase desmaiando ontem. Meu nome é Christina, aliás. Qual é seu nome?

Mairin ficou vermelha, sentindo-se tola de repente. Ela se perguntou se inventaria um nome, mas detestava a ideia de mentir.

– Não posso lhe dizer – ela murmurou.

Christina franziu as sobrancelhas porém, para sua sorte, ela não falou mais nada. Então pegou o braço de Mairin e o colocou debaixo do seu.

– Bom, então, senhorita, vamos até a cozinha antes que Gertie dê sua refeição para os cães.

Sentindo-se aliviada por Christina não tê-la pressionado, ela permitiu que a mulher a arrastasse para a cozinha, onde a mulher mais velha estava acendendo o fogo. Mairin esperava uma matrona, e não sabia por quê. As mulheres encarregadas de cozinhar não deveriam ser maternais?

Gertie era puro osso, e seu cabelo cinza estava puxado em um coque apertado na altura da nuca. Mechas escapavam por todos os lados e voavam à frente de seu rosto, dando-lhe um ar selvagem. Ela observou Mairin com um olhar duro que era capaz de arrancar muitas camadas de sua pele.

– Já era hora de se levantar e sair um pouco, senhorita. Ninguém aqui fica na cama por tanto tempo a menos que esteja morrendo. Não acho que esteja morrendo já que está em pé diante de mim parecendo forte e saudável. Não torne isso um hábito, pois não guardarei a refeição matinal para você de novo.

Surpresa, a primeira reação de Mairin seria rir, mas não sabia se a mulher receberia aquilo como ofensa. Em vez disso, ela juntou as mãos de maneira formal à frente do corpo e jurou nunca mais fazer isso. Uma promessa que ficou confortável em fazer já que não planejava passar outra noite no castelo dos McCabe.

– Sente-se, então. Há um banquinho ali no canto. Pode comer ali. Não faz sentido arrumar a mesa de novo no salão para uma pessoa.

Mairin obedeceu prontamente e se apressou a comer. Gertie e Christina a observaram comer, e Mairin podia ouvi-las cochichando quando pensavam que não estava prestando atenção.

– Ela não lhe disse o nome? – Gertie exclamou alto.

Virou-se para Mairin e resmungou um *hunf*.

– Quando as pessoas não dizem o nome, é porque têm algo a esconder. O que está escondendo, senhorita? Não pense que nosso laird não descobrirá. Ele é muito correto para aceitar tal atitude de uma moça como a senhorita.

– Então discutirei essa questão com seu laird e somente com ele – Mairin disse com firmeza.

Ela esperava que, ao encher a voz de força, faria a mulher baixar a guarda. Gertie só virou os olhos e continuou a cuidar do fogo.

– Pode me levar até ele? – Mairin perguntou a Christina ao se levantar do banquinho. – Preciso falar com ele logo.

– É claro, senhorita – Christina disse com sua voz doce. – Fui instruída a levá-la até ele quando terminasse de comer.

A comida que Mairin acabara de comer se revirou em seu estômago como uma bebida amarga.

– Está nervosa? – Christina perguntou quando desceram as escadas do castelo. – Não tem motivo para estar. O laird parece grosseiro, e sabe ser duro quando contrariado, mas é justo e muito solidário com nosso clã.

Christina esqueceu-se que Mairin não fazia parte do Clã McCabe, o que significava que qualquer política de justiça e solidariedade não se aplicava a ela. Porém, ela salvara Crispen, e era óbvio que o laird amava o filho. Ela se apoiava nisso quando se dirigiram para o pátio.

Os olhos de Mairin se arregalaram ao ver tantos homens treinando. O som das espadas e dos escudos quase a ensurdeceram, e o sol da tarde refletindo no metal a fez apertar os olhos e estremecer. Ela piscou e focou o olhar longe dos reflexos que dançavam pelo ar. Quando percebeu o que estava observando, ela perdeu o fôlego.

Sua mão voou para o peito, e sua visão ficou um pouco embaçada. Foi só quando seus pulmões torturados imploraram por misericórdia que ela percebeu que estava prendendo a respiração. Ela inspirou fundo, no entanto, isso não ajudou a clarear sua mente.

O laird estava lutando contra outro soldado usando apenas botas e calças. Seu peito nu brilhava com o suor escorrendo, e um pingo de sangue escorria por sua lateral.

Oh, paraíso misericordioso.

Ela observou fascinada, incapaz de desviar o olhar, independentemente de cobiçá-lo daquele jeito ser, definitivamente, um pecado.

Ele tinha os ombros largos. Seu peito maciço ostentava muitas cicatrizes. Um homem não chegava à sua idade sem adquirir cicatrizes em batalha. Eram distintivos de honra para os homens das Terras Altas. Um homem sem elas era considerado fraco e covarde.

Seu cabelo caía úmido nas costas e suas tranças voavam ao seu redor enquanto ele girava na terra para desviar de outro golpe de seu oponente. Seus músculos se contraíam e pulsavam quando erguia a espada na altura da cabeça e a golpeava para baixo. No último segundo, seu oponente ergueu o escudo, porém ele ainda conseguiu baixar o golpe.

O homem mais jovem se estatelou, sua espada foi jogada ao chão. Ele teve o instinto de se proteger com o escudo enquanto estava deitado arquejando baixinho.

O laird franziu o cenho, mas estendeu a mão para o jovem soldado.

– Você durou mais desta vez, Heath, mas ainda está deixando a emoção guiar suas ações. Até aprender a controlar seu temperamento, será um alvo fácil na batalha.

Heath fez uma careta e não pareceu gostar da crítica. Ignorou a mão estendida de Ewan e cambaleou para levantar, com o rosto vermelho de raiva.

Foi aí que o homem olhou para cima e viu Mairin parada ali com Christina. Seus olhos se estreitaram, e ela se sentiu presa pela força do olhar. Ele gesticulou para lhe entregarem sua túnica, a qual Alaric lhe jogou. Após vesti-la precipitadamente, cobrindo seu peito, acenou para que Mairin avançasse.

Sentindo-se estranhamente decepcionada por ele ter colocado a túnica, ela se aproximou, arrastando os pés na terra. Estava sendo tola. Era uma mulher feita, mas, diante daquele homem, sentia-se uma criança errante prestes a ser repreendida.

Consciência pesada. Uma boa confissão esclareceria tudo.

– Venha caminhar comigo, moça. Temos muito a discutir.

Ela engoliu e arriscou olhar para Christina, que fez uma reverência na direção do laird antes de se virar e seguir por onde tinham vindo.

Os dentes dele apareceram quando sorriu.

– Venha – ele disse novamente. – Eu não mordo.

O toque de humor a pegou desprevenida e ela sorriu, sem notar o efeito dele nos homens que o viram.

– Muito bem, laird. Já que me ofereceu tal garantia, arriscarei a acompanhá-lo.

Eles saíram do pátio e pegaram um caminho que levava à colina de onde era possível avistar o lago. No topo, ele parou e olhou para a água.

– Meu filho diz que tenho muito a agradecê-la.

Ela cruzou os braços à frente do peito, reunindo um pouco do tecido de seu vestido nos dedos.

– Ele é um bom rapaz. Ajudou-me tanto quanto eu o ajudei.

O laird assentiu.

– Foi o que ele me disse. Ele a trouxe até mim.

Mairin não gostou da forma como ele disse a última frase. Havia muita possessão em sua voz.

– Laird, devo partir hoje. Se não puder me entregar um cavalo, eu entendo. Partirei a pé, apesar de que apreciaria uma escolta até a fronteira.

Ele se virou para ela com uma sobrancelha erguida.

– A pé? Não chegaria muito longe, moça. Seria jogada em cima da sela de alguém e levada no instante em que deixasse minhas terras.

Ela franziu a testa.

– Não se eu for cuidadosa.

– Da mesma forma como foi cuidadosa quando foi pega pelos homens de Duncan Cameron?

O calor subiu pelo seu rosto.

– Isso é diferente. Eu não estava esperando...

Uma diversão discreta brilhou nos olhos dele.

– Alguém espera ser sequestrada?

– Sim – ela sussurrou.

– Me diga uma coisa, moça. A senhorita parece ser alguém que acredita piamente em uma promessa. Aposto que espera que as pessoas cumpram suas palavras.

– Ah, sim – ela disse fervorosa.

– E você extraiu uma promessa de meu filho, não é verdade?

Ela olhou para baixo.

– Extraí, sim.

– E espera que ele cumpra essa promessa, certo?

Ela se contorceu desconfortável, porém assentiu mesmo quando a culpa a preencheu.

– Como consequência, Crispen também exigiu uma promessa de mim.

– Qual promessa? – ela perguntou.

– Proteger você.

– Ah.

Ela não sabia o que dizer àquilo. De alguma forma, ela armou para si mesma. Sabia disso.

– Eu diria que é difícil proteger uma dama se ela está correndo pelas Terras Altas a pé, não acha?

Ela fez uma careta, desgostosa com a direção que a conversa estava tomando.

– Eu o liberto da promessa dele – ela declarou.

Ele balançou a cabeça, um sorriso erguendo o canto de sua boca. Chocada, encarou petrificada a mudança que tal gesto levou aos seus traços. Meu Deus, ele era muito bonito. Realmente lindo. E parecia mais jovem, não tão sério, apesar de ela ter visto as cicatrizes, então sabia que ele era tudo, menos afável. Não, ele era um guerreiro. Não havia como contar quantos homens ele matara em batalha. Porque provavelmente poderia quebrar o pescoço de alguém apenas com os dedos. Certamente o dela.

O pensamento a fez colocar a mão na garganta.

– Só Crispen pode me libertar dessa promessa, moça. Como tenho certeza de que ele lhe disse, um McCabe sempre mantém sua palavra.

Carrancuda, ela se lembrou de Crispen dizer exatamente isso. Também se lembrou do juramento a ela de que seu pai a protegeria. Ela estava muito preocupada com autopreservação para pensar no que aquilo realmente significava.

– Está dizendo que não posso partir? – ela sussurrou.

Ele pareceu considerar a pergunta por um tempo, sem desviar os olhos dela. Ele a encarou até ela se contorcer sob sua análise.

– Se eu soubesse que você tem um lugar seguro para ir, claro que a deixaria ir. Para sua família, talvez?

Ela não mentiria e diria que tinha família, então não disse nada.

Ele suspirou.

– Me diga seu nome, moça. Me conte por que Duncan Cameron estava tão ávido para que se casasse com ele. Prometi a Crispen que a protegeria, e vou, mas não posso fazer isso a menos que tenha todos os fatos.

Ah, ele ficaria todo grosseiro de novo quando ela se recusasse a obedecer à sua ordem. Ele estava pronto para estrangulá-la no dia anterior. Uma noite de sono provavelmente não amenizara seu desejo, não importava o quanto ele parecesse paciente naquele momento.

Em vez de desafiá-lo descaradamente como fizera no dia anterior, ela ficou muda, com as mãos ainda unidas à frente do corpo.

– Você sabe que descobrirei logo. Seria melhor se simplesmente me dissesse o que quero saber agora. Não gosto de ficar esperando. Não sou um homem paciente. Principalmente quando aqueles sob meu comando me desafiam.

– Não estou sob seu comando – ela soltou antes de poder pensar melhor.

– No momento em que pisou nas minhas terras, passou a estar sob meu comando. A promessa de meu filho a colocou fortemente sob meus cuidados e minha proteção. Minha promessa para meu filho solidificou isso. Você *vai* me obedecer.

Ela ergueu o queixo, olhando diretamente naqueles olhos verdes afiados.

– Eu sobrevivi nas mãos de Duncan Cameron. Sobreviverei nas suas. Não pode me obrigar a contar nada. Me bata se precisar, mas *não vou* lhe contar o que quer saber.

O ultraje brilhou em seus olhos, ele ficou boquiaberto.

– Acha que eu bateria em você? Me vê da mesma forma como Cameron?

A fúria na voz dele a fez dar um passo para trás. Ela atingira um nervo, e o ódio rolava pelos ombros daquele homem em ondas barulhentas. Ele ficou aguardando que ela respondesse.

– Não foi minha intenção insultá-lo. Não sei que tipo de homem você é. Só o conheço há pouco tempo e, deve admitir, nosso encontro foi menos do que cordial.

Ele se virou, passando a mão no cabelo. Ela não sabia se ele queria afastar a frustração ou se prevenir de agarrar o pescoço dela com as mãos.

Quando ele virou de volta, seus olhos ardiam com propósito, e ele avançou nela, aproximando-se. Mairin deu outro passo para trás rapidamente, mas lá estava ele, pairando sobre ela, arrepiando-se com a afronta.

– Nunca, *nunca* tratei um homem ou uma mulher como Cameron a tratou. Cães são tratados melhor que isso. *Nunca* cometa o erro de me comparar a ele.

– S-sim, laird.

Ele ergueu a mão, e tudo o que ela podia fazer era não recuar. Ela não sabia dizer como ficou tão parada, mas pareceu importante não demonstrar medo de que ele batesse nela. Em vez disso, ele tocou uma mecha de cabelo que caía sobre seu rosto.

– Ninguém vai machucá-la aqui. Confie em mim.

– Não pode exigir que alguém confie em você!

– Sim, eu posso, e vou. Dou-lhe até amanhã para decidir se confia o suficiente em mim para me contar o que quero saber. Sou seu laird, e você vai me obedecer como todo mundo aqui. Está entendido?

– Isso... isso é ridículo – ela balbuciou, esquecendo-se do medo de deixá-lo mais bravo. – Essa é a coisa mais absurda que já ouvi.

Ela virou as costas para ele, dizendo sem palavras o que pensava de sua ordem. Quando ela se afastou, não perdeu a chance de ver o sorriso divertido que pairou no rosto de Ewan.

Capítulo 6

Mairin passou a tarde estudando as proteções do castelo e procurando uma possível rota de fuga. O laird não lhe dera escolha naquele quesito. Enquanto mantinha os olhos atentos às idas e vindas ao seu redor, também pensava na questão de para onde iria.

Duncan vasculharia outros conventos. Era uma decisão muito óbvia. O povo de sua mãe habitava as ilhas ocidentais, porém sua mãe havia se dissociado do próprio clã antes mesmo de se tornar esposa do rei.

E, sinceramente, ela não poderia contar com eles sabendo de Neamh Álainn. Ela se viria casada com o primeiro homem que tivesse conhecimento de sua herança. Precisava de tempo. Tempo para pensar no melhor caminho a seguir.

Madre Serenity estava fazendo uma lista com Mairin de possíveis pretendentes. Mairin não queria um guerreiro, porém reconhecia a necessidade de ter um como marido. No instante em que ela reivindicasse seu legado, seu marido teria que passar o resto da vida defendendo-o de homens gananciosos e com sede de poder.

No entanto, não era assim que funcionava o mundo? Só os fortes sobreviviam, e os fracos pereciam.

Ela franziu o cenho. Não, não era verdade. Deus protegia os fracos.

Talvez, por isso ele tivesse criado os guerreiros, para que pudessem proteger mulheres e crianças. O que significava que Duncan Cameron só poderia ser o diabo.

Com um suspiro, ela colocou a palma das mãos no solo aquecido pelo sol, querendo se levantar para que pudesse voltar ao quarto e planejar melhor sua fuga. Antes de ficar de pé totalmente, viu Crispen correndo colina acima, acenando para ela.

Ela se afundou de volta no chão e esperou que ele a alcançasse. O rosto dele se dividiu com um sorriso amplo e ele se jogou ao lado dela.

– Está se sentindo melhor hoje? – ele perguntou educadamente.

– Me sinto bem melhor. Tenho me mexido bastante para amenizar as dores.

Ele se aconchegou ao seu lado.

– Fico feliz. Você falou com papai?

Mairin suspirou.

– Falei.

Crispen sorriu para ela.

– Eu disse que ele cuidaria de tudo.

– Disse mesmo – ela murmurou.

– Então você vai ficar?

A expressão esperançosa no rosto dele fez seu coração derreter. Ela o abraçou e o apertou forte.

– Não posso ficar, Crispen. Deve saber disso. Há outros homens além de Duncan que me raptariam se soubessem onde estou.

O rosto de Crispen se enrugou até seu nariz se torcer.

– Por quê?

– É complicado – ela murmurou. – Queria que fosse diferente, mas madre Serenity sempre me disse que temos que fazer o melhor com o que temos.

– Quando vai partir e para onde vai? Vai me ver de novo?

Mairin tinha que lidar com aquele assunto delicadamente. Não poderia arriscar que Crispen corresse para o pai e contasse a novidade de sua partida. Agora que decidira ir embora sozinha, não queria que ele interferisse com sua exigência de confiança. Quase bufou com aquela lembrança. Ele poderia exigir que seu clã confiasse nele, mas uma mulher em sua posição não poderia se dar ao luxo de confiar em qualquer um.

– Ainda não sei. Viagens precisam de planejamento.

Ele ergueu o queixo para olhar nos olhos dela.

– Vai me contar quando pretende partir para que eu possa me despedir?

Seu coração doeu com a ideia de abandonar aquele garoto do qual se aproximara tanto nos últimos dias. Mas não iria mentir e lhe dizer que contaria quando bem sabia que não anunciaria sua partida a ninguém.

– Não posso prometer, Crispen. Talvez devêssemos nos despedir agora que temos certeza de que podemos dizer tudo o que queremos.

Ele se levantou e a abraçou, quase derrubando-a no chão.

– Eu te amo – ele disse intensamente. – Não quero que vá.

Ela o abraçou e lhe deu um beijo no topo da cabeça.

– Eu também te amo, querido. Sempre o guardarei em meu coração.

– Jura?

Ela sorriu.

– Isso posso prometer e eu juro.

– Vai se sentar ao meu lado no jantar esta noite?

Já que ela não planejava partir até todos estarem na cama, seu pedido era justo. Ela assentiu, e ele sorriu para ela.

Um grito soou no pátio e Mairin e Crispen o ouviram do alto da colina. Ela se virou na direção do barulho para ver uma fila de soldados montados a cavalo desfilando por sobre a ponte e entrando no castelo.

Crispen se jogou de seu abraço e correu muitos metros antes de parar.

– É o tio Caelen! Ele voltou!

– Então é claro que precisa ir recebê-lo – Mairin disse com um sorriso.

Ele correu de volta até ela e segurou sua mão, tentando puxá-la.

– Venha também.

Ela balançou a cabeça e tirou a mão.

– Vou ficar aqui. Vá em frente. Eu me juntarei a você daqui a pouco.

A última coisa de que ela precisava era tomar conhecimento de outro irmão McCabe. Ela estremeceu. Provavelmente era tão cruel quanto Ewan e Alaric.

Ewan chegou para receber Caelen assim que este desceu do cavalo. Caelen andou em sua direção.

– É verdade? Crispen voltou? – Caelen perguntou.

– Sim, é verdade. Alaric o trouxe para casa ontem.

– Bem, onde está aquele pentelho?

Ewan sorriu quando Crispen adentrou o pátio gritando "tio Caelen" com toda a força dos pulmões.

Caelen ficou pálido e cambaleou para trás antes de se endireitar e pegar o menino agitado que se lançou em seus braços.

– Deus seja louvado – Caelen suspirou. – Você está vivo.

Crispen jogou os braços ao redor do pescoço de Caelen e se pendurou totalmente.

– Desculpe, tio Caelen. Não quis assustar você e papai. Mas não se preocupe, Mairin cuidou bem de mim.

Ewan ergueu as sobrancelhas. Ao seu lado, Alaric também registrou o deslize de Crispen.

Caelen fez uma careta para Ewan por cima da cabeça de Crispen.

– Quem é Mairin?

Crispen se retesou nos braços de Caelen, então se debateu até o tio finalmente colocá-lo no chão. Ele se virou com olhos magoados em direção a Ewan, com olhos cheios de dor.

– Oh, não, papai, quebrei a promessa. Quebrei a promessa!

Ewan foi até o filho e apertou seu ombro, confortando-o.

– Você não fez de propósito, filho. Se vai se sentir melhor, vou ordenar que Alaric e Caelen esqueçam imediatamente o que disse.

– E você, papai? – Crispen perguntou ansioso. – Vai esquecer também?

Ewan conteve uma risada e olhou para os irmãos.

– Todos nós nos esforçaremos para esquecer.

– Alguém vai me dizer o que está acontecendo? – Caelen perguntou. – E tem algo a ver com a mulher estranha sentada na colina?

Ewan seguiu o olhar de Caelen para onde Mairin estava sentada, na colina com vista para todo o castelo. Sabia que Caelen teria observado imediatamente um estranho no castelo. Era extremamente cuidadoso com quem entrava em seu lar. Uma lição que aprendera de forma dura.

– Ela não vai ficar – Crispen disse infeliz.

Ewan se virou rapidamente para o filho.

– Por que diz isso?

– Ela disse que não pode.

– Ewan? Terei que arrancar a informação de vocês? – Caelen perguntou.

Ewan ergueu a mão para silenciar Caelen.

– Ela disse mais alguma coisa, Crispen?

Crispen franziu o cenho e abriu a boca, mas fechou instantaneamente depois. Seus lábios formaram uma linha fina e apertada.

– Já quebrei minha promessa – ele murmurou. – Não deveria dizer mais nada.

Ewan suspirou e balançou a cabeça. Essa confusão toda era suficiente para lhe causar uma enorme dor de cabeça. Que Deus o salvasse de mulheres teimosas e cheias de segredo. Pior, ela havia conquistado o coração de seu filho completamente e não poderia deixar o castelo tão rápido.

Ele uniu as sobrancelhas ao pensar aquilo. Não que ele quisesse que ela ficasse. Não queria que Crispen se magoasse, mas também não queria ter o aborrecimento de uma mulher difícil ou dos problemas que traria com ela.

– Por que não vai brincar para que eu possa receber seu tio adequadamente? Tenho muito a discutir com Caelen e Alaric.

Em vez de parecer ofendido, os olhos de Crispen brilharam de alívio. Ele se virou e seguiu diretamente para onde Mairin estava sentada. Mas agora ela havia desaparecido. Ewan olhou em volta para ver a direção que ela tomara, porém não a encontrara.

– Mairin? Quem é Mairin e o que ela tem a ver com Crispen? Além do mais, o que ela está fazendo *aqui*?

Ewan apontou o dedo para Alaric.

– Ele a trouxe para cá.

Como esperado, Alaric instantaneamente negou sua culpa naquela confusão toda. Ewan conteve a risada ao ouvir a exaustão na voz do irmão.

Caelen estava prestes a perder a paciência – não que tivesse muita –, então Ewan lhe disse tudo o que sabia. Alaric complementou algumas informações e, quando terminaram, Caelen olhou com descrença para Ewan.

– Ela não lhe disse nada? E você permitiu?

Ewan suspirou.

– O que queria que eu fizesse? Batesse nela como fez Cameron? A moça vai ceder. Eu lhe dei até amanhã para resolver confiar em mim.

– E o que fará quando ela se recusar amanhã? – Alaric abriu um sorriso afetado.

– Ela não vai recusar.

– O importante é que Crispen está de volta – Caelen disse. – O que a mulher faz ou diz é irrelevante. Se Cameron está procurando briga, ficarei mais do que feliz em lhe dar uma e, então, mandamos a mulher embora.

– Venha, está escurecendo e Gertie nos aguarda com o jantar. Ela não gosta de servir refeição fria e você bem sabe disso – Ewan disse. – Deixe o assunto Mairin comigo. Vocês dois não precisam se preocupar com isso.

– Como se eu quisesse – Caelen murmurou ao esbarrar o ombro em Ewan.

Capítulo 7

Mairin enrolou o xale apertado ao corpo e rastejou pelo muro de pedra em ruínas. Ela escolhera o caminho mais perto do lago porque havia menos guardas vigiando aquele lado. Afinal, um inimigo dificilmente atacaria pela água.

O ar primaveril causava calafrios e, de repente, a ideia de sair do calor do seu pequeno aposento não parecia tão boa.

O jantar fora um evento estressante. Ela olhou para o irmão mais novo do laird e pensou melhor na promessa de se sentar ao lado de Crispen à mesa. Ele fez careta para ela, mas não que ela não estivesse sendo tratada com caras feias pelos outros irmãos McCabe, porém havia uma escuridão na expressão de Caelen que a enervava.

Mairin inventou uma desculpa sobre não se sentir bem e voltou imediatamente escada acima. Temendo que ela partisse, Crispen lhe trouxe um prato de comida no quarto, e os dois se sentaram com as pernas cruzadas diante do fogo para comer.

Depois, ela alegou cansaço e mandou Crispen embora. E esperou. Por quatro horas, ouviu os sons do castelo diminuírem. Quando teve certeza de que todos haviam ido se deitar, ou de que pelo menos estavam seguramente abrigados em seus aposentos, ela desceu as escadas e saiu pela entrada que dava de frente para o lago.

Ela respirou mais tranquilamente quando se infiltrou na densidão de árvores que separava o lago do castelo. Ali poderia se mover na relativa escuridão e ladeá-lo até estar longe.

Um barulho de mergulho a assustou, então ela se virou na direção da água. Ficou paralisada, prendendo a respiração enquanto andava pelas árvores até chegar na água negra. Mal havia lua naquela noite, e apenas um facho de luz se lançava sobre a superfície ondulante.

Foi suficiente para ela ver que três homens estavam nadando tarde da noite. Também foi o bastante para ver *quem* estava mergulhando. Ewan McCabe e seus irmãos estavam nadando no lago e, que Deus a perdoasse, não tinham um centímetro de roupa.

Ela tapou os olhos imediatamente com ambas as mãos, mortificada demais por ter visto a parte de trás dos três homens. Eles estavam loucos? O lago devia estar incrivelmente gelado. Ela estremeceu só de pensar em como deveria ser congelante nadar ali.

Ficou sentada por vários minutos, agachada ao lado de uma árvore, com as mãos tapando os olhos até finalmente retirá-las para ver Ewan McCabe sair andando da água. Seus olhos se arregalaram de surpresa, e suas mãos ficaram moles ao lado do corpo enquanto encarava, paralisada, o homem totalmente nu. Ele parou, secando-se com um pano, e cada movimento só chamava mais atenção para seu corpo musculoso. E... e... ela não podia nem tentar *pensar* na área entre as pernas dele.

Quando percebeu que estava encarando quase de forma descarada sua... sua... *masculinidade*, ela tapou os olhos de novo e cravou os dentes em seu lábio inferior para abafar o grito que ameaçou sair.

Sua única esperança era que eles acabassem de nadar e voltassem ao castelo. Não podia arriscar se mover por entre as árvores e chamar atenção, mas também não queria ficar ali observando-os impudicamente.

O calor tomou conta de suas faces e, apesar de manter firmemente os olhos fechados, a imagem de Ewan McCabe sem roupa queimava em sua mente com uma claridade assombrosa. Não importava o que fizesse, não conseguia se livrar da lembrança dele saindo da água – completamente nu.

Seriam necessárias pelo menos três confissões para pagar essa quantidade de pecados.

– Pode olhar agora. Asseguro que estou totalmente vestido.

A voz seca do laird entrou com uma precisão agonizante por seus ouvidos. Ela ficou mortificada, e suas faces ficaram tão paralisadas devido à humilhação que só conseguia pensar em ficar ali sentada, com as mãos cobrindo os olhos. Talvez, se ela desejasse bastante, ele estaria longe, bem longe.

– Nem pensar – veio a resposta divertida.

Ela levou uma mão à boca, que é onde deveria estar o tempo todo para não deixar nada tão estúpido escapar, como o fato de que apenas desejava que o laird estivesse bem longe dali.

Agora que Mairin tinha um olho coberto, arriscou olhar para ele e viu que realmente estava vestido. Com isso estabelecido, deixou a outra mão descer ao olhar de maneira nervosa para ele.

Ele estava parado, com as pernas separadas, braços cruzados à frente do corpo e, previsivelmente, fazendo careta.

– Quer me dizer o que está fazendo escondendo-se no escuro?

Ela deixou os ombros caírem. Aparentemente, não conseguia nem realizar uma bela fuga. Como iria saber que ele e seus irmãos gostavam de dar mergulhos idiotas tão tarde?

– Tenho que responder? – ela balbuciou.

Ele suspirou.

– Que parte de eu falar que não era para fugir da minha proteção você não entendeu? Não trato gentilmente aqueles sob minha autoridade que desrespeitam descaradamente minhas ordens. Se fosse um dos meus soldados, eu a mataria.

A última parte não soou orgulhosa. Ele nem disse com gosto, então Mairin tinha certeza de que não dissera aquilo para impressioná-la. Não, era a verdade de Deus, e isso serviu para assustá-la ainda mais.

Algum demônio a incitou a recusar sua ordem.

– Não estou sob sua autoridade, laird. Não estou certa de como chegou a essa conclusão, mas não é verdade. Não estou sob autoridade de ninguém, a não ser de Deus e a minha própria.

Ele sorriu de forma zombeteira a ela, com os dentes brilhando à luz da lua.

– Para uma moça determinada a seguir caminho sozinha, você fez um trabalho bem malfeito.

Ela fungou.

– É bem injusto dizer isso.

– Não torna menos verdade. Agora, se acabamos nossa conversa, sugiro que volte ao castelo, preferencialmente antes de meu filho sair de meus aposentos e ir para os seus. Ele parece ter certa afinidade para dormir com você. Não gosto de imaginar a reação dele ao ver sua cama vazia.

Ah, aquilo era muito injusto, e ele sabia bem disso. Estava manipulando seus sentimentos e empenhando-se para fazê-la se sentir culpada por abandonar Crispen. Ela franziu o cenho firmemente para que ele soubesse de seu desprazer, mas ele a ignorou e segurou seu braço com os dedos fortes.

Ela não tinha escolha a não ser permitir que a levasse de volta ao castelo. Ele a guiou pelo solo rochoso e pelo pátio, quando parou para dar uma ordem definitiva para seu guarda de que ela não poderia fugir de novo. Então continuou pelo castelo e, para desanimá-la mais, insistiu em escoltá-la por todo o caminho até seu quarto.

Ele abriu a porta do aposento e a jogou lá dentro. Então parou na porta, olhando irritado para ela.

– Se pretende me intimidar com olhares zangados, está destinado a falhar – ela disse alegremente.

Os olhos dele encararam o teto por um instante, e ela podia jurar que ele estava contando até dez. Ele esperou um segundo, como se tentasse reunir sua pouca paciência, o que a divertiu, considerando que ele não parecia ter nenhuma.

– Se eu tiver que barrar a porta, eu o farei. Posso ser muito hospitaleiro, mas você tem testado seriamente minha paciência. Eu lhe dei até amanhã para confiar a mim o que quer que esteja escondendo. Depois disso, posso prometer que não gostará mais da minha hospitalidade.

– Eu já não gosto – ela disse, interrompendo-o. Acenou para ele. – Pode ir. Só vou para a cama agora.

Sua mandíbula ficou tensa, e ele flexionou os dedos na lateral do corpo. Ela se perguntou se ele estava imaginando aqueles dedos em volta de seu pescoço. Ele parecia estar contemplando algo naquele momento.

Então, como se contradissesse a ordem dela, ele avançou até se agigantar sobre ela. Sua mandíbula ainda estava tensa, e os olhos se estreitaram quando olharam para Mairin.

Ele encostou a ponta do dedo no nariz dela.

– Você não faz as regras aqui, moça. Será do seu interesse se lembrar disso.

Ela engoliu, de repente admirada pelo tamanho dele.

– Vou me esforçar para me lembrar disso.

Ele assentiu discretamente, então se virou e saiu do quarto, batendo a porta.

Mairin se jogou no colchão de palha e suspirou de desgosto. *Aquilo* não fora nada como esperava. Era para ela estar bem longe das terras dos McCabe agora, ou pelo menos na fronteira. Seu plano era se aventurar ao norte, porque não havia nada para ela no sul.

Agora estava presa no castelo com um laird insuportável que pensava que poderia exigir sua confiança tão fácil quanto fazia com seus soldados. Ele descobriria no dia seguinte que ela não se curvava facilmente a outras pessoas.

Capítulo 8

– Laird! Laird!

Ewan franziu a testa e tirou os olhos da mesa para ver Maddie McCabe entrar correndo no cômodo, com o rosto vermelho do esforço.

– O que foi, Maddie? Estou conversando.

Maddie ignorou a reprimenda e parou a apenas alguns metros dele. Ela estava tão agitada que torcia as mãos.

– Com sua permissão, laird, há algo que preciso lhe dizer. – Olhou disfarçadamente em volta e então confessou em um sussurro: – Em particular, laird. É muito importante!

As têmporas de Ewan começaram a doer. Até aquele momento, a manhã fora cheia de drama. A noite anterior também, quando se lembrava do encontro com Mairin. A moça ainda não havia aparecido, e ele tinha certeza de que estava sendo propositalmente difícil. Assim que acabasse com Alaric e Caelen, planejava confrontá-la e lhe dizer que seu tempo se esgotara.

Ewan ergueu uma mão e acenou para seus homens saírem. Ele olhou para Alaric e Caelen e assentiu para eles ficarem. Qualquer coisa que Maddie tivesse para falar poderia ser na frente deles.

Assim que os soldados saíram, Ewan voltou a atenção para ela.

– Agora, o que é tão importante para você interromper a reunião com meus homens?

– É a moça – ela começou.

Ewan resmungou.

– O que é agora? Ela se recusa a comer? Ameaçou se jogar da janela? Ou talvez tenha desaparecido?

Maddie lhe lançou um olhar confuso.

– Claro que não, laird. Ela está lá em cima em seu aposento. Eu mesma levei seu café da manhã.

– Então o que há com ela? – Ewan rosnou.

Maddie soltou a respiração como se tivesse corrido o caminho todo.

– Posso me sentar, laird? Realmente, não é uma história curta.

Caelen revirou os olhos enquanto Alaric parecia entediado. Ewan acenou para que ela se sentasse.

Ela se ajustou e cerrou as mãos antes de colocá-las sobre a mesa diante dela.

– A moça é Mairin Stuart.

Ela anunciou como se esperasse que Ewan tivesse alguma reação.

– Eu sei que o nome dela é Mairin. Não sabia seu nome de família, mas é um nome bem comum nas Terras Altas. A pergunta é como você obteve essa informação? Ela se recusa a contar a qualquer um quem é. Se Crispen não tivesse cometido esse deslize, eu não saberia disso.

– Não, ela não me contou. Eu sabia, entende?

– Não, não entendo. Talvez possa me explicar – Ewan disse paciente.

– Quando fui levar sua refeição, entrei e ela estava se vestindo. Ficou tudo bem esquisito, e me desculpei é claro, mas, antes de ela se cobrir, eu vi a marca.

A voz de Maddie se elevou de novo e ela se inclinou para a frente, seus olhos brilhavam de empolgação.

Ewan a encarava com expectativa, esperando que continuasse. Senhor, a mulher adorava uma boa história. Seus irmãos se recostaram, conformados com a história colorida de Maddie.

– A moça é *Mairin Stuart* – ela disse novamente. – Ela tem o brasão real de Alexander. Eu vi, marcado em sua perna. É a herdeira de Neamh Álainn.

Ewan balançou a cabeça.

– Isso não faz nenhum sentido, Maddie. Não passa de uma lenda que circula pela voz dos poetas.

– Que lenda? – Alaric perguntou ao se inclinar para a frente. – Nunca ouvi tal história.

– É porque nunca ouve os poetas – Caelen disse secamente. – Está sempre muito ocupado em épocas festivas levantando as saias das meretrizes.

– E você ouve esses poetas e cantores? – Alaric zombou.

Caelen deu de ombros.

– É um bom jeito de se manter a par das fofocas atuais.

Os olhos de Maddie brilharam ao voltar a atenção para Alaric.

– A história que contam é que o rei Alexander teve uma criança, uma filha, após o casamento com Sybilla. E que, em seu nascimento, marcou o brasão real em sua coxa para que sua identidade nunca fosse questionada. Mais tarde, ele deixou Neamh Álainn para sua primeira filha. – Ela se inclinou para a frente e sussurrou: – Dizem que fez isso para que ela tivesse um bom casamento, já que era filha bastarda e sua mãe, uma amante.

Alaric bufou.

– Todos sabem que Alexander nunca gerou uma filha. Ele não tinha filhos legítimos, só um bastardo. Malcolm.

– Ele gerou, *sim*, uma filha. Uma filha chamada Mairin Stuart. E ela está bem acima de nós em seu quarto – Maddie insistiu. – Estou dizendo que vi a marca. Não estou enganada.

Ewan permaneceu em silêncio ao ponderar as insinuações de Maddie e de seus irmãos. Não tinha total certeza de que acreditava nisso, mas certamente explicaria por que Duncan Cameron estava tão determinado a se casar com a moça, e também explicaria por que ela estava louca para fugir.

– Por que apenas não reconheceu a moça? – Alaric argumentou. – Uma filha bastarda do rei não teria problema em assegurar um casamento decente. Os homens fariam fila por fazer um favor à coroa.

– Ele não queria que ninguém soubesse – Maddie disse. – Me lembro de ouvir os boatos que circulavam alguns anos atrás. Alexander esperou por cinco anos antes de deixar o legado para ela. Ele valorizava o casamento com Sybilla, e Malcolm nascera *antes* de seu casamento. Não sabem como ele explicou a herança, mas, logo após sua morte, os boatos da existência de uma moça começaram a circular.

– Com Malcolm ainda preso, a existência de outra descendente de Alexander poderia aumentar o apoio aos seguidores de Malcolm – Ewan disse pensativo. – Poderia, aliás, ser um bom motivo para a determinação de Cameron de se casar com ela. Tomar sua herança lhe daria mais poder do que tem atualmente. Muito mais poder. A Escócia estaria em guerra de novo, e David enfrentaria uma nova ameaça. O fato de Alexander não ter apenas um, mas dois possíveis herdeiros do trono, enfraqueceria a posição de David. Ele não consegue resistir a outra guerra duradoura que separará a Escócia novamente.

– Um bastardo não pode ter a herança – Caelen o lembrou. – Nunca aceitariam.

– Pense, Caelen. Se Duncan Cameron tivesse controle de Neamh Álainn, ele seria invencível. Não importaria as circunstâncias do nascimento dos filhos de Alexander. Com esse luxo e poder, se Cameron escolhesse se aliar a Malcolm, ambos teriam poder.

– Está dizendo que acredita nessa besteira? – Alaric perguntou surpreso.

– Não estou dizendo nada. Ainda – Ewan disse calmo.

– Não vê, senhor? – Maddie interrompeu, com animação borbulhando na voz. – Ela é a resposta para nossas preces. Se *você* se casar com a moça, então herdaria Neamh Álainn. Dizem que ela trará um dote rico para seu casamento além das terras deixadas para o primeiro filho.

– Casar com ela?

A pergunta saiu dos três irmãos. Ewan ficou boquiaberto e encarou Maddie estupefato.

Maddie assentiu energicamente.

– Precisa admitir, é um plano e tanto. Se casar-se com ela, Duncan Cameron não poderá fazê-lo.

– Isso é verdade – Caelen comentou.

Alaric se virou para Caelen, com expressão de dúvida.

– Agora vai concordar com essa maluquice?

Ewan ergueu uma mão para silenciá-los. Sua cabeça latejava em uma escala anormal de dor. Ele olhou para Maddie, que estava ouvindo tudo com atenção extasiada.

– Pode ir agora, Maddie. Espero sinceramente que tudo o que foi dito aqui permaneça estritamente confidencial. Se a fofoca se espalhar pelo castelo, vou saber de onde veio.

Maddie se levantou e fez uma reverência.

– É claro, laird.

Ela saiu apressada e, então, Ewan se virou para os irmãos.

– Me diga que não está considerando essa loucura – Alaric disse antes de Ewan emitir um som.

– Que loucura acha que estou pensando em fazer? – Ewan perguntou calmamente.

– Casamento. Acreditar que a moça é filha bastarda de Alexander, o que a torna sobrinha de nosso atual rei. Sem mencionar que é meia-irmã do homem que passou dez anos tentando retirar David do trono. E o faria de novo se tivesse oportunidade.

– Acredito que a moça e eu precisamos ter uma longa conversa. Pretendo ver essa marca com meus próprios olhos. Dado o relacionamento entre nosso pai e Alexander, já vi esse brasão real em mais de uma ocasião. Saberei se a marca em sua perna é legítima.

Caelen roncou.

– E acha que ela vai erguer a saia para que você veja? É mais provável que dê uma joelhada em seus testículos pela ofensa.

– Sei ser persuasivo quando necessário – Ewan declarou pausadamente.

– Eu adoraria ver isso – Alaric disse.

Ewan ergueu as sobrancelhas.

– Não vai ver nada do tipo. Se eu pegá-lo querendo olhar um centímetro sob as saias de Mairin Stuart, vou pendurá-lo no muro com minha espada.

Alaric ergueu as mãos para se proteger.

– Esqueça o que eu disse. Você está estranhamente tocado por uma moça que diz irritá-lo infinitamente.

– Se a moça é quem Maddie diz ser, pretendo me casar com ela – Ewan disse, sorrindo. – Nosso clã precisa do dinheiro que seu dote forneceria.

Simultaneamente, a boca dos irmãos se abriu. Caelen xingou alto e Alaric balançou a cabeça e olhou para o teto.

– Pense no que está dizendo – Caelen disse.

– Acredito que eu seja o único que *esteja* pensando – Ewan retrucou. – Se for verdade que o primeiro filho herdará Neamh Álainn, pense no que significaria para nosso clã. Controlaríamos as terras escolhidas em toda a Escócia. Não ficaríamos mais sentados aqui sonhando com o dia em que nos vingaríamos de Duncan Cameron. Iríamos dizimar Duncan e seu nome. Ele seria apagado da história. Nosso nome seria vingado. O Clã McCabe seria o segundo, só depois do rei. Ninguém, e quero dizer ninguém, nunca teria o poder de nos destruir como Duncan Cameron fez há oito anos.

Seu punho bateu na mesa, e seu corpo todo tremeu de raiva.

– Fiz um juramento no túmulo de nosso pai de que eu não descansaria até nosso clã estar restabelecido em sua total glória, e que eu faria Duncan Cameron pagar por seus crimes contra nós.

O olhar de Caelen ficou frio, e Ewan pôde ver a dor nos olhos de seu irmão. Mas ele assentiu, formando uma linha fina com os lábios.

– Nisso nós concordamos.

– Neamh Álainn fica ao norte, apenas com McDonald entre nós. Se formarmos uma aliança forte com ele, controlaremos uma porção vasta dessa região.

A ansiedade corria nas veias de Ewan enquanto os planos de oito anos ganhavam vida em sua mente. Finalmente, viu uma forma de cumprir seu juramento ao pai.

– A moça é corajosa e extremamente protetora de Crispen. Daria uma ótima mãe, assim como ao restante dos filhos que me daria. Em troca, eu lhe daria minha proteção, e ela nunca mais teria que se preocupar com Duncan Cameron.

– Não é a nós que precisa convencer – Alaric disse torcendo os lábios. – Terá que persuadir essa moça. Caelen e eu estaremos sempre ao seu lado. Sabe muito bem disso. Minha lealdade é a você. E se estende à mulher com quem se casar, independentemente de quem seja. Ela é uma moça muito corajosa. Vi com meus próprios olhos. E se ela vem com um dote como Neamh Álainn, então não vejo problema em se casar com ela.

Caelen assentiu, mas não disse nada sobre Mairin. Ewan não esperava que o fizesse. Ele ficaria extremamente surpreso se Caelen se permitisse confiar em outra mulher de novo. Se ele quisesse ter filhos, Ewan sentia pena da mulher com quem se casasse. Certa vez, Caelen tinha se doado sem reservas. A tolice da juventude. Ele jurou nunca fazê-lo novamente.

Ewan colocou as mãos na mesa e se levantou.

– Parece que tenho muito a discutir com Mairin Stuart. Alaric, quero que mande uma escolta para o padre McElroy. Ele está com os McDonald administrando as últimas cerimônias a um de seus doentes. Vou precisar dele para fazer o casamento. Se a moça é quem Maddie diz ser, não quero perder tempo. Vamos nos casar imediatamente.

Capítulo 9

Ewan parou do lado de fora do quarto de Mairin e sorriu com a proximidade de seus aposentos. Ela provavelmente não ficaria feliz se soubesse quanto estavam perto um do outro. Ele bateu gentilmente, mas não esperou que ela respondesse, então abriu a porta e entrou no quarto.

Mairin deu as costas à janela, seu cabelo solto voava em seus ombros. As cortinas foram colocadas de lado para permitir que o sol brilhasse lá dentro, e ela parecia um retrato encantador com a luz refletindo a cor brilhante de seus olhos.

Sim, ela era uma moça elegante, e não seria sacrifício casar-se com ela e lhe fazer um filho. Na verdade, agora que ele decidira agir dessa forma, esperava ansiosamente ver Mairin em sua cama.

Ela parecia indignada pela invasão dele, porém, antes que lançasse a reprimenda que ele sabia que viria, ergueu uma mão. A moça não tinha respeito por ele, mas era uma questão que mudaria rapidamente. Quando ela fosse sua esposa, ele teria muito prazer em informá-la de suas funções para com ele e, mais importante, sua obrigação de obedecê-lo sem questionar.

– Agora vai me contar o que quero saber? – ele perguntou.

Para ser justo, e ele era um homem justo, queria lhe dar a oportunidade de confessar sua identidade antes de ele falar o que sabia.

Ela ergueu o queixo para demonstrar rebeldia, que agora ele esperava dela, e balançou a cabeça.

– Não, não vou. Não pode exigir que eu confie em você. Porque essa é a coisa mais ridícula que já ouvi.

Ele sentiu que ela estava se preparando para um sermão completo e fez a única coisa que sabia que a silenciaria.

Rapidamente, aproximou-se dela, segurou seus braços e a levantou devagar. Seus lábios encontraram os dela em uma onda de calor, arfada de ultraje dela foi engolida por sua boca.

Seu corpo ficou rígido contra o dele, suas mãos empurrando na tentativa de afastá-lo. Ele passou a língua nos lábios dela, saboreando sua doçura, exigindo entrar em sua boca.

A segunda arfada dela saiu mais como um suspiro. Seus lábios se abriram e ela se derreteu no peito dele como mel quente. Derreteu-se toda e se encaixava nele como a espada se encaixava em sua mão. Perfeitamente.

Ele se forçou para dentro, deslizando a língua na dela. Ela ficou retesada novamente, e seus dedos apertaram o peito dele como adagas minúsculas.

Ele fechou os olhos e os imaginou se cravando em suas costas enquanto investia entre as coxas dela.

Senhor, mas ela era muito doce. Não, ir para a cama com ela não seria nenhum sacrifício. A visão dela engolindo seu membro tremeluziu em sua mente, e ele se viu bastante satisfeito com a imagem. Realmente bem satisfeito.

Quando ele finalmente se afastou, os olhos dela estavam brilhantes, seus lábios deliciosamente inchados, e ela oscilava como uma árvore ao vento.

Ela piscou muitas vezes e franziu o cenho de forma abrupta.

– Por que fez isso?

– Era a única forma de fazer você ficar quieta.

Ela ficou eriçada com a afronta.

– Me fazer ficar quieta? Você tomou liberdades com meus... meus... lábios para me calar? Foi muito insolente da sua parte, laird. Não permitirei que faça isso novamente.

Ele sorriu e cruzou os braços à frente do peito.

– Permitirá, sim.

Ela ficou boquiaberta, perplexa, e abriu e fechou a boca, esforçando-se para falar.

– Posso garantir que não.

– Posso garantir que vai.

Ela bateu o pé, e ele reprimiu uma risada devido à fúria em seus olhos.

– Você enlouqueceu! Isso é algum truque? Uma tentativa de me seduzir para contar quem sou?

– Nada disso, Mairin Stuart.

Ela recuou em choque. Se ele tinha alguma dúvida sobre a veracidade dos argumentos de Maddie, agora não tinha mais. A reação de Mairin foi muito autêntica. Ela ficou realmente horrorizada por ele saber a verdade.

Rapidamente pensou a mesma coisa por ter se denunciado, porque não tentou negar. Lágrimas se acumularam em seus olhos e ela se virou, colocando o punho sobre a boca.

Uma sensação desconfortável apertou o peito dele. Ver sua angústia o deixava inquieto. A moça sofrera bastante, e agora parecia totalmente derrotada. A luz se esvaíra de seus olhos no instante em que ele mencionara seu nome.

– Mairin – ele começou e tocou seu ombro delicadamente.

Ela estremeceu sob seu toque, e ele percebeu que ela se sacudia com soluços mudos.

– Moça, não chore. Não é tão ruim assim.

– Não? – Ela fungou e afastou a mão dele, aproximando-se da janela de novo. Baixou a cabeça e o cabelo caiu sobre seu rosto, escondendo-o da vista dele.

Ele não era bom com lágrimas. Elas o desconcertavam. Ficava muito mais confortável quando a deixava brava. Então fez a única coisa que sabia que a enfureceria. Ordenou que parasse de chorar.

Como previsto, ela foi para cima dele, cuspindo como um gato acuado.

– Choro se eu quiser. Pare de ficar me dando ordens!

Ele ergueu uma sobrancelha.

– Você ousa tentar *me dar* ordens?

Ela ruborizou, mas pelo menos não estava mais chorando.

– Agora me conte sobre a marca na sua perna. O brasão de seu pai. Eu gostaria de vê-la.

Ela enrubesceu e recuou um passo até suas costas encontrarem a beirada da janela.

– Não farei algo tão indecente como lhe mostrar minha perna!

– Quando estivermos casados, verei mais do que isso – ele disse calmamente.

– Casados? *Casados?* Não vou me casar com você, laird. Não me casarei com ninguém. Ainda não, de qualquer forma.

Era o "ainda" que intrigava Ewan. Claramente, a moça não tinha descartado totalmente a ideia de casamento, e ela parecia equilibrada o suficiente, então tinha que perceber a importância de se casar. Dificilmente poderia receber de Neamh Álainn se nunca como herança se casasse.

Ele se sentou na cama e esticou as pernas. Aquilo poderia demorar um pouco, e queria estar bem confortável.

– Me diga por que *ainda* não. Com certeza já pensou em se casar.

– Sim, pensei nisso. Pensei em muita coisa por todos esses anos – ela disparou. – Tem alguma ideia de como foram os últimos dez anos para mim? Vivendo com medo, precisando me esconder de homens que me obrigariam a fazer sua vontade para que ganhassem se casando comigo. Homens que plantariam uma semente em minha barriga e me descartariam no instante em que eu desse à luz. Eu era apenas uma criança quando fui obrigada a me esconder. Uma *criança*. Precisava de tempo para criar um plano. Madre Serenity sugeriu que eu encontrasse um homem, um guerreiro, com força para proteger minha herança, mas também com honra. Alguém que me tratasse bem – ela sussurrou. – Um homem que apreciasse o dote que eu traria com o casamento. E a mim.

Ele foi atingido pela vulnerabilidade em sua voz. Os sonhos de uma jovem pareciam grandes pela forma como ela contava. Não era prático, mas, quando olhava para ela, ele entendia que ficara desesperada e com medo, e se agarrara à esperança de encontrar um homem entre todos que não fizesse exatamente o que ela disse. Casasse com ela, a engravidasse e a descartasse quando não tivesse mais um propósito.

Ele suspirou. Ela queria ser amada e cuidada. Ele não poderia oferecer tais coisas, mas poderia oferecer proteção e respeito. Era muito mais do que Duncan Cameron lhe daria.

– Eu nunca vou machucá-la, moça. Terá o respeito de uma esposa de um laird do Clã McCabe. Protegerei você e todo filho que me der. Você queria um homem que tivesse a força para defender seu legado. Eu sou esse homem.

Ela se virou com olhos pesarosos para ele, brilhando com ceticismo.

– Não quero insultá-lo, laird, mas seu castelo está desmoronando ao seu redor. Se não pode proteger o próprio castelo, como posso esperar que protegerá uma fortaleza tal como Neamh Álainn?

Ele ficou tenso pelo insulto, proposital ou não.

– Não pode ficar bravo por tal observação – ela se apressou em dizer. – É meu direito questionar as qualificações do homem com quem me casarei e em cujas mãos confiarei minha vida.

– Passei os últimos oito anos fortalecendo minhas tropas. Não há uma tropa maior e mais bem treinada em toda Escócia.

– Se estiver correto, por que, então, seu castelo parece que foi despedaçado em batalha?

– E foi – ele disse abruptamente. – Há oito anos. Desde então, meu foco foi manter meu clã alimentado e meus homens treinados. Consertos ao castelo está muito abaixo nas prioridades.

– Não desejei me casar com ninguém ainda – ela disse com uma voz chorosa.

– Sim, posso entender isso. Mas parece que não tem mais escolha. Você foi descoberta, moça. Se pensa que Duncan Cameron irá desistir quando uma fortaleza como Neamh Álainn está em jogo, está maluca.

– Não há necessidade de me insultar – ela soltou. – Não sou maluca.

Ele deu de ombros, ficando impaciente com o rumo daquela conversa.

– Da forma que vejo, você tem duas opções. Duncan Cameron. Ou eu.

Ela ficou pálida e torceu as mãos agitadamente.

– Talvez devesse pensar melhor nisso. O padre deve chegar em dois dias. Aguardarei uma resposta até lá.

Ignorando seu olhar assombrado, ele se virou e saiu do quarto. Parou na porta e se virou para encará-la.

– Não pense em fugir de novo. Vai descobrir que não tenho paciência para ir atrás de moças desobedientes por minhas terras.

Capítulo 10

Casar-se com ele. Mairin andava de um lado para o outro em seu quarto até pensar que fosse enlouquecer. Parou na janela e olhou para fora, inalando o ar calmante da primavera. Era uma tarde quente com um toque gentil de frio.

Tomando uma decisão, ela pegou seu xale e saiu correndo do quarto. Não muito depois que ela saiu do castelo, um dos guerreiros McCabe desceu as escadas ao seu lado. Ela o observou com cuidado e se lembrou de que ele era um dos homens com Alaric no dia em que ela e Crispen foram encontrados. Ela buscou seu nome na memória, mas o acontecimento todo era apenas um borrão para ela.

Ela sorriu, pensando que ele só quisesse cumprimentá-la, porém ele continuou acompanhando-a enquanto ela circulava o castelo e se dirigia ao buraco no muro.

Antes de ela poder erguer a barra do vestido e escalar a face rochosa e despedaçada, o soldado pegou sua mão de maneira cavalheiresca e a levou para o lado.

Ela parou e ele quase trombou nela por a estar seguindo tão próximo. Ela se virou e inclinou a cabeça para que pudesse olhar nos olhos dele.

– Por que está me seguindo?

– Ordens do laird, milady. Não é seguro para uma moça andar pelo castelo sem estar acompanhada. Estou encarregado de sua proteção quando o próprio laird não estiver com a senhorita.

Ela bufou e colocou uma mão na cintura.

– Ele tem medo que eu fuja de novo e você foi incumbido de certificar que isso não aconteça.

O soldado não disse nada e apenas piscou.

– Não tenho intenção de deixar o castelo. O laird me informou das consequências de tal ação. Saí simplesmente para caminhar e tomar um pouco de ar fresco, então não há motivo para abandonar seu trabalho e me escoltar.

– Meu único trabalho é garantir sua segurança – ele disse educadamente.

Ela deu um suspirou descontente. Tinha certeza de que os homens do laird eram todos um pouquinho cabeça-dura e teimosos como ele. Provavelmente fosse uma exigência.

– Muito bem. Você atende por qual nome?

– Gannon, milady.

– Me diga, Gannon, é meu vigia permanente?

– Compartilho a tarefa com Cormac e Diormid. Depois de seus irmãos, somos os homens mais antigos do laird.

Ela escolheu caminhar por entre as pedras que formavam uma protuberância no solo enquanto subia a colina em direção ao pasto das ovelhas.

– Consigo imaginar como gostam dessa função – ela disse ironicamente.

– É uma honra – Gannon disse solenemente. – A confiança do laird é grande. Ele não confiaria a segurança da senhora deste castelo a qualquer soldado.

Ela parou e se virou, apertando os lábios para impedir que um grito saísse.

– Eu não sou a senhora deste castelo!

– Será em dois dias, assim que o padre chegar.

Ela fechou os olhos e balançou a cabeça. Nunca fora de beber, mas, naquele momento, uma garrafa cheia de cerveja seria bem-vinda.

– O laird tem grande respeito pela senhorita – Gannon disse, como se percebesse o incômodo dela.

– Estou achando que é o contrário – Mairin murmurou.

– Mairin! Mairin!

Ela se virou e viu Crispen correndo colina acima o mais rápido que suas pernas conseguiam. Ele gritou seu nome o caminho todo e quase a derrubou quando deu de encontro com ela. Só a mão firme de Gannon a preveniu de cair.

– Cuidado, rapaz – Gannon disse com um sorriso. – Vai derrubar a moça se não tiver cuidado.

– Mairin, é verdade? É verdade?

Crispen se agitava feliz com a notícia. Seus olhos brilhavam como estrelas e ele apertava os braços dela, alternando entre abraçá-la e apertá-la.

Ela segurou os ombros dele e, com cautela, o afastou.

– O que é verdade, Crispen?

– Vai se casar com papai? Será minha mãe?

A raiva a invadiu a uma velocidade assustadora. Como ele pôde? Como pôde fazer isso com Crispen? Partiria seu coração se ela negasse. Sua manipulação a deixava indignada. Pensava que ele fosse mais honrado do que aquilo. Arrogante, era isso. Determinado e focado. Mas ela não imaginava que agiria de forma tão traiçoeira e astuta com os sentimentos de uma criança.

Furiosa, ela se virou para Gannon.

– Me leve ao laird.

– Mas, milady, ele está com os homens. Nunca pode ser interrompido durante o treinamento a não ser que seja uma questão urgente.

Ela avançou nele, colocando o dedo em seu peito. Enfatizou as palavras ao cutucá-lo. Ele foi obrigado a recuar, com o olhar desconfiado.

– Vai me levar até ele agora ou vou revirar este castelo de cabeça para baixo até encontrá-lo. Acredite quando digo que isso é uma questão de vida ou morte. A vida e morte *dele*!

Quando ela viu a negação determinada nos olhos de Gannon, jogou as mãos para cima, soltou um ar de irritação e se virou para descer a colina. Ela mesma encontraria o laird. Se ele estava treinando com os homens, significava que estava no pátio onde aconteciam os treinamentos.

Lembrando-se de Crispen e de não desejar que ele ouvisse o que ela diria ao seu pai, ela se virou e apontou o dedo firmemente para Gannon.

– Fique com Crispen. Ouviu?

A boca dele se abriu quando ela ordenou aquilo, e ele olhou para ela e Crispen, alternando, como se estivesse em dúvida do que fazer. Finalmente, curvou-se, disse alguma coisa a Crispen, então o empurrou na direção das ovelhas.

Mairin se virou e pisou firme ao descer a colina, mais brava a cada passo. Ela quase tropeçou e caiu de cara em uma pedra, porém Gannon a segurou pelo cotovelo.

– Vá devagar, milady. Vai se machucar!

– Não serei eu que ficarei machucada – ela murmurou. – É mais provável que seja seu laird.

– Perdão? Sinto muito. Não ouvi o que disse.

Ela rangeu os dentes e se soltou dele. Olhou em volta pelo castelo e o pátio. O barulho alto de espadas, misturado a xingamentos, e o cheiro de suor e sangue ficavam cada vez mais fortes em seu nariz e seus ouvidos. Ela avaliou a quantidade de homens treinando até finalmente encontrar a origem de sua fúria.

Antes que Gannon pudesse impedi-la, ela andou por entre as lutas, com o olhar fixo no laird. Ao seu redor, ouviam-se gritos. Ela achou que um homem caíra durante a sua passagem, mas não tinha certeza porque não parou para ver.

Quando estava na metade do caminho, o laird parou sua atividade e se virou para encará-la. Quando a olhou, sua testa se enrugou e ele fez uma careta. Não apenas sua expressão costumeira de desprazer. Ele estava furioso. Bom, então tudo bem, porque ela também estava.

Somente quando ela parou a quase um metro dele, Gannon a alcançou. Ele estava sem fôlego e olhando para o laird como se temesse por sua vida.

– Perdão, laird. Não pude impedi-la. Ela estava determinada...

O olhar bravo do laird encontrou o de Gannon e ele arqueou uma sobrancelha em sinal de descrença.

– Não conseguiu impedir uma moça de marchar pelo pátio onde qualquer um de meus homens poderia tê-la matado?

Mairin bufou, sem acreditar, quando se virou para observar os homens que agora estavam parados em silêncio, percebendo que circular o perímetro poderia ter sido uma ideia bem melhor.

Todos estavam fazendo uma cara feia para ela, comprovando sua teoria de que o laird exigia mau humor e teimosia de seus homens.

Determinada a não demonstrar arrependimento de seu erro, ela se virou de volta para o laird e o paralisou com a força de seu olhar. Ele poderia estar bravo, mas ela estava muito mais que isso.

– Eu não lhe dei uma resposta, laird – ela gritou. – Como pôde? Como pôde fazer algo tão... tão... por baixo do pano e desonroso?

A carranca na expressão dele se transformou em completa surpresa.

Ele ficou embasbacado por ela pensar que, talvez, ele tivesse entendido errado. Então, ela se antecipou em informá-lo por que, especificamente, estava furiosa.

– Disse ao seu filho que eu seria a mãe dele. – Ela foi até ele, pressionando o dedo em seu peito. – O senhor me deu dois dias. Até o padre chegar. Dois dias para tomar minha decisão, e mesmo assim informa todo o castelo que seria a nova senhora. – Neste momento, ela estava batendo nele com a mão.

Ele baixou o olhar para seus dedos como se estivesse prestes a espantar um inseto irritante. Então voltou a olhar para ela, com os olhos tão frios que ela estremeceu.

– Terminou? – ele perguntou.

Ela deu um passo para trás, já com a onda inicial de fúria amenizada. Agora que havia desabafado sua raiva, a realidade do que fizera lhe atingira por completo.

Ele avançou, não lhe dando oportunidade de se distanciar dele.

– Nunca, *nunca* questione minha honra. Se fosse um homem, já estaria morta. Assim, se falar comigo de novo como fez agora, posso garantir que não gostará das consequências. Está na minha propriedade, e minha palavra é lei. Está sob minha proteção. Vai me obedecer sem discutir.

– Nem que me mate – ela murmurou.

– O *quê?* O que disse? – ele rugiu a pergunta a ela.

Ela o olhou com serenidade, um sorriso meigo no rosto.

– Nada, laird. Nada.

Ele semicerrou os olhos e ela pôde ver suas mãos se torcendo de novo como se ele quisesse esganá-la. Ela estava começando a pensar que era um sofrimento para ele. Ele andava por aí querendo arrancar a vida de todo mundo ou ela era especial nesse quesito?

– Temo que esta vontade seja especialmente em relação a você – o laird rosnou.

Ela manteve a boca e os olhos fechados. Madre Serenity jurara que, um dia, Mairin se arrependeria de ser impulsiva e expressar todos os pensamentos. Aquele dia poderia ter chegado.

Agora, as caras feias de seus homens foram substituídas por expressões divertidas. Ela não gostava de ser a origem de tal diversão, então olhou feio para todos. Só serviu para fazê-los sorrir mais enquanto lutavam para conter a risada.

– Vou dizer apenas uma vez – ele disse com tom ameaçador. – Falei de nosso possível casamento apenas com os homens que mandei para escoltar o padre McElroy a minhas terras e com aqueles que encarreguei de sua proteção. Precisava de um motivo para o padre se apressar em chegar aqui. Você, no entanto, agora, anunciou nossas núpcias iminentes para todo o meu clã.

Ela olhou inquieta à sua volta e viu que havia quase uma multidão assistindo-os. Eles olhavam para ela e o laird com interesse descarado. De fato, estavam atentos a cada palavra.

Ela apertou os lábios, formando um arco, e olhou inflexível para o laird, que ainda estava arrepiado pela afronta.

– Então como seu filho sabe? E por que tenho uma escolta que me informa que sua função é vigiar a senhora do castelo?

– Está me acusando de dizer inverdades?

Ele falou baixo de repente, tão baixo que ninguém, além dela, podia ouvir, mas o tom enviou uma onda de medo diretamente para seus dedos do pé.

– Não – ela disse ríspida. – Simplesmente gostaria de saber como tantas pessoas sabem sobre um casamento que pode ou não acontecer se você não contou a ninguém.

Ele estreitou os olhos.

– Primeiro, o casamento *vai* acontecer. Assim que restabelecer seu bom senso e perceber que é a única opção sensata que lhe resta.

Quando ela abriu a boca para retrucar a conclusão dele, ele a chocou, colocando a mão sobre sua boca.

– Vai ficar quieta e me deixar terminar. Tenho minhas dúvidas de que conseguiu ficar em silêncio por mais de um minuto em toda a vida – ele resmungou.

Ela bufou, mas a mão dele apertou sua boca.

– Só posso pensar que meu filho me ouviu conversar com meus homens sobre nosso casamento. Se você o tivesse precavido para segurar a língua, ele não teria repetido isso além de perguntar a você. Mas, agora, anunciou nosso casamento para todo o clã. Alguns até podem considerar isso um pedido. Nesse caso, eu aceito.

Ele finalizou com um sorriso e deu um passo para trás, tirando a mão da boca dela.

– Por que... você... – ela balbuciou. Abriu e fechou a boca, mas não saiu nada.

Um viva foi emitido da multidão reunida.

– Um casamento!

Parabenizaram-nos. Espadas foram erguidas. Os homens batiam nas costas do escudo com o punho de suas espadas. Mairin se encolheu com o barulho alto e olhou perdida para o laird. Ele a olhou de volta, com os braços cruzados à frente do peito, um sorriso satisfeito se formando em seu rosto bonito demais.

– Não pedi para se casar comigo!

Ele não se intimidou com sua raiva.

– É costume selar um noivado com um beijo.

Antes de ela dizer o que pensava daquela ideia maluca, ele a puxou contra seu corpo. Ela bateu em seu peito e teria voltado com toda força se ele não a tivesse segurado firmemente.

– Abra a boca – ele exigiu com uma voz rouca que soava estranhamente gentil dado seu nível de raiva.

Ela abriu os lábios e ele deslizou a língua sensualmente na dela. Seus sentidos se dissiparam. Por um instante, ela quase se esqueceu de tudo além do fato de ele a estar beijando e ter sua língua dentro de sua boca. De novo.

Ele acabara de anunciar para seu clã que se casariam. Ou talvez ela o fizera. Percebendo que, quanto mais tempo ele a beijava diante de Deus e de todos, mais difícil seria negar seu anúncio, ela o afastou com força e quase caiu para trás. Para sua vergonha, Gannon a pegou e a manteve firme enquanto ela limpava a boca com o braço.

Ah, e o laird estava presunçoso agora. Tinha um sorriso satisfeito no rosto ao observá-la e aguardar.

– Beijar? Não vou beijar você. Eu quero te bater!

Ela se virou e saiu correndo. A risada dele a seguiu todo o caminho.

– Tarde demais, moça! Já a beijei.

De volta a suas acomodações, das quais nunca deveria ter saído, Mairin parou em frente à janela. Aquele homem era impossível. Ele a deixaria louca em um dia. Era controlador e insuportável. Arrogante. Lindo. E a beijou como em um sonho.

Ela resmungou e deu um tapa na própria testa. Ele não beijou como em um sonho. Fez tudo da forma errada. Mairin tinha quase certeza de que madre Serenity nunca mencionara línguas ao falar sobre beijo. Madre Serenity era bem descritiva quando conversava com Mairin. Ela não queria que ficasse despreparada na noite de núpcias e, se Mairin sabia alguma coisa, era que se casaria um dia.

Mas línguas? Não, madre Serenity não dissera nada sobre línguas. Mairin teria se lembrado de tal coisa, com certeza.

Mairin achava que a primeira vez que um homem a beijaria seria uma aberração. Um erro. Afinal, sua boca ficaria aberta. A língua dele poderia escorregar para dentro da boca dela se ele também abrisse a dele.

Ela franziu o cenho ao pensar aquilo. Será que madre Serenity estaria enganada? Definitivamente não. A madre tinha conhecimento sobre todas as coisas. Mairin confiava cegamente nela.

Mas na segunda vez? Não era coincidência, porque desta vez ele mandou que ela abrisse a boca e, como uma tola, ela abriu e o deixou deslizar a língua sobre a dela.

Só de lembrar a arrepiava. Era...

Era indigno. Era isso que era. E ela diria isso a ele se tentasse fazer isso de novo.

Sentindo-se parcialmente melhor agora que havia resolvido essa questão, voltou os pensamentos para a questão urgente do casamento. Dela.

Era verdade que ele preenchia muitos dos requisitos que ela e madre Serenity criaram. Era indubitavelmente forte. Parecia terrivelmente possessivo àqueles que considerava estar sob sua proteção. Era só olhar para o número de soldados treinando no pátio e como treinavam sério.

O casamento seria igualmente, se não mais, benéfico para ele. Sim, ela teria sua proteção, e ele tinha o poder de proteger uma fortaleza como Neamh Álainn, mas ganharia riqueza e terras rivalizadas apenas pelo rei.

Deveria confiar tal poder a ele?

Ela não desejava contestar sua honra. Ficara brava, mas não acreditava realmente que ele fosse um homem sem honra. Se o fizesse, teria tentado fugir bem mais. Não, estava considerando seriamente a proposta dele. Ou a proposta dela. Ou de quem quer que tivesse pedido.

Ela não tivera contato com muitos homens na vida. Fora levada para o convento quando era bem jovem no meio da noite e mantida lá por muitos anos. Mas se lembrava do medo e do total conhecimento de que sua vida mudaria imensuravelmente se caísse em mãos erradas.

Não sentia aquele medo com Ewan McCabe. Ah, ela o temia, mas não tinha medo de que ele a desrespeitasse. Ele tivera bastante oportunidade – e vontade – de estrangulá-la e, mesmo assim, controlou seu temperamento todas as vezes. Até quando não estava convencido de seu papel no sequestro e resgate de seu filho, ele não mexera um dedo para machucá-la.

Estava chegando rapidamente à conclusão de que ele só ameaçava.

O pensamento a fez sorrir. Os McCabe gostavam de fazer careta. Mas Alaric a apoiara mesmo depois de resmungar blasfêmias contra ela e todas as mulheres. Caelen... bem, até agora eles estavam em acordo mútuo de se ignorar. Agora, *ele* a deixava com medo. Não gostava muito dela, e não se importava se ela percebesse ou não.

Será que era louca por considerar se casar com o laird?

Ficou diante da janela e observou quando as sombras escureceram as colinas que rodeavam o castelo. Ao longe, cachorros latiam ao pastorear as ovelhas. O tom roxo do crepúsculo invadiu a propriedade. Perto do solo, uma neblina subira, cobrindo as montanhas como uma mãe que abraça o filho durante a noite.

Aquela seria sua vida. Seu marido. Seu castelo. Seu clã. Não mais temeria ser encontrada a qualquer momento e obrigada a se casar com um homem bruto que não se importava com nada a não ser com a riqueza que ela traria com o nascimento de um herdeiro.

Teria uma vida, uma que quase desistira de esperar ter, e teria uma família. Crispen. O laird. Seus irmãos. Seu clã.

Ah, mas a ansiedade estava se remexendo fortemente dentro dela.

Ela olhou para cima e sussurrou uma oração fervorosa.

– Por favor, Deus. Que eu tome a decisão certa.

Capítulo 11

A moça estava submersa em uma banheira cheia de água, com a cabeça jogada para trás, olhos fechados, e uma expressão de pura alegria estampava seu rosto.

Ewan a assistia da porta, em silêncio, para não perturbá-la. Ele deveria anunciar sua presença. Mas não o fez. Estava gostando demais da vista desimpedida.

O cabelo dela estava preso no topo da cabeça, mas mechas soltas desciam pelo pescoço esguio, mantendo-se coladas à pele. O olhar dele seguia essas mechas. Ele estava particularmente fascinado por aquelas que descansavam na curva de seus seios.

Mairin tinha seios formosos. Tão formosos quanto o restante dela. Era cheia de curvas e linhas suaves, agradando seus olhos. Ela se mexeu e, por um instante, ele pensou que fosse ser flagrado, mas ela não abriu os olhos. Arqueou o suficiente para que os bicos rosados de seus mamilos saíssem da água.

A boca dele ficou seca. Seu membro ficou rígido e tenso contra suas calças. Ele flexionava e estendia os dedos, inquieto pela reação forte que ela causou nele.

Ele estava duro e sofrendo. O desejo o tomara por completo. Não havia nada que o impedisse de atravessar o cômodo, retirá-la da banheira e deitá-la na cama. Ela era dele para que a possuísse. Desde quando colocou os pés em sua propriedade, passara a ser dele. Independentemente de se casar com ele ou não.

Ainda assim, a parte perversa de sua natureza queria que ela viesse até ele. Ele queria que ela aceitasse seu destino e se conectasse a ele de acordo com sua vontade. Sim, o sexo era muito mais satisfatório quando a moça estava com vontade. Não que ele não pudesse deixá-la com vontade em questão de segundos...

Um sobressalto assustado ecoou do outro lado do cômodo. Ele franziu o cenho ao encarar seus olhos abertos. Não queria que a moça tivesse medo dele.

Ela não ficou com medo por muito tempo.

Brilhando de raiva, ela ficou em pé. A água lavava cada parte da superfície da banheira e descia pelo seu corpo, acentuando cada curva detectada pela recente observação.

– Como ousa?

Ela ficou parada, agitando a água, sem um centímetro de tecido para obstruir a visão total de seu corpo. Ah, era uma visão deliciosa, cuspindo fogo, seus seios empinados de forma orgulhosa. Cachos negros aninhados no cume de suas pernas, guardando os mistérios doces que ficavam debaixo deles.

Então, ao perceber que lhe dera muito mais para olhar ao se levantar, soltou um grito e imediatamente caiu de volta na banheira. Cobriu o peito com os braços e se encolheu para a frente, escondendo o máximo que conseguiu do corpo.

– Saia daqui! – ela rugiu.

Ele piscou, surpreso, depois sorriu, apreciando seu berro. Ela poderia ser um pedaço de mau caminho e parecia enganosamente inofensiva, mas tinha uma força que não podia ser ignorada. Era só perguntar para seus homens, que eram compreensivelmente prudentes ao redor dela agora.

Ela deu ordens a Gannon, Diormid e Cormac de maneira implacável. No fim do dia, ele recebeu uma lista de reclamações sobre as funções de guarda – e conciliação – de sua senhora. Cormac sugeriu que ela deveria tomar o controle das tropas em treinamento. Ewan pensava que Mairin tinha uma característica perversa e que estava simplesmente retaliando o fato de eles terem sido encarregados de cuidar dela.

Dava ordens a todos os que entravam em seu caminho. E, se questionada, ela simplesmente dava aquele sorriso doce e inocente e lhes dizia que, de acordo com o laird, logo seria a senhora do castelo. Consequentemente, era o trabalho deles obedecer às instruções dela.

O problema era que muitas daquelas instruções beiravam o absurdo. Ela acabara com todo mundo nos últimos dois dias, e Ewan estava ali para fazê-la parar. Padre McElroy chegaria a qualquer momento. Primeiro, ela lhe daria sua resposta e, segundo, pararia de fazer com que seus homens parecessem mulheres abatidas no fim do dia.

Era uma vergonha para os guerreiros choramingarem tanto quanto seus homens.

– Já vi tudo o que tinha para ver – Ewan disse pausadamente.

Suas bochechas ficaram ruborizadas e ela demonstrou sua desaprovação a ele.

– Você não deveria ter entrado sem bater. Não é adequado.

Ele ergueu uma sobrancelha e continuou a encará-la sabendo que isso a desconcertava. O mesmo demônio que levava seus homens à loucura o incentivava a lhe devolver um pouco daquilo.

– Você estava dormindo profundamente na banheira, moça. Não iria ouvir um exército entrando.

Ela bufou e balançou a cabeça em negativa.

– Nunca durmo na banheira. Porque eu poderia me afogar. Isso seria burrice, e não sou burra, laird.

Ele sorriu de novo, mas não discutiu o fato de que ela estava dormindo profundamente quando ele entrou. Ele limpou a garganta e levantou a questão que desejava.

– Precisamos conversar, moça. Já é hora de me dar uma resposta. O padre deve chegar a qualquer momento. Já causou bastante prejuízo. Temos uma questão séria para resolver.

– Não falarei com você até sair da banheira e me vestir – ela disse, fungando.

– Eu poderia ajudá-la com isso – ele disse sem titubear.

– É muito gentil... – Ela parou de falar quando percebeu o que ele oferecia. Seus olhos se estreitaram e ela abraçou mais forte as próprias pernas. – Não vou me mexer até você sair daqui.

Ele suspirou mais para conter a risada que ameaçava sair do que para se mostrar irritado.

– Você tem um minuto até eu voltar. Sugiro que seja rápida. Já me deixou esperando bastante tempo.

Ele podia jurar que ela resmungou quando ele se virou para sair. Ele sorriu de novo. Ela estava provando ser uma noiva e uma senhora valiosa para o Clã McCabe. Esperava que uma mulher em suas circunstâncias fosse um rato medroso, mas ela era tão corajosa quanto um de seus guerreiros. Estava ansioso para retirar as diversas camadas que ela apresentava e chegar à mulher que havia por debaixo. A moça muito linda e gentil que ele já vira cintilando e molhada. Senhor, ela era linda. E ele estava ansioso para deixá-la diante do padre.

Mairin saiu da banheira e se enrolou firmemente em uma das peles. Lançando olhares furtivos por cima do ombro, ela ficou diante do fogo enquanto se secava o suficiente para que pudesse colocar o vestido de volta. Seria típico dele voltar antes de ela ter terminado de se vestir.

Com o cabelo ainda bem molhado, ela vestiu a roupa e se sentou em frente à lareira para secar e pentear o cabelo. Estremeceu quando a pele da janela esvoaçou com uma rajada forte de vento e o ar mais gelado soprou seu cabelo úmido.

Quando soou a batida, apesar de o estar esperando, ela pulou e antes de se virar para ver a porta aberta e recebê-lo. Os olhos dele passavam por ela como brasa quente e, de repente, ela não sentia mais frio. Na verdade, estava definitivamente mais quente no quarto agora.

Ela olhava em silêncio, com a boca seca e, pela primeira vez, sem palavras. Havia algo diferente nele, mas ela não sabia o quê, ou não tinha certeza se queria saber. Ele a analisou – não, não a estava analisando. Estava devorando-a com os olhos, como se fosse um lobo faminto pronto para matar.

Ela engoliu em seco com a visão que aquele pensamento evocou e cobriu seu pescoço com a mão como se o protegesse dos dentes dele.

Ele não deixou passar o gesto e o divertimento brilhou em seus olhos.

– Por que está com medo de mim agora, moça? Mostrou que não tem medo de mim desde o começo. Não consigo imaginar o que eu tenha feito para mudar isso.

– Acabou – ela disse baixinho.

Ele inclinou a cabeça para o lado e se aproximou dela, acomodando sua figura enorme no banquinho diante do fogo.

– O que acabou, moça?

– O tempo – ela murmurou. – Acabou meu tempo. Fui uma tola por não estar melhor preparada. Esperei demais, essa é a verdade de Deus. Deveria ter escolhido um marido há muito tempo, mas era tão tranquilo no convento. Fiquei encantada com uma falsa sensação de segurança. Madre Serenity e eu sempre falávamos do futuro, mas, a cada dia que passava, o futuro se aproximava mais.

Ele balançou a cabeça e ela o olhou, confusa com a negação dele.

– Você fez o que era certo, Mairin. Você esperou.

Confusa, ela franziu o nariz e perguntou:

– Esperei o quê, laird?

Então ele sorriu, e ela viu a arrogância surgir em cada traço de seu rosto.

– Esperou por mim.

Ah, mas aquele homem sabia como arruinar seu humor. Era verdade, ela pensou que ele tivesse feito de propósito. Ela suspirou, o que lhe deu mais vontade de continuar a negar o que ele queria. Ela sabia e ele sabia que ela se casaria com ele. Não havia outra opção. Mas ele queria as palavras, então ela disse.

– Vou me casar com você.

Os olhos dele brilharam com a vitória. Ela pensou que ele zombaria mais dela, talvez lhe dissesse que já era hora de recuperar seu bom senso. Mas não fez nada disso. Ele a beijou.

Em um instante, ele estava a uma distância respeitável. No outro, estava tão perto que ela fora embriagada por seu cheiro.

Ele ergueu o queixo dela e o inclinou para que pudesse encaixar a boca na dela. Mornos – não, quentes –, e ficando cada vez mais quentes a cada segundo, seus lábios se moveram sobre os dela como veludo.

Era uma façanha impressionante que ele pudesse beijá-la e todas suas sensações se esvaíssem. Para um homem que ficava constantemente a lembrando de retomar o bom senso, ele parecia ter bastante prazer em fazê-lo desaparecer.

A língua dele raspou seus lábios e, quando ela os manteve firmemente fechados, ele se tornou gentil e persuasivo. Ele brincava com a linha que separava seus lábios, lambendo e mordiscando. Desta vez, não mandou que ela abrisse a boca e, apesar de sua determinação em não fazê-lo, ela se viu suspirando em êxtase absoluto.

Assim que seus lábios se abriram, a língua dele escorregou para dentro, sondando e acariciando com precisão delicada. Cada carinho incitava uma resposta profunda, a qual ela não sabia explicar. Como um beijo poderia fazer seus seios se enrijecerem e outras partes de seu corpo formigarem e ficarem inchadas até ela quase sentir dor?

Ele provou uma sensação inquieta e desconfiada que a fez querer sair da própria pele. E, quando ele ergueu as mãos para subi-las por seus braços, ela estremeceu, tremendo até seus dedos dos pés.

Quando ele se afastou, ela estava atordoada e olhava para ele totalmente perdida.

– Ah, moça, olha o que faz comigo – ele sussurrou.

Ela piscou rapidamente ao tentar se recompor. Era hora de ela ser solene e prudente. Dizer alguma coisa sobre como seu casamento seria forte e baseado em respeito mútuo.

Mas nada disso passava por sua mente. Simplificando, seus beijos a reduziam a uma idiota completa.

– Você não beija da forma correta – ela soltou.

Mortificada por ter sido tudo o que ela conseguiu dizer, fechou os olhos e se preparou para a censura dele.

Quando ela os reabriu, tudo o que viu foi que ele estava se divertindo muito. O homem parecia prestes a gargalhar. Ela semicerrou os olhos. Era óbvio que ele precisava de instrução naquele assunto.

– E qual, reza a lenda, é a forma correta?

– Deve manter a boca fechada.

– Sei.

Ela assentiu para enfatizar o que dissera.

– Sim, não há línguas envolvidas em um beijo. É indigno.

– Indigno?

Ela assentiu novamente. Estava indo melhor do que imaginava. Ele estava aceitando muito bem suas instruções.

– Madre Serenity me disse que beijos são para bochecha e boca, mas neste caso só em situações muito íntimas. E não devem durar muito. Só o suficiente para transmitir a emoção adequada. Ela nunca mencionou nada de língua. Não é certo você me beijar e colocar a língua dentro da minha boca.

Ele retorceu os lábios de forma suspeita. Até colocou a mão na boca e a esfregou firmemente por muito tempo antes de baixá-la e dizer:

– E sua madre Serenity é uma autoridade em beijos, não é?

Ela assentiu com vigor.

– Ah, sim. Ela me disse tudo o que eu precisava saber para quando chegasse meu casamento. Ela levava seu trabalho muito a sério.

– Talvez você devesse me instruir de forma prática nessa questão do beijo – ele disse. – Pode me mostrar como é.

Ela franziu o cenho, depois se lembrou de que aquele era o homem que seria seu marido. Neste caso, supôs que era totalmente adequado, e até esperado, que ela o instruísse na questão do amor. Era muito decente da parte dele ser tão compreensivo e querer corrigir-se imediatamente. Eles se dariam muito bem.

Sentindo-se muito melhor sobre suas núpcias iminentes, ela se inclinou para a frente e franziu os lábios, preparada para lhe mostrar a forma correta.

Quando seus lábios tocaram os dele, ele segurou os ombros dela e a puxou para mais perto.

Ela se sentiu engolida. Consumida. Como se ele absorvesse sua essência.

E, apesar de seu discurso sério e de sua explicação paciente, ele usou a língua.

Capítulo 12

– Acorde, milady! É o dia do seu casamento.

Mairin espiou por entre os olhos abertos e resmungou ao ver as mulheres se aglomerando em seu pequeno aposento. Ela estava exausta. Suas tentativas de fuga noturna e o tempo que passou andando de um lado para o outro em seu cômodo a haviam derrubado. Depois da conversa da noite anterior com o laird, ela caiu em um sono profundo.

Uma das mulheres jogou para o lado as peles que cobriam a janela, e a luz do sol atingiu os olhos de Mairin com uma claridade intensa.

Seu resmungo foi mais alto dessa vez e provocou risadas abafadas pelo aposento.

– Nossa senhora não parece empolgada por casar com nosso laird.

– Christina, é você? – Mairin grunhiu.

– Sim, milady. Sou eu. Estamos preparando água quente para seu banho.

– Eu me banhei ontem à noite – Mairin disse. Talvez com isso ela ganhasse mais uma hora de sono.

– Ah, mas um banho na manhã de seu casamento é essencial. Vamos lavar seu cabelo e passar óleos com aroma doce na sua pele. Maddie os faz e eles têm um cheiro divino. O laird ficará muito feliz.

O laird não estava dominando sua mente naquela manhã. O sono estava.

Outra risada correu pelo aposento, e Mairin percebeu que, mais uma vez, falara em voz alta seus pensamentos.

– E trouxemos o vestido com o qual irá se casar – outra mulher disse.

Mairin olhou para ela, tentando se lembrar do nome da jovem que estava se agitando de forma animada para ela. Mary? Margaret?

– Fiona, milady.

Mairin suspirou.

– Desculpe. Há muitas de vocês.

– Não me ofendi – Fiona disse empolgada. – Agora, gostaria de ver o vestido que costuramos para a senhorita?

Mairin se apoiou no cotovelo e encarou com olhos turvos as mulheres reunidas.

– Vestido? Vocês costuraram um vestido? Mas eu concordei em me casar com o laird somente ontem à noite.

Maddie não parecia nada arrependida. Ela sorriu largamente para Mairin enquanto elas seguravam o vestido para ela ver.

– Ah, eu sabia que era só questão de tempo até ele persuadi-la, senhorita. Não está feliz por termos costurado? Levamos dois dias inteiros revezando a costura, mas acho que ficará feliz com o resultado.

Mairin observou a linda criação diante dela. Lágrimas se acumularam em seus olhos, e ela piscou para mantê-las ali.

– É lindo. – E era mesmo. Tinha um bordado verde elegante e manga e barra de veludo dourado. Em torno do corpete, foram bordados desenhos com fios dourados, que brilhavam à luz do sol.

– Nunca vi nada igual – ela disse.

As três mulheres sorriram para ela. Então, Maddie foi até sua cama e tirou as cobertas.

– Não quer deixar o laird esperando. O padre chegou ao amanhecer, e o laird está bem impaciente para acabar com a cerimônia.

– Não, é claro que não – Mairin disse secamente. – Não faria o laird esperar.

Pela próxima hora, as mulheres lavaram, esfregaram e massagearam Mairin dos pés à cabeça. Quando ela acabou o banho e se deitou na cama para elas passarem os óleos com essência, Mairin estava perigosamente prestes a desmaiar.

Elas lavaram e secaram seu cabelo, então o escovaram até ficar liso e brilhante. Ele deslizava pelas suas costas, com toque acetinado. Mairin tinha que admitir, elas sabiam como fazer uma mulher se sentir bem no dia de seu casamento.

– Tudo pronto – Christina anunciou. – É hora do vestido e, então, estará pronta para o casamento.

Nesse momento, uma batida soou na porta e a voz de Gannon ecoou pela madeira densa.

– O laird quer saber quanto tempo vai demorar.

Maddie revirou os olhos e então foi abrir a porta, mas manteve o corpo entre Gannon e o interior do quarto para que ele não visse Mairin nua.

– Diga ao laird que a levaremos para baixo assim que pudermos. Essas coisas não podem ser apressadas! Prefere ter a moça mal-arrumada para seu casamento?

Gannon murmurou uma desculpa e então foi embora, prometendo repassar a informação ao laird.

– Agora – Maddie disse ao se voltar para Mairin. – Vamos colocar esse vestido e descer até o laird.

– Elas estão lá há horas – Ewan murmurou. – O que pode levar tanto tempo?

– São mulheres – Alaric disse, como se isso explicasse tudo.

Caelen assentiu e virou sua caneca para beber o último gole de sua cerveja.

Ewan se sentou em sua cadeira de encosto alto e balançou a cabeça. Seu casamento. Havia uma diferença grande entre este dia e o dia em que ele se casara com a primeira esposa.

Não pensava muito em Celia há muito tempo. Em alguns dias, ele tinha dificuldade em formar a imagem de sua jovem esposa na mente. Os anos se passaram e, a cada ano, ela sumia cada vez mais de suas lembranças.

Era muito mais jovem quando se casou com Celia. Ela também era bem nova. Enérgica. Ele se lembrava muito disso. A moça sempre tinha um sorriso no rosto. Ewan a considerava sua amiga. Foram amigos de infância antes de o treinamento se tornar sua vida. Anos mais tarde, seus pais viram vantagem em se aliar e o casamento entre os clãs fez sentido.

Ela lhe deu um filho no segundo ano de casamento. No terceiro ano, ela morreu, seu castelo ficou em ruínas e seu clã quase foi dizimado.

Sim, o dia do casamento fora uma ocasião alegre. Eles festejaram e comemoraram por três dias. O rosto dela estava iluminado de felicidade, e ela sorria o tempo todo.

Será que Mairin sorriria? Ou iria se casar com aqueles mesmos olhos feridos do dia em que chegou?

– Cadê ela, papai? – Crispen sussurrou ao seu lado. – Acha que ela mudou de ideia?

Ewan se virou para sorrir para o filho. Ele passou a mão pelo cabelo do garoto de uma forma confortadora.

– Ela só está se vestindo, filho. Chegará logo. Ela deu sua palavra e, como sabe, faz bastante esforço para cumprir o que promete. Mulheres gostam de estar perfeitas no dia do casamento.

– Mas ela já é linda – Crispen protestou.

– Isso é verdade – Ewan disse. E era mesmo. A moça não era apenas linda, era encantadora. – Mas elas gostam de parecer mais especiais em tais eventos.

– Ela tem flores? Deveria ter flores.

Ewan quase riu para o olhar consternado na expressão de Crispen. O filho estava mais nervoso que ele. Ewan não estava nervoso. Não, só estava impaciente e pronto para acabar com tudo.

– Você não tem flores? – Crispen perguntou.

Ewan olhou para o filho. Crispen parecia tão assustado que Ewan franziu o cenho.

– Eu não pensei nas flores. Mas, talvez, você tenha razão. Por que não vai levantar esta questão com Cormac?

Do outro lado do cômodo, Cormac estivera evidentemente ouvindo a conversa. Parecia tão amedrontado quanto Crispen e deu um passo para trás apressadamente. Porém, Crispen era muito rápido e estava imediatamente diante dele, mandando que fosse colher flores para Mairin.

Ele lançou um olhar irritado para Ewan enquanto saía do grande salão.

– Por que está demorando tanto? – Caelen questionou. Ele se mexia impacientemente em sua cadeira e esticava suas pernas compridas ao se afundar. – Estamos perdendo um bom dia de treinamento.

Ewan riu.

– Eu não consideraria o dia do meu casamento uma perda de tempo.

– Claro que não – Alaric disse. – Enquanto o restante de nós estaremos fora suando, você estará se divertindo com uma moça quente e doce.

– Ele estará suando – Caelen disse maliciosamente. – Só não da mesma forma que nós.

Ewan ergueu a mão para acabar com a conversa indecente antes de se espalhar pelos outros homens. A última coisa de que ele precisava era que sua futura noiva entrasse e ficasse envergonhada até a ponta do pé.

Foi então que Maddie adentrou rapidamente, com as faces rosadas e o peito arfando enquanto tentava respirar.

– Ela está vindo, laird!

Ewan olhou para o padre, que estava se deliciando com uma caneca de cerveja, e gesticulou para ele se aproximar. Quando Mairin apareceu, todo o salão parou ao notar sua presença.

Ewan ficou temporariamente paralisado. Ela não estava apenas linda. Estava absolutamente maravilhosa. De alguma forma, a mulher inocente e tímida nela havia desaparecido e, no lugar, estava uma dama com toda a atitude de uma descendente da realeza. Ela estava parecendo a princesa que realmente era.

Entrou flutuando no salão, de cabeça erguida, um olhar sereno no rosto. Seu cabelo estava parcialmente puxado em um coque logo acima da nuca e o restante caía solto até sua cintura.

Havia tanto ar de realeza em sua presença que Ewan de repente se sentiu indigno.

Crispen entrou correndo no cômodo segurando um buquê de flores tão apertado que os caules já estavam moles e as flores, murchas, conforme ele as chacoalhava. Ele correu para Mairin e colocou o buquê em suas mãos, espalhando pétalas pelo chão.

A expressão dela mudou completamente. A mulher controlada e supercomposta se fora. Seus olhos se aqueceram e ela sorriu gentilmente para seu filho. Ela se inclinou e o beijou na testa.

– Obrigada, Crispen. Elas são muito lindas.

Algo se contorceu no coração de Ewan.

Ele avançou até estar bem atrás de Crispen. Esticou-se para apoiar as mãos nos ombros do filho enquanto olhava nos olhos azuis de Mairin.

– O padre está esperando, moça – ele disse impaciente.

Ela assentiu, então olhou para Crispen.

– Virá conosco, Crispen? Afinal, você faz parte da cerimônia.

Crispen estufou o peito até Ewan pensar que ele fosse explodir. Depois deu a mão a Mairin. Ewan pegou a outra mão dela, e ela entregou as flores a Maddie antes de lhe dar as mãos.

Parecia o certo. Ali estava a família dele. Seu filho e a mulher que seria uma mãe para ele. Ele a encaminhou para a direção do padre, que esperava, enquanto seus dois irmãos se adiantaram e ficaram ao lado de Ewan e Mairin.

Ali, na segurança de sua família, ele e Mairin fizeram seus votos. Ela não titubeou nenhuma vez. Não deu nenhum sinal de que não era por vontade própria. Mairin olhava o padre nos olhos e, então, se virou para olhar nos de Ewan, enquanto recitava sua promessa de honrar e obedecer.

Quando o padre os declarou casados, Ewan se inclinou para selar aquela verdade com um beijo. Ela hesitou um rápido instante, depois sussurrou:

– Você não vai usar a língua!

A risada dele soou por todo o salão. Seu clã esperava ansiosamente pela fonte da risada, mas ele tinha olhos apenas para a noiva.

Ele encontrou os lábios dela, tão doces e quentes, e demorou o quanto quis para devastar a boca dela. E, ah, sim, ele usou a língua.

Quando se afastou, ela olhou furiosamente para ele. Ele sorriu e pegou sua mão, puxando-a contra ele ao se virarem para encarar o clã. Então segurou sua mão no alto e a apresentou como a nova senhora do castelo.

O rugido de seu clã ecoou tão alto pelo salão que Mairin estremeceu. Mas ela ficou firme e orgulhosa ao lado de Ewan, com um sorriso de prazer curvando seus lábios.

Um por um, seus homens vinham se ajoelhar e oferecer seu comprometimento para com a senhora. Primeiro, Mairin pareceu desconcertada pela demonstração de lealdade. Ela se contorcia como se quisesse desaparecer por um buraco.

Ewan sorriu ao observá-la se acostumar aos termos de sua nova posição. Ela levara uma vida escondida. Agora, pela primeira vez, estava vivendo seu destino.

Quando o último soldado se curvou diante de Mairin, Ewan pegou seu braço para guiá-la em direção à mesa onde Gertie e as criadas da cozinha estavam ocupadas arrumando a mesa para o banquete de casamento. No canto, um pequeno grupo de músicos talentosos estava reunido para tocar várias músicas animadas. Após a comida, haveria dança e diversão até a cerimônia noturna.

Ewan compartilhava seu lugar na ponta da mesa com Mairin. Ele a queria sentada ao seu lado, em uma posição honrada.

Pediu que fosse colocada uma cadeira ao lado da dele e, quando as primeiras bandejas foram postas e o primeiro grupo serviu, ele lhe ofereceu os pedaços escolhidos para ele.

Parecendo agradecida pelo cavalheirismo dele, ela lhe permitiu dar na boca os pedaços generosos de carne oferecidos em sua adaga. Ela sorriu de maneira tão deslumbrante para ele que, por um instante, ele se esqueceu de respirar. Estremecido pelo efeito que lhe causara, quase derrubou a caneca cheia de cerveja.

Alaric e Caelen estavam acomodados ao lado de Ewan e Mairin. Depois de as últimas pessoas sentadas terem sido servidas, Alaric se levantou de seu lugar e pediu silêncio. Então ergueu seu cálice e olhou para Ewan e Mairin.

– Viva ao laird e à sua lady! – ele gritou. – Que o casamento deles seja abençoado com saúde e muitos filhos.

– Ou filhas – Mairin murmurou tão baixo que Ewan quase não entendeu.

A boca dele se curvou ao ouvir o resto do clã gritar em concordância. Ele ergueu seu cálice e inclinou a cabeça na direção de Alaric.

– E que nossas filhas sejam tão lindas quanto a mãe.

Mairin engasgou discretamente e se virou com os olhos brilhantes para Ewan. Seu sorriso iluminou todo o salão. Para o choque total de Ewan, ela de repente virou, pegou seu rosto com as mãos e lhe deu um beijo luxurioso que fez seus dedos do pé se retorcerem.

O salão irrompeu em um coro de brindes. Até Caelen parecia se divertir. Quando Mairin o soltou, Ewan estava com dificuldade de se lembrar do próprio nome.

Ela se apressou para ficar perto dele, pressionando suas curvas macias em sua lateral. Seu corpo reagiu instantaneamente. Ele ficou duro, e sua posição atual o impedia de se ajustar para aliviar o desconforto crescente. Se ele se ajeitasse, iria fazer Mairin se levantar, e não queria que ela se movesse para longe.

Então, ficou sentado e mais desconfortável a cada instante.

Durante a comilança, o flautista começou uma música particularmente divertida. Era animada e rápida, e dúzias de pés começaram a bater no chão seguindo o ritmo. Mairin bateu palma e soltou um som de puro prazer.

– Você dança, moça? – Ewan perguntou.

Ela se balançava ansiosa.

– Não, nunca houve dança no convento. Provavelmente, sou desastrada.

– Eu mesmo não sou extremamente gracioso – Ewan disse. – Vamos nos atrapalhar juntos.

Ela o presenteou com outro sorriso e, impulsivamente, apertou a mão dele. Ele fez um juramento repetindo de que, independentemente do quanto parecesse tolo, dançaria com ela enquanto ela desejasse.

– Laird, laird!

Um de seus vigias correu pelo salão, com a espada desembainhada. Ele procurava Ewan e, imediatamente, pousou os olhos no fim da mesa. Ewan se levantou, levando a mão automaticamente para o ombro de Mairin, de forma protetora.

O soldado estava sem respirar quando parou de repente a quase um metro de Ewan. Alaric e Caelen se levantaram de seus assentos e esperaram as notícias.

– Um exército se aproxima, laird. Soube agora há pouco. Carregam a bandeira de Duncan Cameron. Estão vindo do sul e a última notícia foi de que estavam a duas horas de nossa fronteira.

Capítulo 13

Ewan xingou muito e alto. As expressões de Alaric e Caelen ficaram violentas, mas outra coisa cintilava em seus olhos. Ansiedade.

Ewan pegou novamente a mão de Mairin e a apertou tão forte que ela tremeu de dor.

– Reúnam as tropas. Reunião no pátio. Esperem por mim – Ewan comandou.

Ele começou a arrastar Mairin da mesa quando Alaric gritou.

– Aonde é que você vai, Ewan?

– Tenho um casamento para consumar.

Boquiaberta, Mairin se viu arrastada pelas escadas. Ewan corria escada acima, e ela era obrigada a correr para acompanhar seu passo, ou seria arrastada atrás dele.

Ele a levou para dentro de seu quarto e bateu a porta. Ela olhava confusa enquanto ele começou a se despir.

– Tire seu vestido, moça – ele disse ao jogar sua túnica para o lado.

Totalmente aturdida, Mairin caiu sobre a beirada da cama. Ele queria que ela se despisse? Estava muito ocupado tirando as botas, mas era função dela despi-lo. Ele não tinha direito de fazer aquilo.

Pensando em instruí-lo, ela se levantou e correu até ele para impedi-lo de continuar. Por um instante, ele parou e a encarou como se ela fosse doida.

– É minha função despi-lo, laird. É tarefa da esposa – ela se corrigiu. – Somos casados agora. Eu deveria despi-lo em nossos aposentos.

O olhar de Ewan se abrandou e ele segurou o rosto dela.

– Perdoe-me, moça. Desta vez, será diferente. O exército de Duncan Cameron se aproxima. Não tenho muito tempo para cortejá-la com palavras doces e toques carinhosos. – A testa dele se franziu e ele fez uma careta. – Terá que ser rápido.

Ela olhou para ele, confusa. Antes de poder argumentar, ele começou a puxar as fitas de seu vestido. Quando não conseguiu desamarrar o corpete de imediato, ele puxou impacientemente.

– Laird, o que está fazendo? – ela balbuciou.

Ela arfou de surpresa quando o tecido rasgou e caiu de seus ombros. Tentou erguer o vestido de volta, mas Ewan o puxava para baixo, deixando-a apenas com as roupas de baixo.

– Laird – ela começou, porém Ewan a calou ao segurar seus ombros e pressionar os lábios nos dela. Enquanto ele fazia manobras para levá-la à cama, livrava-se do restante das roupas dela.

As calças dele caíram no chão, e ela sentiu algo quente e duro esfregar contra sua barriga. Quando olhou para baixo e viu o que era, sua boca se abriu e ela encarou horrorizada aquele apêndice saliente.

Ele pegou o queixo dela e ergueu seu olhar de novo. Quando a boca dele cobriu a dela, ele a deitou na cama até ela se deitar por completo de costas e ficou por cima dela, com o braço amparado na cama para não apoiar todo o peso nela.

– Abra suas pernas, Mairin – ele soou rouco contra os lábios dela.

Confusa por toda a experiência, ela relaxou as coxas e, então, deu um gritinho de desânimo quando a mão de Ewan escorregou por suas pernas e deslizou o polegar por suas dobras delicadas.

A boca de Ewan escorregou pela lateral do pescoço de Mairin. Arrepios corriam pelos ombros e seios dela enquanto os lábios dele se apressavam contra a carne logo abaixo de sua orelha. Era estranhamente excitante e ela ficava agitada e ofegante ao sentir... ela não sabia ao certo como descrever aquilo. Mas gostava.

– Sinto muito, moça. – A voz dele pesava com arrependimento. – Sinto tanto.

Ela franziu o cenho ao segurar os ombros dele. O corpo dele se moveu sobre o dela, cobrindo-a com seu calor e rigidez. Por que ele sentia muito? Não parecia apropriado pedir desculpas no meio do ato amoroso.

Ela o sentia, duro como aço, enquanto ele explorava por entre suas pernas. Ela levou um tempo para perceber o que ele estava procurando. Seus olhos se arregalaram e seus dedos cravaram na pele dele.

– Ewan!

– Me perdoe – ele sussurrou.

Ele estocou, e a euforia indistinta que ela sentira instantes antes desapareceu quando ele dilacerou seu corpo e a dor a partiu pela metade.

Ela gritou e bateu nos ombros de Ewan com os punhos fechados. Lágrimas desciam por suas faces e ele as limpava com a boca enquanto dava uma chuva de beijos pelo rosto dela.

– Shhhh, moça – ele lamentou.

– Isso dói!

– Sinto muito – ele disse de novo. – Sinto muito, Mairin. Mas não posso parar. Precisamos acabar com isso.

Ele tentou se mover, e ela bateu nele de novo. Ele a rasgaria em dois. Não havia outra explicação para aquilo.

– Não cortei você – ele disse impaciente. – Fique parada por um instante. A dor irá desaparecer.

Ele se afastou, e ela vacilou quando seu corpo se agarrou firmemente a ele. Então ele empurrou de novo, e ela choramingou se enchendo dele.

Um grito do corredor a fez ficar retesada. Ewan xingou e recomeçou a se mover. Ela estava deitada lá em choque, incapaz de processar ou de descrever a sensação desconfortável que brotava daquele ato.

Uma, duas vezes, e de novo ele a invadia, e então ele ficou tenso contra ela tão parado que ela podia ouvir a batida violenta de seu coração.

Da mesma forma repentina, rolou para longe, e ela sentiu um líquido pegajoso entre as pernas. Sem ter ideia do que deveria fazer depois, ficou deitada tremendo enquanto seu marido se apressava para se vestir.

Após colocar as botas, voltou para a cama e colocou os braços debaixo dela. Talvez agora ele dissesse palavras doces que um marido deveria dizer depois do ato. Mas simplesmente a pegou e a embalou no colo por um momento. Então a carregou para o banco diante da lareira e a sentou ali.

Ela piscou e o observou tirar o lençol da cama e analisar a mancha de sangue no meio dele. Amassando-o na mão, olhou para ela com os olhos transbordando de desculpas.

– Preciso ir, moça. Vou mandar uma das mulheres cuidar de você.

Ele saiu do aposento, fechando a porta, e Mairin ficou olhando completamente descrente pensando no que acabara de acontecer.

Um momento mais tarde, Maddie entrou agitada, com empatia queimando em seus olhos.

– Pronto, pronto, moça – Maddie disse ao pegar Mairin nos braços. – Está muito pálida e com os olhos arregalados. Vou trazer água quente para você. Vai suavizar sua dor e seu sofrimento.

Mairin estava muito mortificada para perguntar a Maddie qualquer coisa que estivesse rondando sua mente. Ficou sentada ali, adormecida dos pés à cabeça, enquanto tudo ficava mais barulhento no pátio e o som de centenas de cavalos galopando pela propriedade drenava todo o resto.

Então seu olhar relanceou pelo vestido descartado no chão. Ele rasgara seu vestido. Seu vestido de noiva. Depois de todas as coisas desconcertantes que aconteceram naquele dia, o vestido não deveria tê-la aborrecido tanto. Mas as lágrimas brotaram em seus olhos e, antes que pudesse contê-las, trilhas mornas desceram por suas faces.

Maddie a deixou para substituir os lençóis da cama. Ela se agitava pelo cômodo, apesar de estar óbvio que não tinha nada para fazer.

– Por favor – ela sussurrou para Maddie. – Só quero ficar sozinha.

Maddie a olhou desconfiada, porém, quando Mairin reforçou o pedido, Maddie se virou relutante e deixou o quarto. Mairin ficou no banco por um bom tempo, seus joelhos comprimidos ao peito enquanto encarava o fogo diminuir. Então se levantou para lavar o líquido grudento do corpo. Quando terminou, rastejou para a cama e se aconchegou debaixo dos lençóis limpos, muito cansada e perturbada para se preocupar com o exército de Duncan Cameron.

Ewan liderou seus homens para o topo das colinas e desceu a fronteira íngreme ao sul de suas terras, com os dois irmãos ao seu lado. Outro cavaleiro cavalgara furiosamente para atualizar Ewan. Os homens de Cameron estavam se aproximando rapidamente.

Não haveria tempo para encenar um ataque-surpresa e, na verdade, Ewan não queria um. Ele cavalgou com a força de seu exército inteiro, salvo apenas um contingente, que ficara para trás a fim de proteger o castelo. Não havia dúvida de que eles estavam em menor número, porém os soldados McCabe compensavam em força quando deixavam a desejar em quantidade.

– Eles estão logo depois da próxima colina, laird – Gannon disse ao levar o cavalo para a frente de Ewan.

Ewan sorriu. A vingança estava próxima.

– Vamos receber Cameron na próxima subida – Ewan disse aos irmãos.

Alaric e Caelen ergueram as espadas no ar. Ao redor, os gritos de seus homens ecoaram de forma aguda pela propriedade. Ewan esporeou seu cavalo e eles desceram correndo a montanha e começaram a subir a outra. Quando chegaram ao topo, Ewan gritou enquanto olhavam para baixo em direção à potência reunida do exército de Cameron.

Ewan passou os olhos pelos soldados de Cameron até, finalmente, vislumbrar sua presa. Duncan Cameron estava sentado ereto em sua sela, vestido com armadura preparada para batalha.

– Cameron é meu – ele gritou para seus homens. Então olhou para seus irmãos ao lado. – É hora de entregar um recado.

– Matar todos? – Alaric perguntou discretamente.

As narinas de Ewan inflaram.

– Cada um deles.

Caelen girou sua espada na mão.

– Então que seja feito.

Ewan deu o grito de batalha e apressou o cavalo para descer a colina. À sua volta, seus homens gritaram e, logo, o vale ecoava com o galopar dos cavalos. Os McCabe desceram como o fogo vingativo do inferno, seus gritos selvagens eram suficientes para atormentar as almas dos mortos.

Após uma hesitação, quando não estava claro se eles iam contra-atacar ou fugir, os homens de Cameron avançaram, subindo. Eles se encontraram em uma briga de espadas na base da montanha. Ewan golpeou os dois primeiros homens com os quais se deparou com um habilidoso giro de sua espada. Ele podia ver a surpresa – e o medo – nos olhos dos homens de Cameron. Não esperavam encontrar um exército tão poderoso quanto o de Ewan, e Ewan sentiu uma satisfação pecaminosa por isso.

Ele olhou rapidamente para verificar seus homens. Não precisava se preocupar. Caelen e Alaric estavam abrindo caminho pelos homens de Cameron enquanto o resto de seus soldados executava os inimigos com velocidade e agilidade experientes.

Ewan observou Cameron, que ainda não havia desmontado do cavalo. Ele ficara para trás, observando seus homens e latindo ordens. Ewan única e exclusivamente cortou caminho pelos homens até haver apenas dois soldados entre ele e Cameron.

Despachou o primeiro com um corte no peito. O sangue brilhava em tom carmesim em sua espada enquanto ele a girava para ir ao encontro do último obstáculo que o separava de seu objetivo. O soldado olhou com prudência de Ewan para Cameron. Ergueu a espada para pegar Ewan de surpresa, mas, no último instante, virou-se e fugiu.

Os lábios de Ewan se curvaram em um sorriso satisfeito devido ao medo repentino nos olhos de Cameron.

– Desça do seu cavalo, Cameron. Eu detestaria ter que tirar sangue de um corcel tão elegante quanto o seu.

Cameron ergueu sua espada, pegou as rédeas com a outra mão e chutou seu cavalo para avançar. Atacou Ewan, soltando um grito monstruoso.

Ewan desviou do golpe e girou sua espada, deixando Cameron sem nada nas mãos. A espada de Cameron voou pelo ar e caiu com um estrondo alto em um dos corpos caídos a uma curta distância.

Ewan se virou para esperar o próximo ataque, porém Cameron não parou de correr. Esporeou seu cavalo para atingir mais velocidade e correu pelo terreno. Para longe de seus homens e da batalha.

Quando Ewan se virou para lutar contra outro adversário, cerrou os dentes de fúria. Covarde. Maldito covarde. Abandonou seus homens e os deixou para morrer enquanto salvava a própria pele.

Ewan ordenou que seus homens acabassem com aquilo e começou a retornar para seus irmãos. Os soldados de Cameron estavam lamentavelmente derrotados.

O comandante remanescente do exército malsucedido de Cameron evidentemente chegou à mesma conclusão. Ele gritou para recuarem, mas seus homens não recuaram simplesmente. Eles fugiram.

O comandante, ao contrário de Cameron, não era covarde. Ele não fugiu. Insistiu para que os homens batessem em uma retirada apressada e lutou de maneira valente na retaguarda, oferecendo sua proteção – por mais patética que fosse – para que pudessem escapar em segurança.

Ewan sinalizou para seus homens irem atrás deles e voltou a sua atenção para o comandante.

Quando Ewan o superou, viu a renúncia na expressão do homem mais velho. Ewan ergueu a espada e avançou. O comandante deu um passo para trás, então levantou sua espada, preparado para lutar até a morte.

Ewan girou a espada em um grande arco e as lâminas se encontraram com um barulho retumbante. O homem mais velho estava ficando fraco. Ele já estava ferido e perdendo sangue. No segundo golpe, Ewan tirou a espada da mão de seu oponente e ela caiu no chão com estrondo.

A morte encarava Ewan das profundezas dos olhos do homem. O comandante sabia disso e aceitara como somente um guerreiro o faria. Ele caiu de joelhos e baixou a cabeça diante de Ewan, reconhecendo sua derrota.

Ewan olhou para ele, sua garganta lutava contra aquela fúria que rodopiava dentro dele. Será que seu pai fizera isso logo antes de Cameron cortar sua cabeça? Será que seu pai lutara até o amargo fim? Ou ele sabia, como aquele homem, que a derrota era inevitável?

Por um bom tempo, Ewan segurou a espada acima de sua cabeça e, então, devagar, baixou-a e olhou em volta, para a batalha quase finalizada. Os homens de Cameron estavam espalhados pelo território. Alguns mortos. Alguns morrendo. Alguns fugindo a pé, enquanto outros corriam com seus cavalos para escapar dos soldados de Ewan.

Ele assobiou para seu cavalo, e o comandante olhou para cima, a surpresa brilhando nos olhos que haviam sido tomados pela morte iminente.

Quando o cavalo de Ewan, de forma obediente, parou a apenas um metro, Ewan pegou o tecido com o sangue virginal de Mairin. Ele o estendeu como uma bandeira, as pontas voavam com o vento. Então o amassou e o colocou na cara do comandante.

– Você vai levar isso para Cameron – Ewan disse entre os dentes cerrados. – E vai entregar minha mensagem.

Lentamente, o comandante pegou o tecido e assentiu, concordando com o que Ewan dizia.

– Vai dizer a Duncan Cameron que Mairin Stuart agora é Mairin McCabe. Ela é minha esposa. O casamento foi consumado. Diga que Neamh Álainn nunca será dele.

Capítulo 14

Na hora que Ewan e seus homens cavalgaram de volta para o pátio, já havia passado bastante da meia-noite. Eles estavam sujos, sangrando, cansados, mas alegres com uma vitória tão fácil.

Haveria uma comemoração, entretanto, Ewan não estava a fim de celebrar. Duncan Cameron escapara da vingança de Ewan e isso queimava como cerveja azeda em seu estômago. Ele queria aquele desgraçado na ponta de sua espada, agora não somente pelo que fizera há oito anos, mas pelo que fizera com Mairin.

Deu ordens para seus homens aumentarem a vigília. Havia muito a ser feito por causa de seu casamento com Mairin. As defesas do castelo teriam que ser reforçadas, e novas alianças, como a com os McDonald, eram mais importantes do que nunca.

Mesmo com todo aquele peso nas costas, sua prioridade era Mairin. Ele se arrependia da urgência que teve que ir para a cama com ela. Não gostava de se sentir culpado. Culpa era para homens que cometiam erros. Ewan não gostava da ideia de cometer erros ou admitir seus fracassos. É, mas ele falhara com a moça e estava sem saber como recompensá-la.

Tomou banho no lago com os outros homens. Se não fosse pelo fato de uma moça doce estar deitada em sua cama, ele teria se arrastado para baixo das cobertas sem nem tirar as botas e não teria se preocupado com a sujeira até a manhã seguinte.

Depois de lavar a terra e o sangue de seu corpo, se secou rapidamente e subiu para seus aposentos. Ele estava ansioso. Não somente queria mostrar um pouco de gentileza à moça, mas estava queimando por ela. Antes, só provara sua doçura. Agora, queria provar de seu banquete.

Em silêncio, abriu a porta de seu quarto e entrou. O quarto estava encoberto pela escuridão. Somente as brasas da lareira iluminavam enquanto ele ia até a cama. Ela estava aninhada no meio da cama, com o cabelo espalhado como se fosse um véu de seda. Ele colocou um joelho na cama e se inclinou sobre ela, preparado para acordá-la, quando viu um amontoado do outro lado dela.

Franzindo a testa, ele tirou a coberta e viu Crispen aconchegado nos braços dela, com a cabeça apoiada em seu peito. Um sorriso amenizou sua testa franzida quando ele viu como ela estava com ambos os braços envolvendo-o de forma protetora. A moça havia assumido seu papel como a nova mãe de Crispen de maneira muito séria. Eles estavam tão grudados quanto dois gatinhos em uma noite fria.

Com um suspiro, ele se deitou ao lado dela, renunciando à ideia de acordar sua esposa com beijos ou toques naquela noite.

Ele foi para mais perto até as costas dela estarem em seu peito. Então envolveu Crispen e ela com um braço, enquanto enterrava o rosto no cabelo adocicado de Mairin.

Foi a noite em que ele caíra no sono mais rapidamente na vida.

Tomou cuidado para não acordar Mairin ou Crispen ao se levantar apenas algumas horas depois. Vestiu-se no escuro e bateu a bota em alguma coisa ao tentar andar até a porta. Ele se abaixou e pegou o tecido que o atrapalhou e percebeu que era o vestido que Mairin usara ao se casar.

Lembrando-se de que ele o rasgara na pressa de se deitar com ela, encarou-o por um tempo. A lembrança dos olhos arregalados e chocados de Mairin e sua mágoa estava refletida nele e o fez franzir o cenho.

Era só um vestido.

Amassando-o, ele o levou ao descer as escadas. Mesmo bem cedo, o castelo já estava agitado com atividades. Caelen e Alaric estavam acabando de comer e viram quando Ewan entrou no salão.

– O casamento o transformou em um dorminhoco – Caelen falou pausadamente. – Nós estamos acordados há uma hora.

Ignorando a brincadeira de seu irmão, Ewan se sentou na ponta da mesa. Uma das mulheres que serviam se apressou com uma bandeja de comida e a colocou diante de Ewan.

– O que está segurando, Ewan? – Alaric perguntou.

Ewan olhou para baixo e viu que ainda estava carregando o vestido de Mairin, apertando-o na mão. Em vez de responder a Alaric, ele chamou a moça de volta.

– Maddie já está acordada?

– Sim, laird. Quer que eu a chame?

– Imediatamente.

Ela se curvou em uma reverência e se apressou para cumprir a ordem. Apenas alguns minutos depois, Maddie entrou correndo.

– O senhor me chamou, laird?

Ewan assentiu.

– Sim. – Ele jogou o vestido em direção à mulher e, com um olhar surpreso, ela o pegou. – Consegue consertá-lo?

Maddie virou o tecido nas mãos, analisando o lugar onde fora rasgado.

– Sim, laird. Será preciso apenas uma agulha e linha. Eu já poderia ter feito isso.

– Faça-o então. Gostaria que sua senhora o tivesse em perfeito estado de novo.

Maddie sorriu, e seus olhos brilharam com um olhar de sabedoria que o incomodou. Ele franziu a expressão para ela e acenou para que fosse embora. Ainda sorrindo, ela colocou o vestido debaixo do braço e deixou o salão.

– Você rasgou o vestido de noiva dela? – Caelen sorriu de forma afetada.

– Com certeza, você tem um jeito com as meretrizes – Alaric disse, balançando a cabeça. – Você a leva para cima para, talvez, concluir a consumação mais rápida do mundo e rasga seu vestido nesse processo.

As narinas de Ewan inflaram.

– Ela não é uma meretriz. É sua irmã agora e deveriam falar dela com respeito como senhora e esposa de seu laird.

Alaric ergueu as mãos, rendendo-se, e se recostou em sua cadeira.

– Não quis ofender.

– Ele está sensível, não está? – Caelen disse.

O olhar de Ewan silenciou seu irmão mais novo.

– Temos muito a fazer hoje. Alaric, preciso que seja meu mensageiro para McDonald.

Alaric e Caelen foram para a frente em seus assentos, com a incredulidade mudando suas expressões.

– O quê? Ewan, o desgraçado tentou raptar seu filho – Alaric resmungou.

– Ele nega o conhecimento das ações de seu soldado e jura que este agiu por conta própria. O soldado está morto agora – Ewan disse diretamente. – Nunca mais será uma ameaça para meu filho. McDonald quer uma aliança. É vantagem dele nos chamar de amigos. Eu neguei até agora. Mas suas terras se juntariam às nossas até Neamh Álainn. Quero que faça isso acontecer, Alaric.

– Que seja feito – Alaric disse. – Partirei em uma hora.

Alaric saiu do salão para se preparar para a viagem. Ewan terminou rapidamente sua refeição e, então, ele e Caelen deixaram o salão e foram para onde seus homens estavam treinando.

Ficaram no pátio, observando os outros soldados lutarem e fazerem os exercícios.

– É imprescindível que Mairin fique sob vigia constante – Ewan disse em voz baixa para Caelen. – Duncan Cameron não desistirá só porque me casei com ela. Há muito a ser feito, e Mairin precisa permanecer dentro do castelo sob cuidadosa vigilância.

Caelen olhou desconfiado para Ewan.

– Nem pense em me encarregar para tal função. Ela é sua esposa.

– Ela é o futuro de nosso clã – Ewan disse em uma voz calma e ameaçadora. – É bom colocar isso na cabeça quando me disser o que vai ou não fazer. Espero que sua lealdade a mim se estenda a ela.

– Mas uma babá, Ewan? – Caelen perguntou com tom doloroso.

– Tudo o que precisa fazer é mantê-la a salvo. O quanto isso pode ser difícil? – Ewan perguntou.

Ele acenou para seus comandantes mais antigos quando terminaram a primeira rodada de luta.

Instruiu Gannon, Cormac e Diormid sobre sua expectativa de Mairin ser vigiada a todo momento.

– Como quiser, laird. Ela não vai gostar muito – Gannon disse.

– Não estou preocupado com o que ela vai ou não gostar – Ewan retrucou. – Minha preocupação é mantê-la em segurança e comigo.

Os homens assentiram, concordando.

– Não há necessidade de alertá-la. Não quero que ela se sinta insegura em minha propriedade. Quero que seja bem vigiada, mas que pareça que é normal.

– Pode contar conosco para manter Lady McCabe segura, laird – Cormac se comprometeu.

Satisfeito por seus homens terem entendido a importância de manter alta vigilância sobre Mairin, Ewan convocou seu mensageiro e escreveu uma carta para o rei, informando-o de seu casamento com Mairin e exigindo a liberação de seu dote.

Pela primeira vez em muitos anos, a esperança batia em ritmo regular em seu peito. Não por vingança. Não, ele sempre soubera que chegaria o dia em que iria retribuir a injustiça de seu clã. Com o dote de Mairin, seu clã prosperaria novamente. Teria bastante comida. Os suprimentos estariam ao seu alcance. Eles melhorariam sua existência em condições espartanas.

Apesar da intenção de Ewan reservar um tempo para conversar com Mairin – ele não tinha certeza do que exatamente –, o dia passou rapidamente. Ele pensara em sondar seu humor e oferecer a segurança de que os homens de Duncan Cameron haviam sido colocados para correr. Sim, ela se sentiria melhor e mais segura, e com certeza não iria mais duvidar de sua habilidade de protegê-la ou ao seu castelo.

Um incidente com seus homens impediu Ewan de jantar com Mairin e, quando ele se arrastou para seus aposentos, estava cansado, mas pelo menos estava limpo depois de um mergulho no lago.

Ele cutucou a porta aberta e viu que ela já estava na cama, sua respiração tranquila e regular indicava que estava dormindo. Ele começou a andar, com a intenção de acordá-la, quando viu, de novo, Crispen aninhado contra ela. Ele suspirou. No dia seguinte, falaria com ela que era para Crispen dormir em seu próprio quarto, do outro lado do corredor.

Ele nunca teve a chance de falar. Desde o instante em que Mairin acordou, nunca parecia ter oportunidade de conversar com ela. Até a tarde, quando ficou impaciente e a convocou para que aparecesse diante dele.

Quando ele ficou sem resposta, enviou Cormac para buscá-la, já que Diormid a estava vigiando. Cormac retornou com a notícia de que Mairin estava visitando as casas das outras mulheres e falaria com seu laird depois.

Ewan fez careta, e Cormac pareceu desconfortável ao dizer a seu senhor que sua noiva o recusava.

Claramente, eles estavam passando por uma discussão muito mais importante do que onde seu filho dormiria. Especificamente, a ideia de que Mairin tinha o direito de recusar uma ordem direta de Ewan.

Ele se certificou de jantar com Mairin naquela noite. Ela parecia cansada e nervosa. Parecia se obrigar a olhar para ele quando pensava que ele não estava olhando, como se temesse que ele a atacasse do outro lado da mesa e a arrastasse para o quarto.

Ele suspirou. Pensou que não era um medo irracional dado o que ocorrera no dia do casamento. Um pouco da sua irritação se esvaiu. A moça estava assustada. Era função dele acalmar seus medos e suavizar suas preocupações.

Proteção era uma coisa que ele poderia oferecer prontamente. Sua lealdade à mulher a quem chamava de esposa seria resoluta. Enquanto vivesse, ele daria a Mairin qualquer coisa que ela desejasse. Era uma coisa da qual o guerreiro dentro dele já se convencera. Mas coisas como gentileza e compreensão? Palavras doces amenizariam as preocupações? A simples ideia o amedrontava além da conta.

Seus pensamentos deviam estar estampados no rosto porque Mairin lhe lançou um olhar assustado e, depois, imediatamente, levantou-se e pediu licença para sair. Sem esperar a permissão dele, ela murmurou algo para Crispen. O garoto encheu a boca de comida e rapidamente saiu da mesa. Pegou a mão dela e eles saíram do salão em direção às escadas.

Ewan semicerrou os olhos ao perceber o que ela estava fazendo. Estava levando Crispen para a cama deles de propósito para evitá--lo. Se não estivesse tão irritado, teria ficado impressionado com sua esperteza.

Ele se afastou da mesa e se levantou com um balançar de cabeça para Caelen. Preferiria ir para a guerra em vez de subir as escadas e encarar a situação com sua nova esposa, pois não fazia ideia de como resolver.

Um bom começo seria dar um sermão sobre obedecer a ordens. Depois disso, simplesmente ordenaria que ela não ficasse muito ressabiada com ele.

Sentindo-se confiante com o plano, ele subiu para seu quarto e abriu a porta. Mairin se virou com um pulo, com surpresa nos olhos.

– Precisa de alguma coisa, laird?

Ele ergueu uma sobrancelha.

– Não posso me retirar para meu próprio quarto?

Ela ruborizou e aproximou Crispen de suas saias.

– É claro que pode. Você não vem dormir tão cedo normalmente. Isto é, eu não esperava que...

Ela parou de falar, ficando mais vermelha. Pressionou os lábios firmemente, como se se recusasse a dizer mais uma palavra.

Ele não resistiu em zombar dela.

– Eu não tinha percebido que estava tão familiarizada com meus hábitos noturnos, moça.

O rubor desapareceu e ela olhou com desprezo.

Determinado a definir muitos assuntos com ela, ele flexionou o dedo para Crispen e, quando ele se separou de Mairin com má vontade e se aproximou de seu pai, Ewan colocou as mãos nos ombros de Crispen.

– Hoje, você vai dormir em seu próprio quarto.

Quando Mairin ia protestar, ele a silenciou com um olhar severo. Crispen também queria discutir, mas era muito educado para isso. Na maior parte do tempo.

– Sim, papai. Posso dar beijo de boa-noite na mamãe?

Ewan sorriu.

– É claro.

Crispen correu para Mairin e lhe permitiu envolvê-lo em um abraço. Ela beijou o topo de sua cabeça e o apertou forte. Crispen voltou e ficou parado solenemente diante de Ewan.

– Boa noite, papai.

– Boa noite, filho.

Ewan esperou até seu filho sair do quarto, depois se virou para Mairin. Seu queixo estava erguido e a provocação brilhava em seus olhos. Ela estava se preparando para a batalha. O pensamento o divertiu, mas ele conteve o sorriso que ameaçou se formar. Deus sabia que ele sorria mais desde que ela havia chegado em sua vida.

– Quando eu pedir para se apresentar, espero que o faça. Espero, não, eu *exijo* obediência. Não aceitarei que me desafie.

A boca de Mairin se apertou. Primeiro, ele pensou que a havia assustado de novo, mas, olhando novamente, viu que estava furiosa.

– Mesmo quando suas exigências são ridículas? – ela perguntou, fungando.

Ele ergueu uma sobrancelha.

– Meu pedido para se apresentar para mim é ridículo? Eu tinha assuntos para discutir com você. Meu tempo é valioso.

Ela abriu a boca e fechou de novo imediatamente. Porém, murmurou algo baixinho que ele não conseguiu ouvir.

– Agora que resolvemos essa questão, apesar de apreciar sua devoção para com meu filho, ele tem os próprios aposentos que compartilha com outras crianças do castelo.

– Ele deveria dormir com a mãe e o pai – ela soltou.

– Sim, haverá épocas em que será necessário – Ewan concordou. – Mas logo depois de nosso casamento não é uma opção.

– Não consigo ver o que ser recém-casado tem a ver com isso – ela murmurou.

Ele suspirou e tentou controlar sua impaciência. A moça seria o seu fim.

– É difícil deitar com minha esposa se meu filho está dividindo a cama conosco – ele falou lentamente.

Ela desviou o olhar e torceu as mãos diante de si mesma.

– Se é assim, eu prefiro que não... se deite comigo.

– E como planeja engravidar, moça?

Seu nariz franziu e ela lhe lançou um olhar cauteloso, mas cheio de esperança.

– Talvez sua semente já tenha criado raiz. Deveríamos esperar para ver se é o caso. A verdade é que você não tem habilidade para fazer amor, e é óbvio que eu também não tenho.

O queixo de Ewan caiu. Ele tinha certeza de que não ouvira corretamente. Não tinha habilidade? Sua boca se fechou depois se abriu e, então, ele a fechou com a força de sua incredulidade.

Ela deu de ombros.

– Todos sabem que um homem tem habilidades em questões amorosas ou de guerra. É óbvio que a sua é lutar.

Ewan estremeceu. Aquela jovenzinha estava acabando com sua masculinidade. Seu membro se enrugou sob tal crítica. Ele lutava desesperadamente contra a raiva até ver o lábio inferior dela tremer e seus olhos trepidarem.

Ele suspirou.

– Ah, moça, é verdade que me deitei com você com toda a habilidade de um menino do estábulo com sua primeira mulher.

As bochechas dela ficaram de um rosa delicado, e ele se arrependeu da grosseria. Enfiou os dedos no próprio cabelo.

– Você era virgem. Não havia quase nada que eu pudesse ter feito para tornar a experiência mais agradável.

– Eu gostaria que tivesse sido agradável – ela disse melancolicamente.

Ele xingou. O quanto a teria ferido? Sabia que não lhe dera o prazer ou a paciência que ela merecia. Na hora, tudo o que ele sabia era que precisava consumar o casamento com pressa. Não teria tempo de seduzir uma virgem. Só que agora sua virgem tímida havia se transformado em uma esposa teimosa e relutante.

– Mairin, o casamento não seria válido até eu me deitar com você. Não poderia arriscar que alguma coisa acontecesse antes de eu ter a chance de levá-la para a cama. Se tivesse sido capturada, Cameron poderia ter pegado você e solicitado anulação do casamento. Ele teria se deitado com você e lhe dado um filho para reforçar seu pedido.

O lábio dela tremeu e ela olhou para os dedos que se torciam de forma nervosa em suas saias.

Ele se aproveitou da distração momentânea dela e se aproximou. Esticou o braço e pegou suas mãos. Ela era pequena e macia. Delicada. A ideia de ter sido bruto demais, de tê-la machucado, o incomodava.

Ele não deveria se sentir culpado por tomar sua esposa. O dever dela era lhe dar prazer, no entanto, ele assumia a culpa. E a lembrança de seus olhos cheios de lágrimas foi como uma faca em suas entranhas.

– Não será assim daqui por diante.

Ela ergueu os olhos para os dele e suas sobrancelhas se uniram com a confusão.

– Não será?

– Não, não será.

– Por quê?

Ele controlou sua irritação e se lembrou de que ela precisava de uma mão gentil naquele momento.

– Porque sou bem habilidoso na questão amorosa – ele disse. – E planejo mostrar isso para você.

Seus olhos se arregalaram.

– Planeja?

– Sim.

A boca dela formou um "o" e ela tentou dar um passo para trás. Ele segurou suas mãos firmemente e a puxou de volta até ela bater em seu peito.

– Na verdade, quero lhe mostrar quanto sou habilidoso.

– Quer?

– Sim.

Ela engoliu em seco e o encarou, com os olhos perdidos e arregalados.

– Quando quer fazer isso, laird?

Ele se inclinou e varreu a boca de Mairin com a dele.

– Agora.

Capítulo 15

Mairin colocou as mãos no peito de Ewan para se equilibrar, se não teria caído devido à surpresa implacável que ele causara em seus sentidos. Ela suspirou e se entregou mais a seu beijo, sem nem protestar quando sua língua escorregou sensualmente por seu lábio inferior enquanto ele tentava abri-los.

Aquele homem poderia não ser habilidoso em fazer amor, mas ela podia se afogar em seus beijos. Talvez ele fosse carinhoso e continuasse beijando e renunciasse ao resto.

– Reaja ao meu beijo – ele murmurou. – Abra sua boca. Deixe-me provar você.

Suas palavras entraram como veludo pela pele dela. Ela estremeceu quando seus seios dilataram e incharam. Começou a sentir uma dor profunda em partes que não ousaria mencionar. Como ele conseguia incitar tal reação quando tudo o que estava fazendo era beijá-la?

A palma das mãos de Ewan deslizou pela cintura de Mairin e subiu pelos ombros e o pescoço até segurar seu rosto. O calor do toque dele a queimou. Parecia que ela teria cicatrizes permanentes nas bochechas pelos dedos de Ewan e, mesmo assim, ele foi requintadamente gentil: a ponta dos dedos acariciavam a pele dela como criaturinhas aladas.

Incapaz de negar a penetração de sua língua, ela relaxou a boca e lhe permitiu entrar. Quente e áspero. Tão pecaminoso. Era uma sensação decadente, a qual tinha certeza de que deveria negar, mas não podia.

A tentação de prová-lo era muita. Tão forte que havia uma batida incessante em suas têmporas, em sua mente, em suas entranhas. Timidamente, ela passou a língua nos lábios dele. Ele gemeu e ela, imediatamente, tirou a língua, com medo de que tivesse feito algo errado.

Ele a puxou de volta e capturou sua boca de novo de forma tão voraz que a deixou sem fôlego.

– Faça de novo – ele sussurrou. – Prove-me.

Pelo som que ele fez, não havia rejeitado seu toque com a língua. Ela tentou lamber seu lábio outra vez. Ele relaxou a boca contra a dela, abrindo para que ela tivesse acesso.

Sentindo-se mais corajosa, ela se jogou para a frente, quente e molhada. Estremeceu pela pura carnalidade que era algo tão simples como um beijo. Sentia-se nua e vulnerável, como se estivesse espalhada na cama debaixo dele enquanto ele satisfazia seu desejo continuamente. Só que, desta vez, ela estava queimando por ele. Ela o queria sobre si, seu corpo a cobrindo. Ela se sentiu tensa e ansiosa, como se sua pele estivesse muito retesada.

– Desta vez, vou despi-la como deveria – ele sussurrou, enquanto a levava de costas para a cama.

A mente dela estava turva e ela estava lentamente procurando por seus pensamentos atrapalhados. Franziu o cenho, sabendo que ele não estava fazendo da maneira correta de novo. Será que teria que instruí-lo para sempre?

– Eu deveria despi-lo. É minha função – ela disse.

Ele sorriu.

– Só é sua função quando eu digo que é. Hoje, tenho total intenção de despi-la e aproveitar cada segundo. Você merece ser seduzida devagar, moça. Esta será sua noite de núpcias de novo. Se eu pudesse voltar e fazer diferente, eu faria. Mas lhe darei a segunda melhor coisa. Eu lhe darei a noite de hoje.

A promessa na voz dele a estremeceu dos pés à cabeça. Ela piscou quando ele baixou um ombro de seu vestido e, então, seguiu uma trilha abaixo de seu pescoço e sobre a curva de seu braço com os lábios.

Cada parte de sua pele que ele descobria, beijava, descendo até seu vestido cair, deixando-a quase nua sob seu olhar. Cada camada se amontoou sobre seus pés até estar despida.

– Você é linda – ele disse rouco. Sua respiração quente sussurrava arrepios que pinicavam sua carne.

Ele envolveu um seio, segurando-o para que a esfera pálida estivesse empinada. Seu mamilo contraiu e enrijeceu tanto que enviou pequenos estímulos elétricos por sua barriga.

Então ele se curvou e passou a língua no mamilo ereto, e os joelhos dela falsearam instantaneamente. Ela caiu na cama com um leve sobressalto, e ele sorriu discretamente ao segui-la.

Com um toque gentil, ele a deitou de costas e ficou em cima dela, muito grande e forte. Encarava de forma tão descarada sua nudez que ela pegou as cobertas, alguma coisa, qualquer coisa, para impedi-la de se sentir vulnerável.

Ele segurou sua mão, com o olhar carinhoso encontrando o dela.

– Não, não se cubra, moça. Você é uma imagem requintada. Incomparável a qualquer mulher que já vi. – Ele trilhou um dedo na curva de sua cintura até o quadril e o levou de volta até acariciar seus mamilos retesados. – Sua pele é macia como a seda mais fina. E seus seios... eles me lembram melões maduros só esperando para serem provados.

Ela tentou respirar, mas seus pulmões ardiam com o esforço. Era difícil respirar. Ela ofegava superficialmente, sentindo-se mais tranquila a cada minuto.

Ele se afastou da cama e, por um instante, ela entrou em pânico. Aonde ele iria? Porém, ele começou a tirar sua roupa de forma muito mais impaciente do que fez com ela. Chutou as botas e, então, arrancou sua túnica e suas calças, jogando-as do outro lado do quarto.

Observá-lo era inevitável. Ela não conseguiria desviar o olhar se quisesse. Havia algo intensamente maravilhoso em relação aos contornos robustos finamente trabalhados de seu corpo. Cicatrizes, algumas antigas, outras bem mais novas, traçavam caminhos em sua carne. Não havia uma área de pele ilesa para ser vista. Músculos preenchiam seu peito e até seu abdome, o qual tantos homens esqueciam com a idade. Não seu guerreiro. Ele era um homem trabalhado pelos fogos da batalha.

Engolindo em seco de maneira nervosa, ela baixou o olhar para a junção de suas pernas, curiosa para ver a parte dele que lhe causara tamanha dor antes. Seus olhos se arregalaram com a visão dele saliente tão duro e... grande. Ela começou a recuar na cama antes de perceber o que estava fazendo.

– Não se assuste – ele murmurou ao se abaixar até ela. – Não vou machucá-la desta vez, Mairin.

– Não vai?

Ele sorriu.

– Não vou. Você vai gostar.

– Vou?

– Sim, moça, vai, sim.

– Tudo bem – ela sussurrou.

Ele beijou seus lábios, quentes e muito macios. Era ridículo, mas ele a fazia se sentir bem protegida e cuidada. Agora, Mairin tinha duas visões bem conflituosas do amor porque aquilo... aquilo era muito bom.

Ele continuou beijando-a, escorregando a boca para seu queixo e baixando para seu pescoço e a carne macia atrás de sua orelha. Ele pausou um instante e chupou de um jeito molhado antes de mordiscá-la.

– Oh!

Ela o sentiu sorrir contra seu pescoço, mas ele não afastou a boca. Em vez disso, baixou até se aproximar de seus seios. Lembrando-se de sua reação quando ele colocara a língua em seu mamilo, ela se viu arqueando para ele.

Ele não zombou, e ela ficou grata por isso. Estava tão tensa que temeu o que aconteceria com ela. Os lábios dele se fecharam em volta de um mamilo e ele chupou forte. Ela arqueou as costas e suas mãos voaram para agarrar o cabelo dele. Oh, Deus, aquela era uma sensação maravilhosa.

Ele sugava, às vezes forte, depois gentil e de forma ritmada. Sua língua circulava a carne sensível, e seus dentes mordiscavam bem de leve, deixando o mamilo ainda mais duro.

– Doce. Tão doce – ele disse ao levar a boca ao outro seio.

Ela suspirou, apesar de o som ter saído mais como uma expressão ininteligível do que uma exclamação. O frio do quarto não a incomodava mais. Ela sentia como se estivesse deitada no campo em um dia quente de verão, permitindo que os raios solares derretessem seus ossos e a deixassem mole.

Isso, mole era uma descrição apropriada.

Enquanto ele sugava seu seio, seus dedos desceram pela barriga, acariciando-a por um instante antes de ele descer com cautela até a junção das coxas. No momento em que o dedo dele escorregou por suas dobras, ela ficou tensa.

– Shhh, moça. Relaxe. Só vou lhe dar prazer.

Seu dedo encontrou um ponto sensível específico e ele começou a massageá-lo gentilmente e, então, a fazer movimentos circulares. Ela arfou e apertou os olhos fechados ao ser bombardeada com o prazer mais intenso que já sentiu. Assim como ele prometera.

Havia uma tensão curiosa enquanto seu corpo se preparava. Seus músculos se contraíram. De forma precária. Era assim que se sentia. Como se estivesse prestes a cair de um ponto muito alto.

– Ewan!

O nome dele caiu de seus lábios e, no fundo de sua mente turva, ela percebeu que era a primeira vez que o falava.

Ele soltou o mamilo e a mão dela agarrou o seu cabelo. Então, ela percebeu que ainda estava agarrando a cabeça dele com um aperto fatal. Ela largou e deixou as mãos caírem na cama. Porém, precisava segurar alguma coisa.

Ele pressionou a língua no meio dos seios dela e, devagar, fez uma trilha em sua barriga. O estômago de Mairin se elevava enquanto sua respiração ficava cada vez mais acelerada. Ewan traçou uma linha preguiçosa ao redor do umbigo de Mairin e, depois, para a surpresa dela, ele abaixou mais, movendo seu corpo para o fim da cama ao se aproximar mais do lugar onde seus dedos acariciavam.

Ele não faria isso. Claro que tal coisa não era nada decente.

Ah, mas ele fez...

A boca dele encontrou seu calor em um beijo carnal e luxurioso que fez cada músculo de seu corpo se contorcer e convulsionar como se ela tivesse sido atingida por um raio.

Ela deveria lhe dizer que não poderia fazer aquilo. Deveria dizer que ele não podia. Deveria instruí-lo da maneira adequada de se fazer as coisas, mas, Senhor, ela não conseguia pensar em nada a não ser que não queria que ele parasse.

– Por favor, não pare.

– Não vou parar, moça – ele murmurou contra sua carne mais íntima.

Suas pernas haviam ficado retesadas em volta dele, e ele as forçou com delicadeza para afastá-las.

– Relaxe.

Ela tentou. Ah, mas ela tentou, porém, a boca dele a estava enlouquecendo. Então, a língua dele a encontrou, muito quente e erótica. Uma onda de prazer indescritível subiu por sua barriga quando ele banhou sua entrada. Sua visão ficou embaçada e ela retorceu os dedos nas cobertas até eles perderem o sangue e toda a sensação se esvair.

Ela não tinha mais controle de seu corpo. Arqueou inconsciente e suas pernas tremeram, suas coxas tremeram até ela se transformar em uma massa de carne trêmula.

– Ah, você está pronta para mim, moça.

A voz dele ficou mais rouca, em um tom quase de desespero. Ela arriscou olhar para baixo e vê-lo encarando-a, com os olhos brilhantes e selvagens.

– Estou? – ela soltou a respiração.

– Sim, está.

Ele subiu em seu corpo com uma rapidez que a surpreendeu. Pegou sua bunda com uma mão e se colocou entre suas pernas. Ela podia senti-lo, quente e inacreditavelmente duro, aninhado contra sua abertura.

Então, ele se inclinou para baixo e fundiu sua boca com a dela. Desta vez, ela não hesitou nem pensou em instruí-lo sobre a forma correta de beijar. Abriu a boca e o devorou antes de ele ter a oportunidade de mandar que o fizesse.

– Segure em mim – ele soou áspero entre os beijos quentes e de boca aberta.

Ela envolveu os braços em seus ombros largos e cravou os dedos em suas costas. Mairin o beijou. Ela o provou. Ela o absorveu, respirando-o a cada inspiração.

Antes de ela conseguir perceber que ele se mexera, ele havia erguido os quadris e escorregado para dentro dela alguns centímetros. Ela se alargou para acomodá-lo e, então, se perguntou como conseguira fazer aquilo.

Ele a beijou de novo e, depois, apoiou a testa na dela, ambos com os olhos quase fechados. Tudo o que ela podia ver era o aro fino verde que rodeava suas pupilas negras.

– Relaxe – ele disse de novo. – Não vou machucá-la.

Ela levantou os lábios para encontrar os dele. Desta vez, suas bocas se encontraram em uma dança delicada, com toque muito gentil.

– Eu sei.

E ela realmente sabia. De alguma forma, sabia que daquela vez seria diferente. Não havia pressa. Não existia surpresa desagradável para seus sentidos. Seu corpo se fundiu ao dele, entregando-se ao poder e ao desejo dele. À necessidade dela.

Os quadris dele avançavam com uma lentidão infinita. Ela se abria ao redor dele enquanto ele escorregava mais profundamente. A plenitude a tomava por completo, mas não era dor ou surpresa que embalava seu corpo.

– Quase lá – ele sussurrou.

Os olhos dela se arregalaram quando ele foi ainda mais fundo e, então, parou, alojado tão profundamente nela que ela não conseguia respirar. Ele a envolvera, pegando-a nos braços, segurando-a perto enquanto começava a se mover, um ritmo lento e sedutor que a deixava louca de desejo.

Os músculos nas costas dele se contraíam e pulsavam. Os dedos dela dançavam pela carne dele em um padrão frenético enquanto ela buscava se apoderar dele. Algo no qual se ancorar quando estava à deriva em uma tempestade.

Os movimentos dele se ampliaram, mais rápido e enérgicos. Seus suspiros eram misturados ao ar pesado com o cheiro do amor.

– Envolva-me com suas pernas – ele a direcionou. – Segure firme, moça.

Ela envolveu o corpo todo nele até ter certeza de que estavam tão entrelaçados que nunca mais se separariam.

A sensação ardente aumentava até ela estar agitada e inquieta por... alívio. Respirar doía, então ela não o fez, e seu peito protestou, mas ela segurou, procurando algo que não sabia o que era.

Então, ela se despedaçou, desfiando-se como fios de um tapete inacabado. Ela gritou, ou tentou, porém, a boca de Ewan cobriu a dela, e ele engoliu seu grito frenético.

Ela não tinha controle de seu corpo. Não conseguia pensar. Podia apenas sentir, sem conseguir fazer nada a não ser deitar nos braços de Ewan enquanto ele murmurava palavras gentis em seus ouvidos.

Completamente alheia ao que acabara de acontecer, ela fixou os olhos desfocados no marido enquanto uma expressão de agonia franzia o rosto dele. Ele investiu mais uma vez, aconchegando-se profundamente no corpo dela. Então, caiu em cima dela, pressionando-a no colchão enquanto lhe dava sua semente.

Mairin aninhou o rosto na curva de seu pescoço, saciada e completamente mole, e considerando ficar na cama pelo próximo ano. Ewan descansou sobre ela por um longo tempo antes de, finalmente, tirar o peso de cima e rolar para o lado.

Ele a pegou nos braços e acariciou seu cabelo. Então deu um beijo em sua testa e deixou o rosto descansar contra a lateral da cabeça dela.

A mente confusa de Mairin não conseguia entender o que acabara de acontecer. Somente uma coisa a atingia com força.

– Ewan? – ela sussurrou.

Ele demorou um pouco para responder.

– Sim, moça?

– Eu estava enganada.

Ele se agitou, esfregando o rosto contra a bochecha dela.

– Sobre o que estava enganada?

– Você é muito habilidoso no amor.

Ele riu e, então, a abraçou mais forte. Bocejando muito, ela se aconchegou em seus braços e fechou os olhos.

Capítulo 16

Quando Mairin acordou, ficou temporariamente desorientada. Piscou os olhos para afastar a confusão. Sua cabeça ainda parecia pesada, mas seu corpo, apesar de estar um pouco duro e dolorido, estava surpreendentemente quente e saciado. Adormecido, como se tivesse ficado um tempo prolongado imersa na banheira de água quente.

A luz atravessou a janela que não estava mais coberta por peles, e a altura do sol lhe disse que ela dormira muito mais do que pretendia.

Gertie não ficaria feliz, e Mairin teria que esperar a refeição do meio-dia. Aliás, já deveria ser meio-dia.

A noite voltou à sua memória com rapidez. Um calor se concentrou na parte de baixo de sua barriga e subiu até suas faces queimarem. Ela se sentou, depois percebeu que estava completamente nua. Pegou as cobertas da cama e as ergueu até o queixo, então as largou desgostosa.

Estava sozinha no quarto. Ninguém iria vê-la. Mesmo assim, ela saiu da cama e se vestiu rapidamente.

Seu cabelo desarrumado e uma sensação em suas faces a fizeram perceber que o rubor ainda estava lá. Provavelmente parecia uma brasa quente.

Realmente tinha dito ao laird que ele não era habilidoso em fazer amor. É, ele lhe mostrara o contrário. Fizera coisas que ela nem imaginava que duas pessoas faziam. Sua boca... e sua língua.

Ela se ruborizou novamente e fechou os olhos, mortificada. Como poderia encará-lo de novo?

Mairin admirava madre Serenity. Confiava nela mais que tudo. A madre superior havia sido boa para Mairin. E paciente. Sim, ela tivera uma paciência de Jó quando precisou instruir Mairin e responder a todas as perguntas que ela lhe fazia. Porém, estava ficando cada vez mais claro que a madre talvez tivesse deixado de fora muita coisa sobre o amor. E o beijo.

Mairin franziu o cenho ao ponderar como o ensinamento da mulher idosa fora diferente da realidade alarmante de se deitar com um homem. Se a madre estava errada sobre beijar... e amar... sobre o que mais poderia estar enganada? De repente, Mairin se sentiu ignorante e lamentavelmente desinformada.

Nunca querendo se acomodar na própria ignorância, ela decidiu que teria que procurar instrução naquele assunto. Christina... bem, ela era muito nova. E solteira. Gertie assustava Mairin com suas retaliações frequentes. Além disso, ela provavelmente iria rir de Mairin e expulsá-la da cozinha. Então sobrou Maddie. Era mais velha e com certeza mais amigável. Ademais, Maddie tinha marido, então certamente poderia fornecer ensinamentos no amor e dizer quem estava errado.

Sentindo-se melhor com o plano, ela penteou as mechas de seu cabelo e o trançou para que não parecesse que passara a noite saciando suas vontades. Então saiu do quarto e desceu as escadas.

Para sua mortificação, Cormac estava esperando no corredor. Assim que Mairin entrou, ele se levantou e desceu ao lado dela. Ela lhe lançou um olhar descontente, mas ele simplesmente sorriu e a cumprimentou.

Decidindo não o encorajar, fingiu que ele não estava lá e foi em direção à cozinha para enfrentar a ira de Gertie. Quando chegou à porta, o tumulto a fez parar.

Havia panelas batendo causando um barulho horrível e a voz de Gertie se sobrepunha ao ruído enquanto ela dava bronca em uma das cozinheiras.

Talvez não fosse a hora de tentar conseguir um café da manhã tardio da cozinheira excêntrica.

– Huum, Cormac?

– Sim, milady.

– Está próximo da refeição do meio-dia? Confesso que dormi até tarde esta manhã. E não dormi nada bem na noite passada – ela se apressou em dizer. Não queria deixar Cormac pensar que o fato de ter dormido muito fosse por causa de outra coisa.

Ele abafou um sorriso com as costas da mão e, então, fingiu uma expressão mais séria. Ela olhou para ele por seus pensamentos estarem estampados em seu olhar presunçoso.

– Provavelmente ele já contou para todo mundo – ela murmurou.

– Perdoe-me, milady – Cormac disse e se inclinou para ouvir melhor.

– Nada.

– A refeição do meio-dia está se aproximando. Talvez mais uma hora, no máximo. Se quiser, posso pedir a Gertie por um prato de comida se estiver com fome agora.

Seu estômago roncou ao ouvir a sugestão de comida, mas um olhar desconfiado para a cozinha quando houve outro som de algo se quebrando decidiu a questão por ela.

– Não, posso esperar. Tenho outras coisas para fazer.

Ela saiu em um passo determinado, esperando que Cormac entendesse a deixa e saísse de perto. Mas ele seguiu seus passos, acompanhando-a quando ela desceu as escadas do castelo.

Mairin foi recebida por um calor da luz do sol, que a aqueceu apesar do frio. Ela não se lembrara do xale que Maddie deixou para ela e não queria voltar para pegar. A menos que...

Ela se virou e presenteou Cormac com um sorriso gentil.

– Deixei meu xale no aposento do laird e ainda está um ar frio. Você se importaria muito de pegar para mim?

– Claro que não, milady. Eu não iria querer que a senhora ficasse com frio. O laird ficaria muito infeliz. Espere bem aqui e vou pegá-lo em um segundo.

Ela ficou parada recatada até o instante em que ele desapareceu no castelo, então correu até um muro de cor clara, tomando cuidado para ficar longe do pátio. No caminho, ela parou duas mulheres e perguntou se elas sabiam onde encontrar Maddie. Depois de dizerem que Maddie estaria em sua cabana após suas tarefas matinais, Mairin se apressou até a fileira de casas de campo que delineava o lado esquerdo do castelo.

Quando chegou à porta de Maddie, respirou fundo e bateu. Um instante mais tarde, Maddie abriu e pareceu surpresa ao ver Mairin ali parada.

– Milady! Posso ajudar em alguma coisa?

Mairin olhou por cima do ombro para se certificar de que Cormac não estava respirando em seu cangote.

– Pode, sim. Isto é, eu esperava que houvesse alguma coisa na qual pudesse me instruir – Mairin disse em voz baixa. – Em particular.

Maddie deu um passo para trás e acenou para Mairin entrar.

– É claro. Entre. Gostaria de um refresco? Eu estava esquentando um ensopado de coelho no fogo. Meu marido gosta de uma tigela quente de ensopado para seu almoço, mas ainda demorará para chegar.

Lembrando-se de não ter tomado café da manhã e de seu estômago resmungão, Mairin apreciou o cheiro no ar e o aroma maravilhoso que emanava da cozinha de Maddie.

– Se não for muito trabalho. Eu dormi demais esta manhã – Mairin disse, lamentando.

Maddie sorriu e gesticulou para Mairin segui-la para a área pequena que abrigava o coração da cozinha.

– Ouvi dizer que Gertie estava com um humor daqueles esta manhã.

Mairin assentiu.

– Tanto é verdade que temi por minha vida caso eu me aventurasse depois de perder a refeição matinal.

Maddie puxou uma cadeira e a indicou para Mairin se sentar, então serviu um pouco do ensopado em uma tigela. Entregou a Mairin, depois assumiu seu próprio lugar à mesa.

– Agora, milady, no que gostaria que eu a instruísse?

Antes de Mairin poder abrir a boca, uma batida soou na porta da frente. Maddie franziu o cenho, mas se levantou para ver quem chamava. Um instante depois, ela voltou com Christina e Bertha, cujos olhos se arregalaram quando viram Mairin sentada à mesa de Maddie.

– Oh, milady – Christina exclamou. – Só viemos ver se Maddie sabia de seu paradeiro. Cormac fez o castelo todo entrar em rebuliço tentando encontrar a senhora.

Mairin suspirou.

– Eu o enganei pedindo que pegasse meu xale para que pudesse buscar conselho com Maddie sobre umas coisas. É um assunto particular, sabem, e inadequado para os ouvidos de Cormac.

Bertha deu um sorriso largo.

– Então não precisamos contar a ele onde a senhora está.

Mairin assentiu, apreciando e realmente esperando que as duas mulheres partissem, porém ambas se sentaram à mesa de Maddie, e Bertha se inclinou para a frente com interesse.

– Sobre o que precisa de minha instrução, milady? Estamos todas dispostas a ajudar. É nossa senhora agora.

– Nossa senhora disse que é um assunto particular – Maddie a repreendeu.

Mairin assentiu.

– Sim. Um assunto delicado, na verdade.

Um calor subiu para suas bochechas e Mairin teve certeza de que seu rosto estava pegando fogo.

– Ah, um assunto de mulher – Bertha disse com ar experiente. – Pode nos contar, moça. Somos muito discretas.

Maddie assentiu, concordando, enquanto Christina olhava perplexa.

– Bem – Mairin começou relutante. – Talvez fosse melhor ter mais do que uma perspectiva sobre o assunto. É verdade que estou um pouco confusa com um conflito de informações. Sabem, madre Serenity me instruiu nas formas de amar.

– Oh, meu Senhor – Bertha murmurou. – Moça, não me diga que recebeu *todas* suas instruções de uma madre idosa.

Chocada, Mairin encarou a outra mulher.

– Por quê? Madre Serenity tem conhecimento sobre todas as coisas. Ela não mentiria para mim. Acho que, talvez, posso ter me confundido com algumas de suas instruções. Houve tantas, sabem.

Maddie balançou a cabeça e fez um estalo com a língua.

– Diga-nos o que quer saber, criança. Posso assegurar que sua madre Serenity, apesar de bem-intencionada, não poderia simplesmente lhe contar tudo.

– Bom, ela me ensinou a beijar, e o laird... – Ela parou, mortificada pela ideia de dizer em voz alta o que estava em seus pensamentos.

– Continue. – Desta vez, Christina se intrometeu e se inclinou para a frente, com os olhos arregalados de curiosidade.

– Bom, ele usou a língua. Madre Serenity nunca disse nada sobre o uso da língua no beijo. Ela era bem descritiva nesse assunto.

Maddie e Bertha riram e trocaram olhares experientes.

– Me diga uma coisa, senhora, gostou dos beijos do laird? – Maddie perguntou.

Mairin assentiu.

– É verdade que gostei, e tenho que admitir que também usei a minha. Fiquei quase... sem fôlego. Não entendi nada.

– Beijo com língua? – Os olhos de Christina se arregalaram.

Maddie franziu a testa para Christina e, então, fez um movimento com as mãos para que ela se calasse.

– Mocinha, você é jovem demais para esta conversa. Por que não fica lá fora e veja se Cormac aparece?

Mairin percebeu o olhar cabisbaixo de Christina, porém não discutiu. Christina se levantou e saiu do aposento. Somente quando o som da porta da frente se fechando foi ouvido Bertha e Maddie voltaram a atenção para Mairin.

– É tudo isso que estava querendo saber? – Maddie perguntou.

Mairin se movimentou inquieta na cadeira e se perguntou se não deveria desistir de toda a ideia e retornar ao castelo para que Cormac não lhe desse um sermão sobre seu sumiço.

– Agora é a hora, senhora – Bertha disse em uma voz gentil. – Pergunte-nos o que quiser. Não vamos espalhar histórias sobre isso.

Mairin limpou a garganta.

– Bem, eu posso ter dito ao laird que ele não tinha habilidade em amar.

Ambas as mulheres pareceram tão assustadas que Mairin se arrependeu de ter soltado aquela pérola. Então, elas explodiram de rir. Riram tanto e por tanto tempo que enxugavam as lágrimas que desciam correndo por suas faces.

– E como o laird reagiu a isso? – Maddie arfou entre a respiração difícil.

– Não muito bem – Mairin resmungou. – Depois disse a ele que estava enganada.

Bertha sorriu.

– Ah, você estava, não é?

Maddie assentiu aprovando.

– Ele lhe provou o contrário, não foi? Não pode levar em conta o dia do casamento, senhora. Foi sua primeira vez. Nada do que ele fizesse iria ajudar nessa questão. Diria que é melhor fazer logo e acabar com tudo.

– Mas ele...

– Ele o quê? – Bertha perguntou.

– Foi indecente – Mairin murmurou.

Maddie abafou a risada com a mão, porém seus olhos dançaram alegremente.

– Mas você gostou, certo?

– Sim – Mairin admitiu. – Ele fez coisas...

– Que tipo de coisas?

– Bom, ele usou a boca. – Mairin se inclinou para a frente e sussurrou – Aqui embaixo. Nos meus...

– Nos seus seios? – Bertha perguntou.

Mairin fechou os olhos humilhada e assentiu.

As mulheres riram e se recostaram na cadeira.

– Parece que o rapaz tem esse direito – Maddie disse, com pura aprovação na voz. – Tem sorte de ter um homem habilidoso em sua cama. Nem todas as mulheres têm.

Mairin franziu o cenho.

– Não?

Bertha balançou a cabeça.

– Agora, não conte a ninguém o que vou lhe falar, mas meu Michael, bom, precisou de alguns anos para desenvolver alguma habilidade. Se não fosse por conversas com algumas mulheres mais velhas que eu, não tenho certeza se teríamos conseguido.

– Ah, sim, foi o mesmo com meu Ranold – Maddie disse. – Ele sempre era tão apressado. Só quando ameacei negar meus encantos que ele se esforçou para trabalhar em suas habilidades.

A cabeça de Mairin estava girando com a conversa das mulheres. Assuntos tão íntimos não pareciam incomodar as outras mulheres de forma alguma. Mairin, por outro lado, queria que a Terra a engolisse.

Maddie se esticou para o outro lado da mesa e colocou a mão sobre a de Mairin. Ela apertou e sorriu para Mairin.

– Deixe-me dar um conselho, moça. Se não se importa de uma velha mulher oferecê-lo.

Mairin assentiu devagar.

– Não é suficiente que seu homem seja habilidoso na questão de amar. Você também precisa ter habilidades.

Bertha assentiu veementemente.

– Sim, é verdade. Se mantiver seu homem satisfeito na cama, ele não vai se dispersar.

Dispersar? Mairin olhou para elas com horror.

– Está sugerindo que o laird não seria fiel?

– Não, claro que não iríamos denegrir a imagem do laird. Mas é fato que é melhor estar segura do que arrependida. A senhora precisa deixar seu laird bem satisfeito. Homens ficam muito mais dóceis quando estão satisfeitos de amor.

Maddie bateu no ombro de Bertha e riu.

– É, isso é verdade mesmo. A melhor hora para pedir um favor é logo depois de uma rodada empolgante de amor.

Dócil era bom. Mairin gostava dessa ideia. E, agora que o pensamento perturbador sobre a fidelidade de Ewan havia entrado em sua mente, ela não conseguia esquecer. Claro que ele não faria nada, certo?

– O que eu devo saber? – Mairin perguntou.

– Bem, disse que ele usou a boca. Sabe, lá embaixo – Bertha disse com uma centelha nos olhos. – A senhora pode fazer o mesmo com ele. É garantido que o levará à loucura.

Mairin tinha certeza de que sua total ignorância estava refletida em sua expressão. E seu horror. Ela começou a falar alguma coisa, mas a imagem do que Bertha estava descrevendo a atingiu e ela não conseguia parar de imaginar aquilo.

– Como...? – Ela não conseguiu terminar a pergunta. O que era para ela perguntar?

– Você chocou a moça – Maddie disse, repreendendo-a.

Bertha deu de ombros.

– Não há motivo para enrolar. A moça tem que aprender com alguém. Sua madre Serenity certamente não lhe fez nenhum favor.

Maddie colocou a mão de volta sobre a de Mairin.

– O que Bertha quis dizer é que um homem gosta de ser beijado... lá embaixo. Em seu membro.

Bertha bufou.

– Fale direito para ela, Maddie. Um homem gosta de ser chupado.

Mairin sabia que o sangue havia ido totalmente para suas bochechas. Beijado? Chupado?

– Gostou bastante, não gostou, moça? – Bertha perguntou. – Um homem não é diferente. Gosta de ser tocado e acariciado com as mãos, a boca e a língua de uma moça.

Era bem verdade que Mairin gostou dos toques de Ewan. E de seus beijos. Ele era habilidoso com a língua. Sim, ela gostou de sua língua, mesmo que ele fizesse coisas indecentes com ela.

– Colocar minha... minha... boca no seu... – Ela não conseguia dizer a palavra. – Isso não é decente, com certeza!

Bertha virou os olhos e Maddie riu.

– Há pouca decência para se amar bem – Maddie disse sábia. – Se for decente, não é tão divertido.

Bertha assentiu, seus lábios comprimidos enquanto sua cabeça balançava para cima e para baixo.

– Não há nada de errado com uma brincadeira boa e safada.

Mairin mal conseguia acreditar no que estava ouvindo. Ela teria que pensar no assunto. Antes de poder agradecer Maddie e Bertha e seguir seu caminho, uma batida na porta assustou as mulheres.

Maddie se levantou e foi até a porta, Mairin e Bertha estavam bem atrás dela. Mairin tinha uma boa ideia de quem seria à porta, porém, quando Maddie abriu, foi pior do que Mairin temia.

Não era Cormac esperando para lhe dar um sermão. Ewan estava parado com Caelen, de braços cruzados à frente do peito, com o rosto sombrio. Christina estava ao lado deles, com os olhos desolados.

– Gostaria de se explicar? – Ewan exigiu.

Capítulo 17

Em vez de responder a seu marido, Mairin se virou para Maddie e Bertha e ofereceu uma reverência educada.

– Obrigada pelo conselho.

Quando ela se virou de novo, Ewan ainda a estava fuzilando com o olhar enquanto Caelen parecia irritado por ter sido requisitado na incumbência de localizar Mairin. Ela tentou passar por Ewan ao sair da cabana de Maddie, mas ele não se moveu. Ela o empurrou, porém ele era um objeto imóvel.

Finalmente, ela deu um passo para trás.

– Desejava falar comigo, laird?

Ewan emitiu um suspiro alto e pegou o braço dela em um aperto não muito gentil. Mairin acenou para as mulheres enquanto Ewan a arrastava junto a ele. Ela tropeçou e precisou correr para acompanhá-lo ou seria arrastada por seu marido furioso.

Ela olhou por cima do ombro e viu Caelen os seguindo de perto. Ela lhe lançou um olhar descontente na esperança de que ele desaparecesse, porém ele não ficou impressionado pela exigência silenciosa de privacidade.

Enfim, Ewan se distanciou das cabanas. Pairou sobre ela como um guerreiro com sede de vingança. Apesar de ela tentar encará-lo de forma corajosa, uma parte dela se encolheu para um tamanho ridículo. Ele estava bravo. Não, bravo não era adequado para descrever seu humor. Estava furioso.

Ele precisou de alguns instantes e tentativas repetidas antes de conseguir repreendê-la. Sua boca se abria e se fechava várias vezes e ele olhava para longe como se tentasse se controlar.

Ela esperou comportada, suas mãos cruzadas, e encarava-o com olhos arregalados.

– Não olhe para mim com esses olhos de corça – Ewan rosnou. – Você me desobedeceu. De novo. Estou quase decidindo trancá-la em nosso quarto. Para sempre.

Quando ela não respondeu àquela ameaça, Ewan soltou a respiração.

– E então? Que explicação gostaria de dar por enviar Cormac em uma tarefa e, imediatamente, abandonar sua escolta?

– Eu precisava conversar com Maddie – Mairin disse.

Ewan a encarou por muito tempo.

– É isso? Você não só desdenhou minha ordem, como agiu em completa negligência para sua segurança porque precisava falar com Maddie?

– Era um assunto delicado – Mairin se defendeu.

Ewan fechou os olhos e os lábios se mexeram em silêncio. Ele estava contando? Não fazia sentido praticar matemática naquele momento.

– E não podia ter deixado Cormac acompanhá-la até a cabana de Maddie?

Ela o olhou com horror.

– Não! Lógico que não. Não era um assunto para um homem ouvir. Era uma questão particular a qual eu não tinha desejo de discutir diante de outros.

Ewan virou os olhos para cima.

– Ele poderia ter esperado do lado de fora da cabana.

– Poderia ter ouvido pela janela – Mairin argumentou.

– Meu tempo é muito valioso para gastar vasculhando o castelo toda vez que você decidir ter uma conversa particular com uma das mulheres – Ewan declarou. – A partir de agora, será escoltada por um de meus irmãos ou meus comandantes. Se insistir em suas ações, será confinada em seus aposentos. Está entendido?

Caelen não parecia muito mais contente com a ordem de Ewan do que ela. Era evidente que ele estava contrariado pela função com a qual Ewan o encarregara.

– Eu perguntei se está entendido?

Mairin assentiu relutante.

Ewan se virou e apontou para Caelen.

– Fique com Mairin. Tenho assuntos urgentes a tratar.

O olhar irritado no rosto de Caelen não pareceu bom para Mairin, então ela mostrou a língua para ele quando Ewan se virou na direção do pátio.

Caelen cruzou os braços à frente do peito e olhou para Mairin.

– Talvez fosse melhor se voltasse ao salão para a refeição da tarde.

– Ah, mas não estou mais com fome – Mairin disse animada. – Maddie foi gentil em me fornecer uma tigela com um delicioso ensopado de coelho.

Caelen fez uma careta.

– Então, talvez devesse subir para seu quarto e tirar uma soneca. Uma longa soneca.

– Mairin! Mairin!

Mairin se virou na direção da voz de Crispen e o viu correndo em sua direção com mais três outras crianças o seguindo.

– Mairin, venha brincar conosco – Crispen disse, pegando sua mão. – Estamos apostando corrida e precisamos que você seja a juíza.

Ela sorriu e se permitiu ser arrastada por Crispen e seus amigos ansiosos. Eles falavam todos juntos, gritando quem era o melhor corredor e pedindo que Mairin os observasse correr.

Caelen suspirou alto e aumentou sua passada para acompanhá-los, porém Mairin não lhe deu atenção. Se ele precisava vigiá-la a cada passo, ela deveria fazer o melhor para fingir que ele não estava lá.

Ela riu discretamente com a ideia de fingir que um homem do tamanho de Caelen não estava lá. Ele era feroz e tão musculoso quanto os guerreiros de Ewan, e pairava ao seu lado como uma árvore gigante.

Não, ela não teria sucesso em fingir que ele não a estava seguindo, porém poderia ignorá-lo, pelo menos.

Uma espiada para sua expressão atormentada fez uma culpa indesejada surgir em seu peito. Ela franziu o cenho. Não queria se sentir culpada. Não por querer um pouco de liberdade agora que estava longe do convento.

Mesmo assim, a culpa crescente a fez apertar as mãos diante dela enquanto seguia Crispen e as outras crianças para uma área vizinha ao castelo.

Ela parou abruptamente e girou, fazendo Caelen quase dar de encontro com ela.

– Decidi cooperar e permitir que me escolte pelo castelo.

Caelen mal ergueu uma sobrancelha, sem acreditar naquilo.

– Espera que eu acredite que vai se submeter tranquilamente aos desejos de Ewan?

Ela balançou a cabeça com pesar.

– Tenho sido injusta. Ofereço minhas desculpas. Não é sua culpa que o laird seja irracional. Não, a culpa é dele. Você só está cumprindo sua função. Eu deveria me empenhar para tornar isso fácil e não mais difícil para você. Tenho bastante consciência do fardo que ele lhe deu.

Se ela esperava que ele refutasse a ideia de ela ser um fardo, estava dolorosamente decepcionada. Ele simplesmente olhou para ela com uma expressão entediada.

– De qualquer forma, dou minha palavra de que não recorrerei a nenhum truque de novo – ela disse solenemente.

Virou-se para as crianças que estavam discutindo quem chegara primeiro. Ela entrou na briga, rindo e acenando para todos se acalmarem.

Uma hora mais tarde, ela estava exausta. Quem diria que crianças poderiam drenar a vida de um corpo? Mairin parou de seguir Crispen e se abaixou ao tentar respirar de um jeito decididamente não feminino.

As crianças barulhentas a rodearam e ela se virou e viu Caelen avaliando os acontecimentos com algo que parecia muito com um sorriso irônico.

– Eu deveria fazê-lo correr atrás deles – ela gritou. – Era para estar me protegendo.

– Protegendo, não arrebanhando crianças – veio a resposta séria de Caelen.

– Acho que devemos atacá-lo – Mairin murmurou.

– Ah, vamos lá! – Crispen sussurrou.

– Isso, isso! – as crianças ao redor entoaram.

Mairin sorriu enquanto o pensamento maldoso se aprimorava. A imagem do guerreiro no chão implorando por misericórdia seria uma visão para não ser esquecida.

– Tudo bem – ela cochichou de volta. – Mas devemos ser discretos.

– Como guerreiros! – Robbie exclamou.

– Isso, como guerreiros. Como seus pais – ela complementou.

Os garotos estufaram o peito, porém as poucas meninas que haviam se juntado pareciam decepcionadas.

– E quanto a nós, Mairin? – Gretchen, uma garota de oito anos, perguntou. – Garotas também podem ser guerreiras.

– Não, não podem! – Crispen disse em tom horrorizado. – Lutar é para homens. Garotas precisam ser protegidas. Meu pai disse isso.

Os olhares das garotas eram mortíferos. Assim, para impedir uma guerra civil entre as crianças, Mairin juntou todos.

– Sim, garotas podem ser guerreiras também, Gretchen. Vamos fazer o seguinte.

Eles se amontoaram e ela sussurrou as instruções.

Os meninos não ficaram felizes com seu papel no ataque. As meninas ficaram maravilhadas com o delas. Depois de uma rápida repassada nas instruções, as garotas saíram saltitando em direção ao castelo. Assim que passaram por Caelen, pararam e se viraram para assustá-lo por trás. Caelen estava muito distraído com a aglomeração de garotos desordeiros se aproximando à frente dele.

Ele pareceu desconfiar de Crispen e, então, virou a cabeça para Mairin. Ela sorriu inocentemente e esperou.

Caelen não viu o que o atingiu. Gritando como almas penadas, as garotas o atingiram por trás. Elas subiram nas costas de Caelen e se amontoaram sobre ele como uma nuvem de gafanhotos.

Gritando pela surpresa, Caelen desabou devido a um emaranhado de braços e pernas e gritos de alegria. Os meninos, que não queriam perder, adicionaram seus próprios gritos de guerra e pularam no montinho.

Depois da surpresa inicial e muitos berros e gritos, Caelen recebeu o ataque com graça. Ele riu e lutou com as crianças, mas, finalmente, foi obrigado a gritar por piedade quando as meninas o prenderam ao chão e exigiram que se rendesse.

Caelen jogou os braços para cima e, rindo, se rendeu. Mairin ficou estupefata pela mudança no guerreiro. Tinha certeza de que nunca o vira sorrir, muito menos rir com tanta alegria como o fazia com as crianças. Ela ficou observando com a boca aberta, balançando a cabeça e pensando como Caelen era bom com as crianças. Imaginara que precisaria intervir rapidamente para defendê-las contra sua raiva.

As meninas não perderam tempo para gritar vitória enquanto os meninos protestavam, pois haviam sido eles a ganharem a submissão de Caelen.

– Caelen, Crispen disse que meninas não podem ser guerreiras, é tarefa dos meninos de ser guerreiro e proteger as garotas – Gretchen disse indignada. – Mas Mairin disse que garotas podem ser guerreiras também. Quem está certo?

Caelen riu.

– Crispen está correto em dizer que é função de um guerreiro proteger sua dama e aqueles que são mais fracos. No entanto, sua senhora é um bom exemplo de guerreira. Ela pode fazer todos nós implorarmos por clemência antes de o mês acabar.

– Acho que fala a verdade, irmão.

Mairin se virou e viu Ewan e seus comandantes em pé a uma curta distância, divertindo-se com o som de derrota de Caelen nas mãos das crianças.

Ela engoliu nervosa, certa de que ouviria um sermão sobre seus deveres, mas Ewan avançou e pegou uma das crianças e tentou bater a poeira dele.

Gretchen sorriu para Mairin enquanto estava sentada no peito enorme de Caelen.

– Quero ser uma guerreira como nosso laird. Porque derrotei Robbie semana passada.

– Não derrotou! – Robbie rugiu.

– Derrotei, sim.

Para o terror de Mairin, Robbie voou em Gretchen, arrancando-a do peito de Caelen. Entretanto, ela não precisava se preocupar.

Obviamente, a mocinha não havia se vangloriado em vão. Ela virou Robbie para baixo e, logo, estava imobilizando-o, segurando seus braços contra o chão.

Mairin suspirou e tentou impedir uma briga generalizada entre meninas e meninos. Ewan chegou ao mesmo tempo que ela e pegou Robbie enquanto ela se abaixou e arrancou Gretchen do menino que se debatia.

A dor queimou a lateral de seu corpo e, então, para sua surpresa, uma flecha atingiu o solo bem ao lado das crianças e cravou profundamente no chão. Tinha passado bem entre ela e Ewan!

Ela olhou horrorizada, chocada com o fato de ter chegado muito perto de acertar uma das crianças. Ela se virou para localizar o arqueiro atacante, mas se viu caída no chão enquanto Caelen se jogava para cima dela.

– Saia de cima de mim! – ela exclamou e bateu no ombro de Caelen. – O que pensa que está fazendo? Cuide das crianças.

– Quieta! – ele rosnou. – Ewan está cuidando da segurança das crianças.

– Não tem desculpa! – Mairin exclamou. – Como eles podem ser tão descuidados? As crianças poderiam ter sido mortas!

Caelen tapou a boca dela e, lentamente, tirou seu corpo de cima dela. Ele olhou em volta e Mairin pôde apenas ver Ewan com os braços cheios de crianças, enquanto ele também analisava a área com olhos atentos. Gannon e Cormac estavam posicionados em cima das crianças que sobraram e deitados imóveis, esperando o comando do laird.

Ewan xingou, e Mairin franziu o cenho por ele falar blasfêmias na frente das crianças. Era outra coisa que ela mencionaria na primeira oportunidade, quando estivesse com ele.

Ewan ergueu a cabeça e brandiu uma ordem. Logo, a área estava lotada com seus homens. As crianças foram obrigadas a voltar ao castelo sob vigilância pesada, enquanto Ewan ficou parado e olhando para Mairin.

Caelen se levantou e ele e Ewan a ergueram por sob seus braços. Ela foi içada e colocada em pé e pegou suas saias e as chacoalhou, formando uma nuvem de poeira.

Antes de um deles fazê-lo, ela se abaixou e arrancou a flecha do chão. Então bateu no peito de Ewan, e o pavor aumentava sua fúria.

– Como seus homens puderam ser tão descuidados? Eles poderiam ter matado uma das crianças!

Capítulo 18

Ewan estava realmente tão furioso com o incidente quanto sua esposa, mas não poderia permitir que ela batesse nele diante de seus homens.

– Você ficará quieta.

Seus olhos se arregalaram e ela deu um passo para trás. Bom, finalmente estava percebendo seu lugar. Porém, depois seus olhos se estreitaram e ela fez uma cara de raiva contra ele.

– Eu não vou ficar quieta – ela disse em voz baixa. – Você deve ter um lugar seguro para as crianças brincarem e correrem. Não será bom para elas ficarem tão perto do pátio se seus homens não conseguem controlar a mira.

Ele pegou a flecha de sua mão e analisou as marcas nela. Então olhou para Mairin de novo.

– Até eu saber quem foi o responsável, você vai parar de insultar meus homens e a mim pensando que permitiríamos que tal coisa acontecesse. Pode retornar ao castelo para cuidar das crianças. Cormac irá escoltá-la.

A mágoa cintilou em seus olhos, mas ela se virou e saiu apressada, e suas saias voavam devido à velocidade.

Ele se virou para Gannon, furioso com o acidente.

– Você vai encontrar o homem que atirou esta flecha e trazê-lo para mim. Ele não só poderia ter matado uma criança como poderia ter matado minha esposa.

Seus dedos se curvaram em punho ao se lembrar do quanto a flecha passou perto dele e de Mairin. Apesar de a flecha não ter atingido tanta altura para causar sérios danos a ele, para uma mulher do tamanho de Mairin, seria fatal.

Ele baixou o olhar para o chão onde Mairin estivera há apenas alguns instantes. Franziu o cenho e se ajoelhou, tocando o solo com os dedos. Sua garganta se fechou e seu coração acelerou. Havia sangue escurecendo a terra bem próximo às pegadas dela. Ao seguir o caminho que Mairin fez, ele viu mais gotas.

– Meu Jesus – ele murmurou.

– O que foi, Ewan? – Caelen perguntou rispidamente.

– Sangue.

Ele olhou para os próprios pés e analisou o caminho de sua esposa.

– Mairin!

Mairin estava perto das escadas que levavam ao castelo quando o grito de Ewan a fez paralisar. Ela estremeceu e se virou. O único problema foi que o mundo não parou de girar quando ela o fez.

Ela vacilou precariamente e pisou, tentando trazer a visão de volta ao normal. Estranho, mas seus joelhos tremiam e pareciam suspeitamente uma geleia. Antes de ela reagir, se viu ajoelhada no chão, olhando para seu marido caindo sobre ela como um anjo vingativo.

– Ah, Senhor – ela murmurou. – Eu realmente o deixei bravo agora.

Mas ele não parecia bravo. Ele parecia... preocupado. Correu até Mairin e se ajoelhou diante dela. Gannon ficou parado logo atrás do laird e também parecia aflito. Até Caelen expressava algo diferente de seu tédio padrão. Suas sobrancelhas estavam unidas, e ele a encarava como se a esperasse reagir.

– Por que estamos ajoelhando no chão, laird? – ela sussurrou.

– Eu preciso levá-la para nosso quarto, moça – ele disse em um tom que normalmente usava com uma criança.

Ela enrugou a testa no instante em que a dor a perfurou na lateral como se alguém a tivesse cutucado com um ferro quente. Ela apertou sua lateral e amassou sua roupa, mas o laird a pegou pelos ombros com mãos gentis.

– Mas, por quê? Claro que você não pode... – Ela se inclinou para frente e cochichou rápido: – Não é hora de fazer amor, Ewan. Está em plena luz do dia. Nem passou muito da hora do almoço.

Ele a ignorou e, então, se inclinou para a frente e a tirou do chão. Ela bateu contra ele com um estrondo, o que enviou outra onda de dor em seu corpo. Ela perdeu o fôlego e o mundo ficou um pouco molhado enquanto as lágrimas inundaram seus olhos.

– Sinto muito, moça – ele disse rude. – Não quis machucá-la.

Talvez não fosse uma má ideia ele levá-la para cima para seu quarto porque Deus sabia que ela ficara tão cansada de repente que seria uma tarefa difícil manter os olhos abertos.

– Se parasse de gritar, eu poderia dormir – ela disse mal-humorada.

– Não, moça, não durma. Ainda não. Preciso que fique acordada até eu poder ver seus ferimentos.

Então, ele gritou de novo, desta vez para alguém buscar o curandeiro. Curandeiro? Ela não precisava de um curandeiro. Precisava de uma longa e boa soneca. E foi o que disse ao laird.

Ele a ignorou e a carregou até seu quarto, onde a deitou na cama. Ela estava pronta para fechar os olhos quando ele começou a tirar sua roupa.

Seus olhos abriram e ela bateu em suas mãos.

– O que está fazendo?

Ewan parecia ameaçador ao encará-la.

– Você foi ferida. Agora me deixe tirar sua roupa para eu ver o local.

Ela piscou.

– Ferida? – Bom, na verdade, havia uma dor esquisita na lateral de seu corpo.

– A flecha deve ter atingido você – ele disse. – Havia sangue no chão onde você caiu. Está doendo em algum lugar?

– Na lateral. Realmente, dói bastante, agora que.

Quando ele subiu os dedos por seu corpo, ela soltou um gritinho. Ele fez uma careta.

– Tenha paciência comigo. Desculpe, mas preciso ver com o que estamos lidando aqui.

Ele pegou uma faca do cinto e cortou um grande pedaço do vestido dela.

– Você sempre estragando minhas roupas – ela disse, lamentando. – Logo não terei nada para usar além de minha camisola.

– Vou mandar fazer um novo vestido para você – ele murmurou.

Isso a animou consideravelmente enquanto ele fazia o rápido trabalho de tirar sua roupa com a faca.

Ele a virou do lado que não estava machucado e ela o sentiu tenso contra seu corpo.

– Ah, moça, você se deixou ser atingida por uma flecha.

Ela ficou retesada. Então, desabafou.

– Me deixei ser atingida? Está mais para um de seus homens terem me acertado. Eu gostaria de saber quem foi. Estou pensando em bater em suas costas com uma das panelas de Gertie.

Ewan riu.

– Não é tão ruim, mas você ainda está sangrando. Precisa levar pontos.

Ela ficou completamente paralisada.

– Ewan?

– Sim, moça?

– Não os deixe encostar uma agulha em mim. Por favor. Você disse que não era tão ruim. Não pode limpar e enfaixar?

Ela odiava implorar com aquela voz. Parecia fraca e tola, porém a ideia de uma agulha ser enfiada em sua carne era pior do que uma flecha cravando em sua pele.

Ewan pressionou os lábios em seu ombro e os manteve ali por um longo período.

– Sinto muito, moça, mas precisa ser feito. O corte é muito profundo e muito aberto para enfaixar. A ferida precisa ser limpa e fechada.

– Você vai... Você vai ficar comigo?

Ele passou a mão em seu braço para baixo e para cima, repetidas vezes, sobre o ombro e a bochecha. Colocou seu cabelo para longe do rosto e, então, segurou sua nuca.

– Estarei aqui, Mairin.

Capítulo 19

– O que quer dizer com o curandeiro não está aqui? – Ewan perguntou incrédulo.

Cormac não gostou de dizer ao laird que o curandeiro não poderia ser chamado. O medo estava estampado em seu rosto.

– Encontre nosso curandeiro e o traga aqui – Ewan disse entre os dentes cerrados.

– Não posso, laird – Cormac disse, suspirando de forma pesada. – Os McLauren perderam seu curandeiro e Lorna foi ajudar a fazer o parto do bebê do Laird. Você mesmo deu permissão.

Ewan soltou a respiração frustrado. É claro que dera. Lorna era uma parteira habilidosa e McLauren enviara um apelo frenético para que Ewan ajudasse quando sua esposa em trabalho de parto falhara em dar à luz um bebê em tempo hábil. Na época, ele pensou que, se qualquer um dos McCabe precisasse dos serviços de um curandeiro, ele mesmo cuidaria da necessidade.

Só que agora sua esposa precisava ser suturada e Deus sabia que ele não tinha gosto por aquela tarefa.

– Traga-me a bebida mais forte que conseguir encontrar – ele murmurou para Cormac. – Pode perguntar a Gertie onde ela guarda a mistura que deixamos pronta para ferimentos e sedação. Preciso de água, agulha e linha, e alguma coisa para atar sua ferida. Seja rápido.

Quando Cormac partiu, Ewan se virou para Mairin, que estava deitada na cama, com os olhos fechados. Ela estava com uma palidez anormal e isso deixava seus traços ainda mais delicados.

Ele balançou a cabeça para não continuar com aqueles pensamentos. O ferimento não era sério. Certamente, nada que a faria morrer. Ele poderia impedi-la de ter febre.

Gannon e Diormid estavam perto da cama, pairando ansiosamente. Enquanto Ewan esperava que Cormac trouxesse os suprimentos, virou-se para seus homens e falou em voz baixa.

– Quero que todos no castelo sejam interrogados. Alguém deve ter algo a dizer. Meus homens são cuidadosos demais. Descubram quem estava praticando arco e flecha.

– Acha que alguém tentou ferir a moça? – Gannon perguntou abismado.

– É isso que eu gostaria de descobrir – Ewan disse.

– Tenho certeza de que ninguém quis me matar – Mairin disse com uma voz rouca. – Foi um acidente, só isso. Pode dizer aos seus homens que os perdoo.

– O que quer que eu faça, Ewan? – Caelen perguntou, seus traços franzidos em uma expressão séria.

– Fique comigo. Vou precisar de ajuda para segurá-la.

Cormac entrou apressado, seus braços cheios de objetos e os dedos segurando apertado um cantil de bebida. Ewan pegou os itens de Cormac e os colocou próximos à cama.

Ele não queria que ninguém tocasse em Mairin, mas também reconhecia a impossibilidade de conseguir fazer tudo sozinho. Se ele iria suturar – e se o curandeiro não podia, ninguém mais iria fazê-lo –, então ele precisaria que um dos outros a segurasse e se certificasse de que ele não piorasse, em vez de melhorar, a situação.

Ele olhou para Cormac.

– Vá confirmar se as crianças estão bem. Certifique-se de que Crispen esteja lá também. Ele vai se preocupar quando ouvir o que aconteceu com Mairin. Mande Maddie e as outras mulheres segurarem-no lá embaixo até eu acabar.

Cormac se curvou e saiu correndo do quarto, deixando Ewan e Caelen com Mairin.

Pegando o cantil, Ewan o colocou na cama perto da cabeça de Mairin e passou um dedo por seu rosto.

– Moça, preciso que abra os olhos e beba isto.

Suas pálpebras tremularam e seus olhos desfocados encontraram os dele. Ele a ajudou a se inclinar o suficiente para que pudesse colocar os lábios na abertura. Assim que o líquido chegou à sua boca, ela recuou, e sua expressão transmitiu um sentimento de desgosto intenso.

– Está me envenenando? – ela perguntou.

Ele conteve a risada e colocou o cantil perto de sua boca de novo.

– É bebida. Vai precisar para ajudá-la a relaxar. Também vai ajudar com a dor.

Ela mordeu os lábios e olhou preocupada para ele.

– Dor?

Ele suspirou.

– Sim, moça. Dor. Eu não queria, mas suturar vai lhe causar dor. Se beber isso, não vai sentir tanto. Juro.

– Você quase não vai sentir nada depois de beber bastante dessa coisa – Caelen murmurou.

Ela franziu o nariz e suspirou ao permitir que Ewan colocasse a bebida em sua boca de novo. Para seu crédito, ela bebeu tudo quase sem engasgar ou sufocar. Quando ele baixou o cantil, sua pele tinha uma tonalidade esverdeada, que o fez pensar que a bebida voltaria com o menor estímulo.

– Respire fundo – ele disse. – Inspire pelo nariz. Deixe assentar.

Ela caiu de volta no travesseiro e imediatamente soltou um arroto bem vulgar seguido por uma série de soluços.

– Você não ouviu isso – ela disse.

Caelen arqueou uma sobrancelha e lançou um olhar divertido para Ewan.

– Ouvi o quê?

– Você é um bom homem, Caelen – ela disse dramática. – Não é nem de perto violento como aparenta, apesar de que, se sorrisse às vezes, ficaria bem bonito.

Caelen fez uma careta.

Ewan esperou vários minutos e, então, se inclinou para analisar Mairin.

– Como se sente, moça?

– Maravilhosa. Ewan, por que há dois de você? Posso assegurar que um é totalmente suficiente.

Ewan sorriu.

– Você está pronta.

– Estou? Estou pronta para quê?

Ewan mergulhou um dos panos em uma bacia de água quente que Cormac preparara. Depois de espremê-lo, limpou com cuidado o sangue agora seco da lateral do corpo de Mairin. Era apenas um arranhão e, na verdade, parecia que a flecha passara entre o braço e a lateral, já que havia um corte sangrando em seu braço também.

A flecha cortou mais na lateral, e era essa área que precisava ser costurada.

Ele fez sinal para Caelen se posicionar ao lado de Mairin. Caelen deu a volta na cama e, com cautela, puxou o braço dela para que a lateral estivesse livre para Ewan.

– Terá que segurá-la – Ewan disse paciente. – Não quero que ela se mova quando eu colocar a agulha em sua pele.

De forma relutante, Caelen a segurou mais firmemente contra o próprio corpo e pegou seu punho para que ela não conseguisse debater o braço.

Mairin acordou e encarou Caelen séria.

– Caelen, o laird não ficará feliz em vê-lo em sua cama.

Caelen virou os olhos.

– Acho que ele vai entender desta vez.

– Bom, eu não – ela retrucou. – Não é decente. Ninguém deveria me ver na cama exceto o laird. Você sabe o que eu disse a ele?

Ewan ergueu uma sobrancelha.

– Talvez seja melhor guardar tais assuntos para si mesma, moça.

Ela o ignorou e continuou divagando.

– Eu disse que ele não era habilidoso para fazer amor. Não acho que ele ficou feliz com essa informação.

Apesar do olhar de Ewan, Caelen caiu na gargalhada.

– Oh, não é educado rir de seu laird – Mairin disse em tom solene. – Além disso, não é verdade. Eu estava bem enganada.

Ewan cobriu a boca dela com a mão para que não soltasse mais nada enquanto estivesse bêbada.

– Acho que disse o bastante.

Ele ignorou o olhar divertido de Caelen e sinalizou para que ele se preparasse para começar.

Caelen fez uma careta e algo obviamente parecido com empatia transpareceu em seus olhos quando Mairin pulou na primeira picada da agulha.

Um grito escapou de Mairin quando ele costurou pela segunda vez.

– Rápido – ela sussurrou.

– Estou indo, moça, estou indo.

Na batalha, sua mão nunca tremeu. Permanecia estável em volta do punho da espada. Nunca falhara. Nenhuma vez. Mas ali, fazendo uma tarefa tão simples como enfiar agulha na pele, ele precisou de todo seu controle para manter os dedos precisos.

No momento em que deu o último ponto, Mairin tremia descontroladamente debaixo de sua mão. Os dedos de Caelen estavam brancos devido à pressão que ele exercia no ombro dela, e Ewan tinha certeza de que ela ficaria roxa.

– Solte-a – Ewan disse baixinho. – Terminei.

Caelen soltou o ombro de Mairin e Ewan se abaixou para tocar o rosto dela, que estava molhado de lágrimas.

– Sinto muito, moça. Sinto muito por ter precisado machucá-la.

Ela abriu os olhos firmemente fechados, e lágrimas brilharam nas profundezas azuis.

– Não doeu tanto assim.

Ela estava mentindo, porém ele ficou orgulhoso por sua coragem.

– Por que não descansa um pouco agora? Vou pedir para Maddie trazer um chá para a dor.

– Obrigada, Ewan – ela sussurrou.

Ele se inclinou e deu um beijo em sua testa. Esperou até ela fechar os olhos e recuou, saindo do quarto.

Do lado de fora, seu comportamento mudou repentinamente de curandeiro para guerreiro.

Ele foi à procura de Maddie primeiro e lhe deu instruções para não sair do lado de Mairin. Então, encontrou Cormac, Diormid e Gannon no pátio interrogando seus homens.

– Já descobriram alguma coisa? – ele perguntou.

– Ainda temos a maioria dos homens para questionar, laird. Vai demorar um pouco – Gannon disse. – Havia muitos homens praticando arco, mas ninguém sabe qual foi o tiro errado.

– Isso é inaceitável. Alguém acertou Lady McCabe de propósito ou sem querer. Eu quero esse homem. – Ele se virou para Diormid. – Você não estava supervisionando o treinamento?

Diormid baixou a cabeça.

– Sim, laird, assumo total responsabilidade. Todos abaixo de mim serão totalmente interrogados. Encontrarei o responsável.

Ewan balançou a cabeça de maneira sombria.

– Não vou deixar as crianças deste castelo desprotegidas. É como Mairin disse. Elas deveriam ter um lugar seguro para brincar e ser crianças sem suas mães se preocuparem se morrerão com uma flecha. A partir de agora, as crianças vão brincar atrás do castelo, na colina, longe de onde os homens treinam.

– Onde elas brincam agora é bem longe do pátio – Cormac disse com a expressão tensa. – O que ocorreu hoje não deveria ter acontecido.

– É, mas aconteceu – Ewan retrucou. – Não quero que aconteça novamente. Reúna os homens após o interrogatório. Quero falar com eles.

Já havia passado da meia-noite quando Ewan entrou exausto em seu quarto. Eles haviam interrogado cada homem do clã, até as crianças, e ninguém conseguia se lembrar de ver nada de estranho. Os homens que praticavam arco juraram que nenhum era responsável, mas a flecha tinha sido de um McCabe. Não havia dúvida sobre isso. Mais tarde, ele exigira de seus homens que fossem mais cuidadosos no treinamento. Se não conseguia manter as pessoas do próprio clã seguras, como iria protegê-las das ameaças externas?

Ewan entrou no cômodo, e Maddie se agitou onde estava, ao lado do fogo.

– Como ela está? – Ewan perguntou em tom sussurrante.

Maddie se levantou e andou silenciosamente até ficar diante de Ewan.

– Está descansando melhor agora. Estava com dor antes, mas, depois que lhe dei o chá, ela se acalmou e conseguiu descansar. Troquei sua roupa há uma hora. O sangramento parou. O senhor fez um ótimo trabalho costurando-a, laird.

– Algum indício de febre?

– Ainda não. Ela está com a temperatura normal, só agitada. Acho que ficará bem.

– Obrigado, Maddie. Pode se retirar para sua cabana agora. Agradeço por ficar com Mairin.

– Foi um prazer, laird. Se precisar de mais alguma coisa, mande me chamar a qualquer hora.

Ela fez uma reverência e, então, passou por ele e saiu.

Ewan se despiu e se deitou na cama ao lado de Mairin, com cuidado para não esbarrar nela. Assim que seu corpo encostou nela, ela se mexeu e se aninhou em seus braços como um gatinho quente em uma noite fria. Ela suspirou profundamente contra seu pescoço, enroscou as pernas em volta dele e jogou um braço sobre seu corpo.

Ele sorriu. Ela era possessiva na cama. Considerava o corpo dele seu território e não tinha pudor em reivindicá-lo quando estava perto. Não que ele se importasse. Na verdade, havia algo em ter uma mulher quente e doce em volta de si que mexia com ele mais do que já pensou que fosse possível.

Ele tocou uma mecha de seu cabelo, permitindo que enrolasse na ponta de seu dedo. Não era um homem guiado pelo medo, mas, quando viu que Mairin tinha sido atingida, sentiu uma onda de terror diferente de qualquer coisa que já sentira. Ele não assimilou bem a ideia de que poderia tê-la perdido.

Poderia ter dado várias desculpas, incluindo a maior delas, de que, se ela morresse, Neamh Álainn nunca seria dele. Seu clã nunca seria reconstruído. Nunca teria sua vingança. Tudo isso era verdade. Mas a verdade mais pura era que ele não queria perdê-la. Nenhuma das outras coisas havia passado por sua cabeça quando examinou freneticamente seus ferimentos.

Sim, a moça o estava afetando. Ele esteve certo desde o primeiro instante em que pôs os olhos nela. Definitivamente, ela era problema.

Capítulo 20

Quando Mairin acordou, a dor em sua cabeça superava a dor na lateral. Ela lambeu os lábios rachados, mas não foi suficiente para se livrar do gosto horrível na boca.

O que o laird havia feito com ela? Tudo de que ela se lembrava era ele mandando que bebesse um líquido desagradável e de ter bebido tudo. Só de lembrar fazia seu estômago enjoar.

Ela se virou, testando a sensibilidade da lateral do corpo, mas trombou em um corpo quente e aconchegado. Ela sorriu e passou o braço por Crispen e o abraçou forte.

Ele abriu os olhos e se aconchegou mais perto de seu peito.

– Está tudo bem, mamãe?

– Sim, querido, estou perfeitamente bem. Mal sinto uma pontada. Foi só um pequeno corte.

– Fiquei assustado.

A voz dele titubeou e o coração dela se apertou pelo medo em sua voz.

– Sinto muito por ter ficado com medo.

– Doeu? Maddie me disse que papai teve que dar pontos em você. Acho que isso deve doer muito.

– Sim, doeu, mas não muito. Seu pai tem uma mão boa e firme, e foi rápido.

– Papai é o melhor – Crispen disse com toda a confiança que um garotinho tem no pai. – Eu sabia que ele cuidaria de você.

Mairin sorriu e beijou o topo de sua cabeça.

– Preciso sair desta cama. Estou deitada aqui por tanto tempo que meus músculos estão duros e doloridos. Gostaria de me ajudar?

Crispen saiu da cama e foi rapidamente ajudar Mairin a ficar em pé.

– Você deveria ir para o seu quarto e se trocar. Eu o encontrarei lá embaixo. Talvez Gertie sirva comida para nós dois.

Ele deu um sorriso enorme e saiu correndo, batendo a porta.

Mairin se alongou assim que ele saiu e estremeceu. Realmente não estava ruim. Ela não mentira. Só uma pontada aqui e outra ali quando se movia de forma errada. Certamente não era suficiente para mantê-la na cama.

Ela se virou para pegar um vestido de seu guarda-roupa, quando um facho de luz iluminou seu olho. Seu olhar foi levado para uma mesinha perto da janela. Sobre ela, havia uma pilha de tecido dobrada impecavelmente.

Era seu vestido de noiva. Esquecendo-se de seu ferimento, ela correu até lá e mergulhou os dedos no tecido suntuoso. Depois o ergueu e o desdobrou. Estava tão bom quanto um novo. Não havia sinal do rasgo.

Ela abraçou o material até tocar seu queixo e fechou os olhos de prazer. Era tolo ficar tão emotiva por um vestido, mas uma mulher só se casava uma vez, certo? Ela franziu o cenho. Bom, na maioria das vezes. Ela não pensava em tais assuntos, como o laird morrer e deixá-la viúva.

Acariciou o vestido uma última vez, curtindo a maciez enquanto ele escorregava por entre seus dedos. Então, cuidadosamente, guardou-o para uma próxima vez que tivesse um evento para usá-lo.

Ansiosa para sair do quarto, colocou seu vestido com gestos esquisitos ao tentar arrumá-lo com o pouco movimento que seu lado esquerdo permitia.

Fez o melhor que pôde para pentear o cabelo, deixando-o solto, já que seria impossível trançá-lo com uma mão só. Quando estava satisfeita por não parecer tão acabada, saiu do cômodo, esperando não estar muito atrasada para a refeição matinal.

E já era hora de ela cumprir seus deveres como senhora do castelo. Com certeza, isso a manteria longe de problemas com Ewan.

Os dias desde seu casamento passaram rapidamente e, além de ter conhecido outras mulheres do clã, Mairin não fizera muito a não ser tentar ignorar seus cães de guarda fiéis.

Bom, chega disso. Era hora de colocar a mão na massa. Depois de levar uma flechada, ela não estava, de qualquer maneira, entusiasmada a se aventurar para fora do castelo.

Quando entrou no salão, foi recebida com olhares de terror pelos homens de seu clã. Gannon e Cormac estavam em um debate fervoroso, mas, quando a viram, pararam e a olharam como se ela tivesse duas cabeças. Maddie, que estava passando quando Mairin entrou, imediatamente jogou as mãos para cima e correu até onde Mairin estava parada.

– Milady, deveria estar na cama ainda – Gannon exclamou quando ele e Cormac se aproximaram apressados.

– Sim – Maddie concordou. – Não deveria estar de pé. Eu estava prestes a levar uma bandeja para que comesse na cama.

Mairin ergueu as mãos a fim de silenciá-los.

– Agradeço a preocupação de vocês. De verdade. Mas estou perfeitamente bem. Não há motivo para ficar na cama, exceto me deixar louca.

– O laird não vai gostar disso – Cormac murmurou.

– O que o laird tem a ver com isso? – Mairin perguntou. – Ele deveria estar feliz por eu estar de pé e pronta para assumir meus deveres como senhora deste castelo.

– Deveria descansar, moça – Maddie disse suavemente, quando virou Mairin de volta para a direção das escadas. – Não quer que as feridas se agravem.

Mairin tirou a mão de Maddie e se virou para o salão, mas trombou em Gannon.

– Agora, milady, deveria estar na cama – ele disse firmemente.

– Estou bem – ela insistiu. – Não sinto um pingo de dor. Bom, talvez uma pontada ou duas – ela complementou quando Cormac a olhou desconfiado. – Mas não há motivo para ficar na cama em um dia tão bom. Vou até permitir que me acompanhem – ela disse para Gannon e Cormac.

– Vai permitir? – Gannon perguntou com uma careta.

Ela assentiu e sorriu serenamente.

– Vou, sim. Não criarei problema. Vão ver.

– Eu acreditarei quando vir – Cormac murmurou.

– Maddie, preciso de sua ajuda, se estiver disposta.

Maddie pareceu confusa.

– É claro que vou ajudá-la, milady, mas ainda acho que deveria subir as escadas e se deitar. Talvez possa me dizer do que precisa, enquanto come sua refeição na cama.

Mairin encarou todos e demonstrou seu desprazer.

– Não há nenhuma razão para eu ficar na cama.

– Há toda razão, esposa.

Os ombros de Cormac e Gannon se abaixaram de alívio e Maddie suspirou. Mairin se virou e viu o marido em pé atrás dela, com um olhar um pouco irritado no rosto.

– Por que não posso esperar o mínimo de cooperação de você?

Mairin deixou o queixo cair.

– Isso... Isso... bom, isso é um pouco rude de se dizer, laird. Está sugerindo que sou difícil. Não sou difícil. – Ela se virou para encarar os outros. – Sou?

Cormac parecia que tinha engolido um inseto, e Gannon encontrou algo na parede para analisar. Maddie não se incomodou em tentar ser discreta. Ela deu risada.

– Por que não está na cama, Mairin? – Ewan perguntou.

Ela se virou de volta para encará-lo.

– Estou muito bem. Estou me sentindo muito melhor hoje. Bom, exceto pela dor de cabeça. O que me fez beber?

– Algo para fazê-la ficar mais dócil. Estou tentado a pedir que Gertie prepare outro frasco.

Ela não tinha resposta para aquilo.

– Suba comigo para que eu possa refazer seu curativo – Ewan disse ao direcioná-la para as escadas.

– Mas... mas eu estava prestes a...

Ewan a empurrou pelos degraus.

– O que quer que fosse que estava prestes a fazer pode esperar até eu verificar seu ferimento. Se estiver certo de que está realmente bem para ficar para cima e para baixo, irei reconsiderar seu confinamento.

– Meu confinamento? Essa é a coisa mais ridícula...

Ewan parou e, antes que ela pudesse terminar seu discurso, plantou sua boca na dela em um beijo ardente de retorcer os dedos. Era um gesto carinhoso. Era exigente... e apaixonado e, Senhor, ela não queria que ele parasse.

Quando ele se afastou, ela teve dificuldade para retomar seus sentidos. Eles estavam... fora de seus aposentos? Ela piscou ao tentar se lembrar do que os levou até ali.

– O que estava dizendo, moça?

Sua testa franziu. Ela abriu a boca, então fechou novamente.

– Não me lembro.

Ele sorriu e abriu a porta, levando-a para dentro do quarto. Ele começou a tirar seu vestido e ela bateu nas mãos dele.

– Não vou deixar que rasgue outro vestido – ela murmurou.

Ewan suspirou.

– Pedi a Maddie que costurasse seu vestido. Foi um acidente.

Ela arregalou os olhos.

– Você pediu para costurar meu vestido?

Os lábios dele formaram uma linha fina e ele desviou o olhar, ignorando a pergunta dela.

– Laird, você pediu que consertasse meu vestido?

– Claro que não – ele disse ríspido. – Isso é assunto de mulher. Homens não se preocupam com coisas de mulher.

Mairin sorriu e, então, se jogou contra o peito de Ewan antes que ele pudesse impedi-la.

– Obrigada – ela disse ao passar os braços pela cintura dele.

Ewan expirou forte e a tirou de perto de seu corpo, com olhar recriminador.

– Moça, quando vai demonstrar limitação? Vai abrir sua ferida de novo, jogando-se por aí assim.

Ela sorriu para sua expressão séria e, então, inclinou-se e segurou o rosto dele com as mãos. Depois o puxou para um beijo de tirar o fôlego que a fez arquejar e arfar por ar em segundos.

Ela não sabia quem fora mais afetado. Ela ou ele. Os olhos dele brilharam, e suas narinas inflaram quando ela se afastou.

– Estou realmente muito bem, Ewan – ela sussurrou. – Madre Serenity costumava reconhecer que a mão de Deus estava sempre me guiando, porque, independentemente de como caísse ou me machucasse, me recuperava com uma velocidade alarmante. Minha lateral dói, sim, mas não muito. É mais um incômodo do que realmente dor.

Não há motivo para ficar na cama o dia todo.

– Tire seu vestido, Mairin. Eu gostaria de ver com meus próprios olhos como está se restabelecendo.

Com um suspiro contrariado, ela afrouxou os cordões do corpete e o retirou cuidadosamente. Com o canto do olho, viu a expressão de Ewan se tensionar ao ver seus ombros nus.

Fascinada por seu desejo intenso, ela levou um pouco mais de tempo do que o necessário para descer o vestido por seu corpo. Seu cabelo caiu nas costas e na frente sobre seus seios. Só os mamilos apareciam pelas mechas, e o olhar de Ewan se fixou neles.

– Devo me deitar? – ela perguntou baixinho.

Ewan limpou a garganta.

– Sim. Tudo bem. Fique confortável. Não vai levar nem um minuto.

Ela se deitou, mas observou Ewan sob seus cílios. Enquanto ele estava concentrado em trocar seu curativo, seu olhar quente se arrastou por todo o corpo dela, tão tangível que era como a mão dele passando por sua pele.

Ela estremeceu inquieta quando ele terminou de apertar o tecido em sua lateral. A ação fez seus seios avançarem, esfregando contra o braço dele. Seus mamilos imediatamente se enrijeceram, os pelinhos raspando nas pontas sensíveis enviaram uma onda quente de profundo prazer pelo corpo dela.

– Moça, não é hora de fazer amor – ele sussurrou. – Mas está me tentando. Sim, está me tentando como nunca.

Ela envolveu o pescoço dele com os braços e eles ficaram se olhando por um longo e silencioso tempo. Os olhos dele eram lindos e a faziam lembrar das colinas das Terras Altas na primavera. Muito verdes e cheias de vida.

Ele levou a boca até ela, delicadamente primeiro, apenas uma simples pressão de juntar os lábios. Um som discreto de beijo, carne encontrando carne. Ele beijou o canto de sua boca, então voltou para o meio, depois para o outro canto.

– Você tem gosto de luz do sol.

O peito dela se apertou, e o prazer pelas palavras doces a preencheu por completo.

Ela podia senti-lo entre suas pernas, duro e pulsante. Ele tirou as calças, puxando-as impaciente. Ela o queria. Sim, ela o queria demais.

– Ewan – ela sussurrou. – Tem certeza de que não é hora de fazer amor?

De sua garganta, ele gemeu baixo.

– Sim, você é uma tentação.

Ela ergueu o corpo para se encaixar no dele, incerta do que estava fazendo, mas parecia direito. Ela estava quente e ruborizada e precisava de alguma coisa da qual tinha certeza de que somente ele lhe daria.

– Me beije – ela murmurou.

– Ah, sim, vou beijá-la, moça. Vou beijá-la até implorar para que eu pare.

Os lábios dele se fecharam em volta do mamilo tenso e o puxaram ao sugar mais para dentro de sua boca. Suas mãos acariciaram o corpo dela e ela arqueou como um gato contente procurando mais carinho de seu mestre.

– Devagar, moça – ele murmurou. – Não quero que se machuque.

Machucar? Ela ia machucá-lo se ele não continuasse beijando-a.

Ele escorregou as mãos entre suas coxas e enfiou o polegar entre os cachos que protegiam sua pele sensível. Acariciou o ponto trêmulo mesmo enquanto seus dedos procuravam sua abertura úmida. Apesar do alerta dele, ela se arqueou descuidadamente, incapaz de controlar sua resposta frenética.

O fogo se acendeu profundamente no corpo dela e se espalhou de forma rápida por sua virilha, comprimindo-se a cada vez que seus dedos investiam. Não era assim que era para ser feito, era?

Ela não se importava. O que quer que ele estivesse fazendo era tão maravilhoso que ela queria implorar para que nunca parasse. E o fez. Várias vezes, as palavras saíram entre arfadas falhadas.

Ele chupou cada seio, alternando enquanto a enlouquecia com os dedos. Ela estava quente e escorregadia em volta dele, e estava chegando rapidamente à explosão.

Ela choramingou e agarrou seus ombros ao levantar os quadris, desejando mais. Ele adicionou outro dedo em sua abertura no momento exato em que seu polegar exerceu mais pressão.

Ela teria gritado – ela gritou –, mas ele tirou a boca de seu seio para capturar a boca de Mairin e, quando o fez, engoliu o grito selvagem enquanto ela se desfazia em seus braços.

Sua ferida, sua bandagem, qualquer dor ou desconforto fora esquecido. Havia apenas uma onda de intenso prazer até ela se acomodar na cama, muito mole e fraca para fazer qualquer coisa a mais do que tentar respirar.

Ele rolou para o lado e a puxou para seus braços com cuidado. Seus lábios beijaram o cabelo dela e ele acariciou as mechas com uma mão. Acarinhou e afagou cada centímetro de sua pele até uma névoa maravilhosa a rodear e embalar com seu brilho quente.

– Durma, moça – ele murmurou. – Você precisa descansar.

Muito confusa e saciada para discutir, ela fechou os olhos antes de perceber que o havia feito. Seu último pensamento coerente foi que, como sonífero, ele era muito mais eficiente do que aquela bebida.

Capítulo 21

Mairin deu um bocejo vigoroso e esticou os braços acima da cabeça. Ela estava tão anestesiada pela noite de amor com Ewan que sua lateral nem doeu.

Então percebeu que, apesar de sua determinação de andar por aí, passara metade do dia no quarto. Franzindo a testa, ela se levantou, resmungando baixinho sobre maridos e truques.

Ele fizera aquilo de propósito, estava certa disso. Ele a levara para o quarto com o pretexto de refazer seu curativo e, então, a distraiu com amor. E pensar que ela, um dia, achou que ele não tivesse habilidade em tais assuntos.

Tinha até demais.

Desta vez, quando saiu do quarto, Gannon a encontrou logo na porta. Ela olhou para ele com espanto enquanto ele se levantava do chão.

– Você ficou do lado de fora do meu quarto a tarde toda?

– Sim, milady. É minha função zelar por sua segurança. A senhora tem o hábito de desaparecer, então Cormac e eu tiramos no palitinho para ver quem vigiaria sua porta.

Ela franziu o cenho, não gostando da ideia de ser uma função tão desagradável que eles eram obrigados a tirar no palitinho quem ficaria encarregado da tarefa.

Ela seguiu em direção às escadas, determinada a ver Maddie sem nenhuma interferência de seu marido ou dos guardas.

Cormac estava no salão compartilhando uma caneca de cerveja com alguns dos homens mais velhos do clã.

– Viu Crispen por aí? – ela gritou para Cormac.

– Não, milady. A última vez que o vi, ele estava brincando com outras crianças. Gostaria que o chamasse?

– Ah, não, deixe-o brincar. Não preciso dele neste momento.

Cormac se levantou e começou a ir em direção a Mairin e Gannon, porém ela ergueu a mão.

– Só vou ver Maddie. Gannon pode me escoltar. Não pode, Gannon?

– Sim, milady. Se é tudo o que planeja.

– É claro. Estamos quase no fim da tarde. Vai anoitecer logo.

Gannon relaxou. Ele assentiu na direção de Cormac e, então, fez um gesto para Mairin seguir em frente para fora do salão.

Mairin andou em um passo vivo, determinada a fazer todos que a vissem pensarem que estivesse totalmente recuperada do acidente. No momento em que chegou à cabana de Maddie, ela estava exausta e encostou na porta ao tentar respirar.

Após se recuperar, bateu educadamente na porta e esperou. Estranhou quando não veio nenhuma resposta.

– Maddie não está em sua cabana, milady – uma das mulheres gritou de outra cabana. – Ela está ajudando Gertie na cozinha.

– Obrigada – Mairin gritou de volta.

– Gostaria de ir até a cozinha? – Gannon perguntou educadamente.

Só de pensar em se encontrar com Gertie era suficiente para convencer Mairin a esperar para falar com Maddie. Ela não poderia fazer muita coisa naquele dia, de qualquer forma.

Virou-se na direção do castelo, mas parou e olhou para o tumulto bem no meio do caminho que separava as cabanas. Dois homens mais velhos estavam tendo uma discussão muito veemente, complementada por balançar de punhos e ameaças violentas.

– Por que eles estão discutindo, Gannon?

– Ah, nada com que tenha que se preocupar, milady – Gannon disse. – São só Arthur e Magnus.

Ele tentou guiá-la pelo caminho, mas ela permaneceu enraizada no lugar quando as vozes dos homens ficaram mais altas.

– Parem de gritar, seus bodes velhos!

Mairin piscou surpresa com a mulher inclinada na janela acima dos dois homens. Arthur e Magnus não lhe deram atenção e continuaram a discussão. Logo, ficou claro para Mairin que a disputa era sobre a égua que estava parada entre os dois homens, parecendo desinteressada pelos acontecimentos.

– A quem pertence a égua? – Mairin sussurrou. – E por que eles estão discutindo tão bravos por isso?

Gannon suspirou.

– É uma velha discussão, milady. E eles gostam de uma boa discussão. Se não fosse por causa da égua, seria por outra coisa.

Um dos homens se virou e começou a descer pelo caminho, gritando o tempo inteiro que iria falar diretamente com o laird.

Pensando rápido, Mairin parou à frente dele, que parou de correr quase em cima dela.

– Olhe por onde anda, moça! Agora dê um passo para o lado, por favor. Tenho negócios a tratar com o laird.

– Tenha respeito e cuidado com a língua, Arthur – Gannon rosnou. – Está falando com sua senhora.

Arthur semicerrou os olhos e, então, inclinou a cabeça para o lado.

– É mesmo. Não deveria estar na cama depois de seu contratempo?

Mairin soltou um suspiro. As notícias estavam por todo o castelo, sem dúvida. Ela não tinha desejo de parecer fraca quando assumisse seus deveres como senhora. Já estava calculando mentalmente tudo o que precisava ser feito. Com ou sem a ajuda de Maddie, era hora de ela assumir as rédeas do castelo.

– Saia da frente – Magnus declarou. – Você tem a educação de um babaca, Arthur.

Ele sorriu para Mairin e, então, fez uma reverência.

– Não fomos apresentados adequadamente. Meu nome é Magnus McCabe.

Mairin devolveu seu sorriso e se certificou de incluir Arthur, para que ele não usasse aquilo como desculpa a fim de começar outra discussão.

– Não pude deixar de ouvi-los discutindo sobre a égua – ela começou hesitante.

Arthur bufou.

– Isso é porque Magnus tem a boca do tamanho de uma montanha.

Mairin ergueu uma mão.

– Melhor do que importunar seu laird com um assunto tão inconsequente, talvez eu possa ajudar.

Magnus esfregou as mãos e lançou um olhar triunfante na direção de Arthur.

– Aí está, viu? A moça vai determinar quem tem o direito da égua.

Arthur revirou os olhos e não pareceu impressionado com a oferta de Mairin.

– Não há certo ou errado – Arthur disse, afinal. – A égua é minha. Sempre foi. Gannon sabe.

Gannon fechou os olhos e balançou a cabeça.

– Entendo – Mairin disse. Então olhou para Magnus. – Quer reivindicar a posse de Arthur sobre a égua?

– Quero – ele disse enfático. – Há dois meses, ele ficou enfurecido porque a égua o mordeu no...

– Não há necessidade de dizer onde ela me mordeu – Arthur interrompeu grosseiramente. – É suficiente falar que me mordeu. É tudo o que importa.

Magnus se inclinou e cochichou:

– Ela mordeu o traseiro dele, milady.

Ela arregalou os olhos. Gannon lançou um olhar de reprimenda para Magnus por falar com sua senhora de maneira tão indelicada, porém Magnus não pareceu nada arrependido.

– De qualquer forma, assim que a égua mordeu Arthur, ele ficou tão bravo que a soltou, bateu em seus flancos e disse à ingrata para... – Ele parou e limpou a garganta. – Bom, disse para ela não se incomodar em voltar. Estava frio e chovendo, sabe. Eu levei a égua para dentro, a sequei e lhe dei aveia. Então, você vê, a égua pertence a mim. Arthur renunciou a toda posse sobre dela.

– Milady, o laird já ouviu as reclamações deles – Gannon cochichou para ela.

– E o que o laird decidiu? – ela cochichou de volta.

– Ele disse para eles resolverem entre si.

Mairin soltou um som exasperado.

– Isso não foi especificamente prestativo.

Aquilo seria um bom começo para afirmar sua autoridade e mostrar ao seu clã que era uma parceira valiosa para seu laird. Ewan era um homem ocupado, e assuntos como aquele deveriam ser resolvidos sem envolvê-lo em uma discussão insignificante.

Ela se virou para o homem, que começaria a brigar de novo. Ergueu as mãos para pedir silêncio e, quando isso não funcionou, colocou os dedos entre os lábios e assobiou alto.

Ambos os homens hesitaram e se viraram para encará-la espantados.

– Uma dama não assobia – Arthur a repreendeu.

– Sim, ele tem razão, milady.

– Ah, então agora vocês dois estão concordando em alguma coisa – Mairin murmurou. – Foi o único jeito de silenciá-los.

– Queria alguma coisa? – Magnus perguntou.

Ela entrelaçou as mãos diante de si mesma, satisfeita por ter o plano perfeito para acabar com a discussão.

– Vou mandar Gannon cortar a égua na metade e dar a cada um de vocês na mesma proporção. É a única forma justa de resolver isso.

Arthur e Magnus a encararam, depois olharam um para o outro. Gannon fechou os olhos de novo e não disse uma palavra.

– Ela é louca – Arthur disse.

Magnus assentiu.

– Pobre laird. Ele deve ter sido enganado. Casou-se com uma maluca.

Mairin colocou as mãos na cintura.

– Eu não sou louca!

Arthur balançou a cabeça, e uma luz de empatia cintilou em seus olhos.

– Talvez louca seja uma palavra muito forte. Confusa. Sim, talvez um pouco confusa. Sofreu algum ferimento na cabeça recentemente?

– Não, não sofri!

– Quando criança então? – Magnus perguntou.

– Estou em perfeito estado de minhas faculdades mentais – ela vociferou.

– Então por que, em nome de Deus, sugeriu que cortássemos a égua em dois? – Arthur perguntou. – Essa é a coisa mais maluca que já ouvi.

– Funcionou para o rei Salomão – ela murmurou.

– O rei Salomão ordenou que um cavalo fosse cortado na metade? – Magnus perguntou em tom confuso.

– Quem é o rei Salomão? Não é nosso rei. Aposto que é inglês.

Seria uma coisa muito inglesa – Arthur disse.

Magnus assentiu, concordando.

– É, todos os ingleses são loucos. – Então virou-se para Mairin. – É inglesa, moça?

– Não! Por que me perguntaria uma coisa dessa?

– Talvez ela tenha sangue inglês – Arthur disse. – Isso explicaria tudo.

Ela segurou a cabeça e sentiu uma vontade repentina e violenta de arrancar os cabelos.

– O rei Salomão sugeriu que um bebê fosse cortado na metade quando duas mulheres diziam ser mãe dele.

Até Gannon pareceu assustado. Magnus e Arthur ficaram boquiabertos e balançaram suas cabeças.

– E os ingleses dizem que nós somos bárbaros – Arthur resmungou.

– O rei Salomão não era inglês – ela disse com paciência. – E a questão era que a mãe verdadeira ficaria tão horrorizada ao pensar em seu bebê ser morto que o daria para a outra mãe a fim de poupar a vida do filho.

Ela olhou diretamente para eles, esperando que entendessem a moral, mas eles ainda a encaravam como se ela tivesse vomitado uma ladainha de blasfêmias.

– Ah, esqueçam – ela soltou.

Mairin pegou as rédeas do Magnus boquiaberto e puxou a égua infeliz ao seguir para o castelo.

– Milady, o que está fazendo? – Gannon sibilou ao correr para alcançá-la.

– Ei, ela está roubando nosso cavalo! – Magnus gritou.

– Nosso cavalo? É meu cavalo, seu estúpido.

Ela ignorou os dois homens quando eles começaram a discussão de novo.

– Está claro que nenhum deles merece a pobre égua – Mairin disse. – Vou levá-la ao Ewan. Ele saberá o que fazer.

A expressão de Gannon lhe dizia que ele não gostaria de levar o cavalo para seu laird.

– Não se preocupe, Gannon. Vou dizer que tentou me impedir.

– Vai?

O tom esperançoso na voz dele a divertiu.

Ela parou no meio do pátio, percebendo de repente que não havia homens treinando nem sinal de Ewan.

– Bom, onde ele está? – ela perguntou exasperada. – Ah, esqueça – ela disse quando ele demorou para responder. – Vou levar o cavalo para o responsável pelo estábulo. Vocês têm um responsável pelo estábulo, não têm?

– Sim, milady, com certeza temos, mas...

– Aponte-me a direção dos estábulos então – ela disse antes de ele continuar. – Eu realmente deveria estar familiarizada com tudo nas terras McCabe agora. Andei pelo castelo e pelas cabanas das mulheres, mas sou terrivelmente ignorante além disso. Amanhã, vamos corrigir isso.

Gannon piscou.

– Vamos?

– Sim, vamos. Agora, os estábulos?

Gannon suspirou e apontou para um caminho que levava até depois do muro de pedra que protegia o pátio. Mairin recomeçou a andar, levando a égua além do muro.

Ela seguiu o caminho até chegar à lateral mais distante do castelo, onde viu uma construção antiga que pensou serem os estábulos. Havia madeira nova emoldurando a porta, porém também havia locais que pareciam ter sido queimados pelo fogo. O teto fora remendado e parecia estar firme o suficiente para resistir à chuva e neve.

Ela ficou irritada ao ver Magnus e Arthur parados à frente da entrada arqueada que levava à área onde os cavalos do laird eram deixados. Eles a observavam com cautela enquanto ela se aproximava, e ela fez careta para demonstrar seu total desprazer.

– Vocês não terão a égua de volta – ela rugiu. – Vou dá-la ao responsável pelo estábulo para que ela tenha cuidados apropriados.

– Eu *sou* o responsável pelo estábulo, sua maluca – Arthur rugiu de volta.

– Dirija-se à sua senhora com respeito – Gannon rosnou.

Mairin olhou abismada para Arthur, depois se virou para Gannon.

– Responsável pelo estábulo? Esse... esse... *cretino* é responsável pelo estábulo?

Gannon suspirou.

– Eu tentei lhe falar, milady.

– Isso é ridículo – Mairin balbuciou. – Ele trabalha tanto no estábulo quanto eu.

– Eu faço um bom trabalho – Arthur observou. – E faria melhor se não tivesse que correr atrás das pessoas que tentam roubar meu cavalo.

– Está dispensado de sua função, senhor.

– Não pode me dispensar da função! – Arthur gritou. – Somente o laird pode fazer isso.

– Eu sou senhora deste castelo e digo que está dispensado – Mairin disse beligerantemente. Ela se virou para Gannon. – Diga a ele.

Gannon pareceu um pouco indeciso, mas ficou parado atrás de sua senhora. Ela assentiu aprovando enquanto Gannon informava o homem mais velho que ele, de fato, havia sido dispensado da função.

Arthur saiu batendo os pés, murmurando todo tipo de blasfêmia, enquanto Magnus estava com um sorriso presunçoso.

– Há alguma dúvida de que a égua o mordeu na bunda? – Mairin murmurou quando Arthur desapareceu.

Ela entregou as rédeas para Gannon.

– Você pode colocá-la em uma baia e se certificar de que seja alimentada?

Ignorando o olhar descontente de Gannon, ela se virou para voltar ao castelo. Estava bem satisfeita consigo mesma. Não só conseguira escapar dos limites do castelo sem encontrar seu marido, como havia lidado com uma situação difícil. Seu primeiro feito como senhora do castelo. Ela sorriu e apressou o passo para entrar no grande salão.

Acenou para Cormac ao passar pelo salão.

– Só vou me trocar para o jantar. Gannon virá logo. Ele está cuidando de um cavalo para mim.

Cormac se levantou, franzindo a testa, confuso.

– Um cavalo?

Mairin estava quase subindo as escadas saltitando. O dia não fora completamente perdido. Na verdade, havia sido bastante agradável. E ela estava avançando em sua tentativa de ser parte ativa nas atividades do castelo. Afinal, tomara a decisão e nem incomodou Ewan com um assunto tão trivial. Era o mínimo que podia fazer. Ele tinha deveres muito importantes e, quanto mais pudesse acalmar as coisas por ele, mais ele conseguiria se concentrar em suas funções.

Ela jogou água no rosto e tirou a poeira de seu vestido. Sim, havia sido um bom dia, e sua ferida nem a estava incomodando.

– Mairin!

Ela estremeceu quando o rugido do laird foi carregado pelas escadas e chegou à porta de seu quarto. Ele berrou alto o suficiente para balançar as vigas.

Balançando a cabeça, ela pegou a escova e desembaraçou rapidamente os cabelos. Se o fato de mexer o braço esquerdo não lhe causasse uma pontada no ferimento, ela iria trançar o cabelo. Talvez pela manhã.

– Mairin, venha aqui imediatamente!

Ela soltou a escova e fez uma careta. Senhor, mas o homem era impaciente. Depois de mais um ajuste no vestido, ela desceu as escadas. Quando virou para entrar no salão, viu Ewan no meio do cômodo, com os braços cruzados à frente do peito e um franzido profundo ao redor da boca.

Ao lado, estavam Arthur e Magnus junto com Gannon e Caelen. Alguns dos homens de Ewan se demoravam em volta das mesas, com interesse na confusão.

Ela parou diante de Ewan e sorriu timidamente para ele.

– Me chamou, laird?

O franzido de Ewan se aprofundou. Então, ele passou uma mão pelo cabelo e olhou para o céu.

– Na última hora, você roubou o cavalo de um homem e, de alguma forma, conseguiu me deixar sem um responsável pelo estábulo. Gostaria de se explicar, moça?

– Eu solucionei uma briga – ela disse. – E, quando descobri que esse homem detestável, que claramente abusa de seus cavalos, era responsável pelos *seus* cavalos, laird, resolvi o problema.

– Você não tinha autoridade para fazer nenhum dos dois – Ewan disse entredentes. – Seus deveres são bem simples. Obedecer a mim e não interferir na administração deste castelo.

A mágoa apertou seu peito. A humilhação tensionou suas bochechas ao olhar para cada homem. Ela viu empatia na expressão de Gannon, porém viu concordância na de Caelen.

Sem confiar que não iria se humilhar mais, ela se virou e saiu batendo pé do salão.

– Mairin! – Ewan rugiu.

Ela o ignorou e acelerou o passo. Passou pelas escadas e saiu por uma das portas que levavam ao lado de fora.

Detestáveis, impossíveis, irritantes. Todos eles. Eles a acusavam de ser louca, mas aquele era o clã mais maluco com o qual ela já se deparara.

As lágrimas queimavam seus olhos e, furiosa, ela as limpava. A noite havia caído sobre o castelo, cobrindo-o com tons de lavanda e cinza. O frio a atingiu, porém ela nem prestou atenção enquanto corria pelo pátio vazio.

Um dos guardas do muro gritou um alerta a ela, mas ela acenou para deixá-la em paz e lhe disse que não tinha intenção de ir longe. Só precisava se afastar. Afastar-se do rugido de Ewan e da censura em seus olhos.

Ela se manteve no limite dos muros do castelo, certificando-se de permanecer no interior. Precisava haver algum lugar no qual poderia ter privacidade e segurança ao mesmo tempo.

A solução que encontrou foram as antigas casas de banho no fundo do castelo. Havia até um banco no interior das paredes de pedra. Ela entrou por uma porta caindo aos pedaços e se sentou no banco que acompanhava a única parede que ainda estava inteira.

Finalmente, um lugar longe do resto do clã, onde poderia chorar sozinha e lamentar o comportamento detestável de seu marido.

Capítulo 22

Era importante que Ewan não fosse atrás de sua esposa, principalmente na frente de seus homens. Era óbvio que a moça não tinha ideia de onde havia se metido. Ele lhe daria tempo para se acalmar e, então, a instruiria sobre como as coisas deveriam ser feitas.

Virou-se para os homens parados atrás dele. Gertie já estava pondo o jantar na mesa e, julgando pelo cheiro, fora um bom dia de caça para os homens designados a levar carne fresca ao castelo.

– Terei meu cargo de volta, laird? – Arthur perguntou.

Ewan assentiu cansado.

– Sim, Arthur. Você tem uma mão boa com os cavalos. No entanto, já me cansei de suas brigas incessantes com Magnus, e é óbvio que isso chateia sua senhora.

Arthur não pareceu feliz, porém assentiu e se apressou para se sentar. Magnus parecia querer zombar de Arthur, no entanto, a carranca franzida de Ewan o impediu. Ele também se sentou – a uma mesa de distância de onde Arthur tinha se sentado.

Ewan tomou seu lugar e foi seguido por seus homens. Quando Maddie se aproximou para servir seu prato, ele a fez parar.

– Quando acabar de servir os homens, leve uma bandeja à sua senhora. Ela está no quarto, e não quero que perca o jantar.

– Sim, laird, farei isso imediatamente.

Satisfeito que sua esposa não passaria fome e que, por enquanto, toda a discussão cessara, mergulhou em sua porção, saboreando o gosto da carne de veado fresca.

Ao deixar Mairin se restabelecer de sua chateação, as chances de a tempestade inicial ter terminado quando ele se retirasse para o quarto eram grandes. Ele se parabenizou pela brilhante análise e repetiu o ensopado.

Meia hora depois, no entanto, quando Maddie entrou correndo no salão dizendo que sua esposa não estava em seu quarto, ele percebeu que seu erro foi acreditar que alguma coisa seria simples quando se tratava de sua esposa impulsiva.

Ela o fazia se sentir incompetente e que seus esforços para mantê-la segura eram, na melhor das hipóteses, insuficientes. Nada disso era verdade, porém aumentou sua ira porque não sentira um instante de insegurança quando era garoto. Ele podia treinar e liderar um exército inteiro. Poderia vencer uma batalha quando estava em menor número, com cinco contra um. Entretanto, não conseguia manter uma mulher sob controle. Isso o desafiava em todos os sentidos e o estava enlouquecendo.

Ele saiu da mesa e andou na direção por onde Mairin foi. Era óbvio que ela não subira as escadas, então ele continuou até sair do castelo.

– Viu sua senhora? – ele gritou para Rodrick, que estava de guarda no muro.

– Sim, laird. Ela passou faz meia hora.

– E onde ela está agora?

– Está na casa de banhos. Gregory e Alain a estão vigiando. Ela está chorando muito, mas, apesar disso, está bem.

Ewan estremeceu e suspirou. Ele preferia que ela estivesse cuspindo fogo como um gatinho bravo ou até que se indignasse e questionasse sua autoridade. Mas chorando? Ele não era bom com lágrimas femininas e tinha menos experiência ainda em lidar com elas.

Seguiu na direção das casas de banho. Gregory e Alain estavam parados do lado de fora das paredes e pareceram extremamente aliviados quando Ewan apareceu.

– Ainda bem que está aqui, laird. Precisa fazê-la parar. Ela vai ficar doente de tanto chorar – Alain disse.

Gregory franziu o cenho.

– Não é certo uma moça chorar tanto. O que tiver que prometer a ela, por favor, prometa. Ela vai acabar se afogando!

Ewan ergueu uma mão.

– Obrigado pela proteção de vocês. Podem ir agora. Vou cuidar de sua senhora.

Eles não disfarçaram o alívio. Quando saíram, Ewan ouviu as fungadas que vinham de dentro das casas de banho. Droga, ele detestava o fato de ela estar chorando.

Ele entrou no escuro e olhou em volta, piscando para se acostumar à escuridão. Seguiu os sons das fungadas até encontrá-la sentada em um banco na parede mais distante. Sua silhueta estava parcialmente iluminada por um facho da luz da lua que entrava por uma janela estreita na parede de pedra, e ele pôde ver que sua cabeça estava baixa e seus ombros caídos para a frente.

– Vá embora. – Sua voz abafada foi filtrada pela casa de banho em ruínas.

– Ah, moça – ele disse ao se sentar ao lado dela no banco. – Não chore.

– Não estou chorando – ela disse em uma voz que indicava claramente que estava chorando.

– É pecado mentir – ele sugeriu, sabendo que ela reagiria.

– É pecado gritar com sua esposa também – ela disse, lamentando-

-se. – Você jurou cuidar de mim, sim, jurou, mas Deus sabe que não me sinto bem cuidada.

Ele suspirou.

– Mairin, você testa minha paciência. Imagino que vá continuar a me irritar pelos anos que virão. Posso dizer que esta não será a última vez que gritarei com você. Se eu dissesse que não, estaria mentindo.

– Você me envergonhou na frente de seus homens – ela disse em voz baixa. – Na frente daquele cretino responsável pelo estábulo. Ele é um ogro e não deveria poder se aproximar de um cavalo.

Ewan tocou seu rosto e colocou uma mecha comprida de cabelo atrás de sua orelha para que pudesse vê-la melhor. Estremeceu quando sentiu a umidade em sua pele.

– Escute-me, docinho. Arthur e Magnus discutem de um jeito ou de outro desde que eu nasci. O dia em que pararem de discutir será o dia em que os matarmos. Eles vieram falar comigo sobre o cavalo, porém me recusei a julgar para que ficassem focados no cavalo. Se eu desse o cavalo a um ou a outro, então encontrariam outra coisa para discutir e, pelo menos, a égua é inofensiva.

– Eu a tirei de ambos – ela disse. – Ela pode ser velha, mas merece mais do que ser disputada por dois velhos malucos.

Ewan riu.

– Sim, eles me disseram que você roubou a égua e que dispensou Arthur de suas funções.

Mairin se virou no banco e pegou a mão de Ewan.

– Como aquele homem deplorável pode ser responsável pelo estábulo? Ewan, ele deixa o próprio cavalo no frio sem comida ou abrigo. Você confiaria seu próprio corcel a tal homem? Um cavalo com o qual iria para a batalha?

Ewan sorriu diante da paixão dela. Ela era feroz. Já via seu castelo como seu lar e estava assumindo o controle com uma atitude bem militar.

– Agradeço por sua determinação de assegurar que tenhamos o melhor cuidado possível com meus cavalos. Mas a verdade é que Arthur é mágico com cavalos. Sim, ele é hostil e crítico e não muito respeitoso, porém é velho e trabalha no estábulo desde que meu pai era laird. Ele não maltratou sua égua, moça. Eu mesmo o teria açoitado se fosse esse o caso. Essa foi a história que ele contou para salvar sua reputação depois de a égua ter mordido sua parte de trás. Ele é um completo carneirinho quando se trata de cavalos. Eles são seus filhos, apesar de ele preferir morrer a admitir isso. Arthur se importa mais com eles do que com qualquer outro ser vivo.

Os ombros de Mairin caíram e ela olhou para os pés.

– Fui uma tola, não fui?

– Não, moça.

Ela torceu os dedos no colo.

– Eu só queria me ajustar ao castelo. Ser parte do clã. Queria ter deveres. Queria que meu clã me respeitasse, viesse a mim com seus problemas. Eu costumava sonhar em ter um lar e uma família. Não passou um dia no convento em que não imaginei como seria viver livre do medo e conseguir seguir meu próprio caminho.

Ela arriscou olhar para ele, e ele pôde ver a vulnerabilidade brilhando em seus olhos.

– Foi tudo apenas um sonho, não foi, Ewan?

O coração dele se contorceu no peito. Era verdade que ele não pensara muito na situação dela e como a afetava. Por toda sua vida adulta, ela ficara presa em um convento com apenas freiras como companhia e guia. Achava que sua vida seria difícil e inconstante quando tudo o que queria era liberdade e alguém que cuidasse dela.

Muitas de suas atitudes e desprezo para com sua autoridade faziam sentido agora. Não era como se ela saísse ignorando ostensivamente suas ordens. Estava simplesmente sentindo o ambiente e se deleitando com o o gosto que nunca tivera de possuir um lar e uma família. Estava alçando asas e se movimentando pela primeira vez.

Ele a pegou nos braços e a apertou afetuosamente.

– Não, moça, não foi um sonho. Não precisa esperar nada menos de seu novo lar e clã. Ainda está se encontrando. Vai cometer erros assim como eu vou. É novidade para nós dois. Eu proponho um trato. Você será paciente comigo e eu prometo tentar não gritar tanto.

Ela ficou em silêncio por um instante, depois ergueu o queixo até olhar para ele de novo.

– Parece justo. Peço desculpas por me intrometer em coisas que não eram da minha alçada. Você tinha razão. Esse não é meu lugar.

A mágoa e a derrota na voz dela agitaram alguma coisa dentro dele.

– Moça, olhe para mim – ele disse delicadamente ao erguer seu queixo com os dedos. – Este é seu lar e seu clã. Você é a senhora aqui e, como tal, sua autoridade é submissa apenas a mim. Terá muitos anos para tornar este lugarum confortável lar. Não há necessidade de fazer tudo em um dia.

Ela assentiu.

– Você está gelada, moça. Venha para dentro do castelo para que eu possa aquecê-la adequadamente.

Como ele esperava, suas palavras a fizeram se mover contra ele. Para lhe dar mais um incentivo, ele fundiu seus lábios com os dela, e seu calor derreteu sua boca fria. Gelo contra fogo. Em instantes, ela estava respondendo com beijos luxuriosos, quentes e de boca aberta. Senhor, mas a moça aprendia rápido a arte de beijar e usar a língua.

Ele passaria a vida toda sendo indecente aos olhos dela se ela continuasse o beijando assim.

– Venha – ele disse cansado. – Antes que eu a tome aqui e agora.

– Você é uma aula de pecado, laird – ela disse com uma voz formal e desaprovadora.

Ele sorriu e apertou a bochecha dela de forma afetuosa.

– Sim, pode ser verdade, moça, mas você não é nada santa.

Mairin observava seu marido enquanto ela comia a comida que Maddie entregou depois que eles se retiraram para o quarto. Ewan parecia preguiçoso, espalhado na cama, com as mãos atrás da cabeça e as pernas cruzadas.

Ele estava apenas de calças, e ela achou difícil se concentrar na comida quando ele estava deitado lá, tão apelativo.

Enquanto ela terminava de comer, a conversa com Maddie lhe veio à mente. Ela abaixou a cabeça, certa de que Ewan iria ver suas faces se ruborizando, e não desejava contar-lhe seus pensamentos. Não quando eram tão deliciosamente indecentes.

Porém, agora que o pensamento se fixara em sua mente, ela o analisava de canto de olho e se perguntava se tinha coragem de fazer o que Maddie descrevera. Fazia sentido que, se ele conseguia levá-la à loucura com a boca, o contrário poderia ser verdade.

– Já terminou, esposa? – Ewan falou pausadamente.

Ela olhou para seu prato vazio e o colocou de lado. Sim, era o momento perfeito para tentar seus truques. Quase deu risada da ideia de *ter* truques. Madre Serenity ficaria brava com tal pensamento.

Sem querer parecer muito óbvia, ela se preparou normalmente para dormir. Tirou a roupa de uma forma muito mais cuidadosa do que realmente o fazia, com movimentos lentos e sensuais. Espiou duas vezes para o lado para ver se Ewan a observava, com aqueles olhos escurecidos e misteriosos.

Quando ela estava completamente nua, andou rebolando até a bacia de água e se molhou bastante. Ela se virou de lado para dar a Ewan uma boa visão de seu perfil, e o ouviu prender a respiração quando seus mamilos se enrijeceram no tecido úmido.

Após ter reunido bastante coragem e ter tido muito tempo para formular seu plano, ela jogou o tecido para o lado e foi até a cama.

– Você ainda está vestido, marido – ela murmurou ao parar ao lado dele.

Apesar de ele ainda estar com as calças, elas não disfarçavam a protuberância entre suas pernas. Ele estava excitado e ficando mais excitado a cada segundo.

– É, moça, mas posso dar um jeito nisso.

Ele começou a se arquear, mas ela se abaixou e pousou uma mão em seu peito.

– É meu trabalho despir você.

Ele se deitou de novo quando os dedos dela foram até os cordões de suas calças. Assim que ela as alargou o suficiente, a ereção dele se projetou para cima. Ela não sabia se um dia se acostumaria ao tamanho. E não poderia nem imaginar como o colocaria na boca, no entanto, Maddie parecia ter certeza de que aquilo era feito por muitas mulheres.

Quando ela teve dificuldade para tirar o tecido de seus quadris, ele se ergueu e suas mãos cobriram as dela quando a ajudou a descê-las pelas pernas.

Assim que ele ia se sentar, ela o empurrou para baixo de novo, só que desta vez o seguiu, até seus lábios estarem a um centímetro dos dele.

Ela o beijou, gostando da sensação da boca dele sob a dela. Suas mãos passearam por seu peito, e ela se maravilhou pelo fato de ele ser musculoso e sólido. A severidade de suas cicatrizes contrastava com os pelos eriçados sob suas palmas. Os mamilos dele se endureceram e tensionaram sob seu toque e ela fez o caminho inverso, acariciando--os de novo, fascinada pela reação ser similar à dela.

– O que está aprontando, moça? – ele murmurou contra sua boca.

Ela sorriu e se aconchegou em seu queixo e beijou até o pescoço assim como ele fizera. Julgando pela tensão repentina do corpo dele, ele estava gostando tanto quanto ela.

– Eu tenho uma teoria – ela sussurrou ao pairar sobre um mamilo. Então pôs a língua para fora e lambeu o bico até ele endurecer e se contrair de novo.

Ewan gemeu.

– Qual é sua teoria, moça?

Apoiando ambas as mãos em seu peito, ela trilhou sua língua até o meio e depois a mergulhou em seu umbigo. Ele vacilou e arqueou o corpo, com sua ereção apontando para ela.

– Minha teoria é de que homens devem gostar de serem beijados... lá embaixo... tanto quanto mulheres gostam da boca de um homem... lá embaixo.

– Ah, inferno – Ewan arfou.

Ela envolveu o membro grosso com as mãos e enfiou a cabecinha entre seus lábios.

Ele soou como um homem em seus últimos suspiros de vida. Seu corpo estava tão tenso e arqueado que lembrava um galho de madeira. Suas mãos voaram para a cama e agarraram os lençóis. Ah, sim, ele gostava daquilo.

Motivada por seu óbvio prazer, ela o chupou mais profundamente, passando a mão para cima e para baixo no membro enquanto o chupava cada vez mais.

– Mairin – ele arfou. – Ah, que paraíso, moça. Tenha piedade.

Ela sorriu e baixou os dedos para acariciar suas bolas inchadas. Ele arqueou os quadris, incentivando mesmo quando ela o tinha o mais profundo que conseguia. Ele estava incrivelmente duro, tão inchado que ela pensou como não rasgava sua pele.

Ele latejava em sua mão, duro, e ao mesmo tempo macio como veludo, como uma espada de aço encoberta por seda.

– Moça, não consigo aguentar muito mais. Você precisa parar antes de eu gozar em sua boca.

Ainda agarrando-o, ela ergueu a cabeça para que pudesse olhar nos olhos dele. Seu cabelo caiu para a frente e ele esticou o braço para tirá-lo de seu rosto, sua palma tocando sua bochecha ao fazê-lo.

– Gostaria de gozar na minha boca? – ela perguntou tímida.

– Ah, Mairin, isso é como perguntar a um moribundo se ele quer viver.

Ela pegou seu rosto com as mãos e baixou a boca para beijá-lo. Demorada e docemente, ela lambeu os lábios dele e mergulhou nele, passando sua língua sobre a dele, provando e provocando-o.

– Eu gosto da ideia de provar você – ela sussurrou.

Ele agarrou seus seios e, quando ela se afastou, ele os ergueu e levantou a cabeça para que pudesse se deleitar com seus mamilos. Ela se apoiou bruscamente nele, com os joelhos fracos e trêmulos com a investida. Se ela lhe desse meia chance, ele viraria o jogo de sua sedução.

Ela se afastou, mas amenizou sua recuada com outro beijo, então beijou outro caminho até seu peito, sua barriga firme e além do ninho de pelos onde sua ereção se erguia dura e grande.

Ela lambeu primeiro, traçando a veia pulsante embaixo do membro largo. Quando chegou à cabeça, já havia uma gota de gozo saindo da ponta. Ela lambeu gentilmente, provando o líquido levemente salgado.

A respiração de Ewan saiu em um longo chiado e, quando ela envolveu a boca em seu comprimento, ele pareceu perder todo o controle que cultivava cuidadosamente.

Ele se contorceu na cama, com movimentos desesperados e descomedidos. Ela o segurou firme, usando a língua para deixá-lo maluco. A mão dele se fechou sobre a dela e ele se arqueou, apertando mais ao levar a mão dela para cima e para baixo. Percebendo que era isso que ele queria que ela fizesse, ela começou a mover a mão no ritmo de sua boca.

– Ah, moça, assim. Assim mesmo – ele gemeu.

Ele enfiou a mão no cabelo dela e agarrou sua nuca, segurando-a enquanto seus quadris martelavam para cima. Ela o levou até o fundo de sua garganta e, então, explodiu em sua língua, preenchendo sua boca com um líquido que parecia infinito.

Era a coisa mais erótica que ela já imaginara, e nunca teria pensado que uma coisa tão simples e básica pudesse tê-la excitado além da conta, mas amar seu marido daquela forma a deixava tão maluca quanto ele.

Ela se sentiu poderosa e igual, como se pudesse lhe dar tudo que ele lhe dera.

Ele desabou na cama e saiu de sua boca. Ela engoliu o resto da paixão dele e enxugou os lábios com as costas da mão. A respiração dele estava arfante e seu olhar passava ardente sobre ela enquanto seu peito subia e descia.

– Venha aqui, moça – ele disse rouco.

Ele a colocou sobre si para que seus corpos se fundissem, quentes e suados. Abraçou-a e a segurou firme ao beijar seu cabelo. Lembrando-se da afirmação de Maddie de que homens são muito mais maleáveis depois do amor, Mairin ergueu a cabeça até seu cabelo cobrir o peito dele.

– Ewan?

As mãos dele afagavam os ombros dela e desceram até a bunda. Ele apertou e massageou gentilmente ao olhar nos olhos dela.

– Sim, moça?

– Eu gostaria que você prometesse – ela disse.

Ele inclinou a cabeça para o lado.

– O que quer que eu prometa?

– Sei que somos recém-casados e não tenho todo conhecimento das coisas, mas descobri que sou uma mulher muito possessiva. Quero que prometa que será fiel. Sei que é comum alguns homens manterem um relacio…

Ela foi interrompida pela careta de Ewan. Então ele suspirou.

– Moça, você acabou de me arrasar. Importa-se de me dizer como eu teria energia de ir para a cama com outra mulher?

Ela franziu o cenho. Não era isso que queria ouvir.

Ele suspirou de novo.

– Mairin, eu fiz meus votos. Não iria levá-los na brincadeira. Enquanto você se provar uma esposa boa e fiel, não há motivo para eu procurar outra mulher. Eu não desonraria você ou a mim desta forma. Sua lealdade é a mim, sim, mas minha lealdade é a você e todo filho que me der. Assumo minhas responsabilidades seriamente.

Lágrimas se amontoaram nos olhos dela, e ela se abaixou até suas testas se tocarem.

– Eu também serei fiel a você, Ewan.

– É bom ser – ele rosnou. – Vou matar qualquer homem que a tocar.

– Você gostou de eu tê-lo beijado… lá embaixo…?

Ele sorriu e ergueu os lábios para beijá-la.

– Eu gostei muito. Posso exigir que me beije lá toda noite antes de nos deitarmos.

Ela franziu o cenho e lhe deu um soco no estômago. Ele riu e abafou uma risada de brincadeira. Ele pegou os punhos dela e rolou, com cuidado para não machucar a lateral de seu corpo. Quando estavam de lado, entrelaçados, seus rostos tão perto que ela podia sentir sua respiração, ele tocou seu rosto e a acariciou com os nós dos dedos.

– E agora, moça, acho que tenho que beijar você. Completo, com língua.

Ela prendeu a respiração até ver pontinhos dançando em sua visão.

– Língua? Eu já lhe disse como é indecente sua língua, laird?

– Não dá para ficar mais indecente que a sua – ele disse.

Então prosseguiu para mostrar-lhe que, de fato, ele era muito, muito mais indecente do que ela poderia sonhar em ser.

Capítulo 23

Ewan acordou com uma forte batida à porta de seu quarto. Antes que pudesse despertar o suficiente para responder ao chamado, a porta se abriu. Ewan estava fora da cama no segundo seguinte, sua mão no chão e no punho de sua espada.

– Jesus, Ewan, sou só eu – Caelen disse. – Você estava dormindo o sono dos mortos.

Ewan voltou a se sentar e, primeiro, puxou as peles para cobrir a nudez de Mairin e depois a sua.

– Saia daqui – ele disse irritado.

– Se minha presença ofende sua modéstia recatada, vou me virar para que se vista – Caelen disse.

– Não é com a minha que estou preocupado – Ewan rosnou.

– Bom, inferno, Ewan, não consigo ver a moça, nem estou olhando. É importante, ou eu não teria invadido seu quarto.

– Ewan?

A voz sonolenta de Mairin soou debaixo das cobertas, e sua cabeça apareceu. Seu cabelo estava todo bagunçado, seus olhos, fechados e, de alguma forma, ela conseguia parecer adorável. Apesar de Caelen dizer não estar vendo Mairin, Ewan flagrou seu irmão olhando na direção dela.

Ewan se inclinou e tirou o cabelo do rosto dela, depois a beijou na testa.

– Escute, docinho. Quero que volte a dormir. Você precisa descansar.

Ela murmurou alguma coisa que ele não conseguiu ouvir e se aconchegou de volta debaixo das cobertas. Ele tocou o rosto dela uma última vez, então rolou para fora da cama a fim de se vestir.

Mandou Caelen esperar no corredor até ele terminar, depois colocou suas botas e pegou sua espada. Com um último olhar na direção de Mairin, saiu para o corredor, onde Caelen parou na sua frente.

– Docinho? Você precisa dormir? – Caelen o imitou. – Acho que está virando mulherzinha, irmão.

Ewan cerrou o punho e socou Caelen no queixo. Caelen cambaleou e teve que se segurar na parede para não cair da escada.

– Que droga, Ewan. Tenho que dizer que casamento não combina com você – Caelen disse ao massagear a mandíbula.

– Acho que combina muito bem comigo.

Quando eles entraram no salão, Ewan viu Alaric entrar, com a roupa empoeirada e traços de cansaço no rosto.

– Você me tirou da cama quente para a chegada de Alaric? – Ewan perguntou.

– Ele disse que era importante. Enviou um mensageiro na frente para pedir que se encontrasse com ele – Caelen se defendeu.

– Ewan – Alaric gritou ao avançar.

– O que é tão urgente para ter que enviar um mensageiro?

– McDonald está vindo para cá.

Ewan franziu o cenho.

– Para cá? Por quê? O que aconteceu, Alaric?

– Você se casou. Foi isso que aconteceu. O laird McDonald tinha total intenção de casar a filha dele com você. Não ficou feliz em descobrir que esta não é mais uma opção. Insiste em se encontrar com você, não importa que esteja recém-casado, como tentei explicar. Ele me informou que, se você quisesse essa aliança, se encontraria com ele.

Ewan xingou.

– Não estamos em condições de hospedar ninguém. Mal podemos alimentar nosso próprio clã e agora temos que hospedar McDonald e seus homens? Precisamos de semanas para nos preparar para um evento assim, não alguns dias.

Alaric fez uma careta e fechou os olhos.

– O quê? – Ewan perguntou grosseiro.

– Dias, não. Dia.

Mais xingamentos saíram dos lábios de Ewan.

– Dia? Quando ele chegará?

Alaric suspirou e enxugou a testa, cansado.

– Por que acha que galopei até aqui? McDonald chegará amanhã.

– Ewan?

Ewan se virou e viu Mairin parada a curta distância, com olhar questionador.

– Tenho permissão para falar?

Ele ergueu uma sobrancelha, surpreso por ela perguntar. Mas também viu como parecia nervosa enquanto olhava para seus irmãos.

Ele ergueu a mão, e ela se apressou para aproveitar a chance.

– Precisa de alguma coisa, Mairin?

– Eu ouvi, quero dizer, sobre a chegada do Laird McDonald. Há algum problema?

A preocupação escurecia seus olhos azuis enquanto olhava para ele.

– Não, docinho, nenhum problema. O Laird McDonald e eu vamos conversar. Não há nada com que se preocupar.

– Ele chegará amanhã?

– Sim.

Ela franziu o cenho e endireitou os ombros.

– Há muito a ser feito, Ewan. Você complicará para mim devido aos meus ferimentos e me fará ficar na cama ou vai permitir que eu cumpra meus deveres para que não seja envergonhada além do normal quando tivermos convidados importantes?

– Envergonhada?

Ela bufou exasperada.

– O castelo não está em condições de receber visitantes. É necessário limpar, cozinhar, dar instruções. Se alguém chegasse hoje, pensaria que eu sou a esposa de um laird mais incompetente de todas. Não apenas eu ficaria envergonhada, mas você também.

Ela parecia tão amedrontada com a ideia de trazer vergonha a ele que seu olhar se abrandou. Ele apertou sua mão, que ainda segurava.

– Contanto que prometa descansar se começar a sentir alguma dor, não vejo problema em trabalhar para preparar o castelo. No entanto, espero que qualquer tarefa mais pesada seja feita pelas outras mulheres. Não quero que faça nada que solte seus pontos.

O sorriso dela iluminou todo o cômodo. Seus olhos dançaram e ela apertou os dedos dele. Ela estava exuberante, como se quisesse jogar os braços em volta dele, mas se conteve e soltou sua mão.

– Meus agradecimentos, laird. Não vou decepcioná-lo.

Ela fez uma rápida reverência e saiu apressada.

– Bem-vindo de volta, Alaric – ela gritou. Então parou e se virou, franzindo os lábios. Correu até Alaric e pegou sua mão. – Me perdoe. Nem pensei em perguntar se bebeu algo após sua viagem. Você está bem? Estamos felizes em tê-lo de volta.

Alaric pareceu confuso quando Mairin pegou sua mão e balançou para cima e para baixo enquanto falava.

– Estou bem, moça.

– Gostaria que eu pedisse para levarem água quente aos seus aposentos para que possa tomar banho?

Alaric ficou intimidado pela sugestão, e Ewan abafou sua risada.

– Ahn, não, o lago será suficiente.

Mairin franziu o cenho novamente.

– Ah, mas o lago é tão frio. Não prefere água quente?

Caelen riu em silêncio.

– Vá em frente, Alaric. Tome um bom e longo banho de banheira.

Alaric lançou um olhar de reprimenda a Caelen. Então sorriu gentilmente a Mairin, o que era bom, porque Ewan não queria ter que repreender seu irmão por ferir os sentimentos de sua esposa.

– É muito bom que esteja pensando em mim, mas não será necessário levar água quente ao meu quarto. Prefiro nadar no lago do que tentar entrar em uma banheira.

Mairin sorriu largamente para ele.

– Muito bem, então. Se me permite sair, laird, seguirei meu caminho. Há muito a ser feito.

Ewan acenou para que ela fosse e ela se apressou, seus pés quase não tocavam o solo de tanta pressa.

Alaric se virou para Ewan com a testa franzida.

– O que é tudo isso sobre descansar e soltar os pontos dela? O que fez com ela?

– Venha – Ewan disse. – Vamos comer. Vou lhe contar tudo que aconteceu desde que partiu, e você pode me atualizar sobre o que ocorreu com McDonald.

Mairin perambulava pelo castelo com o objetivo de verificar o que precisava ser feito e o que *poderia* ser feito em vinte e quatro horas. Meia hora depois, ela chamou Maddie e Bertha e as informou que precisaria de sua ajuda se elas tivessem alguma oração para fazer um milagre.

Maddie e Bertha reuniram as mulheres do castelo e Mairin falou com elas do topo das escadas que levavam ao pátio.

– Amanhã teremos hóspedes importantes – ela explicou para as mulheres reunidas. – E nenhuma de nós quer decepcionar nosso laird.

Houve murmúrios de negação e as mulheres balançaram a cabeça.

Mairin as dividiu em grupos e delegou as funções. Envolveu até as crianças. Logo, o castelo estava vivo com atividades enquanto as mulheres se apressavam para lá e para cá.

Depois, Mairin conversou com os homens que estavam designados à manutenção naquele dia. Instruiu-os a limparem os estábulos e prepararem as baias para os cavalos de McDonald.

Finalmente, foi à procura de Gertie para lidar com o problema da comida.

A cozinheira não ficou feliz em descobrir que teria que preparar um verdadeiro banquete para os hóspedes inesperados. Ela vociferou e protestou, porém Mairin a encarou e lhe disse que não ganharia nada reclamando. Eles não podiam deixar seus convidados passando fome.

– Não faço milagres, milady – Gertie resmungou. – Não há comida suficiente para alimentar nosso clã, muito menos um monte de McDonald.

– Quais são as nossas opções? – Mairin perguntou cansada. – O que temos e como podemos fazer render?

Gertie acenou para Mairin segui-la até a despensa. As prateleiras estavam assustadoramente vazias. Eles estavam quase sem o básico e a única carne que tinha era da última caçada.

– Estamos sobrevivendo a cada caçada. Se os homens não trazem comida, não temos o que comer. Não temos nada guardado. Se não repusermos nossos estoques nos próximos meses, o inverno será muito difícil.

Mairin franziu o cenho, infeliz. Com sorte, seu dote seria entregue bem antes e o clã não teria que passar fome nunca mais. O fato de as crianças passarem fome a entristecia.

Ela esfregou a testa e massageou as têmporas como se a dor tivesse se intensificado.

– E se mandarmos nossos homens caçarem? Se eles trouxerem algo esta noite, você teria tempo de preparar para o jantar amanhã?

Gertie coçou o queixo e, pensativa, analisou a despensa.

– Se eles conseguissem me trazer vários coelhos, eu poderia fazer um ensopado e usar alguns pedaços da carne de veado que ainda temos. Ficaria saboroso mesmo que não tivesse muita carne. Posso usar a farinha que resta para fazer pão, e posso fazer bolo de aveia também.

– Parece maravilhoso, Gertie. Vou falar com o laird imediatamente para mandar alguns de seus homens caçarem. Com sorte, trarão comida suficiente para encher a mesa e durar por toda a visita dos McDonald.

Gertie assentiu.

– Faça isso, moça. Vou começar a fazer o pão por enquanto.

Mairin saiu e foi em busca de Ewan. Ela o encontrou no pátio supervisionando um grupo de jovens praticando uma série de exercícios. Lembrando-se do que aconteceu na última vez, ela esperou pacientemente no perímetro até que Ewan a visse.

Acenou discretamente e fez mímica para que ele se aproximasse. Ele disse algumas palavras a seus homens e, então, foi até onde ela estava.

– Ewan, precisamos de coelhos. O máximo que conseguirem caçar. Há alguma forma de enviar alguns homens à caça?

Ewan olhou pelo pátio onde seus irmãos se engajavam em uma luta acalorada. Tanto Caelen quanto Alaric xingaram ao tentar superar um ao outro valentemente.

– Eu mesmo vou – Ewan disse. – Vou levar Caelen e Alaric. Traremos os coelhos de que precisa.

Ela sorriu.

– Obrigada. Gertie ficará aliviada. Estava em pânico por não saber o que preparar para os McDonald.

Os olhos de Ewan ficaram sombrios e seu lábio se curvou.

– Vou me certificar de que o clã tenha comida suficiente. Sempre.

Mairin colocou uma mão no braço dele.

– Eu sei que vai, Ewan. Quando meu dote chegar, não teremos mais que nos preocupar com o que comer.

Ele tocou o rosto dela, segurando sua bochecha por um longo tempo, depois deixou seus dedos descerem por seu rosto.

– Você é um milagre para este clã, moça. Seremos fortes e saudáveis novamente graças a você.

Ela ruborizou até a raiz do cabelo, aquecida pela gentileza em seu toque.

– Vou partir agora. Voltaremos antes de o sol se pôr.

Ela observou quando ele correu pelo pátio e chamou Alaric e Caelen. Então, ela se virou e correu para as escadas do castelo. Ainda havia muito a fazer para se preparar para os McDonald. Ela teria sorte se dormisse um pouco naquela noite.

Capítulo 24

Mairin inspecionou o salão com olhar exausto. Era quase de manhã e as mulheres haviam trabalhado a noite toda. Mairin mandou as que tinham filhos para casa na noite anterior, mas um pequeno grupo permaneceu com ela para finalizar a preparação.

Tudo era surpreendente. Não que Mairin quisesse fazer tal coisa de novo em menos de um dia, mas estava bem satisfeita com os resultados.

O interior do castelo brilhava. Os pisos e as paredes foram lavados. As velas nos lustres do teto foram substituídas por novas, e a luz dançava sombras pelo teto.

Flores com aroma doce anulavam o odor mofado de suor e sujeira, e Mairin pegara as peles de seus aposentos para cobrir o chão diante das grandes lareiras de pedra.

O cheiro do ensopado fervendo havia torturado Mairin pelas últimas horas, enquanto Gertie preparava os coelhos que Ewan e seus irmãos trouxeram da caçada. Ela babava só de imaginar um pedaço quente de pão crocante saído diretamente do forno.

Ewan tentara levar Mairin para a cama horas antes, porém ela fora firme dizendo que as tarefas tinham que ser feitas, já que não sabiam quando exatamente o Laird McDonald chegaria.

– Está maravilhoso, milady – Maddie disse orgulhosa.

Mairin olhou para onde Bertha e Maddie estavam e sorriu.

– Sim, está. Não parece nada como antes. Mesmo com os consertos que precisam ser feitos e o dano na lareira, ninguém pode colocar defeito em nosso trabalho.

Bertha tirou uma mecha de cabelo da testa.

– O laird ficará orgulhoso ao receber os convidados aqui. Você fez um milagre.

– Obrigada a vocês duas por desistirem de dormir para me ajudar – Mairin disse. – Você e Maddie podem dizer às outras para irem dormir e não se preocuparem em se levantar antes do meio-dia. As outras mulheres podem assumir suas tarefas enquanto vocês descansam.

Ambas as mulheres assentiram gratas e saíram apressadas, deixando Mairin sozinha no salão.

Mairin analisou seu trabalho mais uma vez antes de se virar e se arrastar até as escadas. Não manteve realmente sua promessa a Ewan. Sua lateral doía consideravelmente, e ela esperava não ter soltado nenhum ponto, mas a verdade era que o trabalho precisava ser feito, e não era justo esperar que as mulheres do castelo trabalhassem por tantas horas e ela, não.

Ela sentiu bastante satisfação no papel que assumira. As mulheres trabalharam muito e duro, porém com espírito alegre. Fizeram grandes coisas para agradar Mairin, e isso a deixou feliz.

Pela primeira vez, ela se sentia em casa. Sua casa. E se sentia verdadeiramente parte do Clã McCabe.

Entrou com cautela no quarto, mas não precisaria tê-lo feito. Ewan estava acordado, vestido, e acabava de colocar as botas.

Ele franziu a testa quando a vislumbrou e, instantaneamente, parou, com a mão para apará-la quando ela cambaleou.

– Você ficou trabalhando muitas horas – ele a censurou. – Está com dor? Seus pontos soltaram?

Ela apoiou a testa no peito dele, satisfeita por permanecer lá por um instante enquanto se recompunha. Ele passou as mãos por seus braços até os ombros e apertou.

– Vá direto para a cama, moça. Não vou aceitar nenhum questionamento. E não vai se levantar até os McDonald chegarem. Estamos entendidos?

– Sim – ela murmurou. Não precisaria fingir obedecer àquela ordem.

– Venha, deixe-me ver seu ferimento.

Ele a guiou até a cama e, com mãos delicadas, a despiu.

– É um pecado a forma experiente como você tira a roupa de uma mulher – Mairin resmungou.

Ele sorriu ao virá-la de lado. Passou o dedo pela área costurada e franziu o cenho quando ela recuou.

– Está vermelho e inchado. Você não está cuidando adequadamente, Mairin. Se não tomar cuidado, vai acabar na cama com febre.

Ela deu um grande bocejo e lutou para manter os olhos abertos.

– Há muito o que fazer para ficar na cama com febre.

Ele se abaixou e beijou sua testa, mantendo os lábios ali por um tempo.

– Você não está quente. Ainda. Durma. Vou pedir para uma das mulheres trazer água quente para seu banho quando souber que os McDonald chegaram à fronteira.

– Isso seria bom – ela murmurou sonolenta, mas já havia perdido a consciência e se rendido à escuridão.

Mairin acordou com uma batida à porta do quarto. Ela piscou para tirar o peso do sono, mas pareceu que alguém tinha jogado areia em seus olhos.

– Lady McCabe, trouxemos água para seu banho – veio o grito da porta. – Os McDonald chegarão em uma hora.

Isso a despertou.

Ela jogou as cobertas para o lado e se apressou para abrir a porta. As mulheres entraram com baldes de água e, logo, Mairin estava imersa no conforto da água quente. Por mais que tivesse adorado ficar lá parada até a água esfriar, correu para lavar o cabelo.

Duas das criadas permaneceram para ajudar a secar e escovar seu cabelo. Mairin estava inquieta e agitada durante todo o processo. Estava nervosa. Era sua primeira prova verdadeira como a nova senhora do castelo. Não queria que Ewan ou os McDonald a achassem ineficiente.

Ela se vestiu com seu vestido de casamento e desceu as escadas uma hora depois. O salão estava agitado, e Ewan conversava com seus irmãos perto da mesa mais alta.

Quando ela entrou, Ewan olhou para cima e a viu. A aprovação em seus olhos fez seu espírito flutuar. Ele fez sinal para ela ir até ele e Mairin se apressou para ficar ao seu lado.

– Você chegou bem a tempo de receber nossos hóspedes comigo – ele disse. – Chegarão em alguns minutos.

Ewan a guiou para fora do salão, com seus irmãos os seguindo. Quando chegaram ao pátio, os soldados McDonald estavam subindo na ponte e preenchendo a entrada do pátio.

Claro que sua opinião era parcial, mas Mairin achava os McCabe muito mais impressionantes.

Ewan parou nos degraus com Mairin ao seu lado, enquanto o homem à sua frente desmontava e assentia para Ewan.

– É bom vê-lo de novo, Ewan. Faz muito tempo. A última vez em que estive aqui, seu pai me recebeu. Sinto muitíssimo por sua morte.

– Todos nós sentimos – Ewan disse. – Apresento minha esposa, Mairin McCabe.

Ewan a escoltou para baixo e ela fez uma reverência diante do outro laird.

O Laird McDonald pegou sua mão e se curvou, beijando os nós de seus dedos.

– É um grande prazer conhecê-la, Lady McCabe.

– A honra é minha, laird – ela disse. – Oferecerei refrescos ao senhor e aos seus homens ao entrarem no salão. A comida está posta e pronta para ser servida.

O laird sorriu e, então, gesticulou para trás de si.

– Apresento minha filha, Rionna McDonald.

A jovem foi relutante quanto à educação e à expressão ao se curvar para a frente. Então aquela era a mulher que o Laird McDonald queria que se casasse com Ewan. Mairin conseguiu conter sua reação. A moça era muito bonita. De fato, seu cabelo brilhava no sol como ouro e sua pele não era afetada por uma única mancha. Seus olhos tinham uma cor âmbar peculiar que combinava com as luzes em seu cabelo e pareciam quase dourados à luz do sol.

Mairin lançou um rápido olhar para Ewan a fim de julgar sua reação. A última coisa que ela queria era que ele se arrependesse de ter perdido a oportunidade de se casar com aquela mulher.

Os olhos de Ewan brilharam com diversão. Provavelmente, ele via o que se passava na cabeça de Mairin e sabia de seus pensamentos.

Mairin se virou e sorriu para a outra mulher.

– Entre, Rionna. Tenho certeza de que deve estar exausta da viagem. Pode se sentar ao meu lado à mesa e podemos nos conhecer melhor.

Rionna sorriu hesitante e permitiu que Mairin pegasse seu braço para levá-la para dentro.

A refeição foi animada. O Laird McDonald era um homem alto e bruto, e comia com um entusiasmo que assustava Mairin. Se ela tivesse que alimentar sempre aquele homem, os caçadores McCabe trabalhariam dia e noite sem parar.

Gertie franziu o cenho, desaprovando, ao servir o prato do laird pela terceira vez. Mairin flagrou seu olhar e balançou a cabeça. Não seria bom insultá-lo.

A conversa girou em torno de tópicos mundanos. Caça. Invasão. Preocupações com a proteção das fronteiras. Depois de um tempo, Mairin se desligou, esforçando-se para suprimir o bocejo que ameaçou tomá-la.

Ela tentou, em vão, engajar uma conversa com Rionna, porém, a moça focou em sua comida e manteve a cabeça baixa durante toda a refeição.

Quando os homens finalmente acabaram de comer, Ewan olhou para Mairin e ela se levantou e pediu licença para sair. A hora de os homens discutirem o que quer que fosse que discutissem nessas reuniões chegara, e eles com certeza não desejavam que as mulheres estivessem presentes.

Ela pensou em convidar Rionna para caminhar do lado de fora do castelo e, talvez, brincar com as crianças. No entanto, assim que Mairin pediu licença, Rionna se apressou para sair.

Erguendo os ombros, Mairin foi em busca de Crispen.

Quando as mulheres saíram do salão, o Laird McDonald assentiu para Ewan.

– Sua esposa lhe dá orgulho. A refeição estava magnífica e a recepção foi calorosa.

– Minha esposa é uma honra para nosso clã – Ewan concordou.

– Fiquei consternado ao ouvir sobre seu casamento – o laird continuou. – Tinha esperanças de que se juntasse a Rionna. Selaria uma aliança e uniria nossos clãs.

Ewan ergueu as sobrancelhas, mas não disse nada. Olhou para

McDonald e percebeu aonde queria chegar com aquela conversa.

McDonald olhou para Alaric e Caelen antes de voltar o olhar para Ewan.

– Gostaria de falar em particular com você, Ewan.

Ewan acenou para seus homens deixarem o salão. Alaric e Caelen ficaram com Ewan, Laird McDonald e alguns de seus homens que estavam ao lado.

– Eu quero essa aliança – McDonald disse.

Ewan apertou os lábios, pensativo.

– Me diga, Gregor, por que deseja essa aliança? Benevolência não é algo a qual associo nosso relacionamento desde a morte de meu pai. Mas, ainda, o senhor era leal a ele e ele ao senhor.

McDonald suspirou e se recostou em sua cadeira, suas mãos cobrindo o colo.

– É necessário agora. Duncan Cameron ameaça minhas terras. Nós nos envolvemos em alguns conflitos nos últimos meses. Acho que ele está testando a força de meu exército, e serei sincero, não lutamos bem nas batalhas que enfrentamos.

– Filho da puta – Ewan murmurou. – Suas terras são vizinhas de Neamh Álainn. O desgraçado está se preparando para o dia em que tomará as terras de Mairin.

– Sim, e não consigo contê-lo sozinho.

– O que está propondo? É óbvio que não posso me casar com sua filha.

– Não – McDonald disse, formando suas palavras. Então olhou para Alaric. – Mas ele pode.

Capítulo 25

Alaric quase engasgou com sua bebida. Caelen pareceu aliviado que o comentário de McDonald não fora direcionado para ele, porém olhou de lado para seu irmão com empatia estampada no rosto.

Ewan lançou um olhar de alerta a Alaric e se virou novamente para McDonald.

– Por que é tão importante selarmos essa aliança com um casamento? Logicamente, há fatores bastante importantes acontecendo para que formássemos uma aliança para o bem de nós dois.

– Rionna é minha herdeira. Minha única herdeira. Não tenho filhos para assumir quando eu morrer. O homem com quem ela se casar deve estar disposto a assumir as funções de um laird assim como ser forte o suficiente para proteger a propriedade de ameaças como Duncan Cameron. Se nossos clãs se aliarem não apenas por meio de acordo, mas de casamento, sua lealdade ao seu irmão nunca permitirá que quebre nosso acordo.

Ewan se retesou e olhou para o homem mais velho, ultrajado pelo insulto.

– Está dizendo que minha palavra não serve?

– Não, estou dizendo que me sentiria muito mais seguro com a aliança se houvesse mais em jogo além de proteção mútua. Não quero minhas terras nas mãos de um homem como Duncan Cameron. Ele é um cretino ambicioso e com fome de poder que trairia sua própria mãe por uma causa maior.

– Há boatos, Ewan, agora mais do que nunca, de que Duncan conspira contra o rei. E ouvi que ele pode se aliar a Malcolm para apoiar outra rebelião contra o trono.

Ewan tamborilou os dedos na mesa e olhou de novo para Alaric, que expressava o que poderia apenas ser descrito como um olhar doloroso de resignação.

– Precisarei conversar com meus irmãos. Não vou tomar nenhuma decisão que afete Alaric sem ouvir o que pensa sobre o assunto.

McDonald assentiu.

– É claro. Não esperaria menos. Separados, somos clãs fortes. Mas, juntos, formaríamos uma força considerável. Acha que o Clã McLauren se uniria à nossa causa?

O Clã McLauren, apesar de pequeno, tinha soldados bem treinados. Juntos com os McCabe e os McDonald, formariam uma aliança formidável que seria apenas fortalecida quando os McCabe controlassem Neamh Álainn.

– Sim, eles vão – Ewan respondeu. – O fato de nós três nos unirmos vai trazer Douglas para nosso lado. Ele controla as terras do norte e do leste de Neamh Álainn.

– Se plantarmos a ideia de Duncan Cameron xeretando ao redor de Neamh Álainn, ele virá rapidamente – McDonald disse. – Sozinho, ele não consegue resistir a uma potência como a de Cameron, mas, unidos, Cameron não tem chance contra nosso poder.

– Duncan Cameron não tem chance contra *mim* – Ewan disse baixinho.

McDonald ergueu uma sobrancelha, surpreso.

– Isso é se vangloriar demais, Ewan. Você não tem os números dele.

Ewan sorriu.

– Meus homens são mais bem treinados. São mais fortes. Mais disciplinados. Não procuro essa aliança para derrotar Cameron. Vou derrotá-lo com ou sem aliados. Procuro alianças para consolidar o futuro.

Com o olhar incrédulo de McDonald, Ewan se recostou em seu assento.

– Gostaria de uma demonstração, Gregor? Talvez quisesse ver em primeira mão aqueles com quem se alia.

McDonald estreitou os olhos.

– Que tipo de demonstração?

– Seus melhores homens contra os meus melhores.

Um sorriso lentamente se abriu no rosto do homem idoso.

– Eu gosto de uma boa batalha, sim. Aceito. O que devemos apostar?

– Comida – Ewan disse. – Três meses de estoque de carne e especiarias.

– Por Deus, você aposta muito pesado. Não consigo cumprir esse tipo de promessa.

– Se está preocupado em perder, podemos, logicamente, cancelar.

Conhecer o calcanhar de Aquiles do oponente era essencial e, para Gregor McDonald, sua fraqueza era o desafio. Sugerir que ele estivesse com medo de perder uma aposta era como jogar uma carcaça para os cães.

– Feito – McDonald pronunciou. Ele esfregou as mãos com alegria e seus olhos brilharam triunfantes.

Ewan se levantou.

– Vamos acabar com isso.

McDonald saltou de sua cadeira e gesticulou para um de seus comandantes. Então espreitou desconfiado de volta para Ewan.

– Você e seus irmãos não podem participar. Só seus homens. Soldado contra soldado.

Ewan sorriu preguiçosamente.

– Se prefere assim. Eu não teria um homem sob meu comando que não valesse tanto quanto eu com uma espada.

– Vou gostar de invadir suas despensas quando meus homens provarem seu mérito – McDonald se vangloriou.

Ewan continuou sorrindo e indicou para McDonald antecedê-lo na saída do salão.

Quando McDonald correu até seus homens, Alaric ficou para trás.

– Ewan, está mesmo considerando esse negócio do casamento?

Ewan olhou para seu irmão mais novo.

– Está me dizendo que você não está?

Alaric franziu o cenho.

– Não, não é isso que estou dizendo. Mas, que droga, Ewan, não tenho vontade de ter uma noiva.

– É uma boa oportunidade para você, Alaric. Seria laird de seu próprio clã. Teria terras e filhos para quem passar seu legado.

– Não – Alaric disse baixinho. – *Este* é meu clã. Não o do McDonald.

Ewan colocou a mão no ombro de Alaric.

– Sempre seremos seu clã. Mas pense. Meu irmão será meu vizinho mais próximo. Seremos aliados. Se ficar aqui, nunca será laird. Seu herdeiro nunca será laird. Você deveria agarrar essa oportunidade com as duas mãos.

Alaric suspirou.

– Mas casamento?

– Ela é uma moça bonita – Ewan comentou.

– Bonita o suficiente, eu acho – Alaric resmungou. – Não consegui ver muito de seu rosto durante a refeição porque ela não ergueu a cabeça nem por um momento.

– Haverá bastante tempo para ver o rosto dela. Além disso, não é com o rosto que precisa se preocupar. É com o resto.

Alaric riu e olhou em volta rapidamente.

– Melhor não deixar sua esposa ouvi-lo dizer isso. Você pode acabar dormindo com seus homens hoje.

– Está pronto, Ewan? – McDonald ressoou do outro lado do pátio.

Ewan ergueu a mão.

– Sim, estou pronto.

– O que eles estão fazendo? – Mairin perguntou quando ouviu o rugido do pátio.

Crispen pegou sua mão e correu com ela para a colina.

– Vamos subir a colina para podermos ver!

As outras crianças o seguiram e, logo, estavam no topo da montanha. Mairin protegeu o rosto do sol para poder ver o que acontecia lá embaixo.

– Eles estão lutando! – Crispen exclamou.

Mairin arregalou os olhos ao ver tantos guerreiros juntos em um círculo pequeno. No meio, estavam dois soldados: um McCabe e um McDonald.

– Aquele é Gannon – ela sussurrou. – Por que Gannon está lutando com um soldado McDonald?

– É assim – Crispen se vangloriou. – Homens lutam. Mulheres acendem a lareira.

Gretchen socou o braço de Crispen e lhe lançou um olhar furioso. Robbie, em troca, empurrou Gretchen.

Mairin franziu o cenho e olhou para ele.

– Seu pai lhe disse isso, não há dúvida.

– O tio Caelen falou.

Ela revirou os olhos. Por que não ficara surpresa?

– Mas por que estão lutando? – ela insistiu.

– É uma aposta, milady!

Mairin se virou e viu Maddie subindo a colina, com muitas mulheres McCabe atrás. Elas carregavam uma cesta.

– Que aposta? – ela perguntou, quando as mulheres se aproximaram.

Maddie colocou a cesta no chão e o cheiro de pão flutuou pelo ar. Apesar da refeição esplêndida da qual ela participara, Mairin colocou a mão no estômago, que roncava.

As crianças se inclinaram ansiosamente, com expressões esperançosas ao rodearem Maddie.

– Nosso Laird e o laird McDonald fizeram uma aposta de quais homens são melhores – Maddie disse ao começar a passar o pão para as mulheres agora sentadas no chão. Então entregou um pedaço para cada criança. Ela apontou para Mairin.

– Junte-se a nós, milady. Pensamos em fazer um piquenique e torcer pelos guerreiros McCabe.

Mairin se sentou no chão, espalhando as saias por suas pernas. Crispen se jogou ao lado dela e começou a devorar seu pão. Mairin pegou um pedaço e partiu. Ao colocar o pão nos lábios, ela franziu a testa.

– Qual é a aposta?

Maddie sorriu.

– Nosso laird é ardiloso! Ele apostou três meses de comida estocada. Se os McCabe ganharem, vamos pegar carne e especiarias das despensas dos McDonald.

Mairin ficou boquiaberta.

– Mas nós não temos três meses de comida estocada!

Bertha assentiu sabiamente.

– Exatamente. Ele apostou o que mais precisamos. Foi brilhante e bem pensado.

– Mas e se perdermos? Não podemos nos dar ao luxo de partilhar tais riquezas. Nem as temos para perder.

Uma das mulheres mais velhas reprovou baixinho.

– Nossos guerreiros não vão perder. É desleal pensar assim.

Mairin fez uma careta.

– Não estou sendo desleal. Só pensei que era estranho o laird apostar algo que não temos.

– Já que não vamos perder, isso não é um problema – Maddie disse, dando um tapinha no braço de Mairin.

– Ah, vejam, Gannon ganhou sua luta e agora é a vez de Cormac! – Christina exclamou. – Ele é sempre tão lindo, não é?

As mulheres ao redor de Christina sorriram complacentes. Maddie se inclinou para a frente e sussurrou de forma conspiratória.

– Nossa Christina só tem olhos para Cormac.

Mairin observou a forma como as bochechas de Christina ficaram cor-de-rosa assim que Cormac entrou no círculo. Ele estava sem camisa e seus músculos pulsavam e se agitavam em seus braços. Ele realmente era uma boa visão. Não tão boa quanto Ewan, mas nada mal.

Christina perdeu o fôlego quando Cormac levou um golpe particularmente forte e caiu para trás. Ela cobriu a boca com a mão e viu o guerreiro se levantar e avançar de novo. Os sons do metal se encontrando rompiam pelo ar enquanto Cormac lutava com força renovada.

Acabou segundos depois, quando a espada do oponente de Cormac saiu voando. Cormac ergueu a espada acima da cabeça e, então, a abaixou até a ponta pousar sob o queixo do homem.

O homem ergueu as mãos, rendendo-se, e Cormac estendeu a mão para ajudá-lo a se levantar.

– Nossos homens estão acabando rapidamente com os guerreiros McDonald – Bertha disse, presunçosa.

De fato, os soldados McCabe despacharam rapidamente os outros dois. A aposta havia terminado, dado que os quatro guerreiros

McDonald tinham perdido, porém o quinto entrou no círculo totalmente vestido com armadura e capacete.

– Ele é fraco! – Maddie exclamou. – Não pode ser mais do que um garoto.

Evidentemente, Diormid, que escolhera ir por último, concordava, porque ficou parado ao lado, olhando perplexo. Quando o guerreiro menor ergueu a espada, Diormid balançou a cabeça e atacou.

Apesar de ele ser bem menor que Diormid, provou ser extremamente rápido e ágil. Desviava habilmente de golpes que provavelmente o derrubariam.

Os guerreiros McDonald, inspirados pela melhor performance até ali, avançavam, gritavam encorajamentos para o rapaz. Ele era rápido para se defender e estava fazendo Diormid se esforçar para ficar em pé.

Mairin se viu prendendo a respiração, impressionada pela coragem do homem menor. Ela se inclinou para a frente quando Diormid se esquivou de uma sequência de golpes e ela prendeu a respiração quando o garoto pulou para desviar de uma rasteira de Diormid.

– Isso é tão emocionante – Gretchen sussurrou ao seu lado.

Mairin sorriu para a garotinha, que estava extasiada com o espetáculo diante dela.

– Sim, é mesmo. Parece que Diormid tem o rapaz nas mãos.

A luta continuou e estava óbvio que Diormid estava frustrado por sua incapacidade de fazer o homem bem menor se render. Os movimentos de Diormid se tornaram desesperados e frenéticos. Estava claro que ele queria acabar a luta tanto quanto o rapaz não iria se render.

Então, uma coisa impressionante aconteceu. Diormid atacou e o rapaz chutou, derrubando-o. Em um segundo, o rapaz estava em cima de Diormid com um grito digno do melhor guerreiro. Com a espada erguida, ele a abaixou até a ponta estar contra a carne vulnerável do pescoço de Diormid.

Diormid olhou para cima para o jovem, mas, finalmente, soltou a espada se rendendo.

– O garoto venceu nosso Diormid – Maddie sussurrou.

Lentamente, o rapaz se levantou e estendeu a mão para Diormid. Ele se levantou, quase derrubando o rapaz ao se equilibrar com o peso de um guerreiro muito maior.

O homem McDonald cambaleou para trás, depois embainhou sua espada. Então arrancou o capacete da cabeça e um monte de cabelo dourado se soltou.

Rionna McDonald ficou em pé parada diante dos homens reunidos, seu cabelo brilhando no sol. As mulheres perto de Mairin arfaram admiradas.

– É uma mulher! – Gretchen exclamou com prazer. Ela rodeou Robbie, com os olhos brilhando de um jeito diabólico. – Viu? Eu disse que mulheres podem ser guerreiras!

Crispen e Robbie estavam encarando Rionna com uma mistura de indignação e inveja.

O pai de Rionna ficou furioso. Andou pela multidão de homens, com o rosto cheio de raiva. Balançava os braços e gritava com Rionna, e Mairin se esticou para ouvir suas palavras.

Rionna baixou a cabeça, mas não antes de Mairin ver o brilho de raiva que passou por seu rosto. A mão livre de Rionna se apertou em punho na lateral de seu corpo e ela deu um passo para trás ao ouvir seu pai.

Mairin estava de pé, com o coração solidário à mulher, apesar de ela ter se vestido como homem e humilhado um guerreiro McCabe. De fato, Diormid estava furioso, sua expressão mais sombria do que uma nuvem de tempestade.

Mesmo assim, Mairin se viu correndo para o pátio, com intenção de resgatar a moça de um monte de homens nervosos. Murmurando desculpas, ela acotovelou, passando pelos homens, ignorando suas reclamações irritadas quando os empurrava para o lado.

Passar pela última fileira era difícil porque os guerreiros estavam muito juntos. Ela cutucou e pressionou sem sucesso e, finalmente, acertou um atrás do joelho, fazendo-o se curvar.

Ele se virou rosnando até ver quem estava atrás dele. Sua expressão se transformou em choque e rapidamente foi para o lado para deixar Mairin passar.

Aliviada por ter chegado ao círculo, ela percebeu que não tinha um plano para quando chegasse lá. Ewan não aceitou bem sua presença e a fuzilou do outro lado do círculo de guerreiros.

Mairin pegou a mão de Rionna, ignorando o olhar de surpresa dela.

– Reverência? – Mairin cochichou.

– O quê?

– Faça reverência, depois saia comigo. E sorria. Um grande e verdadeiro sorriso.

– Mil perdões, lairds. Vamos sair agora. As crianças do castelo precisam de nossa atenção, e temos que verificar o jantar – Mairin disse. Ela ofereceu um sorriso deslumbrante e fez uma reverência.

Rionna sorriu, e Mairin se maravilhou em ver como a moça era bonita. Sua boca se expandiu em um sorriso largo, mostrando dentes brancos e perfeitamente alinhados e que havia uma covinha na pele lisa de seu rosto. Rionna também fez uma reverência e, então, permitiu que Mairin a tirasse do perímetro.

Os homens tropeçaram uns nos outros para se mexer enquanto Mairin os presenteava com outro sorriso doce. Ela arrastou Rionna para longe, esperando realmente o rugido de Ewan a qualquer momento. Quando ela conseguiu sair do pátio, suspirou de alívio.

– Aonde estamos indo? – Rionna perguntou.

– Há uma menininha que iria adorar conhecer você – Mairin disse alegre. – Ela ficou muito impressionada com sua luta.

Rionna lhe lançou um olhar confuso, mas deixou que Mairin a levasse para cima da colina até os outros, que estavam sentados observando com muito interesse.

Gretchen não conseguiu mais se conter. Assim que Mairin e Rionna se aproximaram, Gretchen pulou para ficar em pé e praticamente dançou até Rionna.

Ela fez uma reverência, mas balbuciou com empolgação e continuou a bombardear Rionna com dúzias de perguntas consecutivas.

Ao ver Rionna completamente perdida, Mairin ficou com pena dela e colocou uma mão no ombro de Gretchen para cessar a inundação de palavras.

– Gretchen quer ser uma guerreira – Mairin explicou. – Foi dito a ela que mulheres não poderiam ser guerreiras, e agora ela viu que, obviamente, isso não é verdade, já que você derrotou Diormid.

Rionna sorriu, desta vez um sorriso genuíno, e se ajoelhou diante de Gretchen.

– Devo compartilhar um segredo com você, Gretchen. Não é uma opinião popular, mas acredito firmemente que uma mulher possa ser o que quiser ser se colocar isso em sua cabeça.

Gretchen se iluminou de felicidade. Então pareceu triste ao olhar além de Rionna para o pátio.

– Seu pai não ficou feliz por você ter lutado contra Diormid.

Os olhos de Rionna escureceram do tom dourado para um âmbar.

– Meu pai sempre quis que eu fosse delicada. Ele não fica impressionado com minhas habilidades como guerreira.

– Eu fiquei impressionada – Gretchen disse timidamente.

Rionna sorriu de novo e pegou Gretchen pela mão.

– Gostaria de pegar a espada?

Os olhos de Gretchen se arregalaram e sua boca se abriu.

– Posso?

Rionna levou sua mão até ela tocar no punho encrustado com joias da espada.

– É menor do que uma espada normal. Mais leve também. Fica mais fácil de eu manejá-la.

– É maravilhosa – Gretchen suspirou.

– Eu quero ver! – Robbie disse agressivo.

Ele e Crispen seguiram em frente, com os olhos brilhando de admiração.

– Podemos tocar? – Crispen sussurrou.

Tão reticente quanto Rionna estivera na hora da refeição, agora ela estava aberta e amigável com as crianças. Mairin concluiu que ela deveria ser apenas extremamente tímida.

Quando as crianças se juntaram ao redor de Rionna, tagarelando e exclamando elogios em relação à sua espada, Mairin olhou para o pátio e viu Ewan parado ao longe, com as mãos na cintura ao encará-la.

Ela acenou discretamente e se virou antes de ele pensar em chamá-la.

Quando as crianças se afastaram de Rionna, Mairin olhou para a outra mulher.

– Gostaria de tomar um banho antes do jantar?

Rionna deu de ombros.

– Eu, geralmente, nado no lago, mas acho que iria horrorizar meu pai se fizesse isso aqui.

Mairin arregalou os olhos.

– Você é louca? A água é congelante!

Rionna sorriu.

– É bom para exercitar a mente.

Mairin balançou a cabeça.

– Não entendo como alguém abdica das alegrias de uma banheira cheia de água quente para nadar em um lago congelante.

– Já que nadar no lago não é uma possibilidade, vou aceitar com prazer sua oferta de um banho quente – Rionna disse com um sorriso. Então, inclinou a cabeça para o lado e olhou para Mairin com uma expressão esquisita. – Eu gosto de você, Lady McCabe. Não assusto você como faço com os outros. E a forma como caminhou entre os homens para me resgatar foi muito legal.

Mairin ruborizou.

– Ah, me chame de Mairin. Se vamos ser amigas, é apropriado que se dirija a mim assim.

Maddie limpou a garganta atrás de Mairin, que se virou, ficando horrorizada por ter se esquecido das boas maneiras.

– Rionna, quero que conheça as mulheres do meu clã.

Cada mulher deu um passo à frente e Mairin se afastou, apresentando aquelas das quais se lembrava do nome. Maddie forneceu os nomes que Mairin ainda não tinha aprendido.

Quando acabaram, Maddie levou as mulheres de volta ao castelo para que pudessem esquentar água para o banho de Rionna.

Depois de mostrar o quarto que Rionna ocuparia, Mairin desceu as escadas para verificar os planos do jantar.

Estava quase na cozinha quando Ewan entrou no salão. O Laird McDonald o acompanhou e Mairin apressou o passo.

– Onde está minha filha? – o Laird McDonald perguntou.

Mairin parou e se virou para encarar o homem intratável.

– Está lá em cima tomando seu banho e se trocando para o jantar.

Aparentemente tranquilizado por sua filha não estar lutando contra mais guerreiros, o laird assentiu antes de se virar para Ewan. Mairin aguardou um instante, esperando que Ewan a repreendesse por sua intromissão, mas ele olhou além do Laird McDonald e piscou.

Foi tão rápido que Mairin tinha certeza de que havia visto errado. A ideia do laird fazer algo como piscar era demais para aceitar. Certa de que imaginara, seguiu para a cozinha novamente.

Capítulo 26

Mairin já estava dormindo há muito tempo quando Ewan foi para o quarto naquela noite. Ele ficou parado ao lado da cama, observando-a dormir, tão encaixada debaixo das cobertas que era possível ver apenas seu nariz.

A conversa com McDonald havia rapidamente mudado de rumo conforme consumiram mais cerveja. Em vez de falar sobre casamento e alianças, os homens ficaram sentados em volta da mesa do salão bebendo e falando besteiras de taverna e sobre cicatrizes antigas de batalha.

Ewan se retirara, mais interessado em se deitar na cama quente com sua esposa do que falar indecências. Deveria incomodá-lo o fato de a moça, mesmo dormindo, ter um poder sobre ele que tudo o que conseguia fazer era imaginá-la no piso superior em sua cama e já ficava inquieto e pronto para deixar aqueles homens. Porém, ele descobriu que não ficava nada incomodado.

Enquanto os outros estavam no salão contando animadamente as noites em que passaram nos braços de uma mulher, ele estaria lá em cima segurando uma em seus braços.

Ele se despiu e puxou as cobertas com cuidado. Ela imediatamente estremeceu, franziu o cenho e puxou as peles para se cobrir novamente. Ele riu e se deitou ao seu lado.

O choque do corpo quente dela contra o dele o deixou completamente e instantaneamente atento. Ela estremeceu novamente, murmurou algo dormindo e continuou a se ajeitar debaixo dele.

A alça da camisola dela caiu de um ombro, deixando nuas a curva de seu pescoço e a pele macia de seu ombro. Incapaz de resistir, ele pressionou a boca na carne dela e mordiscou um caminho até seu pescoço.

Ele adorava o gosto dela, adorava a forma como seu cheiro preenchia seu nariz enquanto sua língua banhava sua maciez. Ela emitiu um suspiro que fez cócegas no ouvido dele.

– Ewan? – ela perguntou sonolenta.

– Quem mais está esperando, moça?

– Ah, não sei. Parece que toda vez que acordo, há pessoas em nosso quarto.

Ele riu e beliscou o lóbulo de sua orelha.

– Não está bravo comigo?

Ele recuou e a olhou.

– O que você fez agora?

Ela bufou, e seus lábios se torceram em uma linha descontente.

– Não fiz nada. Estava me referindo a hoje mais cedo. Quando levei Rionna comigo. Eu sei que não deveria ter interferido, mas...

Ele colocou um dedo sobre seus lábios.

– Não, não deveria. Mas aprendi rápido que você faz muitas coisas que não deveria. Foi bom ter tirado Rionna como fez. O pai dela estava bravo, e você amenizou a situação. Minha única reclamação é que se colocou em uma situação potencialmente perigosa, sem mencionar que perambulou no meio de um monte de homens acirrados pelo calor da batalha.

Ela escorregou suas mãos para baixo de seu peito, mais baixo, até encontrar seu membro duro. Seus dedos circularam seu mastro e ele gemeu conforme inchou na mão dela.

– Mas você não está bravo – ela disse em uma voz sensual sussurrante.

Ele estreitou os olhos ao avançar mais na mão dela.

– Não pense que não sei o que está fazendo, moça.

Os olhos dela se arregalaram de forma inocente enquanto escorregava a mão da base até a ponta de seu membro. Ele se inclinou para beijá-la, respirando o cheiro dela. Ele inalou, prendendo e saboreando o ar que era dela e ele lhe retornava e dançava entre seus lábios e línguas.

– Isso não vai salvá-la de problemas toda vez – ele alertou.

Ela sorriu.

– Vai resolver na maioria das vezes.

Ele estava prestes a se livrar da mão dela. Sua exploração delicada o estava levando à beira da insanidade. Ele tinha que tê-la. Agora.

Ele se abaixou e segurou a bainha de sua camisola.

– Não rasgue...

O som do tecido se rasgando abafou o aviso dela. Ele puxou o tecido até seus quadris e rolou até estar posicionado entre suas pernas abertas.

Ele encontrou a intimidade dela, sentiu seu calor sedoso se espalhar pela cabeça de seu membro e, com uma investida, estava dentro. Ela arfou e se arqueou para ele, sua barriga tremia sob a dele.

Ela o envolvia com força, um punho agarrando e apertando, segurando-o tão forte que ele começou a se dissolver.

– Ah, moça, me desculpe.

– Por quê?

As mãos dela fizeram uma trilha pelos ombros dele, as unhas cravando sua carne. Ele fechou os olhos, sabendo que não iria durar muito.

– Parece que perco todo o controle quando estou com você. Será rápido. Não consigo segurar.

– Está tudo bem – ela sussurrou. – Porque acho que não consigo segurar também.

Ela ergueu os quadris e envolveu as pernas na cintura dele. Era demais para ele.

Ele estocou forte e se preparou para terminar. Investiu de novo, mergulhando de maneira negligente em seu corpo cheio de desejo. Sua semente jorrou e ele continuou se movimentando, cada vez mais, até a passagem dela, extremamente escorregadia com a paixão dele, o liberar.

Ainda sem querer se privar da doçura dela, colocou seu membro de volta em sua abertura e enfiou devagar, provocando os tremores pós-orgasmo que a faziam ter espasmos em volta dele.

Ele se inclinou, descansando o peso nela enquanto continuava em seu interior quente. Ela estava respirando forte, bufadas de ar assopravam o pescoço e o peito de Ewan. O corpo dela estava enrolado no dele, braços e pernas agarrados nele e segurando-o firme como se nunca fosse soltá-lo.

Ele gostava disso. Sim, gostava muito.

Finalmente, rolou para o lado, mas ela manteve os membros entrelaçados com os dele. Ele queria que ela fosse uma parte de si. Gostava da imagem de seu corpo muito menor estar seguro no dele. Ela era dele.

Ela deu um grande bocejo e se aconchegou em seu peito. Ele sabia que ela estaria dormindo em questão de segundos, mas permaneceu acordado, curtindo a sensação de tanta feminilidade em seus braços.

Quando ele finalmente dormiu, teve o cuidado de mantê-la o mais perto e conectada possível a ele.

No dia seguinte, Mairin e as mulheres se ocuparam em preparar o almoço enquanto Ewan estava com o Laird McDonald. Ambos foram caçar naquela manhã e, para total desprazer de Rionna, que foi deixada de fora da diversão da caçada.

Ela se sentou no salão vestida com traje de homem, uma túnica larga que engolia a metade superior de seu corpo, parecendo entediada e um pouco assustada com toda a agitação que acontecia ao seu redor.

Rionna era bastante misteriosa para Mairin. Ela queria perguntar à moça sobre sua fascinação com as tarefas de um homem, mas estava com medo de insultá-la. Mairin ouvira de Maddie que o Laird McDonald queria casar sua filha com Alaric para selar aliança com o Clã McCabe e que, na verdade, os lairds estavam conversando sobre tal acordo.

Mairin tinha pena de Rionna porque tinha a leve impressão de que Rionna não tinha desejo de se casar, e Mairin podia até imaginar a reação de Alaric ao acordo proposto.

O que a moça esperava conseguir ao se engajar em atividades tão chocantes que, obviamente, faziam o pai ficar furioso com ela?

E Alaric, claro que ele não aceitaria o desejo de sua esposa de ser uma guerreira. Ewan ficaria intimidado, e Alaric não pensava diferente dele. Todos os irmãos McCabe tinham opiniões formadas quanto ao papel da mulher, e definitivamente não era o caminho que Rionna escolhera.

Rionna precisava de alguém mais... compreensivo, embora Mairin não conseguisse pensar em nenhum guerreiro permitindo à sua esposa as liberdades de que Rionna aparentemente gostava.

Mairin balançou a cabeça e deixou Rionna esparramada em uma das cadeiras para verificar o que acontecia ao seu redor.

– Está tudo pronto? – Mairin perguntou a Gertie quando entrou na cozinha pequena abafada com o calor.

– Sim, acabei de tirar o pão do forno e o ensopado está cozinhando. Assim que os homens retornarem, começarei a servir a comida.

Mairin agradeceu Gertie, depois, voltou ao salão. Um barulho na entrada lhe disse que seu marido havia voltado e ela foi recebê-lo.

Ela ficou para trás, esperando que seu marido entrasse. Ele veio,

Laird McDonald logo atrás, com Caelen e Alaric por último.

– Bem-vindo de volta, marido. Se você e o laird quiserem se sentar à mesa, a refeição será servida.

Ewan assentiu, compreendendo, e ela recuou para dizer a Gertie que começasse a servir.

Mais homens de Ewan entraram, misturando-se com os soldados do Laird McDonald. As três mesas no salão foram rapidamente ocupadas enquanto os homens que não conseguiram um lugar para sentar esperavam na entrada da cozinha pela sua parte.

Em dúvida sobre qualquer acordo de casamento, já que Ewan não parecia compartilhar com Mairin a proposta do Laird McDonald, ela optou por sentar-se ao lado de Rionna, com Laird McDonald do outro lado da mesa ao lado de Ewan. Alaric e Caelen ocupavam as duas cadeiras ao lado do Laird McDonald.

A refeição foi um evento barulhento e rude, já que a caçada matinal estava sendo contada para todos ouvirem. Comida e pratos eram servidos por toda parte e Mairin se viu confusa a ponto de não saber qual cálice era dela. Ela pegou o cálice entre Ewan e bebeu um gole para começar a comer.

Franziu o nariz para o gosto amargo e esperava que o lote de bebida não tivesse estragado. Ela o deixou de lado para que Ewan não bebesse e fez um gesto para Gertie trazer outro cálice para o laird, caso aquele fosse o dele.

O Laird McDonald manteve Ewan concentrado nas conversas sobre proteção de fronteira, aumento das patrulhas e o plano de fortalecer suas alianças falando com Douglas.

Mairin prestava só um pouco de atenção à conversa, pois observava Rionna olhar entediada para sua comida. Ela estava pensando qual tema poderia tratar com a outra mulher quando uma cólica agitou sua barriga.

Ela franziu o cenho e colocou uma mão no abdome. Será que a comida não caíra bem? Mas com certeza era muito cedo para sentir os efeitos, e a carne era fresca, trazida há apenas dois dias. Ela observou os outros, mas não viu nenhum sinal de desconforto. Na verdade, todos comiam com aparente satisfação pelo gosto.

Ela pegou o cálice que substituíra a cerveja amarga quando outra cólica contraiu perversamente seu estômago. Ela arfou por ar, mas a dor foi tão intensa que se curvou.

Outra dor a esfaqueou, torcendo seu estômago em um nó impiedoso. Sua visão ficou turva e ela sentiu uma vontade repentina de vomitar.

Levantou-se rapidamente e, devido à pressa, bateu no cálice de Ewan. O líquido se espalhou pela mesa e pelo colo de Ewan.

Ewan sacudiu a cabeça da conversa com McDonald, com os lábios franzidos. Ela vacilou e se curvou, um grito escapou devido ao fogo que retorcia suas entranhas.

Rionna se levantou pulando e se abaixou ansiosa sobre Mairin, com o rosto franzido de preocupação. À sua volta, os murmúrios aumentaram quando todos focaram em sua senhora e sua óbvia angústia.

– Mairin!

Ewan estava de pé, com as mãos prontas para estabilizá-la. Ela teria caído se ele não a tivesse segurado. Ela ficou mole, suas pernas não sustentavam mais seu peso.

– Mairin, o que há de errado? – Ewan perguntou.

– Enjoada – ela arfou. – Oh, Deus, Ewan, acho que estou morrendo. A dor.

Ela cedeu de novo e Ewan se abaixou com ela, amenizando sua queda. Acima dela, apareceu o rosto preocupado de Alaric.

– O que está acontecendo, Ewan? – Alaric perguntou.

Ele fez Rionna se afastar e manteve um perímetro de proteção em volta de Mairin.

Então ela virou a cabeça e vomitou por todo o chão. O som foi terrível até para seus próprios ouvidos, mas a sensação foi dez vezes pior. Era como se ela tivesse engolido um milhão de cacos de vidro e eles estivessem dilacerando suas entranhas.

Ela se encolheu no chão com tanta dor que, em um momento de fraqueza, rezou para morrer.

– Não! – Ewan rugiu. – Não vai morrer. Não permitirei. Você me ouviu, Mairin? Não permitirei. Vai me obedecer, droga! Pelo menos uma vez você vai me obedecer!

Ela choramingou quando Ewan a retirou do chão. Estremecia quando os gritos dele entravam por seus ouvidos. Ele gritava ordens e o salão estava vivo com o som de pés se mexendo e respostas exclamadas.

Ela foi carregada pelos braços de Ewan enquanto ele subia as escadas. Ele entrou no quarto deles, todo o tempo gritando ordens para o resto de seu clã.

Não foi gentil ao deitá-la na cama. Seu estômago se agitou de novo quando o cheiro de seu próprio vômito invadiu suas narinas. Seu vestido. Estava arruinado. Agora ela não poderia nem ser enterrada com ele.

Ewan pegou o rosto dela com as mãos e abaixou até o nariz deles se tocar.

– Ninguém vai enterrar você, moça. Me ouviu? Você vai viver ou, Deus me ajude, vou segui-la até o inferno e arrastá-la de volta esperneando e gritando o caminho todo.

– Dói – ela choramingou.

O toque dele se tornou gentil quando tirou o cabelo do rosto dela.

– Eu sei, moça. Sei que dói. Eu aguentaria isso por você se pudesse. Jure que vai lutar. Jure!

Ela não tinha certeza de contra o que deveria lutar, e a dor gritando por suas entranhas a fazia querer se encolher e fechar os olhos, mas, quando tentava, Ewan a sacudia até seus dentes crepitarem em sua cabeça.

– Ewan, o que está havendo comigo? – ela sussurrou, quando outra onda de dor a tomou.

A expressão dele ficou cruel e se tornava mais sombria a cada minuto.

– Você foi envenenada.

Capítulo 27

Fazia muito tempo que Ewan não rezava. Desde o nascimento de seu filho, quando rezou ao lado da cama de sua esposa enquanto ela se esforçava para dar à luz a vida dentro dela.

Porém, ele se viu rezando uma prece fervorosa agora que estava ao lado da cama de Mairin. Maddie chegou voando atrás dele com Bertha colada nela.

– Precisa fazê-la vomitar, laird – Bertha disse. – Não há tempo a perder. Não sabemos quanto veneno ela ingeriu e precisa esvaziar seu estômago.

Ewan se abaixou e pegou Mairin pelos ombros, virando-a para a beirada da cama para que sua cabeça virasse de lado. Ele pegou seu rosto delicadamente e enfiou o polegar em sua boca.

Ela se contorceu e lutou contra, porém ele a segurou mais forte, recusando-se a soltar.

– Me ouça, Mairin – ele disse com desespero. – Precisamos esvaziar seu estômago. Tenho que fazê-la vomitar. Sinto muito, mas não tenho escolha.

Assim que seus lábios se abriram, ele enfiou os dedos no fundo da garganta e ela teve ânsia e convulsionou. Com apenas um braço a segurando, era difícil.

– Me ajude a segurá-la – ele gritou para Maddie. – Se não conseguir, chame um de meus irmãos.

Bertha e Maddie pularam para a frente, pressionando todo o peso contra o corpo de Mairin.

Mairin teve ânsia de novo e vomitou no chão.

– De novo, laird – Bertha alertou. – Sei que é difícil vê-la com tanta dor, mas, para ela sobreviver, precisa ser feito.

Ele faria qualquer coisa para impedir que ela morresse, mesmo que lhe causasse agonia. Segurou sua cabeça e a obrigou a vomitar. Ela vomitou até não ter mais nada para sair. Todo seu corpo estava retesado, era um milagre não ter quebrado nenhum osso.

Ele ainda a pressionava, determinado a mantê-la viva. Finalmente, Bertha tocou seu braço.

– Pronto. Pode soltá-la agora.

Maddie se levantou e molhou um lenço com água da bacia e jogou para Ewan. Ele limpou a boca de Mairin e depois sua testa vermelha e suada.

Com cuidado, deitou suas costas na cama e, então, tirou suas roupas. Jogou seu vestido para o lado e instruiu às mulheres que limpassem o cômodo para se livrar daquele cheiro pestilento.

Ele se sentou ao lado de Mairin enquanto puxava as cobertas para proteger sua nudez. Observou-a ansioso, sentindo-se tão perdido que acendeu uma raiva tão profunda que queimava dentro dele.

Ele podia ouvir a comoção do lado de fora de seu aposento, sabia que seus irmãos estavam lá, e os outros, mas não tiraria os olhos de Mairin.

As mulheres limparam a sujeira do cômodo rapidamente e removeram a roupa suja. Instantes depois, Maddie retornou, fechando a porta firmemente.

– Laird, deixe-me tomar o seu lugar – ela disse em uma voz suave. – Ela esvaziou o estômago. Não há nada para fazer a não ser esperar agora.

Ewan balançou a cabeça.

– Não vou abandoná-la.

Ele correu um dedo por seu cabelo macio e tocou seu rosto, alarmado pelo toque frio que sua pele tinha. Sua respiração estava curta, tão leve que muitas vezes ele abaixara a cabeça, temendo que mais nenhum ar fosse sair de seu nariz.

Ela ficara inconsciente. Não se movia, não estremecia nem gritava com a dor lancinante que a atacava. Ele não sabia o que era pior. Ouvir seus gritos ou vê-la tão imóvel como se estivesse morta.

Ambas as situações o aterrorizavam.

Maddie ficou ao lado da cama por um longo momento, depois, com um suspiro, se virou e saiu do cômodo.

Antes de Ewan poder se deitar na cama ao lado de Mairin, seus irmãos entraram no quarto.

– Como ela está? – Alaric perguntou.

Caelen não falou, mas a tempestade estava lá, em seus olhos, ao encarar Mairin.

Ewan tocou o rosto de Mairin de novo e correu os dedos sob seu nariz até sentir a troca discreta de ar. Seu estômago estava revirando como um turbilhão. Raiva. Medo. Abandono.

– Não sei – ele disse, enfim.

A admissão torceu suas entranhas até ele ter a mesma vontade de vomitar que Mairin.

– Quem fez isso? – Caelen chiou. – Quem poderia tê-la envenenado?

Ewan olhou para Mairin quando a raiva retorceu seu peito. Suas narinas inflaram e ele dobrou os dedos, cerrando os punhos.

– McDonald – ele disse entre os dentes cerrados. – Maldito McDonald.

Alaric recuou surpreso.

– McDonald?

Ewan olhou firmemente para seus dois irmãos.

– Quero que fiquem com ela. Vocês dois. Me chamem se houver qualquer mudança em sua condição. Agora não confio em ninguém além de vocês até descobrir quem está tentando matar minha esposa.

– Ewan, aonde você vai? – Caelen perguntou, quando Ewan se levantou para sair do quarto.

Ewan se virou ao chegar na porta.

– Ter uma conversa com McDonald.

Ele desceu como uma tempestade, com a espada desembainhada ao entrar no salão onde a maioria dos soldados agora estava reunida. Eles ficaram atentos quando viram a espada de Ewan.

McDonald ficou de lado, rodeado por seus guardas. Rionna estava ao seu lado e os dois discutiam em voz alta. A tensão pairava no ar do salão, tão denso que a pele de Ewan arrepiou.

Rionna olhou para cima alarmada quando viu Ewan se aproximar. Ela desembainhou sua espada e foi para a frente de seu pai, mas Ewan a jogou para o lado e ela cambaleou.

O salão irrompeu em caos.

Os homens McDonald avançaram em Ewan, e os homens de Ewan reagiram ferozmente para proteger seu laird.

– Proteja a mulher – Ewan rosnou para Gannon.

Ewan estava ao lado de McDonald antes que ele pudesse desembainhar sua espada. Ewan segurou o homem mais velho pela túnica e o colocou contra a parede.

O rosto de McDonald ficou roxo de raiva e suas bochechas ficaram infladas conforme Ewan apertava mais o colarinho de sua túnica.

– Ewan, o que significa isso?

– O quanto queria que eu me casasse com sua filha? – Ewan perguntou em um tom de voz baixo e perigoso.

McDonald piscou confuso antes de perceber o que acontecia. Cuspiu saliva enquanto bufou e fez sons de ultraje.

– Está me acusando de envenenar Lady McCabe?

– Foi você?

McDonald semicerrou os olhos com raiva. Bateu nas mãos de Ewan tentando se soltar, mas Ewan só o colocou mais contra a parede.

– Isso é guerra – McDonald cuspiu. – Não deixarei esse insulto ficar sem resposta.

– Se quer guerra, ficarei mais do que feliz em lhe dar – Ewan cochichou. – E, quando eu tiver lavado a terra com seu sangue, suas propriedades e tudo o que tem será meu. Quer falar sobre insultos, laird? Você vem em minha casa, compartilha de minha hospitalidade e tenta matar minha esposa?

McDonald ficou pálido e encarou os olhos de Ewan.

– Não fiz isso, Ewan. Tem que acreditar em mim. Sim, eu queria que Rionna se casasse com você, mas um casamento com seu irmão terá o mesmo resultado. *Eu não a envenenei.*

Ewan tensionou a mandíbula e suas narinas inflaram. A testa de McDonald estava suando e ele olhava nervoso para a esquerda e para a direita, porém seus homens haviam sido facilmente contidos pelos soldados de Ewan.

Rionna estava a muitos metros de distância, e seus braços eram segurados por Gannon. Ela estava cuspindo fogo, e Gannon precisou de toda a força para contê-la.

Não havia culpa nos olhos de McDonald. Ele dissera a verdade? A hora da chegada de McDonald e o envenenamento de Mairin foram muito coincidentes. Ou apenas foi feito para parecer assim?

Ewan relaxou seu aperto e retirou McDonald da parede.

– Perdoe minha brutalidade, mas quero você e seus homens fora de minhas terras imediatamente. Minha esposa está perigosamente doente e não sei se sobreviverá. Saiba disso, McDonald. Se ela morrer e eu descobrir que você fez isso, não há pedra em toda a Escócia na qual você possa se esconder, não há canto nenhum em que possa procurar refúgio.

– Ma... mas e nossa aliança? – McDonald balbuciou.

– Tudo o que me preocupa agora é minha esposa. Vá para casa, McDonald. Vá para casa e reze para que ela viva. Vamos conversar sobre nossa proposta de aliança outro dia.

Ele jogou McDonald em direção à porta de saída do salão.

– Ewan! A moça está enjoada de novo. Ela está tendo muita ânsia. Nada que eu e Caelen fazemos parece ajudar.

Ewan se virou e viu Alaric em pé na entrada do salão, com a expressão abatida.

– Cuide da partida deles – Ewan ordenou para Gannon. – Escoltem-os até a fronteira e certifique-se de que não demorem.

Então Ewan saiu correndo, passando por Alaric ao subir as escadas como um trovão.

Ele entrou no cômodo e viu Caelen segurando Mairin de lado na cama enquanto ela tinha ânsia e arfava.

Caelen parecia desesperado e, mesmo assim, segurava Mairin de forma protetora contra si mesmo, ancorando-a enquanto seu corpo todo estremecia com a força da ânsia.

Caelen olhou para cima quando Ewan foi até a cama.

– Ewan, graças a Deus está aqui. Não consigo fazê-la parar e isso a está matando!

Ewan pegou o corpo mole de Mairin e a apoiou em seus braços.

– Shh, docinho. Respire comigo. Pelo nariz. Precisa parar de tentar vomitar.

– Enjoada – ela choramingou. – Por favor, Ewan, me deixe morrer. Dói muito.

Seu coração se apertou e ele a abraçou mais forte.

– Só respire – ele sussurrou. – Respire para mim, Mairin. A dor vai embora. Eu juro.

Ela apertou a túnica dele tão forte que o tecido ficou desconfortável em seu braço. O corpo dela ficou tenso, mas desta vez ela conseguiu segurar a vontade de vomitar.

– Isso, moça. Segure em mim. Não vou soltá-la. Estou aqui.

Ela enterrou o rosto contra seu pescoço e ficou mole. Ele a deitou na cama, depois olhou para Caelen, que estava ao lado da cama, sua expressão inutilmente furiosa.

– Molhe um pano para que eu possa limpar o rosto dela.

Caelen se apressou até a bacia. Torceu o pano e o jogou na direção de Ewan. Ewan limpou a testa de Mairin e, então, passou o pano úmido por sua boca. Ela suspirou, mas não abriu os olhos enquanto ele limpava o resto de seu rosto.

Parecia que os espasmos que contorciam seu estômago haviam cessado. Ela se aconchegou ao lado dele e passou um braço por sua cintura. Então, com um suspiro, ela entrou em sono profundo.

Ewan segurou sua nuca e pressionou os lábios na testa dela. O fato de ela ter acordado era um bom sinal, mas detestava vê-la com tanta dor. Seu corpo estava tentando se livrar do veneno, e ela estava lutando bravamente contra os efeitos.

– Viva – ele sussurrou. – Não vou deixar você morrer.

Alaric, que seguiu Ewan de volta ao quarto, e Caelen pareciam desconcertados pela demonstração de sentimento rara de seu irmão. Naquele momento, Ewan não se importava com quem o visse demonstrar fraqueza.

– Você se importa com ela – Alaric disse abruptamente.

Ewan sentiu algo dentro dele se soltando e florescendo. Sim, ele a amava, e não conseguia suportar o pensamento de perdê-la. Por Deus, ela iria acordar, insultá-lo e ele a seduziria para que dissesse as palavras que ele mais queria ouvir.

Sim, ela viveria, então a moça difícil iria amá-lo exatamente da forma como ele a amava.

Ele olhou para seus irmãos, que o assistiam com uma fascinação esquisita.

– Preciso da ajuda de vocês. Alguém tentou matá-la. Por mais que me doa, tem que ser alguém de nosso clã. Temos um traidor entre nós e ele deve ser morto ou Mairin nunca ficará segura. Não posso perdê-la. Nosso clã não pode perdê-la. Ela representa nossa salvação... e a minha. Se não forem fazer isso por ela, por sua irmã, então façam por mim, seu irmão.

Alaric se ajoelhou ao lado da cama e se esticou para colocar os dedos sobre a mão jogada de Mairin. Caelen ergueu os ombros e também se ajoelhou ao lado de Alaric. Tocou o ombro de Mairin e seu olhar se tornou mais amável ao olhar para ela.

– Você sempre teve nossa submissão, Ewan – Alaric disse com a voz grave. – Nossa lealdade pertence a você. Agora comprometo minha submissão e minha lealdade a Mairin também. Irei protegê-la como sua esposa e minha irmã. Colocarei a segurança dela acima da minha.

A declaração solene de Alaric causou uma onda de orgulho em Ewan.

– Ela é uma boa moça – Caelen disse asperamente. – É uma boa mãe para Crispen e uma esposa fiel. É uma honra para você, Ewan. Eu a protegerei com minha vida e buscarei justiça pelos erros que cometeram contra ela. Ela sempre terá um lugar de honra em meus olhos.

Ewan sorriu, sabendo da dificuldade que deve ter sido para Caelen recitar tal juramento.

– Obrigado. Significa muito para mim. Devemos nos certificar de que ela esteja segura de hoje em diante. Não será fácil de controlá-la quando estiver acordada novamente.

– Você parece certo de que ela se recuperará – Caelen disse.

Ewan olhou para baixo de novo quando a esperança queimou em seu interior como um ácido.

– Sim, tenho certeza. A moça é muito teimosa para ceder à morte.

Ewan encontrou seus irmãos tarde da noite. Eles se sentaram no salão com apenas uma vela para iluminar o cômodo escuro.

– Interrogamos todos os empregados, todos da cozinha, todos que entraram em contato com a comida e todos que estavam reunidos no salão – Caelen relatou.

– Gertie está perturbada – Alaric disse sombriamente. – Está inconformada por Mairin ter sido envenenada. Não acredito por um segundo que Gertie esteve por trás disso mesmo que tivesse o acesso mais fácil que todo mundo. Ela está em nosso clã desde antes de nascermos. Foi leal ao nosso pai e esteve firme desde sua morte.

Ewan não acreditava naquilo também, mas seria tolo ao não levar em consideração essa possibilidade. Não poderia imaginar alguém de seu clã tentando matar Mairin. Por que o fariam? Ela representava esperança. Era a salvação deles e não havia ninguém que não soubesse disso.

Mas alguém o fizera.

Gannon e Cormac entraram no salão com as expressões sombrias. A exaustão estava estampada em seus rostos e eles foram em linha reta em direção a Ewan.

– Laird, temos uma informação.

Ewan indicou para que se sentassem.

Cormac se sentou, mas Gannon optou por ficar em pé, com sua agitação evidente na forma como flexionava e relaxava os punhos.

– Encontramos a fonte do veneno – Gannon disse.

– Me contem – Ewan soltou.

– Não estava na comida. Provamos pedaços de todos os pratos que sobraram, incluindo o de Lady McCabe. O veneno estava no cálice. Estava quase cheio, então ela não bebeu muito.

– Graças a Deus – Ewan soltou a respiração. – Ainda há esperança.

– Laird – Cormac disse dolorosamente. – Não acreditamos que o cálice fosse para Lady McCabe.

Ewan deu um soco na mesa e se inclinou para frente.

– Para quem era então?

Gannon soltou a respiração.

– Acreditamos que fosse para o senhor, laird.

Neste momento, Caelen e Alaric quase caíram da cadeira.

– O que querem dizer? – Caelen perguntou.

– Conversamos bastante com todas as mulheres que serviam a comida. Havia três cálices. Um que Lady McCabe ergueu quando se levantou. Aquele era o cálice dela, mas não estava no lugar correto e não achamos que ela bebeu dele. Ela pegou seu cálice e bebeu um pouco. Deve ter tido um gosto ruim porque ela o colocou para o lado e chamou uma das mulheres para trazer outro cálice. Logo depois, ela começou a se sentir mal.

– Mas por que...? – A voz de Ewan foi interrompida, e ele olhou para seus homens mais confiáveis e seus irmãos. – A flecha. A flecha não era para Mairin também. Era para ter me atingido.

– Jesus – Alaric disse inquieto. – Alguém está tentando matar *você*, Ewan. E não Mairin.

– Faz mais sentido – Caelen disse áspero. – Ninguém ganha se Mairin morrer. Não é o caso se Ewan morrer e deixar Mairin sem marido e sem filho.

– Cameron está por trás disso e, de alguma forma, infiltrou alguém em nosso clã. Alguém aqui está seguindo suas ordens. Tentou me matar duas vezes e, nas duas, Mairin quase morreu. – O punho de Ewan encontrou a mesa e a rachou quando ele percebeu tudo.

– Sim, mas quem? – Alaric perguntou.

– É isso que precisamos descobrir – Ewan disse. – E, até o fazermos, Mairin deve ser vigiada de perto todo o tempo. Não vou permitir que ela seja ferida por outra tentativa contra minha vida.

Capítulo 28

O grito bravo interrompeu o sonho bom e indefinido de Mairin. Ela não tinha certeza se era um sonho, mas era muito bom e etéreo e não estava sentindo nenhuma dor. Ela preferia a flutuação silenciosa e boa em vez da outra opção.

Então ela se viu sendo chacoalhada até seu cérebro sacudir em sua cabeça. A dor estava de volta e ela ouviu a voz de Ewan.

Ah, o homem adorava rugir. Parecia gostar de um bom sermão, particularmente quando era direcionado a ela.

– Você é a moça mais desobediente que já tive o desprazer de conhecer – Ewan falou ríspido. – Ordeno que não morra e você está determinada a fazer exatamente isso. Você não é a leoa que protegeu meu filho? Ela nunca desistiria como você está fazendo.

Mairin franziu o cenho reagindo ao insulto. Era típico dele agir de forma tão vergonhosa quando ela estava doente e morrendo. Ele agia como se ela tivesse feito de propósito.

Ela o ouviu dar risada.

– Não, moça, você pode estar doente, mas não está morrendo. Vai me obedecer desta vez ou, com Deus como minha testemunha, vou espancá-la.

Ela olhou, ou pelo menos pensou que o fez. O cômodo ainda

parecia incrivelmente escuro, e parecia que havia pedras sobre suas pálpebras. Um pânico repentino a atingiu. Talvez eles estivessem preparando seu enterro. Eles não colocavam pedras sobre os olhos dos mortos para mantê-los fechados? Ou eram moedas? De qualquer forma, ela não queria morrer.

– Shh, moça – Ewan a acalmou. – Abra os olhos. Você consegue, por mim. Ninguém vai enterrá-la, eu juro. Abra os olhos e olhe para mim. Deixe-me ver esses lindos olhos azuis.

Precisou de toda sua força, mas ela conseguiu levantar suas pálpebras. Estremeceu quando a luz do sol atingiu sua cabeça e, imediatamente, fechou os olhos de novo.

– Cubra a janela – Ewan rosnou.

Mairin franziu o cenho. Com quem ele estava falando? Estava se tornando comum ter visitantes em seu quarto.

Ela ouviu uma risada e abriu os olhos, enxergando uma forma turva que se assemelhava a Ewan. Ela piscou rapidamente, depois olhou além dele e viu Alaric e Caelen diante da agora coberta janela.

– Que bom que retornou no momento certo, Alaric. Ewan precisará de você para o funeral.

Alaric franziu o cenho.

– Funeral de quem, moça?

– O meu – ela disse.

Ela tentou erguer a cabeça, mas logo percebeu que estava fraca como um gatinho recém-nascido.

Caelen riu e Mairin se virou para lhe demonstrar sua cara de desprazer.

Ela fungou.

– Não é para rir. Ewan ficaria muito contrariado se eu morresse.

– Que é especificamente o motivo de você não fazer algo desse tipo – Ewan falou pausadamente.

Ela virou a cabeça para olhar para Ewan de novo e ficou assustada em vê-lo tão... abatido. Seu cabelo estava despenteado, seus olhos estavam vermelhos e estava com uma barba que parecia de dias.

– Sempre sou obediente, marido. Se ordena que eu não morra, então é claro que não negarei seu pedido.

Ewan sorriu e, enquanto olhava para ela, Mairin viu tanto alívio em seus olhos que até prendeu a respiração.

– É pecado mentir, esposa, mas Deus sabe que não acho que Ele ou eu vamos nos importar com essa inverdade.

Ela resmungou.

– Eu tento ser obediente.

– Sim, moça, ordenei que não morresse, e foi muito cômodo para você me obedecer desta vez. Estou tão feliz que estou considerando não gritar com você da próxima vez que não me obedecer.

– Vocês dois são loucos – Caelen resmungou.

Alaric se aproximou da cama e pegou a mão dela.

– Bem-vinda de volta à terra dos vivos, irmãzinha. Você assustou a todos nós.

Ela colocou a outra mão na barriga.

– Não sinto dor. É realmente esquisito, mas estou com fome.

Ewan riu, depois se abaixou e pressionou os lábios contra sua testa por um tempo muito longo. Ele vacilou contra sua pele e passou a mão por seu cabelo para afastá-lo lentamente.

– Você deve estar faminta, moça. Está de cama por três dias e esvaziou o estômago no primeiro dia.

– Três dias? – Ela se assustou. Ficou terrivelmente assustada.

– Sim, moça, três dias. – O tom dele ficou mais sério e as linhas reapareceram em seu rosto. Ele parecia... cansado.

Ela esticou o braço para traçar as linhas em sua testa, depois deixou os dedos caírem na bochecha dele.

– Você parece cansado, marido. Acho que precisa de um banho, fazer a barba e um bom descanso.

Ele pegou a mão dela, prendendo-a contra sua bochecha. Então virou-se e beijou a palma de sua mão.

– Agora que acordou, preciso realmente dormir. Mas não ache que só porque acordou poderá sair correndo pelo castelo. Ficará na cama até eu dizer que pode se levantar e nenhum segundo antes.

Ela lhe deu um olhar de desgosto, mas segurou a língua. Não seria bom começar a discutir com ele no instante em que acordou. Afinal, ela poderia ser amável às vezes.

Ewan riu.

– Sim, moça, parece que às vezes você consegue ser muito amável.

– Realmente preciso aprender a controlar mais minha língua – ela murmurou. – Não posso sair falando tudo o que penso. Madre Serenity disse que eu lamentaria o dia em que tornei isso um hábito terrível. Estou achando que ela estava certa.

Ewan se abaixou e a beijou de novo.

– Estou achando que sua língua é perfeita.

Caelen e Alaric riram e Mairin ficou escandalizada.

– Ewan!

A mortificação tomou conta de seu rosto e ela puxou os cobertores até cobrirem sua cabeça. Ewan se juntou à risada dos irmãos enquanto ela ficava lá escondida, desejando que o chão se abrisse e os engolisse.

Ewan finalmente mandou todos embora do quarto e, então ordenou que trouxessem comida para ambos. Ele provou cada pedaço de comida antes de passar a ela.

Na verdade, isso a assustou demais. Ela não queria que ele morresse por ela e lhe disse isso.

Ele não pareceu impressionado com sua preocupação.

– É minha função cuidar de você, moça.

– E fará um ótimo trabalho se morrer durante esse processo – ela resmungou.

Após comerem, ela se recostou no travesseiro e fechou os olhos. Estava bem fraca mesmo, e era verdade que a comida não caíra muito bem em seu estômago. Depois de três dias sem comer, ela pensou que fosse natural.

Assustou quando ouviu a porta se abrir, e uma fila de mulheres entrou no quarto carregando baldes de água quente.

– Pensei que talvez gostaria de um banho quente – Ewan disse.

Naquele momento, ela queria se jogar nele e abraçá-lo até ele parar de respirar. E ela o faria se não achasse tão difícil mover os braços. Então ficou deitada, parada como uma pilha de carne inútil, e assistiu com bastante animação enquanto a fumaça subia da banheira quase cheia.

Quando o último balde de água foi esvaziado, Ewan se inclinou na cama e começou a desamarrar os cordões de sua camisola. Ela não tinha energia suficiente para protestar, não que não fosse bom para ela, de qualquer forma. Logo, ele havia tirado a camisola de seu corpo e, delicadamente, a pegado nos braços e carregado até a banheira.

Ele a colocou devagar na água quente, e ela gemeu de prazer quando o calor atingiu seu corpo.

Em vez de deixá-la lá, como ela pensou, ele se ajoelhou ao lado da banheira. Pegou o jarro que estava no chão e o encheu de água, depois derramou nas costas dela para molhar seu cabelo.

Quando os dedos dele se enfiaram nas mechas dela para lavar seu cabelo, ela fechou os olhos com o simples prazer de tê-lo para cuidar de suas necessidades. Ela estava mais fraca do que imaginou depois de uma provação daquelas e ficou agradecida pelo cuidado dele.

Ela gemeu baixinho quando ele focou sua atenção em lavar seu corpo. Ele foi devagar, esfregando os ombros e os braços. As mãos de Ewan mergulhavam na água e ele segurava os seios dela, massageando os bicos duros com os polegares.

Não permaneceu muito tempo, mas continuou sua busca incessante em lavar cada centímetro do corpo dela. Quando ele pegou os pés dela, ela estava estremecendo de puro prazer. Ele pegou um pé e a água escorreu pela sua perna. Então começou uma massagem meticulosa em cada parte de seu pé, indo de uma ponta a outra. Quando chegou em seus dedos, ela tentou tirar o pé da mão dele e riu com a sensação de cócegas.

Ele riu, mas pegou seu tornozelo para que ela não escapasse.

– Eu não fazia ideia de que você sentia tantas cócegas, moça.

Ele segurou seu pé com as duas mãos e as passou pelo tornozelo e depois, para sua surpresa, ele beijou a planta do pé. Acariciou a perna, acima do joelho e até a junção das coxas.

As mãos de Ewan eram como seda na pele de Mairin. A combinação da água calmante e as carícias quentes dele eram como bálsamos para os sentidos abatidos dela.

Ele foi minucioso ao lavá-la. Nenhuma parte dela ficou intocada. Quando terminou, ela estava mole, com a visão enevoada e tão letárgica que não conseguiria se levantar da banheira nem se quisesse.

Ewan a pegou no colo e a segurou sobre a banheira enquanto a água escorria de seu corpo. Ele a colocou perto da lareira e imediatamente a envolveu com um cobertor grande, enfiando as pontas entre seus seios.

– Assim que seu cabelo secar, vou colocá-la de volta na cama – ele disse. – Não quero que fique com frio.

No momento em que ela não conseguia imaginar ficar mais surpresa por seus cuidados delicados, ele começou a secar seu cabelo com um pano. As mãos dele trabalharam em suas mechas e, quando espremeu o excesso de água do monte de cabelo pesado, começou a tirar os nós com o pente.

Eles se sentaram em frente à lareira, Mairin entre as pernas de Ewan, diante das chamas. Ele estava excessivamente paciente, parando quando chegava em um nó difícil.

O calor da lareira os envolvia até a pele dela ficar cor-de-rosa. O calor se infiltrava em seus ossos e ela se viu cochilando enquanto ele penteava seu cabelo.

Quando acabou, ele colocou o pente de lado e envolveu os braços firmemente em volta dela. Ele pressionou sua bochecha contra a lateral da cabeça dela e a embalou levemente enquanto ela encarava as brasas brilhantes.

– Você me assustou, moça.

Ela suspirou e se derreteu mais ainda em seu abraço.

– Eu me assustei, laird. A verdade é que eu não esteve gostando da ideia de deixar você e Crispen.

– Crispen dormiu na sua cama toda noite em que estava enferma. Ele de um lado e eu do outro. Ele tinha tanta certeza quanto eu de que você não iria morrer.

Ela sorriu.

– É bom ter uma família.

– Sim, moça, é mesmo. Acho que você, Crispen e eu formamos uma boa família.

– Não se esqueça de Caelen e Alaric – ela disse, franzindo a testa. – E Gannon, Cormac e Diormid, claro. Eles me irritam, mas têm boas intenções e são muito pacientes. Ah! E Maddie, Bertha e Christina.

Ewan riu contra sua orelha.

– Nosso clã, moça. Nosso clã é nossa família.

Ah, ela adorava essa ideia. Família. Deu um suspiro satisfeito e apoiou a cabeça no ombro dele.

– Ewan?

– Sim, moça.

– Obrigada por não me deixar morrer. A verdade é que eu estava quase desistindo, mas seus gritos tornaram quase impossível isso acontecer. Você gosta mesmo de gritar. Provavelmente o fato de ser uma desculpa para continuar fazendo o deixou feliz.

Ele a apertou contra seu corpo e ela sentiu o corpo dele chacoalhando, sinalizando uma risada silenciosa.

– Quando você estiver bem, teremos uma longa conversa.

Ela tentou se sentar, mas ele a segurou firme.

– Conversar sobre o quê, laird?

– Conversar, moça. Conversar sobre coisas que pretendo que você me dê.

Capítulo 29

Ele lhe dera duas semanas de descanso, demonstrando seu afeto – em particular, é lógico – e amando-a... Ah, a moça havia se recuperado rapidamente e Ewan passara cada noite levando ambos à loucura com prazer.

Mesmo assim, ela não havia dito que o amava. Mairin o estava elogiando bastante, pois ele estava lhe dando muito. Ela lhe disse, das formas mais doces, que ele era lindo, corajoso e arrogante... Embora ele não tivesse certeza de que ela o estivesse elogiando.

Com certeza, ela estava impressionada com as habilidades dele em amar, e ela mesma desenvolvera algumas das quais ele ainda não estava completamente recuperado.

Mairin tinha que amá-lo. Ele não conseguia acreditar que ela só sentisse afeição passageira por ele. Definitivamente não era obediente nem particularmente respeitosa. Mas via a forma como ela o olhava quando pensava que ele não estava vendo. Via como ela se desmanchava em seus braços noite após noite na escuridão do quarto.

Sim, ela o amava. Não havia outra explicação. Ele só tinha que fazê-la perceber isso.

O veneno deixou Mairin mais prudente e, por mais que Ewan gostasse que ela levasse suas ordens a sério, sentia falta de suas discussões fervorosas – geralmente causadas quando ela desobedecia a uma ordem. Ele não gostava da ideia de o charme espontâneo de Mairin ter sido privado por ter quase morrido.

Só Ewan, seus irmãos, Gannon, Cormac e Diormid sabiam da verdade. Que Mairin não era a vítima certa. Havia muitos motivos pelos quais Ewan queria guardar essa informação para si mesmo.

Primeiro, seu clã tinha ficado extremamente protetor de Mairin desde o incidente. Todos pareciam observá-la com o olhar atento, e ela nunca estava sozinha. Isso se encaixava perfeitamente ao objetivo de Ewan, porque, independentemente de alguém estar tentando matar Mairin ou não, ela ainda era ameaçada por Duncan Cameron.

Segundo, ele não desejava que Mairin se preocupasse e, se ela descobrisse que era para Ewan ter sido a vítima, não uma, mas duas vezes, não era possível saber o que a moça faria. Em pouco tempo, Ewan descobrira que ela era feroz ao proteger aqueles que considerava dela.

E a moça realmente considerava Ewan dela, mais para a satisfação presunçosa de Ewan. Ela poderia não lhe dizer as palavras que queria ouvir, mas não havia como negar sua possessividade em relação a ele. Ele se lembrava muito bem do seu olhar quando Rionna McDonald foi apresentada.

Ele ansiava pelo dia em que eles ficariam livres de ameaças. A sombra rodeando o castelo havia afetado não apenas Mairin, mas todos. Mairin... bem, Ewan não recebera uma única informação de que ela causara tumulto desde que saiu da cama.

Ele devia saber que não iria durar...

– Laird, precisa vir rápido! – Owain disse ao correr até Ewan.

O homem mais jovem ofegava quando parou de correr. Parecia que ele tinha corrido o caminho inteiro de onde viera.

Ewan se virou de costas para o pastor das ovelhas, que estava lhe dando os detalhes dos estoques dos McCabe, e franziu o cenho.

– O que há de errado, Owain?

– É a Lady McCabe. Está uma confusão no salão. Ela ordenou que um grupo de seus homens fizessem o trabalho das mulheres!

– O quê? – Ewan perguntou. Então colocou os dedos na ponta do nariz e respirou fundo. – Me diga exatamente o que está acontecendo, Owain.

– Heath a enfureceu, mas não sei o que aconteceu, laird. Ela mandou que ele e o grupo de homens com ele lavassem tudo! E cozinhassem! Deus nos ajude. E limpassem a cozinha e o chão...

Owain parou, ofegante, então continuou.

– Todos estão prontos para se rebelar porque seus irmãos não conseguem controlar a moça.

Ewan franziu o cenho e xingou baixinho. Heath era um soldado jovem, de cabeça quente, que havia recentemente entrado para os McCabe. Era filho bastardo do Laird McKinley – um dos muitos – que não havia sido reconhecido por seu pai antes da sua morte. O resultado era que ele ficara sem lar. Ewan reunira homens assim ao longo dos anos, adicionando ao seu exército quando muitos de seu próprio clã tinham sido eliminados pelo ataque de Duncan Cameron.

Ewan já tivera problemas com Heath e um grupo de soldados mais jovens, arrogantes e pretensiosos que se aliaram a Heath logo depois de sua chegada.

Foram disciplinados antes, e Ewan já havia decidido que seria a última tentativa de torná-los guerreiros McCabe.

Se Heath estava envolvido, não poderia ser bom. A combinação dele e a esposa igualmente cabeça quente de Ewan com certeza causaria uma explosão.

– Onde estão meus irmãos? – Ewan perguntou.

– Estão com a Lady McCabe no salão. Está uma situação muito

tensa, laird. Houve um momento em que temi pela segurança da Lady McCabe.

Era tudo o que Ewan precisava ouvir. Correu para o salão e, quando virou para o pátio, viu todos os seus homens, que estavam lá fora treinando, parados, com a cabeça inclinada enquanto ouviam o ruído que vinha de dentro do castelo.

Ewan passou correndo por eles, subiu a escada pulando e entrou no salão.

A cena diante dele era um caos. Um grupo de soldados mais jovens estava do outro lado do cômodo, rodeado pelos irmãos de Ewan, Mairin e Gertie.

Cormac e Diormid estavam sendo totalmente escorraçados por Gertie, que parecia tão irritada que chacoalhava uma colher para os dois homens e batia neles em cada três ataques. Alaric e Caelen estavam com expressões furiosas enquanto tentavam manter Mairin atrás deles. Mas ela não estava cooperando.

O que chamou atenção de Ewan, no entanto, foi Mairin, que estava parada no meio da briga, com o rosto tão vermelho de raiva que parecia que ia explodir. Ela estava na ponta dos pés, gritando insultos a Heath de trás de Gannon, que também estava tentando mantê-la longe de forma corajosa.

Heath estava roxo de ódio. A moça não tinha noção do perigo em que estava se metendo. Mas Ewan sabia. Ele presenciara o temperamento impetuoso do jovem mais de uma vez, e já havia começado a atravessar o cômodo quando viu Heath erguer a mão.

Ewan soltou um grito, desembainhou sua espada e se jogou no espaço que faltava. Mairin se abaixou, mas o punho de Heath ainda conseguiu acertar seu queixo quando ela se virou. Ela saiu voando ao mesmo tempo em que Ewan atingiu Heath.

Se Caelen e Alaric não tivessem segurado os braços de Ewan, ele teria matado o jovem ali mesmo. Como era de se esperar, Heath caiu estatelado no chão, derramando sangue pela boca.

Ewan se debateu na mão dos irmãos, mas eles não soltavam.

– Me soltem! – ele rugiu.

Eles o arrastaram para longe antes de Ewan, finalmente, conseguir se soltar. Puxou o braço e foi até onde Mairin estava tentando se levantar.

Ele pegou o cotovelo dela e a ajudou a ficar em pé. Então, pegou seu queixo e o virou para verificar sua mandíbula.

– Ele mal me tocou – Mairin sussurrou. – Na verdade, Ewan, nem está doendo.

A fúria formigava em sua pele.

– Ele não tinha o direito nem de tocá-la! Vai morrer por essa ofensa.

Ele baixou a mão e se virou para observar o restante do salão.

– Alguém, em nome de Deus, pode me dizer o que está havendo?

Todos começaram a falar ao mesmo tempo. Ewan fechou os olhos e, depois, gritou para obter silêncio. Virou-se para Mairin.

– Me diga *você* o que aconteceu aqui.

Ela olhou para as mãos, mas não antes de ele ver seu lábio tremer de forma reveladora.

– Vou te contar, laird – Diormid disse alto ao avançar. – Ela mandou Heath, Robert, Corbin, Ian e Matthew assumirem as tarefas das mulheres. – O descrédito e a ofensa que Diormid sentia por seus homens era evidente. – Instruiu-os a cozinhar, limpar e esfregar o chão!

Ewan observou quando a expressão de Mairin ficou neutra. Seus lábios formaram uma linha fina, depois ela simplesmente se virou e teria saído do salão se Ewan não a tivesse pegado rapidamente para impedir que saísse.

– Moça? – ele perguntou diretamente.

Seu queixo estava tremendo, e ela piscava furiosamente.

– Você só vai gritar, laird, e não tenho desejo de ser humilhada de novo diante de meu clã.

– Me conte o que aconteceu – ele disse com uma voz firme.

Estava determinado a não mostrar fraqueza na presença de seus homens. O que ele queria fazer era abraçá-la e beijar aqueles lábios trêmulos. Ela estava à beira das lágrimas, e ele muito perto de fazer qualquer coisa para impedir que ela chorasse.

Porém, o que ele tinha que fazer era ser justo e disciplinado. Tinha o dever para com todos os envolvidos de ser justo e imparcial, o que significava que, se sua esposa tivesse armado outro de seus esquemas impulsivos, ele estava destinado a fazê-la chorar.

Ela ergueu o queixo, o que o deixou aliviado. Preferia que fosse guerreira em vez de ver suas lágrimas.

Ela apontou para Heath.

– Esse... esse idiota bateu na Christina.

Ewan se retesou e olhou em volta vendo Heath sendo ajudado por Diormid a se levantar.

– É verdade? – Ewan perguntou com voz baixa.

– A vadia foi impertinente – Heath rosnou. – Ela mereceu minha reprimenda.

Mairin perdeu o fôlego com o ultraje. Ela teria voado em Heath novamente, mas Ewan a pegou pela cintura e a segurou contra seu peito. Seus pés chutavam os tornozelos dele, porém ele não soltaria. Virou-se para Alaric e jogou Mairin em seus braços.

– *Não* a solte – Ewan ordenou.

Alaric envolveu o braço em sua cintura e simplesmente a segurou contra seu peito, os pés dela ficaram a centímetros do chão. Mairin ficou ofendida, mas Ewan estava mais interessado na explicação de Heath.

Ele se virou para Heath mais uma vez e o prendeu com a força total de seu olhar.

– Me conte tudo.

Mairin se debateu nos braços de Alaric, mas ele a segurava firme.

– Ewan, por favor – ela implorou. – Eu contarei tudo o que aconteceu.

Ela estava mais do que furiosa. Estava tão enojada pelo tratamento dos homens para com as mulheres que estava pronta para pegar a espada de Ewan e arrancar as tripas de todos. Se ela conseguisse erguer a espada, faria exatamente isso.

Virou-se para Alaric enquanto Ewan continuava a ignorá-la.

– Alaric, posso pegar sua espada emprestada?

Alaric ergueu uma sobrancelha, espantado.

– Moça, você não conseguiria levantar minha espada.

– Você poderia me ajudar. Por favor, Alaric, preciso derramar um pouco de sangue.

Para sua surpresa, ele gargalhou, o som foi alto no cômodo silencioso.

Lágrimas de frustração encheram seus olhos.

– Por favor, Alaric, não foi certo o que ele fez. E agora inventará desculpas para Ewan pelo seu comportamento vergonhoso, pelo comportamento de todos eles.

O olhar de Alaric se abrandou.

– Ewan vai cuidar disso, moça. Ele é um homem justo.

– Mas é um homem – ela insistiu.

Alaric lhe lançou um olhar confuso.

– Sim, foi isso que eu disse.

Antes que Ewan pudesse exigir de novo uma explicação de Heath, o salão entrou em confusão. O cômodo ficou cheio de mulheres cujos gritos se comparavam aos de qualquer guerreiro. Para assombro de

Mairin, elas seguravam uma variedade de armas improvisadas, de forquilhas e galhos a pedras e adagas.

Ewan ficou boquiaberto assim que Alaric finalmente soltou Mairin. Ela caiu fazendo um barulho no chão e lançou um olhar reprovador na direção de Alaric. Mas ele, como todos os outros homens, se virou para encarar assustado as mulheres que chegavam até eles.

– Moça, você está bem? – Bertha perguntou diante da multidão de mulheres.

Christina se apressou até Mairin, pegou sua mão, depois gesticulou para Maddie antes de puxar Mairin para as mulheres reunidas.

Mairin apertou a mão de Christina ao encarar o machucado arroxeado em seu rosto.

– Você está bem? – Mairin sussurrou.

Christina sorriu.

– Sim, graças a você, milady.

– Laird, queremos falar com o senhor – Bertha berrou.

Ela acenou sua forquilha para enfatizar quando Ewan continuou a encarar as mulheres admirado.

– O que está acontecendo? – Ewan perguntou. – O mundo todo enlouqueceu?

– Seus homens se comportaram inadequadamente – Mairin disse.

As mulheres gritaram em concordância balançando suas armas e batendo os pés. Os homens de Ewan olhavam como se não soubessem se ficavam com medo ou bravos.

Ewan cruzou os braços à frente do peito e olhou de forma severa para ela.

– O que eles fizeram, moça?

Mairin olhou para as outras mulheres, reunindo coragem com o apoio delas. Então projetou o queixo para cima e olhou o laird de cara feia. Deve ter sido uma careta muito feia, porque ele ergueu uma sobrancelha ao olhar de volta para ela.

– As mulheres estavam fazendo seu trabalho, assim como você espera que os homens façam. Aquele *imbecil* ali resolveu testar seus encantos com Christina e a moça o recusou. Ele ficou tão furioso pela rejeição que começou a criticar o trabalho dela. Sabe, ela estava servindo a refeição da tarde aos soldados. Então, ele começou a se esforçar para diminuir e rebaixar o trabalho de toda mulher neste castelo. Eles faziam piadinhas e gritavam suas críticas cada vez mais alto. Berraram com Maddie quando a comida não foi servida logo. Reclamaram sobre a comida de Gertie quando sentiram que não estava saborosa o bastante ou estava muito fria.

Ela pausou para respirar antes de continuar cuspindo o resto de sua ira.

– E, quando Christina tentou amenizar a situação, Heath a fez tropeçar. Ela espalhou bebida por todo lado e, então, ele teve a coragem de puni-la por arruinar sua roupa. Quando ela protestou, ele bateu nela.

As mãos de Mairin se fechavam com fúria quando ela avançou, seu corpo todo tremia de raiva. Ela apontou para o grupo acusado, formado porHeath, Robert, Corbi, Ian e Matthew.

– E nenhum, *nenhum* deles interviu para ajudá-la. Nenhum! Ninguém moveu um dedo para impedir que ele abusasse de Christina. Estavam muito ocupados rindo e criticando o trabalho das mulheres.

Ela parou diante do laird e cutucou seu peito com um dedo.

– Então, eu disse que, se era tão fácil e os homens são tão exigentes, poderiam assumir as funções das mulheres durante o dia e veríamos como *eles* iriam se sair fazendo o trabalho delas.

Ela prendeu a respiração e esperou que Ewan a condenasse.

– Eu gostaria de falar, laird! – Bertha gritou tão alto que mais de uma mulher estremeceu.

– Pode falar – Ewan disse.

– Não vou me aprofundar nos comentários, mas ouça. A partir deste momento, as mulheres não vão levantar um dedo neste castelo. E vamos ficar com Lady McCabe!

Ewan ergueu a sobrancelha de novo.

– Vão ficar com ela?

Bertha assentiu.

– Sim, ela virá conosco. Não vamos deixar que seja castigada por nos defender.

Para a surpresa de Mairin, ele sorriu.

– Há um probleminha nisso, Bertha.

– E o que é? – Bertha perguntou.

– *Eu* vou ficar com ela.

A declaração fez uma série de murmúrios correr o salão. Homens e mulheres se inclinaram para a frente, curiosos para ver de que forma o laird iria administrar. Estava claro que ele estava aborrecido.

– Não serei persuadido por chantagens e exigências – ele disse.

Quando Bertha estufou o peito e se preparou para lançar outro discurso raivoso, ele ergueu a mão para silenciá-la.

– Vou ouvir o que ambos os lados têm a dizer antes de fazer meu julgamento. Assim que o fizer, o assunto estará acabado. Ficou claro?

– Só se decidir da forma correta – Mairin murmurou.

Ewan lhe lançou um olhar de reprimenda.

O laird se virou e era verdade que não parecia feliz ao voltar-se para Heath e os quatro homens mais jovens que olhavam desafiadores ao seu lado. Então olhou para Gannon, que era o mais velho de todos.

– Tem uma explicação para isso?

Gannon suspirou.

– Sinto muito, laird. Eu não estava presente. Estava no pátio com alguns dos outros soldados. Havia informado que eles não comeriam até terem feito os movimentos corretamente.

– Sei. – Ele se virou para Cormac, que estava ao lado de Diormid e Heath. – Cormac? Tem alguma coisa a dizer?

Cormac parecia furioso. Olhou para os homens, que o encaravam esperançosos, e Ewan, que também aguardava que falasse.

– Foi como nossa senhora relatou, laird – ele disse entre os lábios firmes. – Entrei no salão assim que Heath fez Christina tropeçar. – A raiva passou pela expressão de Cormac ao olhar para Heath. – Não foi culpa de Christina. Os homens gritavam insultos e, quando Christina discordou, Heath lhe bateu. Deus sabe que eu mesmo o teria matado, mas Lady McCabe interviu antes de eu poder agir e, depois, minha preocupação maior era sua segurança.

Ewan assentiu, concordando com o relatório de Cormac, então olhou para onde Diormid estava ao lado de Heath.

– E você defende as atitudes dele?

Diormid pareceu decepcionado com a lealdade dos jovens diretamente sob seu comando.

– Não, laird. Não foi a história que ele me contou.

– Então não estava presente quando tudo aconteceu? – Ewan perguntou.

Diormid balançou a cabeça.

– Entrei no salão quando Lady McCabe estava ordenando que os homens assumissem as tarefas das mulheres no dia de hoje.

– E apoia suas ações? Fica ao lado deles? – Ewan perguntou.

Diormid hesitou antes de, finalmente, dizer:

– Não, laird. Estou envergonhado por eles.

Então, Ewan se virou para Bertha.

– Reúna as mulheres e se retirem para suas cabanas. Ou façam qualquer outra coisa que quiserem para passar o dia de folga. Robert,

Corbin, Ian e Matthew vão assumir seu trabalho.

Mairin franziu o cenho devido à omissão de Heath, mas os gritos de comemoração das mulheres a impediram de demonstrar seu desprazer.

Os gritos de desânimo foram igualmente explosivos vindos dos quatro que Ewan sentenciou ao trabalho das mulheres. Eles pareciam tão assustados que Mairin precisou de todo seu autocontrole para não sorrir de satisfação.

Bertha sorriu para Mairin.

– Venha, moça, precisa comemorar conosco.

Mairin se virou para sair do salão com as mulheres quando Ewan limpou a garganta. Devagar, ela se virou e olhou para o laird. Com certeza ele não estava bravo com ela. Não depois de ouvir toda a história.

A expressão dele era dura quando flexionou o dedo para ela. Com um suspiro, ela deixou Bertha para ir até seu marido. As mulheres permaneceram no salão, tanto para descobrir o que o laird queria quanto para proteger Mairin de qualquer reprimenda. Mairin não sabia, mas estava grata pelo apoio delas.

Quando ela estava a uma distância respeitável, parou e cruzou as mãos à frente de seu corpo.

– Quer falar comigo?

Ele flexionou o dedo de novo, e ela bufou ao chegar mais perto. Ele esticou o dedo e tocou seu queixo, inclinando-o até ela olhar diretamente para ele.

– Tem instruções para mim, laird?

– Sim, moça, tenho.

Ela inclinou mais a cabeça para trás e esperou sua ordem.

Os dedos dele passaram por seu queixo até sua mandíbula, onde Heath havia lhe batido. Então, enfiou os dedos no cabelo acima de sua orelha, pegando sua nuca com seu aperto possessivo.

– Me beije.

Capítulo 30

Mairin ficou tão aliviada que se jogou nos braços de Ewan e fundiu sua boca de forma sensual à dele.

– Você não confiou em mim, moça.

A voz dele era repreendedora ao provar seus lábios de novo.

– Sinto muito – ela sussurrou. – Parecia que você queria gritar comigo de novo.

– Laird, não pode ordenar que façamos os trabalhos das mulheres!

Ewan se virou rapidamente com o protesto de Robert.

– Posso, sim. Se algum homem tiver problema com minhas ordens, é livre para ir embora do castelo.

Os lábios de Heath se curvaram, como num rosnado, e Mairin automaticamente se aprofundou nos braços de Ewan. O homem a deixava enojada, e o ódio em seus olhos a aterrorizava.

– E quanto a Heath? – ela cochichou. – Por que ele foi perdoado do trabalho das mulheres?

A carranca sombria no rosto de Ewan a assustou.

– Fique com Alaric.

Na verdade, ele a depositou entre Alaric e Caelen antes de seguir para onde Heath estava. Os ombros deles se fecharam diante dela e ela ficou na ponta dos pés, vacilando para a esquerda e para a direita na tentativa de enxergar por cima ou entre os dois irmãos.

Quando Ewan foi até Heath, não falou uma palavra. Recuou e deu um soco no rosto de Heath, que caiu como uma pedra. Ele resmungou pateticamente quando Ewan segurou sua camisa e o colocou de pé de novo.

– Esse foi por Christina – Ewan rosnou.

Então deu uma joelhada bem entre as pernas de Heath. Alaric e Caelen estremeceram. Gannon ficou pálido e Cormac se encolheu e desviou o olhar.

– Esse foi por minha esposa.

Ele jogou Heath no chão, onde imediatamente se encolheu como uma bola. Mairin poderia jurar que o homem estava chorando.

– Eu estaria chorando também, moça – Alaric murmurou.

Ewan se virou e disse para Gannon em tom frio.

– Ele vai morrer. Tire-o daqui.

Heath empalideceu com a sentença de morte e começou a implorar com a voz rouca. Os guerreiros reunidos estremeceram e demonstraram seu desgosto com a forma lamentável como Heath se comportava.

– Sim, laird. Imediatamente.

Gannon se curvou e levantou Heath, e ele e Cormac o arrastaram do salão, Heath ainda se curvava com a dor.

Depois, Ewan voltou sua atenção para as mulheres que comemoravam.

– Minhas desculpas, Christina, por ter sofrido tal injustiça. Não vou perdoar nem aceitar tal comportamento de meus homens. Aproveitem seu dia de folga. Duvido que meus homens farão um trabalho tão bom, mas será feito.

O coração de Mairin se inflou de orgulho. Ela estava tão animada pela sinceridade na voz calma de Ewan que seus olhos se encheram de lágrimas. Ela segurou nos braços de Caelen e Alaric até seus dedos ficarem brancos. Com cuidado, Caelen tirou os dedos dela de seu cotovelo e, então, virou os olhos quando notou suas lágrimas.

– Por que está chorando, moça?

Ela fungou e esfregou o rosto contra a manga da camiseta de Alaric.

– Ele fez uma coisa maravilhosa.

Alaric empurrou sua cabeça e fez careta até ela parar de derramar suas lágrimas nele.

– Ele é um bom homem – ela disse.

– É claro que é – Caelen disse fielmente.

Tendo resolvido o assunto, Ewan andou até onde Mairin estava. Sem se importar com o que pareceria ou com o fato de que ele não a convidara desta vez, ela deu a volta correndo em Alaric e Caelen e se jogou nos braços de Ewan. Cobriu o rosto dele com uma chuva de beijos, agarrou-se no seu pescoço e apertou-o com toda a força.

– Deixe-me respirar, moça – Ewan disse, rindo.

– Eu te amo – ela sussurrou em seu ouvido. – Eu te amo tanto.

De repente, o aperto dele estava quase tão forte quanto o dela. Para a surpresa dela, ele se virou e a arrancou do salão. Subiu as escadas, dois degraus de uma vez, e entrou no quarto instantes depois.

Depois de fechar a porta com o pé, ele a encarou ferozmente, seu abraço tão apertado que ela não conseguia respirar.

– O que disse? – ele perguntou com a voz rouca.

Os olhos dela se arregalaram de surpresa pela paixão dele.

– Há um segundo. No salão. O que disse no meu ouvido?

Ela engoliu de forma nervosa e se mexeu em seus braços. Então reuniu sua coragem tão firme quanto ele a segurava.

– Eu te amo.

– Já era hora – ele rosnou.

Ela piscou perdida.

– Era hora do quê?

– As palavras. Você finalmente as disse.

– Mas acabei de descobrir – ela disse espantada.

– Eu já sabia – ele disse com cara de convencido.

– Não sabia. Nem eu sabia, como você poderia?

Ele sorriu.

– Então, me diga, moça, como planejou passar sua tarde de folga?

– Não sei – ela admitiu. – Talvez vá encontrar Crispen e brincar com ele e as outras crianças.

Ewan balançou a cabeça.

– Não? – ela questionou.

– Não.

– Por quê?

– Porque decidi que uma tarde de folga é extremamente atraente.

Ela arregalou os olhos indignada.

– É mesmo?

– Huumm. Pensei que talvez você estivesse disposta a passar sua folga comigo.

– É um pecado ser preguiçoso – ela sussurrou.

– É, mas o que tenho em mente não tem nada a ver com ser preguiçoso.

Ela enrubesceu drasticamente com a sugestão na voz dele.

– Você nunca tirou uma tarde de folga de suas funções.

– Minha função mais importante é sanar as necessidades de minha esposa. – Ele colocou a mão onde Heath lhe batera no rosto, e seu olhar ficou sombrio.

– Você realmente vai matá-lo, Ewan? – ela sussurrou.

Ewan fez careta.

– Ele bateu em você. Você é a esposa do laird, senhora deste castelo. Não tolero desrespeito e, certamente, vou matar qualquer homem que ousar tocá-la.

Mairin torceu suas mãos, com a culpa surgindo nela.

– Eu o provoquei descaradamente. Chamei-o de nomes terríveis. Usei palavras que nenhuma dama deveria usar. Madre Serenity lavaria minha boca com sabão.

Ewan suspirou.

– O que quer que eu faça, Mairin? Ele era um problema antes de hoje. Já usou sua cota de chances. Mesmo que não tivesse batido em você, eu não toleraria que ele levantasse a mão para outra mulher deste clã.

– Você pode bani-lo? Acho que um homem sem lar e sem objetivos sofreria muito mais do que se você lhe desse uma morte rápida e fácil. Talvez ele morra de fome ou um bando de lobos o ataque.

Ewan recuou surpreso, depois riu, o som gutural enviou sensações de prazer pela espinha de Mairin.

– Você é uma moça com sede de sangue.

Ela assentiu.

– Sim, Alaric disse isso.

– Por que é importante que eu não o mate, Mairin? É meu direito como Laird e como seu marido.

– Porque me sinto culpada por tê-lo provocado. Se ele não tivesse me batido, você não teria ordenado sua morte por bater em Christina. Não que não fosse puni-lo – ela se apressou em dizer.

– Então prefere que ele seja devorado por um bando de lobos.

Ela assentiu.

Ele riu.

– Que seja, moça. Vou mandar Gannon escoltá-lo para fora de nossas terras com a ordem de nunca mais voltar.

Ela jogou os braços em volta dele e o apertou o mais forte que conseguiu.

– Eu te amo.

Ele a afastou e depois se inclinou para beijar a ponta de seu nariz.

– Diga de novo.

Ela franziu os lábios e fez uma careta para ele.

– Você é mandão, laird.

Os lábios dele encontraram os dela e ele se deleitou, passando a língua na boca de Mairin até ela abrir para deixá-lo entrar.

– Diga – ele sussurrou.

– Eu te amo.

Com um gemido baixo, ele a pegou nos braços e a fez andar de costas até suas pernas encostarem na beirada da cama. Ele a deitou na cama e, então, virou até ela estar esparramada de forma indelicada sobre ele. Ele tirou a roupa dela, deixando primeiro os ombros nus, depois seus braços. Ewan segurou os braços dela e a puxou para baixo para que ele se aconchegasse em seu pescoço. Ah, os lábios dele eram mágicos.

Determinada que não fosse apenas ele a torturá-la, ela se curvou e correu a língua sobre as veias grossas de seu pescoço. Sorrindo quando ele estremeceu e ficou rígido debaixo dela, enfiou os dentes na pele dele, inalando seu cheiro de homem. Saboreou o gosto, passando a língua em todo lugar.

– Mairin?

Ela se inclinou para cima para que pudesse olhar Ewan nos olhos.

– Sim, marido?

– Tem um carinho especial por este vestido?

Ela franziu o cenho.

– Bem, não, afinal, é um vestido para trabalhar.

– Que bom.

Antes de ela conseguir pensar no que aquilo significava, ele rasgou o tecido de seu corpo até passar por sua cintura. O vestido caiu, despindo seus seios e deixando-o ansioso para tocá-los.

– Isso não é justo – ela resmungou. – Não consigo rasgar sua roupa.

Ele sorriu.

– Você gostaria, moça?

– Sim, gostaria.

Rindo, ele rolou até ficar por cima e começou a se desfazer das roupas. Assim que ficou nu, tirou os panos que sobraram do vestido dela de seu corpo e a rolou de volta em cima dele.

– Esta é uma posição esquisita, marido. Tenho certeza de que você não tem esse direito.

Ele traçou uma linha de sua têmpora até os lábios.

– Sim, moça, eu tenho esse direito. Hoje, as mulheres estão no comando e os homens fazendo o trabalho. Parece correto que você fique por cima. Sou seu humilde servo.

Os olhos dela se arregalaram. Ela pensou no que ele disse, franziu os lábios e, finalmente, balançou a cabeça.

– Não tenho tanta certeza se isso é possível.

– Ah, é, isso é possível, moça. Não só é possível, como é uma experiência maravilhosa.

Ele agarrou os quadris dela, levantando-os para posicioná-lo acima de sua virilha.

– Abaixe a mão, moça. Me guie para dentro.

Ela tremeu de excitação e ansiedade. Suas pernas estremeceram e pularam contra as laterais do corpo dele enquanto ela abaixava a mão e agarrava sua rigidez.

– Ah, isso, moça, assim mesmo. Me segure bem aí. Me encaixe em você.

Ele a moveu, segurando-a parada enquanto a cabeça de seu pinto roçava no calor úmido dela. Então ele encontrou a entrada e escorregou bem pouquinho. Os olhos dela se abriram rapidamente e ela ficou tensa quando ele começou a invadir sua abertura.

– Relaxe – ele a acalmou.

Ele a guiou para baixo colocou as mãos dela no peito dele. Mairin se inclinou para a frente quando os dedos de Ewan desceram dos seus quadris para sua bunda. Ele agarrou sua carne e a apertou enquanto escorregava mais profundamente.

Com uma última empurrada, sua base encontrou o topo das coxas dela. Era uma sensação inquietante, ser trespassada pela lança, totalmente cheia. O corpo dela cantarolou de prazer. Seus mamilos se enrijeceram, os bicos duros apontando e implorando por seu toque.

Ele a guiava, deixando seus quadris e passando os dedos por sua barriga até pegar ambos os seios nas mãos. Faíscas de fogo passavam pelo corpo dela quando ele massageava seus bicos tensos com o polegar. Ele os provocava e esfregava até ficarem dolorosamente rígidos.

– Cavalgue em mim – ele disse com voz áspera.

A ideia de fazer tal coisa explodia em sua mente. Uma onda quente se mexia em seu centro até ela se contorcer e o agarrar ainda mais forte.

Ansiosa para fazer o que ele pedira, ela começou a se mover, experimentando primeiro. Sentiu-se estranha e tímida, mas o olhar de Ewan lhe dava toda confiança da qual precisava para continuar.

Ela se movimentava para a frente e para trás, subindo, depois descendo. Ambos faziam sons de prazer que se tornavam mais desesperados e urgentes conforme ela acelerava.

Deliciando-se em sua liberdade recém-descoberta, ela continuou a guiá-los para além do limite da razão. Ela sorria sedutoramente para seu marido quando ele implorou para que ela parasse de torturá-lo.

Com os lábios fundidos aos dele tão firme quanto seus corpos, eles encontraram o alívio. Ela engoliu o grito de triunfo dele enquanto ele engolia o gemido de prazer dela. Os dedos dele se enfiaram nos quadris dela e a puxaram para baixo, segurando-a ali enquanto se esvaziava em seu corpo.

Com um suspiro, ela desabou em cima dele e se escondeu em seu calor. O coração dele batia freneticamente contra o dela até ela não saber qual batia mais forte. Ele a abraçou e beijou o topo de sua cabeça.

– Eu te amo, Mairin.

Por um instante, ela não achou que tivesse ouvido corretamente. É, ela o amava. Mais do que imaginara amar um homem. Mas nem sonhara que ele corresponderia aos seus sentimentos. Ele estava afeiçoado a ela. Até a adorava. Mas nunca esperava que ele oferecesse seu coração.

Seus olhos se encheram de lágrimas quando ela se ergueu, com seu cabelo caindo no peito dele, e olhou para ele maravilhada.

– Diga de novo – ela pediu com a voz rouca.

Ele sorriu ao ouvir as próprias palavras serem faladas para ele de volta.

– Eu te amo.

– Ah, Ewan – ela sussurrou.

– Não chore, moça. Eu faço qualquer coisa para impedi-la de chorar.

– São lágrimas de alegria. – Ela fungou. – Você me deixou tão feliz, Ewan. Me deu um lar e uma família. Um clã para chamar de meu. E me apoiou hoje quando temi que me humilhasse na frente de todos.

Ele franziu o cenho e balançou a cabeça.

– Sempre a apoiarei, esposa. Posso não concordar toda vez com você, e haverá vezes que posso tomar uma decisão com a qual você não concorde, mas sempre a apoiarei.

Ela o abraçou de novo e pressionou o rosto no pescoço dele.

– Ah, eu te amo mesmo, Ewan.

Ele rolou até ambos estarem de lado na cama. Tocou seu rosto, tirando as mechas emaranhadas de seu cabelo da face dela.

– Esperei muito tempo para que você dissesse essas palavras, moça. E agora que o fez, nunca ficarei cansado de ouvi-las.

Ela sorriu.

– É bom, laird, que eu tenha esse problema de falar tudo que vem à minha mente, porque é certo que pensarei no quanto amo você muitas vezes.

– Talvez devesse me mostrar – ele disse em uma voz rouca e excitada.

A boca dela se abriu.

– De novo?

Ele sorriu e a beijou.

– Sim, moça, de novo.

Capítulo 31

Lentamente, Mairin se arrastou para fora da cama e seguiu direto para o penico, onde vomitou o pouco que restava em seu estômago da noite anterior.

Era horrível, e isso acontecera na mesma hora todas as manhãs pelos últimos quinze dias. Só que não parava por aí. Ela vomitava imediatamente depois do café da manhã, então de novo após o almoço e, geralmente, pelo menos uma vez antes de dormir.

Escondera essa sua condição de Ewan o máximo que conseguiu, mas, com todos esses vômitos e pela forma como olhava a comida como se estivesse envenenada de novo, era inevitável perceber.

Ela lhe diria sobre suas suspeitas naquele dia. Não que fossem realmente suspeitas, porque parecia óbvio que ela carregava um filho dele, e Deus sabia que Ewan se esforçara bastante para engravidá-la.

Todo o clã receberia a novidade com alegria. Com seu dote para ser entregue a qualquer momento, finalmente a prosperidade visitaria seu castelo. Uma gravidez e o nascimento seguro de um filho selaria o controle dos McCabe sobre Neamh Álainn.

Ela quase dançava de empolgação pela ideia de contar a novidade a Ewan.

Depois de enxaguar a boca e se vestir, Mairin seguiu para o andar de baixo, onde encontrou Gannon. Ergueu as sobrancelhas com a surpresa quando o viu porque, desde que fora envenenada, Ewan fizera questão que ele mesmo ou seus irmãos a vigiassem a todo instante todos os dias. Era verdade que ela ficara conformada e aceitara com gratidão.

– Bom dia, milady – Gannon disse alegremente.

– Bom dia, Gannon. Me conte o que você fez para deixar seu laird bravo?

Gannon piscou e a olhou confuso. Então riu e percebeu que ela estava brincando com ele por causa de seu trabalho.

– Nada, milady, a verdade é que me voluntariei para a função de cuidar da senhora hoje. O laird e seus irmãos saíram para receber os McDonald.

Ela ergueu as sobrancelhas de novo. Qualquer conversa com os McDonald havia sido descartada após seu envenenamento. Ela mesma tinha se esquecido do assunto da aliança. A partida dos McDonald não foi em termos agradáveis, assim, o fato de eles terem retornado a deixou muito curiosa.

– Onde eles estão? – ela perguntou.

– Descarregando os estoques de comida da carroça – Gannon disse com um sorriso.

Mairin juntou as mãos com alegria.

– Então eles cumpriram aquela aposta ridícula?

Gannon revirou os olhos.

– É claro. É uma oferta de paz também. Os dois clãs precisam superar qualquer mal-entendido se formos nos aliar.

– Oh, isso é maravilhoso. Com certeza nos salvará nos meses de inverno.

Gannon assentiu.

– Mais que isso, se a caça continuar a ser um sucesso.

E se seu dote viesse, o clã teria roupa quente para o inverno. As crianças teriam sapatos. Eles comeriam em vez de se preocuparem de onde viria a próxima refeição.

Aquela era uma notícia bem-vinda.

– Onde posso encontrar Ewan? – ela perguntou a Gannon.

– É para eu escoltá-la até ele quando se levantar.

Ela franziu o cenho.

– Bem, então, eu me levantei, vamos.

Ele riu e a guiou para onde as carroças dos McDonald haviam sido estacionadas no pátio. Os homens estavam descarregando os suprimentos e levando-os para a despensa.

Ewan estava absorto na conversa com McDonald, e Mairin franziu a testa ao mesmo tempo em que observava as pessoas bagunçando o pátio. Depois seu olhar caiu em Rionna e ela se iluminou.

Começou a chamar e acenar e, quando Ewan a viu, gesticulou para que se aproximasse.

Ele a puxou para seu lado quando ela chegou perto.

– Laird McDonald desejava lhe mandar lembranças. Eles não vão ficar e acabaram de chegar para entregar os suprimentos. Já que estamos conversando sobre o casamento de Alaric com Rionna, vamos nos encontrar mais para adiante no verão a fim de comemorar o acordo e anunciar o noivado.

Mairin sorriu para o laird, que pegou sua mão e se curvou.

– Estou aliviado que esteja de volta com plena saúde, milady. Estou ansioso para a época em que nossos clãs estejam unidos não apenas por aliança, mas pelo casamento.

– Eu também – ela disse. – Façam uma viagem segura, e estou ansiosa para vê-lo quando retornar.

Quando um dos homens passou com a carcaça eviscerada de um veado, o estômago de Mairin protestou. Suas bochechas inflaram e ela inspirou ar pelo nariz para não vomitar ali na frente de Ewan e do Laird McDonald. Já houve drama demais da última vez que o laird esteve de visita, e ela não queria começar outra balbúrdia por perder o conteúdo de seu estômago nas botas dele.

Ela rapidamente deu a desculpa que precisava ver Gertie para que pudesse supervisionar o armazenamento dos suprimentos e saiu correndo antes que Ewan pudesse comentar.

Assim que entrou no castelo, ela inspirou fundo, regularizando sua respiração e, então, foi até a cozinha. Não era uma completa invenção. Queria mesmo saber os planos de Gertie para o excesso repentino de comida, e também pensou que seria uma boa surpresa planejar uma refeição especial para a ocasião.

Previsivelmente, Gertie estava resmungando ao lado de um caldeirão grande de ensopado quando Mairin entrou na cozinha. A cozinheira parava de vez em quando para provar, então resmungava e adicionava outro vegetal.

Gertie olhou para cima e franziu o cenho quando viu Mairin.

– Você está pálida, moça. Guardei uma tigela do café da manhã para você. Ainda está se sentindo mal toda vez que come?

Tocada por sua preocupação, Mairin colocou uma mão na barriga.

– Sim, acho que sim. A verdade é que não estou com muita fome esses dias.

Gertie resmungou e balançou a cabeça.

– Quando vai contar ao laird que está esperando um filho dele?

– Logo. Eu queria ter certeza.

Gertie revirou os olhos.

– Moça, ninguém vomita tanto quanto você, pelo tanto de tempo que está vomitando. Se estivesse doente, já estaria morta ou teria melhorado.

Mairin sorriu e colocou uma mão no estômago.

– Sim, é verdade, mesmo assim, não queria dizer ao laird algo que não é verdade. Este pequenininho terá muita coisa para carregar nas costas.

A expressão de Gertie se suavizou.

– Você tem um bom coração, moça. Nosso clã tem muito a agradecer desde que veio até nós. Quase parece muito bom para ser verdade.

Envergonhada pelo elogio da outra mulher, Mairin direcionou a conversa para o assunto em questão.

– Pensei em planejar uma refeição especial, já que o Laird McDonald cumpriu sua promessa. Parece que tudo o que comemos ultimamente é ensopado de coelho. Tenho certeza de que os homens adorariam comer uma carne fresca de veado e vegetais. Certamente, poderíamos poupar um pouco para a comemoração sem esvaziar nossos estoques em níveis perigosos de novo.

Gertie deu um grande sorriso e esticou o braço para dar tapinhas no braço de Mairin.

– Eu estava pensando a mesma coisa, moça. Já tinha na cabeça que faria tortas de carne de veado, com sua permissão, é lógico. Com o sal que o Laird McDonald forneceu, não precisamos mais economizar cada grão. Isso deixará a refeição deliciosa.

– Maravilha! Vou deixar o planejamento em suas mãos habilidosas. Prometi a Crispen que iria jogaria pedras no lago com ele nesta tarde.

– Se esperar um pouco, vou lhe dar pão para levar. Vai regularizar seu estômago e será um lanche para você e Crispen.

Gertie embalou vários pedaços de pão em um saquinho de tecido e entregou a Mairin.

– Vá agora, moça. Vá e se divirta com Crispen.

– Obrigada – Mairin disse ao se virar para sair.

Com o coração iluminado e feliz pela ideia de contar a Ewan sobre sua gravidez, ela saiu para encontrar Crispen.

Os raios do sol brilhavam e ela olhou para cima, procurando mais de seu calor. Parou por um instante para observar os McDonald atravessarem a ponte para o outro lado do lago. Seu olhar buscou Ewan, mas ele já havia se retirado para outra função.

Ela seguiu para rodear o castelo, procurando, nas margens do lago, por um sinal de Crispen. Ao longe, viu seu corpinho delineado pelo sol. Ele estava em pé em uma pedra a certa distância. Estava sozinho, jogando pedras na superfície da água. Observava o percurso da pedra, parecendo maravilhado pela forma como seguia pelo lago. Sua risada era tão pura e limpa que o coração de Mairin se aquecia. Tinha algo mais lindo do que a alegria de uma criança?

Ela ansiava pelo dia em que Crispen iria levar seu irmão ou sua irmã para o lago a fim de jogar pedras. Os dois ririam e brincariam juntos. Como uma família.

Sorrindo, ela começou a andar, procurando no chão pedras adequadas conforme avançava. Pegou meia dúzia antes de chegar onde Crispen estava.

– Mamãe!

Não havia como descrever a alegria absoluta que sentia quando ele a chamava de *mãe*.

Ele correu para seus braços e ela o abraçou forte, jogando fora suas pedras no processo.

Rindo, ele se abaixou para ajudar a reavê-las, exclamando que uma ou duas delas eram perfeitas enquanto as analisava.

– Quero jogar esta aqui – ele disse, segurando uma pedra particularmente chata.

– Jogue, então. Aposto que não consegue fazê-la quicar mais do que oito vezes.

Os olhos dele se acenderam, pois ela sabia que ambos cumpririam o desafio que ela estabeleceu.

– Conseguirei nove vezes – ele se vangloriou.

– Oh-oh! Como você se vangloria. Atitudes valem muito mais do que palavras. Deixe-me ver essa proeza em primeira mão.

Ele ergueu o queixo e a concentração enrugou suas sobrancelhas, depois mirou e jogou a pedra. Ela bateu na água e pulou várias vezes até o outro banco de areia.

– Uma! Duas! Três! – Ele parou para respirar, mas não deixou de olhar o caminho da pedra. – Seis! Sete... oito... nove! – Ele se virou. – Mamãe, eu consegui! Nove vezes!

– Com certeza é um recorde – ela disse, reconhecendo seu feito.

– Tente você agora – ele pediu.

– Ah, não posso esperar superar alguém tão habilidoso quanto você.

Ele inflou o peito e sorriu presunçoso. Então se animou e pegou a mão dela.

– Aposto que vai bem... para uma mulher.

Em resposta, ela bagunçou o cabelo dele.

– Você precisa parar de ouvir as ideias de seu tio Caelen, Crispen. Não vai ajudá-lo com as senhoritas no futuro.

Ele enrugou o nariz e mostrou a língua, rindo.

– Garotas são chatas. Exceto você, mamãe.

Ela riu e o abraçou de novo.

– Estou feliz por não ser considerada uma chata.

Ele colocou uma pedra perfeitamente achatada e lisa na mão dela.

– Tente.

– Muito bem. Afinal, a honra de todas as mulheres está em minhas mãos.

Crispen deu risada devido ao seu tom dramático enquanto ela mirava com cuidado. Depois de alguns testes balançando o braço, ela jogou e observou a pedra cair longe, atingindo a superfície e quicando na água enquanto saltava.

Ao lado dela, Crispen contava baixinho.

– Oito! Mamãe, você conseguiu oito! Brilhante!

– Uau, consegui!

Eles se abraçaram e ela o rodou até ambos ficarem tontos. Caíram no chão dando risada, e Mairin fez cócegas em Crispen até ele implorar para parar.

Do lado da colina com vista para o lago, Ewan subia atrás de Gannon e Cormac, que estava vigiando Mairin e Crispen. Ele observou quando eles estavam brincando no chão, ouviu o som alegre da risada deles ressoar pela propriedade. Sorriu e refletiu no quanto era sortudo. Ganhara muito em pouco tempo. Não importava que várias ameaças os assombrassem de perto.

O amor era realmente precioso.

Ewan marchou com cuidado para subir as escadas e entrou em silêncio no quarto. Um pouco da fadiga se dissipou e o estresse pelo qual estava passando se esvaiu quando olhou para sua esposa dormindo.

Ela estava espalhada de qualquer maneira, de barriga para baixo, com os braços abertos na cama. Dormia assim como fazia todo o resto. Inteiramente. Sem reservas.

Ele tirou a roupa e se deitou na cama com ela. Ela se aconchegou nos braços dele sem abrir os olhos nem uma vez. Estava exausta aqueles dias, um fato que não passara batido por ele. Nem todos os vômitos da pobre moça nas últimas semanas.

Ela ainda precisava contar para ele sobre sua gravidez, e ele não sabia se era porque ela não queria preocupá-lo com seu estado ou se ela realmente ainda não tinha percebido.

Passou uma mão pela lateral dela percorrendo seu quadril antes de escorregá-la por entre seus corpos para parar na barriga chapada onde o filho deles descansava. Um filho que representava muita esperança para o futuro de seu clã.

Ele beijou a testa de Mairin, sorrindo ao se lembrar dela e de Crispen jogando pedras no lago. Ela estremeceu contra ele e, sonolenta, abriu os olhos.

– Eu não sabia se você viria para a cama hoje, laird.

Ele sorriu.

– Na verdade, está bem cedo. Você que veio dormir muito mais cedo que o normal.

Ela bocejou e se aconchegou mais perto, entrelaçando as pernas nas dele.

– Fez um acordo para o casamento de Alaric?

Ewan passou a mão pelo seu cabelo.

– Sim. Alaric concordou com a união.

– Você vai sentir falta dele.

– É, vou sentir falta dele como meu braço direito. Mas é uma grande oportunidade para ele liderar suas próprias terras e seu clã.

– E Rionna? Ela está contente com a união?

Ewan franziu a testa.

– Não me preocupo com o que a filha de McDonald acha. O casamento está marcado. Ela cumprirá sua função.

Mairin revirou os olhos, mas Ewan, sem vontade de discutir com ela em uma noite em que só queria segurá-la nos braços, a beijou bastante e calorosamente.

– Eu prefiro discutir outros assuntos, esposa.

Ela o afastou um pouco e o olhou com ceticismo.

– Que assuntos, marido?

– Por exemplo, quando você vai me contar que está esperando um filho.

Os olhos dela se abrandaram e brilharam calorosos à luz da lareira.

– Como você sabia?

Ele riu.

– Você está dormindo muito mais do que o normal. Geralmente está desmaiada quando venho dormir. E não consegue manter nada que come na barriga.

Ela franziu o nariz aborrecida.

– Não queria que soubesse de meus vômitos.

– Você já deveria saber que não consegue esconder nada de mim, moça. Quero saber tudo o que faz e prefiro ouvir de você quando não estiver se sentindo bem.

– Estou me sentindo muito bem agora – ela sussurrou.

Ele ergueu uma sobrancelha antes de capturar seus lábios em um beijo demorado.

– O quanto bem? – ele murmurou de volta.

– Não sei. Talvez precise de amor para me fazer sentir eu mesma.

Ele pegou seu rosto e, com delicadeza, passou o polegar em sua boca.

– De maneira alguma podemos deixar que não se sinta como si mesma. O castelo não saberia o que fazer se você não os enlouquecesse a todo momento.

Ela cerrou o punho e lhe deu um soco no peito. Ele a abraçou forte e a risada deles ultrapassou a porta fechada.

No quarto ao lado Alaric discretamente fechou sua porta para que o som não invadisse seu santuário. Ele se sentou na beirada da cama e olhou pela janela para as estrelas baixas no horizonte.

Invejava seu irmão. Ele se divertia muito com seu casamento e sua esposa. Mairin era uma mulher única.

Ele dissera a verdade quando falou para seu irmão que não estava pronto para se casar. Talvez nunca estivesse. Porque decidira, assim que vira seu irmão se apaixonar por sua nova esposa, que nunca aceitaria menos em seu próprio relacionamento do que aquilo que Ewan e Mairin tinham. Só que agora ele não tivera escolha. Seu clã precisava dele. Seu irmão precisava dele. E ele nunca negaria nada a Ewan.

Capítulo 32

Pelas semanas seguintes, o clima ficou mais quente e Mairin passou o máximo de tempo que podia fora do castelo. Embora ela não admitisse para Ewan, mantinha o olhar atento no horizonte, observando quando seu dote seria trazido pela escolta do rei.

A carta de Ewan para o rei não fora respondida, mas Mairin tinha esperança de que, um dia, teria notícias de que seu dote estaria sendo levado para a propriedade dos McCabe.

Sua barriga havia crescido bem pouco. Não era perceptível debaixo de todas as saias do vestido, mas, à noite, nua, debaixo de Ewan, ele se deliciava na discreta protuberância que abrigava seu filho.

Ele não conseguia evitar colocar as mãos ou a boca na barriga. Acariciava, depois beijava cada centímetro de sua pele. Sua alegria estampada em relação à gravidez dela deixava Mairin bem feliz. A alegria do clã com o anúncio a aqueceu dos pés à cabeça.

Quando Ewan se levantou durante o almoço e anunciou que Mairin estava grávida, o salão explodiu em brindes. A notícia correu pelo castelo e a comemoração seguiu noite adentro.

Sim, a vida era boa. Nada poderia arruinar aquele dia para Mairin. Ela deu tapinhas na barriga, inspirou o ar perfumado e saiu para o pátio, ansiosa para assistir a um pouco do treinamento do marido.

Conforme desceu a colina, olhou para cima e prendeu a respiração. Seu coração batia furiosamente enquanto ela via, ao longe, cavaleiros galopando em direção ao castelo McCabe.

Aberta e esvoaçante, segurada pelo cavaleiro da frente, estava a bandeira do rei alojando o brasão real.

Sua pressa era imprópria, mas ela não se importava. Levantou as saias e correu para o pátio. Ewan já estava recebendo a notícia da chegada iminente do mensageiro do rei. Ela se espalhou como fogo pelo castelo e os homens do clã surgiram em cada canto, se amontoando no pátio, nas escadas do castelo e na colina de onde era possível ver o local.

O ar de ansiedade estava denso e saíam faíscas como o fogo conforme os murmúrios empolgados passavam de pessoa a pessoa.

Mairin ficou para trás, seu lábio inferior tão apertado entre os dentes que ela sentiu gosto de sangue. Os irmãos de Ewan o rodearam enquanto ele esperava a aproximação dos cavaleiros.

O cavaleiro que liderava trotou pela ponte e parou o cavalo diante de Ewan. Desmontou e anunciou.

– Trago uma mensagem da Sua Majestade.

Ele entregou um pergaminho para Ewan. Mairin observou os outros cavaleiros. Havia apenas uma dúzia de soldados armados, mas não havia sinal de baús ou qualquer coisa que pudesse sinalizar a chegada de seu dote.

Ewan não abriu o pergaminho imediatamente. Em vez disso, estendeu sua hospitalidade para os homens do rei. Os outros desmontaram e seus cavalos foram levados ao estábulo. As mulheres McCabe trouxeram refrescos para os homens quando eles se reuniram no salão para descansar da viagem.

Ewan lhes ofereceu abrigo para a noite, porém eles recusaram, insistindo na necessidade de retornar ao castelo Carlisle. Mairin sofria enquanto aguardava, esperando que Ewan abrisse a mensagem. Somente quando o mensageiro estava sentado com bebida e comida foi que Ewan também se sentou e desenrolou a carta.

Ela sussurrou para Maddie ir buscar pena e tinta, sabendo que Ewan precisaria de caneta para responder, se necessário, antes de o mensageiro ir embora.

Enquanto seus olhos se moviam de um lado para o outro, sua mandíbula se tensionava e sua expressão se tornava sanguinária. O peito de Mairin se apertou de medo ao ver a raiva se acumular como tempestade nos olhos dele.

Incapaz de se conter, ela correu para a frente e tocou o ombro de Ewan.

– Ewan? Há algo errado?

– Me deixe – ele disse bruscamente.

Instantaneamente, ela recuou pela fúria em sua voz. A mão dela caiu e ela deu um passo firme para trás. Ewan ergueu o olhar para os outros reunidos e rosnou uma ordem para saírem do salão.

Mairin se virou e saiu, ignorando o olhar de empatia de Maddie ao passar por ela.

Ewan leu a carta de novo, sem acreditar naquilo diante de seus olhos. Ele olhou a assinatura do rodapé, percebendo que fora assinada pelo conselheiro mais próximo do rei, não pelo próprio rei. Não sabia ao certo o que fazer com aquilo.

Independentemente se fora assinado pelo rei ou por seu conselheiro, tinha o selo real e estava sendo carregado pela guarda real. Ewan era obrigado a obedecer, apesar de poder rir das acusações e ser um insulto para sua honra.

– Ewan, o que aconteceu? – Alaric perguntou.

O mensageiro do rei olhou Ewan com cuidado enquanto ele colocava o cálice de lado.

– Vai escrever uma resposta, laird?

Os lábios de Ewan se curvaram e ele mal conteve a vontade de pegar no pescoço do homem. Só o conhecimento de que era muito injusto matar o mensageiro pelas palavras de outro o impediu de descarregar sua raiva.

– Pode entregar minha resposta verbalmente. Diga a nosso soberano que eu vou.

O mensageiro se levantou e, com uma reverência, sinalizou para seus homens e bateu em retirada rapidamente.

O salão estava vazio, exceto pela presença de Ewan e seus irmãos. Ewan fechou os olhos e fez um som alto ao bater o punho na mesa.

– Ewan? – A preocupação de Caelen era visível, conforme ele e Alaric se inclinaram para a frente em seus assentos.

– Fui requisitado na corte – Ewan começou. Ele ainda não conseguia acreditar no conteúdo daquela carta.

– Na corte? Por quê? – Alaric perguntou.

– Para responder às acusações de sequestro e estupro. Duncan Cameron foi até o rei e alegou que ele se casou com Mairin, consumou o casamento e eu a sequestrei e abusei gravemente dela. Reivindicou o dote de Mairin antes que eu, e agora exige o retorno de sua esposa e a liberação imediata de seu dote.

– O quê?

Caelen e Alaric rugiram sua indignação.

– Preciso levar Mairin à corte, onde o rei decidirá o assunto.

– O que vai fazer? – Caelen perguntou.

– Com certeza não vou levar minha esposa para nenhum lugar onde Duncan Cameron esteja. Ela permanecerá sob vigilância rigorosa enquanto eu viajar para a corte.

– O que quer que façamos? – Alaric perguntou especificamente.

– Preciso que vigiem Mairin. Confio a vocês a vida dela. Levarei um contingente de homens comigo, porém a maior parte do exército permanecerá aqui. A segurança de Mairin é prioridade. Ela está mais vulnerável do que nunca agora que carrega uma criança.

– Mas, Ewan, essas acusações são sérias. Se o rei não for a seu favor, você sofrerá penas rígidas. Provavelmente até uma sentença de morte, já que Mairin é sobrinha do rei – Caelen disse. – Precisa de mais apoio. Se deixar a maioria do exército aqui, isso o coloca em desvantagem.

– Talvez fosse melhor se levasse Mairin com você – Alaric sugeriu baixinho.

– E expô-la a Cameron? – Ewan perguntou com rispidez.

Os lábios de Caelen se apertaram.

– Nós iríamos com a força do Clã McCabe conosco. Podemos não ser tão grande quanto o exército de Cameron, mas ele já sofreu uma derrota arrasadora contra nós, e deve saber, julgando pela forma como saiu com o rabo entre as pernas e correu como o maldito covarde que é, que cometeria suicídio nos desafiando a uma luta justa.

– É conveniente demais que tenha sido requisitado para sair do castelo, Ewan – Alaric adicionou. – Divide nosso poder. Se for com pouca proteção, pode cair em uma emboscada e ser morto a caminho da corte. Se levar muitos, deixa o castelo vulnerável, assim como Mairin.

Ewan considerou o que Alaric disse. Por mais que doesse nele, depois de sua ideia inicial sobre levar Mairin a qualquer lugar onde Duncan Cameron estaria, ele sabia que o melhor caminho seria não deixar Mairin sair de perto dele. Se ele fosse, ela também iria, e ele carregaria a força do Clã McCabe inteiro com ele.

– Você tem razão. Estou muito bravo para pensar direito – Ewan disse cauteloso. – Vou pedir que os McDonald e os McLauren forneçam tropas para proteger o castelo em nossa ausência. Mairin precisa estar perto para que eu possa protegê-la o tempo todo. Não gosto de pensar na ideia de ela viajar agora que carrega um filho.

– Podemos ir mais devagar e levar uma liteira para ela ficar confortável – Caelen sugeriu.

Ewan assentiu, depois se lembrou de ter sido grosseiro com Mairin dizendo que o deixasse quando ela lhe perguntou o que estava acontecendo. Ele ficara tão furioso que precisava de um tempo para processar as acusações absurdas que foram feitas contra ele.

– Jesus – ele murmurou. – Preciso encontrar Mairin e explicar. Quase arranquei a cabeça dela antes de ela sair do salão, e agora preciso dizer que temos que viajar para a corte para cumprir a requisição do rei. Nosso futuro depende da vontade do rei. O dote dela. Neamh Álainn. Meu filho. Minha esposa. Tudo pode ser tirado de mim em um segundo.

Alaric ergueu uma sobrancelha e encarou Caelen.

– Vai permitir isso?

Ewan trocou olhares com seus irmãos com toda a intensidade da emoção enchendo seu peito.

– Não. Vou enviar cartas para os McLauren, McDonald e para o Laird Douglas ao norte. Quero que estejam prontos para a guerra.

Mairin andava para um lado e para o outro em seu quarto até querer gritar de frustração. O que continha na mensagem do rei? Ewan ficou furioso. Ela nunca o tinha visto tão bravo, nem quando Heath batera nela.

Estava tão cansada de se preocupar que, pela primeira vez em duas semanas, seu estômago se revoltou e a náusea subiu até sua garganta. Ela se sentou no banquinho diante do fogo e pegou o cálice de água que Maddie trouxera minutos antes. Bebeu o líquido para tentar acalmar seu estômago, mas a tensão formara um nó rápido demais.

Assim que a água desceu, seu estômago se contorceu e ela cambaleou até o penico. Viu a porta se abrindo e fechando, mas estava muito envolvida na sua situação miserável.

– Ah, docinho, sinto muito.

As mãos de Ewan acariciaram as costas dela e seu estômago se revoltou dolorosamente. Ele juntou o cabelo dela na nuca e colocou sua mão na barriga na tentativa de acalmá-la.

O suor descia pela sua testa e ela se jogou nos braços de Ewan quando finalmente parou de ter ânsias terríveis. Ele passou a mão pelo cabelo dela e a segurou firme contra seu corpo. Beijou sua têmpora, e ela sentiu a onda de tensão se esvair de seu corpo.

Ela se virou, muito preocupada por um momento que tivesse que lutar contra a vontade de vomitar de novo.

– Ewan, o que foi? – ela sussurrou. – Estou com tanto medo.

Ele segurou seu rosto e olhou para ela. Seus olhos verdes brilhavam.

– Desculpe por ter gritado com você no salão. Eu estava imensamente inquieto pelo conteúdo da carta e descontei minha raiva, e medo, em você. Foi injusto.

Ela balançou a cabeça, não estava preocupada com sua explosão de mais cedo. Estava óbvio que ele ficara chateado com as notícias, o que quer que fosse.

– O que havia na mensagem? – ela perguntou de novo.

Ewan suspirou e se inclinou para a frente até sua testa tocar a dela.

– Primeiro, quero que saiba que tudo vai ficar bem. Aquela declaração só a preocupou mais. – Fomos requisitados pela corte.

Ela franziu o cenho.

– Mas por quê?

– Duncan Cameron reivindicou seu dote antes da minha requisição ser recebida pelo rei.

Ela ficou boquiaberta.

– Baseado em quê?

– E tem mais, Mairin – ele disse baixinho. – Alega que vocês se casaram, que ele se deitou com você e que eu a sequestrei e abusei violentamente de você.

Os olhos de Mairin se arregalaram com a acusação. Sua boca se abria e fechava enquanto tentava formar uma resposta apropriada.

– Quando ele souber que carrega uma criança, vai alegar que é o pai do bebê.

Mairin apertou sua barriga, de repente aterrorizada pelas conclusões a que chegava. Ewan havia sido obrigado a responder àquelas acusações. O rei decidiria o assunto. E se ele decidisse contra Ewan?

A ideia de ser devolvida para Duncan Cameron a levou direto de volta ao penico. Ewan a segurou, murmurando palavras de amor e consolo enquanto ela ficava enjoada de novo.

Quando ela terminou, ele a pegou nos braços e a carregou para a cama. Segurou-a perto e a embalou em seu peito enquanto se deitavam de lado.

Ela estava aterrorizada. Terrivelmente aterrorizada.

Ele ergueu seu queixo até seus olhares se encontrarem.

– Quero que me ouça, Mairin. Independentemente do que aconteça, nunca vou lhe entregar para Duncan Cameron. Entendeu?

– Não pode ir contra o rei, Ewan – ela sussurrou.

– Até parece que não. Ninguém toma minha esposa e meu filho de mim. Vou lutar contra o próprio Deus e, lhe asseguro, Mairin, não vou perder.

Ela abraçou a cintura de Ewan e apoiou a cabeça em seu peito.

– Me ame, Ewan. Me segure firme e me ame.

Ele rolou até ficar em cima dela, olhando para seus olhos.

– Sempre amarei você, Mairin. O rei e Duncan Cameron que se danem. Nunca vou deixar você.

Ele fez amor feroz e doce com ela, desafogando seu prazer até Mairin estar adormecida, até ela pensar em nada mais do que seu amor. Até ela acreditar nas palavras que ele dizia tão determinadamente.

– Não vou deixá-la – ele jurou quando ela se despedaçou em seus braços. Ele encontrou seu próprio alívio e a colocou em seu peito, sussurrando seu amor por ela e o filho deles.

Capítulo 33

– Tenho más notícias, laird – Gannon disse com uma voz sombria.

Sem gostar do tom de seu comandante, Ewan olhou para cima com a testa franzida quando Gannon se aproximou dele, ainda sujo de sua viagem.

– Você trouxe o padre McElroy? – Ewan perguntou.

Tempo era essencial. Ewan enviara Gannon para buscar o padre para que, assim, ele fosse testemunha da cerimônia de casamento de Ewan e Mairin. Eles só estavam esperando pela chegada do padre a fim de partir para a corte.

– Ele está morto – Gannon soltou.

– Morto?

– Assassinado.

Os lábios de Ewan cuspiram blasfêmias.

– Quando?

– Dois dias atrás. Estava viajando entre as terras dos McLauren e dos McGregor para o sul quando foi abordado por ladrões. Eles o deixaram definhando e ele foi encontrado pelos soldados McGregor no dia seguinte.

Ewan fechou os olhos. Ladrões? Impossível. Padres não têm nada para roubar. Um ladrão nunca se esforçaria para isso. Era mais provável que Cameron tivesse armado o assassinato do padre para impedi-lo de testemunhar diante do rei.

O único trunfo que Ewan tinha era o fato de Mairin ser sobrinha de David, e com certeza ele ouviria seu relato. Mulheres não eram ouvidas nessas situações, porém Ewan não conseguia imaginar que o rei ignoraria o argumento de seu próprio sangue.

– Preparem nossos cavalos e os homens – Ewan ordenou para seus irmãos. – Vou dizer para Mairin que precisamos partir o mais rápido possível.

Duas horas depois, com a chegada dos cavaleiros McDonald e McLauren para fortalecer o castelo McCabe, Ewan e seus homens partiram. Mairin cavalgava à frente de Ewan. Uma liteira era carregada no fim da fila no caso de ela se cansar do cavalo, mas, até essa hora chegar, Ewan a queria o mais perto dele possível.

Os homens do clã se reuniram para vê-los irem embora, com a preocupação estampada no rosto. A despedida foi triste e tensa, e orações foram sussurradas para que seu laird e sua senhora retornassem em segurança.

Eles não viajaram de forma tão intensa como Ewan faria em outras circunstâncias. Paravam antes do anoitecer, armavam suas tendas e faziam muitas fogueiras em volta.

Ewan colocou guardas de vigia ao redor da área, assim como do lado de fora da sua tenda e de Mairin. Mairin não dormia bem, nem comia normalmente. Estava nervosa e preocupada, e quanto mais perto chegavam do castelo Carlisle, mais as sombras debaixo de seus olhos se aprofundavam.

Os homens de Ewan estavam tão tensos e em silêncio quanto ela, como se estivessem se preparando mentalmente para a guerra. Ewan não podia contestar que eles pudessem realmente entrar em guerra. Não apenas contra Cameron, mas contra a Coroa.

Tal atitude os marcaria como foras da lei pelo resto de seus dias. A vida não fora fácil para os McCabe naqueles últimos oito anos, porém ficaria pior assim que houvesse um preço por suas cabeças.

No quinto dia de viagem, Ewan enviou Diormid na frente para anunciar sua chegada e também descobrir se Cameron já havia chegado e qual era o clima na corte.

Eles pararam um pouco e Ewan convenceu Mairin a comer enquanto esperavam que Diormid retornasse.

– Não quero que se preocupe – ele murmurou.

Ela ergueu a cabeça até seus olhares se encontrarem, e seus olhos azuis brilhavam com amor.

– Tenho fé em você, Ewan.

Ewan se virou quando ouviu um cavaleiro se aproximando. Deixou Mairin para receber Diormid, que voltara do castelo.

Sua expressão estava com traços ameaçadores.

– Tenho instruções da corte. Você precisa deixar seus homens do lado de fora dos muros do castelo. Você e Mairin serão escoltados para dentro e, em certo momento, Mairin será colocada sob proteção do rei até a situação estar resolvida. Terá seu próprio alojamento até ser chamado para dar depoimento.

– E Cameron? – Ewan perguntou.

– Também será colocado em alojamento separado. Mairin será levada para a área particular do rei sob vigilância pesada.

Ewan nem considerava aquela ordem.

– Ela não vai sair de perto de mim. Vai ficar no meu alojamento. – Virou-se para seus irmãos e seus três comandantes confiáveis. – Vocês também me acompanharão para o interior dos muros do palácio. Haverá momentos em que precisarei deixar Mairin a fim de comparecer a nosso rei, e não a quero sem proteção em nenhum instante.

– Sim, laird. Vamos protegê-la com nossa vida – Gannon jurou.

– Espero que sim.

Eles cavalgaram mais uma hora para o castelo e, quando se aproximaram, encontraram um pequeno contingente de soldados do rei e foram escoltados para os muros do castelo.

Ao leste dos muros, os homens de Cameron se alojaram, suas tendas tinham a insígnia de Cameron e as bandeiras voavam do topo de suas estruturas. Ewan indicou para seus homens acamparem do lado oeste e os instruiu para permanecerem alertas o tempo todo.

Quando seus homens partiram, só restaram Ewan e Mairin, Caelen e Alaric e os três comandantes que Ewan encarregara da segurança de Mairin.

Eles passaram pela ponte comprida sobre o fosso e pelo portão arqueado de pedra que levava ao pátio. A corte estava cheia naquele momento e muitos pararam para observar Ewan e seus homens.

Quando um guarda do rei analisou aqueles que acompanhavam Ewan, cumprimentou-o com uma expressão franzida. Ewan desceu Mairin até Alaric e, depois, desmontou da sela e puxou Mairin para seu lado.

– Vou escoltar lady Mairin para seus aposentos particulares – o homem de armas disse ao se aproximar.

Ewan desembainhou sua espada e a apontou para o homem, que parou de andar.

– Minha esposa fica comigo.

– O rei não anunciou seu julgamento em relação a este assunto.

– Não importa. Minha esposa não sairá de perto de mim. Estamos entendidos?

O soldado franziu o cenho.

– O rei saberá o que aconteceu.

– Espero que sim. Pode também dizer a ele que milady está carregando um filho, e que ela viajou um longo percurso para esta farsa de audiência. Não estou feliz por tê-la tirado de nosso lar em uma época na qual deveria ter cuidados.

– Claro que entregarei sua mensagem para Sua Majestade – o soldado retornou rigidamente.

Ele se virou e gesticulou para várias mulheres que estavam paradas ao lado à espera de ordens.

– Cuidem para que seja mostrado os aposentos para o Laird McCabe e seus homens e para que sejam servidos refrescos após a viagem.

Ewan ajudou Mairin a subir os degraus irregulares para a seção que abrigava os aposentos reservados para os hóspedes. Alaric, Caelen e os comandantes de Ewan foram direcionados para um cômodo comum com um conjunto de camas estreitas. Ewan e Mairin foram direcionados para um quarto maior no fim do corredor.

Ewan a pegou nos braços e a deitou na cama.

– Descanse, docinho. Precisamos estar bem dispostos durante nossa permanência aqui.

– O que faremos, Ewan? – ela perguntou contra seu pescoço. – Não desejo me misturar à corte. Não tenho vestuário refinado para comparecer aos jantares. Não posso fingir indiferença quando a ideia de compartilhar uma refeição à mesma mesa que Duncan Cameron me deixa enjoada.

– Precisamos agir como se estivéssemos com a razão. Se nos escondermos, as pessoas dirão que temos algo a esconder. Se evitarmos Duncan Cameron, dirão que o tememos.

Ele acariciou o rosto de Mairin e olhou em seus olhos.

– Precisamos ficar atentos e não permitir que alguém pense, por um instante, que a declaração de Cameron é verdadeira. Se eu puder ter uma audiência com o rei logo, tenho fé de que tudo será resolvido e de que poderemos voltar para casa.

– Entendi – ela disse baixinho.

Aconchegou-se mais em seu abraço e deu um grande bocejo. Ele beijou sua testa e lhe disse para dormir. A viagem fora cansativa com seu estresse e inquietação. Ela precisava de força para o que viria.

Uma batida soou na porta do cômodo, acordando Ewan. Mairin ainda estava dormindo, com o rosto enterrado no pescoço de Ewan. Delicadamente, ele se afastou dela e se levantou, vestindo sua túnica.

Quando abriu a porta, uma criada se curvou e estendeu um prato decorado de joias com uma carta. Ewan pegou a carta e assentiu para a criada.

Ele levou a carta para dentro do quarto e se sentou à mesinha, onde havia uma vela acesa pela metade, formando sombras na parede. Ele desenrolou a carta e leu. Era para ele comparecer ao jantar à mesa do rei no grande salão.

Olhou para Mairin, que havia sucumbido à exaustão. Não queria que ela sofresse a tensão de uma refeição na qual Cameron provavelmente estaria, mas também era importante manter a aparência de não ter feito nada errado. Mairin era sua esposa. Sua amada esposa. Carregava seu filho. O rei e seus conselheiros precisavam ver, em primeira mão, o absurdo das acusações contra Ewan.

Com um suspiro, foi acordá-la. Ele não tinha joias para enfeitá-la, mas sua beleza era mais brilhante, e não era ofuscada pelo brilho das riquezas. Seu vestido era uma confecção simples que as mulheres costuraram rapidamente quando souberam da iminente viagem à corte.

Uma criada do castelo arrumou o cabelo de Mairin, trançando-o e depois enrolando a trança grande no topo de sua cabeça. A empregada ia se retirar, mas Mairin pegou sua mão.

– Não é apropriado que uma mulher casada mostre seu cabelo na corte, e sou casada com o Laird McCabe. Por favor, coloque um véu ao redor do cabelo.

Ewan sentiu uma onda de orgulho pela segurança e compostura que sua esposa transmitiu, embora ele soubesse o quanto estava com medo. Quando a criada finalizou, Mairin se levantou e se virou para o marido.

– Está pronto para me levar ao jantar, laird?

– Sim, esposa.

Ele pegou sua mão, colocou-a debaixo do braço e a cobriu com sua outra mão enquanto a guiava para fora do quarto. Seus irmãos esperavam no fim do corredor com Gannon, Cormac e Diormid ao lado. Eles causaram grande impressão ao passar pelos corredores do castelo em direção ao grande salão. Quando entraram no salão, a conversa cessou quando todos se viraram para ver a entrada de Ewan.

Enquanto Ewan escoltava sua esposa em direção à mesa maior com o trono, os murmúrios aumentaram e correram de mesa em mesa. Mairin ficou retesada contra ele e ergueu o queixo. Seus olhos se estreitaram e uma calma profunda transparecia em suas feições. Assim como no dia de seu casamento, quando ela entrou no salão com todo ar de princesa, agora ela andava ao lado de Ewan enquanto ele a guiava até seu assento.

Outra onda de burburinhos foi ouvida, desta vez mais alta, e Ewan se virou e viu Duncan Cameron indo até eles, com uma expressão de grande alívio. Ewan colocou Mairin atrás dele e os irmãos de Ewan avançaram, mas Cameron parou e se ajoelhou aos pés de Mairin.

– Minha esposa, finalmente. Depois de tantos meses, fiquei desesperado achando que não a veria de novo.

Mairin deu um passo para trás, distanciando-se de Cameron e apertando mais ainda a mão de Ewan, que viu a especulação, e a empatia, que a rejeição de Mairin causou na multidão do salão. Cameron estava se fazendo de vítima e, obviamente, ganhou apoio de muitos ao se humilhar aos pés de Mairin.

Cameron se levantou com a tristeza estampada em suas feições. O homem era um ator consumado; até conseguiu ficar pálido quando recuou, parecendo derrotado, para se sentar do outro lado da mesa.

Ewan havia acabado de sentar Mairin e a si mesmo quando a trombeta soou, sinalizando a chegada do rei. Todos se levantaram e focaram sua atenção na porta, mas não foi o rei David que entrou. Foi o grupo de seus conselheiros mais próximos, incluindo o primo do rei, Archibald, que havia requisitado a presença de Ewan.

Archibald assentiu pomposamente e se sentou no assento geralmente reservado para o rei. Primeiro, olhou para Duncan Cameron, depois voltou seu olhar para Ewan antes de pairar em Mairin, à direita de Ewan.

– Espero que sua viagem não tenha sido muito desgastante, lady Mairin. Acabamos de saber que está carregando uma criança.

Ela se curvou recatada.

– Agradeço por sua preocupação, milorde. Meu marido tem cuidado muito bem de mim.

– Onde está o rei? – Ewan perguntou abruptamente.

Archibald não gostou de seu questionamento. Semicerrou os olhos e encarou Ewan.

– O rei tem outros assuntos a tratar nesta noite.

Ele se virou para avaliar todas as pessoas sentadas à mesa no salão.

– Vamos comer – anunciou.

Os criados que estavam junto à parede iniciaram suas atividades, enchendo cálices de vinho e servindo bandejas de comida. O cheiro estava tentador e as mesas transbordavam com generosidade.

– Coma – Ewan sussurrou para Mairin. – Precisa se manter forte.

A presença de Ewan e Duncan à mesma mesa tornava a tensão tão densa que o resto dos nobres permaneceu em silêncio. Archibald não estava nada afetado e comia exageradamente, gesticulando para repetir duas, depois três vezes o frango assado.

Ewan estava quase acabando sua refeição para que ele e Mairin pudessem se retirar para o quarto, mas Archibald manteve um fluxo constante de conversa mundana e cansativa que fazia a cabeça de Ewan doer.

Não tinha paciência para jogos de cortesias. Todos sabiam por que ele e seus homens estavam ali, e o ar estava carregado de receio pelo provável confronto. As pessoas reunidas estavam ansiosas para que acontecesse alguma coisa.

– O rei está considerando o assunto que foi colocado diante dele – Archibald finalmente disse ao se recostar na cadeira. – Pretende chamar vocês dois para se apresentarem amanhã. Entende que este é um momento estressante para lady Mairin e que não é saudável para uma mulher em sua condição delicada.

– Seu nome é Lady McCabe – Ewan rosnou.

Archibald ergueu uma sobrancelha.

– Sim, bom, esta parece ser a grande questão. Sua Majestade decidirá esse assunto amanhã.

– Nesse caso, se me permite, milorde, levarei minha esposa de volta ao nosso quarto para que possa descansar.

Archibald acenou a mão.

– Certamente. Sei que deve ser difícil para ela.

Ewan se levantou, depois ajudou Mairin a se erguer. Novamente, ela emitiu um ar frio e suntuoso. Passou por cada mesa com a cabeça erguida, até muitas das pessoas que a encaravam evitarem seu olhar de forma desconfortável.

– Você foi bem – Ewan murmurou. – Isso estará acabado amanhã e poderemos voltar para casa.

– Espero que esteja certo, Ewan – ela disse ansiosa quando ele fechou a porta do quarto. – Duncan Cameron me deixa incomodada. Não é dele adotar esse comportamento manso e se fingir de fracassado. Não gosto do homem do rei – ela disse rispidamente. – Ficarei feliz em abordar o assunto diante de meu tio, o rei. Soube que ele é um homem justo e religioso, como era meu pai. Claro que fará um julgamento correto de acordo com a vontade de Deus.

Ewan tinha menos fé na piedade dos homens e em sua disposição para agir de acordo com as leis de Deus, mas não disse para Mairin. Queria que ela tivesse fé que aquilo acabaria rápido e ao seu favor. No entanto, Ewan já se preparava silenciosamente para o pior.

Na manhã seguinte, Ewan estava acordado antes do amanhecer. Andava de um lado para o outro no quarto, esperando preocupado. Falara com seus irmãos depois de Mairin cair no sono na noite anterior e fizeram planos para eventuais acontecimentos.

Uma batida soou na porta e Ewan foi abrir rapidamente para que Mairin não acordasse.

Um dos guardas do rei esperava do lado de fora.

– Sua Majestade requisita a presença de lady Mairin em seus aposentos. Ele enviará guardas para ela em uma hora. É para o senhor esperar sua ordem para se apresentar no grande salão.

Ewan franziu o cenho.

– Ela será bem cuidada, laird.

– Vou responsabilizá-lo pessoalmente pela segurança dela – Ewan disse ameaçadoramente.

O guarda assentiu, depois partiu pelo corredor.

– Ewan?

Ewan se virou e viu Mairin apoiada no cotovelo, seu cabelo caindo nos ombros.

– O que está acontecendo?

Ewan cruzou o quarto e se sentou na beirada da cama. Incapaz de resistir, passou a mão por sua lateral e depois pela protuberância pequena de sua barriga.

– Já conseguiu sentir nosso filho se mexer?

Ela sorriu e colocou a mão sobre a dele.

– É só uma agitação, quase como encostar na minha pele. Mas, sim, consigo senti-lo.

Ewan puxou sua camisola para cima até a pele macia estar nua para sua visão. Ele se inclinou e beijou a curva de sua barriga. A protuberância estava firme, evidenciando a criança que ela abrigava. Ewan tinha certeza de que nunca tivera uma visão mais linda. Estava cativado e totalmente extasiado. Podia passar horas olhando para a pele de seda pálida e macia e a beleza da mulher que carregava seu filho.

Os dedos de Mairin se enfiaram no cabelo comprido de Ewan enquanto ele beijava a parte mais alta em seu umbigo.

– O que o mensageiro disse? – ela perguntou baixinho.

Ewan levantou a cabeça e encarou seus olhos.

– Ele a requisitou ao aposento do rei em uma hora. Enviará um guarda para escoltá-la, depois irá me levar ao grande salão.

O nervosismo cintilou em seus olhos e ela formou uma linha fina com os lábios. Ficou tensa sob a mão que ele segurava sobre sua barriga, e ele começou a acariciá-la para aliviar um pouco da tensão.

– Não acho que ele permitirá que algo aconteça com você, docinho. É sobrinha dele, seu sangue. O fato de ele não se certificar de sua segurança não pegará bem para ele. Seu governo é muito frágil com a ameaça de Malcolm e seus seguidores para que ele faça qualquer coisa a fim de perder apoio.

Mairin se inclinou para a frente e segurou o rosto de Ewan, correndo os polegares por suas bochechas.

– Você sempre sabe exatamente o que dizer. Eu te amo por isso, meu guerreiro poderoso.

Ele se virou até sua boca passar pela palma da mão dela e beijou sua pele delicada.

– E eu te amo. Lembre-se disso.

– Chame a criada. Vou precisar de ajuda se vou me preparar para ver o rei em uma hora – ela disse com uma careta.

Ele se levantou e a ajudou a sair da cama.

– Vou chamá-la imediatamente.

Ela ficou parada ao lado dele e virou o rosto para cima para olhar profundamente nos olhos dele.

– Prometa que vamos partir no instante em que este assunto estiver encerrado. Preciso estar em casa com meu clã.

– Você tem minha palavra.

Capítulo 34

Mairin caminhou pelo corredor, rodeada por quatro guardas. Ficava mais nervosa a cada minuto com a ideia de ficar cara a cara com seu tio. Estava pronta para falar sobre o caso de Ewan e lhe contar tudo o que Duncan fizera. Depois de ouvir tudo o que Mairin tinha para dizer, o rei não poderia julgar a favor de Duncan.

O guarda bateu e a porta foi aberta por Archibald, que gesticulou para entrarem. Ele sorriu e pegou a mão de Mairin e a guiou até uma cadeira confortável pela sala de estar ricamente decorada.

– Temo que o rei não esteja se sentindo bem hoje – ele disse suavemente. – Foi obrigado a se retirar e transmite suas mais profundas desculpas por não conseguir conversar com você em particular como ele queria. Vou agir no lugar dele e fazer o julgamento do assunto diante da coroa.

O alarme contraiu o peito de Mairin enquanto ela se sentava de forma mais confortável na cadeira. Suas mãos tremiam e ela as escondeu na saia para que não fosse traída e demonstrasse seu nervosismo.

– Espero que o incômodo de Sua Majestade não seja grave – ela disse educadamente. – Esperava ansiosamente esclarecer tudo com um parente de meu sangue.

– Isso não está totalmente correto – Archibald disse. – Eu sou primo do rei, então isso nos torna parentes de sangue.

– Sim, é claro – ela murmurou.

– Peço que aguarde, prima, até ser requisitada ao grande salão. Vou, é claro, providenciar refrescos. Não precisará de nada durante seu confinamento.

A forma como ele disse *prima*, depois sua referência casual para o confinamento, fez os cabelos da nuca de Mairin se arrepiarem.

Mesmo assim, ele a olhava gentilmente e parecia realmente preocupado com seu bem-estar, então ela sorriu e agradeceu.

– Gostaria de falar com você, se permitir, sobre o assunto, milorde.

Ele deu um tapinha em seu braço.

– Não é necessário, querida. Certamente já passou por muita coisa e é meu trabalho ir a fundo no assunto ouvindo a declaração de ambos os homens. Asseguro a você que serei justo.

Ela se obrigou a não discutir. A última coisa que queria era enfurecer o homem que tinha sua vida nas mãos.

– Agora, se me dá licença, preciso seguir para o grande salão e chamar os lairds para prestarem depoimento. É claro que vou chamá-la quando eles estiverem prontos.

Ela assentiu e uniu as mãos no colo. Quando o primo do rei saiu do cômodo, ela rezou fervorosamente para que a justiça prevalecesse naquele dia e que Duncan Cameron fosse enviado para o inferno, onde pertencia.

Ewan estava do lado de fora do grande salão com seus irmãos e comandantes e esperava ser chamado. Um pouco distante, estavam Duncan Cameron com seus homens, e Ewan precisou de todo seu controle para não se jogar no homem e matá-lo ali mesmo.

Cameron foi chamado primeiro e passou por Ewan com um olhar convencido de satisfação. Não era só a falsidade que incomodava Ewan. Era a absoluta confiança no olhar e na forma como andava. Cameron era um homem que não temia a consequência na audiência daquele dia.

Caelen colocou a mão no ombro de Ewan.

– Não importa o que aconteça, nós estaremos com você, Ewan.

Ewan assentiu em agradecimento, depois murmurou tão baixo que só seus irmãos conseguiam ouvir.

– Se as coisas ficarem feias, quero que saiam da audiência, encontrem Mairin e a tirem do castelo. Sua segurança é o mais importante. Façam o que tiver que fazer para mantê-la em segurança.

Alaric assentiu, compreendendo.

Depois, Ewan foi chamado para se apresentar e entrou no salão. Atrás dele, seus irmãos o acompanhavam, lado a lado. Ele sabia que seus guerreiros passavam uma poderosa impressão. Eram maiores, mais musculosos, com aparência mais violenta do que qualquer outro guerreiro.

Eles andaram pelo caminho no meio do salão até onde Archibald se sentava no trono de David. O espaço estava cheio de gente, todas as insaciavelmente curiosas com a forma como o rei julgaria.

Burburinhos animados receberam Ewan, e seus irmãos e comandantes receberam um olhar inquisidor dos soldados ali presentes.

À frente das pessoas reunidas, Ewan parou ao lado esquerdo do salão e Cameron ao lado direito, enquanto esperavam a chegada de David.

Em vez da chegada do rei, soldados entraram no salão, limitando o caminho para o trono, fazendo com que todos fossem mantidos atrás da linha de guerreiros. Mais soldados preencheram o salão, rodeando o trono e formando uma linha imóvel diante de Archibald.

Ewan franziu o cenho. Era como se esperassem uma batalha.

Então sua esposa entrou no salão, escoltada pelos soldados de David. Lentamente, ela caminhou pelo corredor em direção ao trono onde Archibald observava sua aproximação. Ele indicou para ela assumir a posição ao seu lado direito e ela, com graciosidade, se sentou. Seu olhar encontrou imediatamente o de Ewan, e ninguém ali pôde ignorar o vislumbre de emoção que acendeu como um relâmpago entre eles.

Archibald ergueu as mãos e se dirigiu à multidão.

– Sua Majestade, o rei David, está indisposto hoje. Está doente e nossas orações devem estar com nosso rei nesta hora de necessidade. Pediu para que eu presidisse a audiência de hoje e que minha palavra fosse aceita como a dele.

Ewan se virou bruscamente para seus irmãos e viu a mesma incredulidade em suas expressões. Isso estava errado. Estava tudo errado. Ewan cerrou os punhos e olhou para Duncan, que só tinha olhos para Mairin.

– Laird Cameron, o senhor lançou sérias acusações contra o Laird McCabe. Venha até a frente. Vou ouvir tudo desde o começo.

Duncan andou confiante até o trono e se curvou diante do lorde Archibald.

– Mairin Stuart chegou ao castelo Cameron do convento Kilkirken, onde fomos casamos pelo padre que cuida das almas de meu clã por dois anos. Tenho uma carta escrita por ele para o rei atestando este fato.

Ewan semicerrou os olhos pela afronta de um homem de Deus ter se disposto a fazer parte daquela fraude. Duncan entregou a carta para Archibald, que a desenrolou e leu antes de colocá-la de lado.

– Nosso casamento foi consumado. – Duncan pegou a bolsa que estava ao seu lado com o lençol que tinha a mancha de sangue de Mairin. – Ofereço isso como prova.

Os punhos de Ewan se apertaram de raiva. Sim, o sangue era de Mairin. Era o lençol que Ewan ordenara ao homem de Cameron levasse para seu laird, a prova que o casamento de Ewan e Mairin fora consumado. O lençol que agora Duncan oferecia como prova de ter se deitado com Mairin.

Archibald se virou para Mairin, cujo rosto estava pálido, como se estivesse morta, e o olhar focado no lençol. Ela olhou para Ewan desnorteada, e Ewan fechou os olhos.

– Pode confirmar que o sangue no lençol é seu, lady Mairin? Reconhece o tecido?

Suas bochechas ruborizaram e ela olhou para o lorde Archibald, claramente em dúvida de como prosseguir.

– Estou esperando sua resposta – Archibald solicitou.

– Sim – ela disse com a voz falhada. – É meu sangue, mas não é o lençol de Duncan Cameron. É da cama do...

– É tudo o que peço – Archibald disse, mexendo a mão no ar para silenciar Mairin. – Exijo uma resposta, nada mais. Fique em silêncio até eu lhe dar permissão de falar novamente.

A fúria tomou conta do peito de Ewan, fervilhando, diante dà forma como Archibald se dirigia a Mairin. Ele demonstrava total desrespeito para com a esposa do Laird e sobrinha do rei.

Parecia que ela ia discutir, mas Ewan flagrou seu olhar e balançou a cabeça rapidamente. Não desejava que ela fosse punida por discutir na corte do rei. A punição para isso era excessiva, e mais ainda se fosse uma mulher que ousasse discutir.

Ela mordeu o lábio e desviou o olhar, mas não antes de Ewan vislumbrar raiva em seus olhos.

– O que aconteceu depois? – Archibald perguntou a Cameron.

– Poucos dias depois de meu casamento com lady Mairin, ela foi sequestrada de meu castelo por homens agindo sob ordens do Laird

McCabe. Foi levada de mim para onde estava agora, nas terras McCabe. O filho que ela carrega é meu. O Laird McCabe não pode reivindicá-lo. Nosso casamento é válido. Ele a manteve prisioneira e a obrigou a fazer sua vontade. Peço pela intervenção de sua majestade para que minha esposa e meu filho retornem para mim e seu dote seja liberado para mim como pedido em minha carta para o rei, na qual o informava de nosso casamento há meses.

Mairin ficou sem ar com as acusações que saíram dos lábios de Duncan. Ewan começou a avançar, mas Caelen segurou seu braço e o conteve.

– Primo, por favor – Mairin implorou. – Me ouça.

– Silêncio! – Archibald rugiu. – Se não consegue segurar sua língua, mulher, vou pedir que seja retirada deste salão.

Ele se virou de volta para Duncan.

– Tem testemunhas que apoiem sua declaração do que aconteceu?

– Você tem a declaração do padre que nos casou. Isso precede qualquer reivindicação que o Laird McCabe faça por Mairin, seu dote ou suas terras.

Archibald assentiu, depois voltou seu olhar frio para Ewan.

– O que diz sobre essas declarações, Laird McCabe?

– É uma bosta absoluta e total – Ewan disse calmamente.

Archibald franziu as sobrancelhas e suas bochechas ficaram vermelhas.

– Fale com respeito, laird. Não falaria assim com o rei, e não vai falar assim na minha presença também.

– Só estou dizendo a verdade, milorde. O Laird Cameron mente. Ele sequestrou Mairin Stuart do convento onde estava refugiada por dez anos. Quando ela se recusou a casar com ele, ele lhe bateu tanto que ela mal conseguia andar por dias depois disso e ficou com ferimentos por duas semanas.

O salão irrompeu em uma série de murmúrios. O burburinho ficou cada vez mais alto até Archibald gritar para ficarem em silêncio.

– Que prova você tem? – Archibald perguntou.

– Eu vi os machucados. Vi o medo nos olhos dela quando chegou às minhas terras, pensando que eu a trataria como Cameron o fez. Meu irmão Alaric a acompanhou pela viagem de três dias de onde a encontrou depois de ela ter fugido das garras de Cameron até à propriedade McCabe. Ele também viu os ferimentos e testemunhou a dor pela qual a moça passou. Nos casamos alguns dias depois de sua chegada. Ela veio à minha cama pura e seu sangue virgem manchou meu lençol, esse que Cameron lhe ofereceu hoje. O filho que carrega é meu. Ela não conhece outro homem.

Archibald se recostou em seu assento, pressionando os dedos em um V enquanto observava os dois homens diante dele.

– Deu uma declaração diferente de Laird Cameron. Tem testemunhas que podem confirmar a veracidade de suas palavras?

Ewan cerrou os dentes como em um rosnado.

– Eu lhe disse a verdade. Não preciso de testemunha para confirmar meu depoimento. Se quiser perguntar a alguém, pergunte a minha esposa. Ela vai lhe contar exatamente o que eu disse.

– Gostaria de falar, milorde.

Ewan se virou, surpreso em ver Diormid dar um passo à frente, com o olhar focado no lorde Archibald.

– E quem é você? – Archibald perguntou.

– Sou Diormid. Tenho comandado sob ordens do Laird McCabe por cinco anos. Estou entre seus homens mais confiáveis, e eu mesmo fui encarregado da segurança de lady Mairin em muitas ocasiões depois de sua chegada às terras McCabe.

– Muito bem, aproxime-se e dê seu depoimento.

Ewan olhou para Gannon, que balançou a cabeça em resposta à

pergunta silenciosa de Ewan. Gannon não mandou Diormid dar um passo à frente. Ewan os havia instruído para não fazer ou falar nada durante a audiência.

– Não tenho conhecimento do que aconteceu antes de lady Mairin chegar às terras McCabe. Só posso falar pelo que aconteceu depois disso. É verdade que ela foi dolorosamente maltratada pelas mãos do Laird McCabe. Ele a vigiava de forma ciumenta e é fato que ela esteve infeliz na maior parte de seu tempo no castelo McCabe. Testemunhei suas lágrimas mais de uma vez.

A multidão ficou indignada. Ewan sentiu uma névoa vermelha fazer barulho em seus ouvidos e embaçar seus olhos. A sede de sangue o atingiu muito forte. Ele nunca quis matar tanto outro homem quanto queria matar Diormid naquele momento.

Os irmãos de Ewan estavam igualmente furiosos. Gannon e Cormac olhavam horrorizados para a calma de Diormid em declarar tamanhas mentiras.

– Durante o período em que ficou na propriedade McCabe, ela foi atingida por um arqueiro e envenenada. Quase morreu. Também deve ser levado em consideração que o padre que casou o laird e lady Mairin morreu sob circunstâncias suspeitas há menos de duas semanas.

Ewan não conseguia mais suportar. Seu rugido estremeceu o cômodo inteiro quando atacou Diormid. Mairin gritou seu nome. Seus irmãos mergulharam atrás dele. O caos reinou e os soldados do rei pularam para separar os dois homens. Foram precisos sete guardas para tirar Ewan de cima de Diormid.

– Como pôde nos trair assim? – Ewan perguntou quando foi afastado de Diormid. – Como pôde ficar diante de Deus e do rei e dar falso testemunho? Que Deus lhe envie para o inferno por esse pecado. Você me traiu. Traiu Lady McCabe. Traiu seu clã. E pelo quê? Um pouco de moeda de Duncan Cameron?

Diormid se recusava a olhar para Ewan. Ele limpou o sangue de sua boca onde Ewan o golpeara e se virou para encarar Archibald.

– Aconteceu como eu disse, e Deus é minha testemunha.

– Está mentindo! – Ewan rugiu.

Duncan Cameron foi para o lado de Mairin. Os olhos dela estavam atormentados e fixos em Diormid. Sua mão cobriu sua boca, que estava aberta com o choque.

– Isso é perturbador – Archibald declarou. – Contenha-se, Laird McCabe, ou ordenarei que seja levado para o calabouço.

Quando Duncan colocou a mão no ombro de Mairin, Ewan explodiu de novo.

– Não toque nela!

– Eu protegerei minha esposa da explosão do Laird McCabe – Duncan disse para Archibald. – Permita-me levá-la para longe disso.

Archibald ergueu a mão.

– Acredito ter ouvido o suficiente para julgar este assunto. Decido a favor do Laird Cameron. Ele está livre para levar sua esposa e retornar às suas terras. O dote confiado à coroa até o casamento de Mairin Stuart será liberado para o Laird Cameron e levado às suas terras sob guarda do palácio.

Um grito agitou o salão quando Mairin se levantou.

– Não!

Ewan estava em estado de choque. Um homem em quem ele confiava sua vida, a vida de Mairin, havia traído todos da forma mais cruel. Também ficou evidente que Ewan nunca tivera chance desde o começo. Archibald estava no jogo junto a Duncan Cameron. O que não estava claro era se o rei estava do lado de Cameron, ou se Archibald armou audaciosamente contra seu primo.

– Milorde, por favor, me ouça – Mairin implorou. – Isso não é verdade. Nada disso é verdade! Meu marido é o Laird McCabe!

– Silêncio, mulher! – Duncan rosnou.

Ele lhe bateu com as costas da mão como reprimenda e ela caiu na cadeira de onde tinha acabado de se levantar.

– Ela está perturbada e, claramente, não está pensando direito, milorde. Por favor, perdoe sua impertinência. Lidarei com ela mais tarde.

Ewan não pôde ser controlado. Quando Cameron bateu em Mairin, enlouqueceu. Explodiu, cruzando o salão, batendo no peito de Duncan. Os dois homens caíram no chão e, mais uma vez, o caos reinou.

Desta vez, os irmãos não fizeram nada para impedi-lo. Estavam lutando a própria batalha contra a Guarda Real. Uma batalha que eles não esperavam ganhar. Estavam em menor número, mais do que doze contra um. Sem suas espadas, estavam em ainda mais desvantagem.

Ewan foi arrastado para longe de Duncan e foi para o chão sob o peso de quatro soldados. Eles puxaram seus braços para trás e pressionaram seu rosto contra o chão. Mairin voou para o lado dele e se ajoelhou, segurando-o com as mãos. Lágrimas desciam livremente por suas faces.

– Prendam o Laird McCabe! – Archibald ordenou. – E seus homens. Laird Cameron, pegue sua mulher e saia deste salão.

Duncan se inclinou e pegou Mairin pelo cabelo, erguendo-a. Ela lutou como um gato selvagem e Ewan rugiu sua fúria quando se soltou e tentou atacar Duncan de novo.

Os soldados o agarraram, segurando-o mesmo quando ele resistia e se debatia contra eles.

Mairin foi afastada, com os olhos cheios de lágrimas e os braços esticados em direção a Ewan.

– Mairin! – Ewan gritou rouco. – Me ouça. Sobreviva. Sobreviva! Aguente. Não importa o que aconteça. Aguente o que precisar para sobreviver por mim. Sobreviva por nosso filho. Vou buscar você. Juro pela minha vida. Vou buscar você!

– Eu te amo – ela disse com a voz cortada. – Sempre vou te amar.

O punho da espada bateu na cabeça dele. A dor enevoou sua visão e sua cabeça tombou para o lado. Enquanto ele caía no chão, a escuridão o envolvia, e a última visão que teve foi de Mairin gritando, sendo arrastada do salão por Duncan Cameron.

– Também te amo – ele sussurrou.

Capítulo 35

Mairin se viu sendo jogada no quarto de Duncan Cameron. Ele rosnava ordens para aqueles à sua volta enquanto ela cambaleava até a cama. Quando ele se aproximou da cama onde ela estava esparramada, ela se afastou bruscamente, preparada para se defender dele da forma que fosse necessária.

Ele se sentou na beirada da cama, com a expressão tranquila enquanto a analisava. Um dos criados colocou um cálice na mão dele, depois Duncan acenou para que todos saíssem. Um por um, seus homens saíram do quarto até ele ficar sozinho com Mairin.

Ela se ergueu, apoiada nos cotovelos, e se arrastou para longe para colocar mais distância entre eles.

Ele deu um suspiro exagerado de resignação.

– Eu me arrependo do que aconteceu entre nós da primeira vez em que nos vimos. Percebi que minhas ações foram condenáveis e me faltam extremas habilidades de cortejo.

Habilidades de cortejo? Condenáveis? Suas palavras nadavam em sua mente embaralhada. Ele estava louco?

– Suas ações de *agora* são condenáveis – ela disse rispidamente. – Você mentiu. Um dos homens de Ewan mentiu e traiu nosso clã. Só posso supor que você o tenha incitado.

– Seria bom para você que tirasse o melhor de sua situação – Duncan disse com a voz carregada de um tom tênue de alerta.

– Por favor – ela disse com a voz vacilante. Detestava que havia se reduzido a implorar diante daquele homem. Mas, por Ewan, não seria orgulhosa. Não havia nada que não fizesse. – Me deixe voltar para Ewan. Sou realmente casada com ele.

Duncan deu de ombros.

– Não importa se você é casada com ele ou comigo. Isso não vale nada contanto que eu receba seu dote e controle Neamh Álainn. – Ele transferiu o cálice para a mão mais próxima a Mairin e estendeu em sua direção. – Agora, aqui, beba isto, querida. Vai resolver nosso problema imediato. Eu me desculpo que isso lhe causará dor, mas, felizmente, não durará muito.

Mairin encarou o cálice pairando perto de seus lábios. Ela fungou e recuou ao sentir o cheiro amargo.

– O que é isso? Por que vai me causar dor? – Ele achava que ela era louca?

Ele lhe deu um sorriso gentil que enviou um arrepio frio por sua espinha.

– É necessário para livrar seu corpo do bebê que carrega. Não se preocupe, vou lhe dar tempo suficiente antes de fazer minhas exigências. Mas não quero esperar muito. É importante que carregue um filho meu o mais rápido possível.

O terror atacou seu estômago. A náusea subiu, cresceu em seu peito até fazê-la ter ânsia e precisar se virar. Enterrou o rosto no travesseiro.

– Me desculpe – ela falou abafado. – Não é agradável da minha parte, mas fico enjoada nas horas mais esquisitas desde que carrego um bebê.

– As coisas são assim – Duncan a consolou generosamente. – Quando carregar um filho meu, não levantará um dedo. Terá tudo nas mãos e aos seus pés.

Até dar à luz. As palavras não foram ditas, mas deixaram o ar pesado. Sim, ela não tinha dúvida de que seria tratada como uma rainha até o dia em que desse à luz seu herdeiro para Neamh Álainn.

Ele queria matar seu filho. O filho de Ewan. E substituir com sua semente. Só de pensar nisso a fazia ter ânsia de novo, e ela inalou o ar profundamente para não vomitar na cama toda.

– Pegue, é melhor acabar com isso. Beba isso. Vou pedir que o curandeiro do palácio a ajude na parte pior. Dizem que pode ser bem doloroso.

Ele estava tão calmo. Como podia discutir um assassinato com um sorriso tranquilo? O homem era um monstro. Um demônio do inferno.

– Por que você perderia um tempo tão valioso? – ela falou sufocada. Tentava desesperadamente inventar um plano, alguma coisa, *qualquer coisa*, para fazê-lo desistir do assassinato.

Ele franziu o cenho.

– O que quer dizer?

– Você quer me livrar do filho que carrego quando já estou quase na metade da gravidez. Perder um bebê neste momento pode deixar uma mulher estéril. Não é garantido que ficarei grávida logo depois, se é que ficarei. Se não importa com quem me casei, por que importaria de quem é o bebê que carrego? Contanto que eu lhe dê um filho, o controle de Neamh Álainn será seu. Por que esperaria e arriscaria a chance de eu não engravidar de novo?

Sua testa se franziu mais, como se não tivesse pensado nessa possibilidade.

– Quero que meu filho viva – ela disse baixinho. – Independentemente de quem ele chame de pai. Eu faria qualquer coisa para protegê-lo. E você ainda tem vantagem, laird.

Duncan se levantou e andou de um lado para o outro à frente da cama. Ele parava de vez em quando e a olhava como se tentasse descobrir se suas palavras eram verdadeiras.

– Sempre dizem que o amor de mãe não tem limite. Tudo bem, Mairin Stuart. Concordo com seus termos. Pouparei a vida do seu filho, mas, de hoje em diante, você é minha. Não vai lutar contra mim quando eu quiser me aproveitar de seu corpo. Nunca vai dizer uma palavra para contradizer a declaração que dei ao lorde Archibald. Estamos entendidos?

Que Deus me perdoe.

– Eu aceito – ela falou sufocada.

– Então se prepare para partir do castelo. Em uma hora, sairemos para retornar às terras Cameron.

– Ewan! Ewan! Pelo amor de Deus, acorde.

Ewan se viu sendo chacoalhado bruscamente enquanto voltava a ter consciência do que acontecia à sua volta. Ele abriu um olho e olhou em volta, descobrindo-se envolvido pela escuridão.

– Caelen? – ele falou com a voz grossa.

– Graças a Deus.

O alívio na voz de Caelen era atordoante.

– Mairin.

Essa única palavra fez o luto tomar sua cabeça e peito. A bile subiu em sua garganta quando se lembrou que, naquele momento, sua esposa estava com seu carrasco.

– Mairin – ele disse de novo. – Onde ela está?

O silêncio era sufocante. Ele ouvia a respiração de seus irmãos no escuro, sabia que estavam com receio de contar.

– Sinto muito, Ewan. Duncan partiu há horas, levando Mairin com ele – Alaric disse com uma voz sombria.

Ewan se sentou, sua cabeça sofreu uma pontada de dor. Seus irmãos pegaram seus ombros e o deitaram de volta quando ele quase caiu.

– Onde estamos? – ele perguntou.

– No calabouço do rei – Caelen disse, com a fúria atada a cada palavra. – Aquele maldito Archibald nos jogou aqui depois que seus soldados lhe bateram na cabeça.

– Cormac e Gannon?

– Aqui, laird – Gannon respondeu.

Algo gélido preencheu as veias de Ewan quando tudo lhe veio à mente como uma onda.

– Diormid. Onde ele está agora?

– Não tenho certeza, laird, mas ele irá embora daqui. Sabe que qualquer um de nós irá matá-lo assim que o vir. É possível que tenha ido com Cameron, já que parece que estava trabalhando com ele o tempo todo.

– As tentativas de me matar. A flecha. O veneno. Deve ter sido ele. Ele tinha ordens de Cameron para me matar. Quando não funcionou, ele levou seu requerimento para o rei.

– Suspeito que estivesse trabalhando na petição mesmo antes das tentativas de Diormid de matá-lo – Alaric disse. – Ele tinha todo o plano feito desde o começo.

– A pergunta é se David está envolvido nisso com Archibald ou se Archibald está agindo sozinho com Cameron – Caelen refletiu.

Ewan colocou as mãos no chão áspero do calabouço e se sentou.

– Archibald disse que David estava indisposto e boatos no castelo confirmam que o rei está muito doente. Não me surpreenderia Archibald estar por trás disso também.

– Está tudo bem, Ewan? – Alaric perguntou. – Sua cabeça dói muito?

Ewan tocou a lateral de sua cabeça, sentiu o calor do sangue, mas estava grosso e não escorria mais.

– Vou ficar bem. O que importa é Mairin não ficar nas garras de Cameron nem mais um minuto.

– Enviei uma mensagem para nossos homens – Caelen disse. – Espero que tenhamos notícias deles logo.

Ewan olhou em volta para o calabouço.

– Como enviou uma mensagem para nossos homens?

– Posso ter ameaçado um dos guardas que nos jogaram nesta cela – Caelen admitiu. – Eu disse a ele que, a menos que informasse nossos homens de nosso destino, eu iria atravessá-lo com minha espada, castrá-lo e dar suas bolas para os urubus comerem.

Alaric riu.

– O homem saiu daqui o mais rápido que pôde para levar a mensagem de Caelen.

– Há quanto tempo estamos neste calabouço? – Ewan perguntou ao esfregar mais do sangue da lateral de sua cabeça.

Caelen suspirou.

– Muitas horas. Um dos guardas que obviamente acha melhor me manter com bom humor me informou da partida de Cameron há algumas horas.

– Filho da puta – Ewan xingou. – Não consigo acreditar que aquele maldito permitiu que Mairin caísse nas mãos de Cameron. Tudo isso foi armado desde o começo. Archibald nunca teve a intenção de apresentar este assunto a David, e com certeza nunca quis ouvir Mairin ou a mim. O testemunho de Diormid só lhe deu o apoio da opinião pública para que ele decidisse o julgamento, não houve reação dos outros lairds, que poderiam ter pensado que ele interviu injustamente.

– Sinto muito, laird – Cormac disse, devastado com cada palavra. – Eu deveria ter percebido. Passava todos os dias na companhia de Diormid. Lutava com ele. Comia com ele. Treinávamos juntos.

Éramos como irmãos. Eu nunca teria sonhado que ele nos trairia.

– É muito mais culpa minha do que de qualquer outro – Ewan disse desanimado. – Confiei a ele a segurança de Mairin muitas vezes.

Ewan esfregou sua mão de forma cansada no rosto e tentou não pensar nas mãos de Cameron batendo em Mairin. Não podia imaginar Cameron machucando Mairin porque, desse jeito, ficaria louco. O único jeito de sobreviver àquilo era se desligando. Desligando suas emoções. Desligando as imagens que passavam por sua mente com uma precisão torturante.

– Cameron vai esperar um ataque com toda força em seu castelo – Caelen comentou. – Sabe que Archibald não pode nos prender no calabouço do rei para sempre, e sabe que vamos atrás de Mairin. Sabe e vai esperar, então estará preparado.

– Não posso arriscar a segurança de Mairin atacando o castelo dele com a força de todo meu exército. Se ela não estivesse lá dentro, eu lhe daria a luta que ele espera e não daria a mínima por isso. Iria lotar suas terras como uma praga e dizimaria tudo pelo caminho. Porém, não vou arriscar que Mairin seja morta em batalha. E, se Duncan soubesse que tudo estaria perdido, ele a mataria em um piscar de olhos.

– É – Alaric concordou. – O que faremos então?

– Vamos nos infiltrar no castelo dele e pegar Mairin de volta.

Caelen respirou fundo, emitindo um som alto no calabouço silencioso.

– Você faz parecer uma simples missão de invasão, Ewan. Cameron vai esperar esse truque também.

– Vamos conseguir. Não temos outra opção.

Caelen, Alaric, Gannon e Cormac exprimiram-se em concordância. O silêncio pairou mais uma vez enquanto eles esperavam.

Uma hora depois, um ruído do lado de fora da cela incitou-os agir. Caelen pulou para ficar de pé e avançou nas barras de ferro quando um guarda apareceu no fim do corredor, com uma tocha na mão.

– Vocês precisam ser rápidos – o guarda sussurrou em tom urgente. – Seus homens encenaram uma distração. Me sigam. Vou mostrar o caminho para o portão norte.

Alaric ajudou Ewan a se levantar e eles se apressaram para sair da cela e subirem a escada de pedra para o primeiro piso do castelo. O guarda acelerou o ritmo pelo corredor, passou pelo grande salão e depois pela cozinha.

Eles saíram do castelo pela portinha onde o lixo era descartado e se aproximaram de um portão pequeno de madeira esculpido no muro de pedra que se erguia. O guarda tirou uma chave e destrancou rapidamente o cadeado grande de metal.

– Vão – ele os apressou.

Os homens de Ewan saíram pela porta e o laird parou no fim.

– Tem meus agradecimentos – ele disse ao guarda. – Precisam cuidar do seu rei. Archibald está armando contra ele. Ouvi boatos de que o rei não está bem. Verifique sua comida e bebida.

O guarda assentiu.

– Vá com Deus, Laird McCabe. Vou rezar para que volte em segurança para sua esposa.

Ewan colocou a cabeça para fora da porta e seguiu os homens noite adentro. Eles correram pelo terreno, seguindo para a floresta densa.

Capítulo 36

Ewan assobiou um canto de passarinho, e o som ecoou pela noite fria. Ao longe, um assobio de resposta soou e Ewan rastejou discreto para a frente, com seus irmãos nos calcanhares.

Eles esperaram quatro dias pela lua nova, depois de demorarem três dias para chegar às terras de Cameron e, com cuidado, analisaram o perímetro do castelo. Ewan não conseguia esperar nem mais um segundo. Não houve sinal de Mairin em muitos dias enquanto observaram e esperaram. Duncan a estava mantendo bem escondida.

Depois de verificar o quarto onde provavelmente Mairin estaria abrigada, Ewan e seus homens circularam o castelo. Junto com seus irmãos, Ewan rastejou pelo caminho de pedra, passou pelos guardas dormindo até a torre que ficava acima da cabeça deles.

Agora no escuro, Ewan jogou a corda com o gancho por cima do muro. Precisou de cinco tentativas para conseguir prender ao peitoril. Puxando a corda para se certificar de que aguentaria, começou a escalar o muro até a janela.

Mairin ficou parada na janela e abaixou a cabeça, com os ombros encurvados pela vergonha.

Uma barganha do diabo. A vida do seu filho pela sua. A vida do seu filho pela de Ewan. Ela não se arrependia da decisão que tomara, mas lamentava tudo o que perdera. Tudo o que nunca teve.

A tensão da semana anterior foi demais para aguentar. Ela estava começando a esmorecer. Estava com medo de comer caso Duncan mudasse de ideia e voltasse atrás. Ela temia a cada instante que ele colocasse veneno em sua bebida ou comida para lhe fazer perder o filho.

Vivia sempre com medo de ter que se entregar para o homem que agora a chamava de *esposa*. Ela vacilou exausta e se virou na direção da cama. Não era bom para seu filho, mas ela não tinha escolha.

Lágrimas brilharam em sua face quando ela cedeu à mágoa que vinha das profundezas de sua alma. Como poderia viver se conhecera um amor tão profundo que doía só de lembrar? Como poderia se dispor a deitar com um homem depois de conhecer o toque de Ewan?

Finalmente, com seu cansaço, ela se arrastou para debaixo das cobertas e enterrou sua cabeça no travesseiro para que ninguém ouvisse seus soluços.

Ela não fazia ideia do tempo que passara. Quando sentiu uma mão passar por seu braço e seu ombro, estremeceu e se virou, preparada para se proteger do ataque de Duncan.

– Shh, moça, sou eu, Ewan – ele sussurrou.

Ela olhou para seu marido na escuridão, sem conseguir acreditar que ele estava ali, em seu quarto.

Ele tocou seu rosto molhado e secou a trilha de lágrimas. Sua voz estava dolorosa e as palavras pareciam rasgar a alma dele.

– Ah, Mairin, o que ele fez com você?

– Ewan?

– Sim, moça, sou eu.

Ela se levantou e jogou os braços em volta de seu pescoço, segurando-o para sempre. Se ela estivesse sonhando, nunca quereria acordar.

Queria existir naquele sonho onde os braços de Ewan a seguravam e ela conseguia sentir seu cheiro forte e masculino.

Ele a apertou contra seu peito, a mão acariciando sua cabeça, balançando e bagunçando o cabelo já amassado.

– Ewan – ela falou abafado. – Ah, Deus, Ewan. Ewan.

Os lábios dele encontraram os dela e ele a beijou desesperadamente, como se fosse seu último beijo. Seus lábios se enroscavam e suas lágrimas escorregavam para suas línguas. Ela o respirava, a última respiração que ela queria ter. Vivia aquele momento, querendo tudo que perdera, tudo o que mais queria.

– Shh, não chore, moça. Está partindo meu coração. Não temos muito tempo. Tenho que tirá-la deste lugar.

Suas palavras penetraram a tristeza pesada que a rodeava. Ela olhava para ele, temendo acreditar que ele fosse real, que estava ali e que não era uma invenção de sua fantasia mais desejada.

Ele a levantou da cama e a carregou até a janela. Ewan se inclinou e ela agarrou seus ombros quando olhou para baixo, ficando tonta pela distância do peitoril até o chão.

– Me ouça, docinho – ele disse em tom gentil. Beijou sua têmpora e a segurou firme. – Vamos descer a corda da sua janela.

Ela ergueu a cabeça assustada.

– Ewan, não consigo! O bebê. Estou muito grande e desastrada.

Ele segurou seu queixo e passou os dedos por sua bochecha ao olhar para ela.

– Estarei com você em cada segundo. Vou descê-la primeiro. Alaric e Caelen estão nos esperando lá embaixo. Se você cair, eles vão pegá-la. Preciso que confie em mim.

Ela segurou o rosto dele. O amor e a fé cresciam em sua alma.

– Eu voaria se me pedisse.

Ele a beijou intensamente, depois a colocou no chão. Não perdeu tempo e já prendeu a corda em seu pé para que servisse como um estribo. Então atou a corda dos pés até as mãos, enrolando-a nos punhos e nas palmas para que ela segurasse firme.

Amarrou a outra ponta à sua cintura e se posicionou na janela.

– Pise no peitoril, docinho. Com muito cuidado, coloque os pés no muro do castelo e mantenha-os lá para que não raspe na pedra enquanto abaixo você. Tente ficar ereta.

Era loucura o que ele estava pedindo para ela fazer e, mesmo assim, ela subiu na saliência, segurando em seus ombros com firmeza.

Ele segurou a corda a apenas alguns centímetros das mãos dela e se escorou quando ela começou a subir. Centímetro por centímetro, ela abaixou o pé até tocar o muro de pedra.

– Isso mesmo, moça. Vá devagar e com cuidado. Estou te segurando. Não vou soltar.

Subir no peitoril foi a coisa mais difícil que ela já fizera. E então simplesmente se soltou. Rodopiou para baixo, batendo o pé contra o muro enquanto se esforçava para se apoiar. Jogou a cabeça para trás e viu Ewan juntando toda sua força para descê-la devagar. A corda devia queimar as mãos dele e, mesmo assim, ele aguentou.

Ela apoiou o pé no muro e agarrou a corda com toda a força. Na metade do caminhou, ela finalmente conseguiu controlar sua descida descendo o muro com os pés. Quando, enfim, se aproximou do chão, Alaric e Caelen se esticaram para segurar sua cintura. Eles a colocaram no chão e, rapidamente, desamarraram a corda para que Ewan pudesse puxá-la de volta.

– Como ele vai descer? – ela sussurrou com urgência.

Eles a ignoraram e olharam para cima, esperando Ewan. Muitos minutos depois, ela viu a figura escura descendo a corda, mão após mão, seus pés contra o muro assim como os dela ficaram.

Quando ele chegou a uma distância segura, saltou o resto do caminho, caindo com um barulho suave ao lado dela. Ela pegou as mãos dele e, como suspeitava, estavam cortadas e em carne viva. Sua garganta apertou e ela beijou a palma da mão dele, segurando-a com carinho.

– Vamos – Alaric cochichou. – Gannon está esperando com os cavalos.

Eles se abaixaram e correram para longe pelo caminho de pedra. Alaric jogou outra corda e a enganchou na borda da pedra com um *click*. Sem perder tempo, Alaric escalou o muro e se deitou no topo, estendendo a mão para Mairin.

Ewan a ergueu acima de sua cabeça e disse para ela segurar a mão de Alaric. Seus dedos se soltaram antes de Alaric conseguir pegar a mão dela e descer os dedos para seu punho.

Ewan a ergueu mais para cima e Alaric a puxou com uma força incrível.

– Segure na beirada e se puxe para cima – Alaric sussurrou.

Enquanto Ewan a balançava, ela se jogou no topo do muro e rolou para cima para ficar com a cabeça encostada na cabeça de Alaric.

– Me ouça – Alaric disse. – Sente-se e fique com uma perna de cada lado. Com o máximo de silêncio que conseguir, arraste-se para trás para dar espaço para Caelen subir. Ele vai descer e depois será você. Vou ficar aqui em cima para ajudar Ewan a subir. As mãos dele estão muito machucadas para escalar outra corda.

Hesitando um pouco, passou uma perna por cima para que ficasse sentada no muro e, rapidamente, se empurrou para trás até ter espaço suficiente para Caelen subir no muro.

Instantes depois, ele chegou ao topo e, depois, desceu para o outro lado.

– Pegue minha mão que vou abaixar você para o outro lado. Espere por Caelen e, quando ele lhe disser, solte. Ele vai te pegar – Alaric a instruiu.

Engolindo seu medo, ela segurou na mão de Alaric e escorregou para o outro lado. Ela tombou, apoiando-se com os pés no muro para diminuir a velocidade. Alaric segurou seu punho e quase arrancou seu braço.

– Solte – Caelen gritou. – Vou te pegar, Mairin.

Ela fechou os olhos, empurrou o muro com os pés e soltou a mão de Alaric. Não precisava ter se preocupado. Caelen nem cambaleou com seu peso quando a pegou contra seu peito. Mesmo assim, jogou seus braços em volta do pescoço dele, abraçando-o com muita gratidão por não permitir que ela caísse.

Gentilmente, ele tirou os braços dela de seu pescoço e a colocou no chão em pé. Seus joelhos vacilaram e ela agarrou sua mão para não cair.

– Você está bem agora – Caelen disse baixinho, em uma voz confortadora.

Ele a colocou ao seu lado para equilibrá-la enquanto esperavam Ewan e Alaric descerem.

Ewan desceu primeiro e Mairin se jogou em seus braços. Ela o abraçou tão forte que ele quase não conseguiu respirar, mas ela não se importava. Estava nos braços dele. Ele a estava tirando de Duncan Cameron.

– Venham – Alaric os apressou quando caiu no chão.

– Gannon está esperando com os cavalos.

Eles correram para ficar escondidos pelas árvores. Na floresta, Gannon esperava com os cavalos e Ewan a levou para seu corcel.

Alaric e Caelen montaram nas selas. Cormac já estava montado em seu cavalo e Gannon montou no dele. Ewan subiu em sua sela em um movimento rápido e se esticou para baixo, tirando Mairin do chão e colocando-a à frente dele.

Ela apoiou a cabeça no peito de Ewan e passou o braço por sua cintura. As lágrimas caíram livremente agora, mas ela não fez nada a fim de não distraí-lo. Se Cameron descobrisse que ela sumira, a perseguiria com a força de todo seu exército, e Ewan estava mais devagar por estar carregando-a.

Só quando eles estavam a quilômetros de distância ela virou o rosto para cima.

– Ewan?

Ele beijou o topo de sua cabeça.

– Agora não, docinho. Vamos conversar quando chegarmos às terras McCabe. Não pararemos até alcançarmos nossa fronteira. Durma agora.

Estava na ponta da sua língua perguntar como ele pensou que ela dormiria, mas, antes de andarem mais um quilômetro, a exaustão tomou conta dela. Depois de tantas noites sem dormir por medo do que Duncan pudesse fazer, agora ela estava segura nos braços do marido. Apoiou a cabeça em seu peito largo e permitiu que o ritmo regular do cavalo embalasse seu sono.

Ewan cavalgou com uma mão nas rédeas e a outra envolvida firmemente em sua mulher. Ele definiu um ritmo cansativo, mas que seus homens estavam muito felizes em acompanhar. Não parariam para dormir ou comer até chegarem à fronteira.

Capítulo 37

Cumprindo a palavra, Ewan não parou por mais do que alguns minutos até eles estarem na fronteira das terras McCabe. Corriam pelas noites. O ritmo que Ewan definiu era desumano.

Mairin cavalgava com Ewan e, quando ela não estava dormindo, Ewan a estava alimentando com a comida do saco de pano que estava pendurado em sua sela. Seus homens estavam exaustos, porém ninguém reclamava. A viagem estava assustadoramente quieta, sem que Caelen nem Alaric falassem. Estavam muito focados, certificando-se de que não fossem perseguidos.

– Ewan, eu preciso parar – ela sussurrou.

– Pode esperar só mais alguns quilômetros? – ele perguntou. – Estaremos nas terras McCabe logo.

Ela fez uma careta.

– Acho que não. É difícil aguentar com o filho que carrego.

Ele sorriu rapidamente quando falou para pararem. Ele a desceu da sela, e ela quase caiu de uma vez. Gannon estava lá para pegá-la e ela praticamente chorou de gratidão quando ele lhe ofereceu um sorriso confortador.

Para o choque de Gannon, ela jogou os braços em volta dele e o abraçou forte. Ele levantou as mãos e balbuciou enquanto tentava perguntar a ela o que aconteceu.

– Obrigada – ela sussurrou. Afastou-se e sorriu para ele.

– Pelo quê, milady? – ele perguntou confuso.

– Por vir me buscar.

Ela se virou e saiu em busca de uma área particular para se aliviar. Ewan sorriu e observou sua mulher se esconder atrás de uma árvore ao longe. Ela deixou Gannon atordoado com seu agradecimento. Se ele tivesse que apostar, todos seus homens receberiam seu afeto antes de tudo acabar.

Um instante mais tarde, Mairin voltou e Ewan notou que ela segurava a mão de forma protetora sobre sua barriga pequena e redonda. Ele ficou estupefato de como estava aliviado por tê-la de volta ou perto dele. Ele exigira muito de seus homens, com medo de que Duncan pudesse persegui-los e Mairin fosse pega no meio de uma batalha. Ele a queria em segurança. Queria que ela ficasse longe do derramamento de sangue inevitável entre ele e Cameron. Os dias daquele desgraçado estavam contados, e não importava se Ewan desafiasse o rei, ele vingaria sua esposa.

Enquanto se esticava para puxar Mairin para a sela, percebeu que não mais procurava vingança pela injustiça feita por seu pai e seu clã. Queria vingança por uma linda moça que tinha mais mágoa em seus olhos azuis do que ele já vira em toda a vida.

– Estamos quase chegando – ele sussurrou em seu ouvido.

Ela se virou e olhou para ele com tristeza e pesar nos olhos.

– Assim que cruzarmos a fronteira McCabe, você pode mandar seus homens irem na frente? Preciso conversar com você, Ewan. É importante que eu o faça antes de chegarmos ao castelo. Assim que chegarmos ao pátio, cada um será levado para um lado. Temos que resolver isso. Precisamos.

Ele tocou o rosto dela e tentou diminuir as linhas de preocupação de sua testa. O que a preocupava tanto? O medo apertou seu coração pela tristeza profunda no olhar dela. Ele rezou para ter força e aguentar a conversa que viria.

– Sim, moça, vamos conversar.

Uma hora depois, ele freou seu cavalo e gesticulou para os outros irem na frente.

Caelen e Alaric aproximaram seus cavalos e pararam ao lado de Ewan e Mairin.

Alaric franziu o cenho.

– Não quero deixar vocês sozinhos, Ewan.

– Estamos bem dentro de nossas terras agora. Preciso de um tempo sozinho com minha esposa. Estaremos com vocês em um instante. Vá em frente e anuncie que a estou trazendo para casa em segurança.

Com relutância, Alaric e Caelen cavalgaram na frente. Aceleraram o ritmo enquanto começaram a descer a montanha em direção ao último trecho para casa. Logo, os outros os seguiram, esporeando seus cavalos para galopar, depois correr.

O ar foi preenchido por gritos. *Uhuu* e gritos de triunfo entraram pelos ouvidos de Ewan, e ele não conseguiu ficar sério. Mas, quando olhou para Mairin, seus olhos estavam preocupados e cheios de dor.

Seu coração se apertou e ele fechou os olhos para se preparar para ouvir tudo o que Duncan fizera com ela. Uma parte dele não queria saber. Queria esquecer – queria que ela esquecesse – para que eles pudessem deixar isso para trás. Porém, também sabia que ela precisava contar, para que livrasse seu corpo do castigo que Cameron havia lhe dado.

Ele desceu do cavalo, depois a tirou gentilmente da sela. Ele a carregou para uma área de grama densa que estava aquecida pelo sol. Sentou-se no chão e a aconchegou firmemente nos braços.

Ele mal conseguia acreditar que estavam nas próprias terras e que ela estava de volta em seus braços. A última semana fora uma prova de resistência. No pior momento, ele se perguntou se a veria de novo. Nunca mais queria que sua fé fosse testada dessa maneira.

– Eu fiz uma coisa terrível – ela falou sufocada.

Ewan recuou surpreso, enrugando a testa pela confusão.

– Do que está falando?

– Eu aceitei. Deus me ajude, aceitei uma barganha do diabo a fim de manter nosso filho em segurança. Fui desleal a você, Ewan, porque jurei que mentiria e apoiaria a declaração de Duncan em troca da vida do nosso filho.

Ewan engoliu sua própria mágoa pelo desespero na voz dela.

– Shh – ele sussurrou. – Nunca vou acreditar nem por um segundo que você foi desleal a mim.

A dor preencheu os olhos de Mairin.

– Ele queria me fazer perder nosso filho. Ia me obrigar a beber um veneno. Eu teria dito e feito qualquer coisa para salvar nosso bebê. Então o convenci de que, se perdesse o filho, nesse estágio que estou, havia uma chance de não poder engravidar novamente. Convenci-o de que a coisa lógica a se fazer era confessar que o filho era dele, pois, contanto que eu tivesse um filho, ele controlaria Neamh Álainn independentemente de quem fosse o bebê. Ele concordou, mas mesmo assim eu estava com medo de comer ou dormir porque me preocupava se ele voltaria atrás e mataria nosso bebê.

Ewan a pegou nos braços e a embalou para um lado e para o outro, com os olhos fechados pelo terror que ela vivera. Por isso ela estava tão magra. Não comera por medo de perder seu filho. O filho dele.

– Sua inteligência me deixa maravilhado, moça. Pensar nessa solução de forma tão rápida. Me sinto honrado por sua coragem e ousadia. Nenhum filho poderia ter uma mãe mais poderosa. Nosso filho ou nossa filha será abençoado além da conta.

Ela olhou para ele, com esperança nos olhos pela primeira vez.

– Você não está bravo?

– Como eu poderia ficar bravo com uma mulher que sacrificou tudo para não machucar meu filho?

– Oh, Ewan – ela sussurrou. Então seus olhos ficaram sombrios de novo e ela olhou para baixo.

Ele ergueu seu queixo com um gesto gentil.

– O que foi?

– Concordei em ser esposa dele. Concordei em nunca negá-lo. – Ela fechou os olhos enquanto lágrimas desciam formando trilhas prateadas por suas bochechas.

Por um instante, Ewan não respirou. Não conseguia imaginar um sacrifício assim. Seu peito doía quando, finalmente, inspirou ar em seus pulmões. Mas, se ela podia encontrar coragem para lhe contar tudo, ele encontraria coragem para ouvir.

– Me conte, docinho. Ele… ele te machucou?

As palavras saíram dolorosamente de seus lábios. Sua garganta ameaçou fechar quando ele imaginou pelo que ela poderia ter passado.

– Eu… eu vomitei da primeira vez que ele tentou. Culpei a gravidez, mas Deus sabia que a ideia de me deitar com ele me deixou enjoada. Depois, ele parecia temer que eu repetisse essa afronta e ficou longe de mim.

O alívio de Ewan foi tão grande que deixou sua cabeça mais leve. Ele a pegou nos braços e a segurou, apenas absorvendo a sensação de segurá-la depois de tantas semanas. Então ele riu, imaginando-a vomitar em cima de Cameron, o que o divertia infinitamente.

Ela olhou para ele, com os olhos tão brilhantes que ele se perdeu naquelas piscinas fundas. A luz se apagou por um instante e ela franziu o cenho.

– Ewan, e quanto ao dote? Está perdido para sempre?

Ewan suspirou.

– Foi liberado para Cameron. Não tenho dúvida de que ele o receberá se você estiver ou não na casa dele. Archibald, e possivelmente até o rei, está no jogo com Cameron.

Lágrimas encheram seus olhos e ela baixou a cabeça.

– Tudo pelo que casou comigo não aconteceu. Nosso clã precisa de comida e roupas. Nossos soldados precisam de suprimentos. Precisamos de manutenção. Como vamos sobreviver, Ewan?

Ele segurou seu rosto e olhou dentro de seus olhos.

– *Você* é tudo para mim, Mairin. Posso viver sem comida. O castelo pode desabar. Conseguiremos sobreviver. Sempre sobrevivemos. De alguma forma, vamos passar por isso. Porém não consigo viver minha vida sem você. O dote pode não vir nunca. Podemos nunca controlar Neamh Álainn. Contanto que tenha você, moça. Contanto que tenha você.

Ela se jogou em volta dele e o abraçou até ele não conseguir respirar. O corpo dela tremia enquanto as lágrimas caíam no pescoço dele. Ele não a censurou, no entanto, porque Deus sabia que ele mesmo queria chorar.

– Eu te amo, Ewan. Graças a Deus você veio me buscar.

Ele pressionou a testa na dela e seus lábios dançaram cada vez mais perto um do outro.

– Eu lutaria no fogo do inferno para trazê-la para casa, moça. Agora vamos continuar a cavalgar. Nosso filho está com saudade de sua mãe e nosso clã sente falta de nossa senhora.

Todo o clã foi reunido no pátio quando Ewan passou pela ponte. Mairin segurava firme nele, montada na sela.

A cabeça de Mairin descansava no peito dele e o cabelo dela caía pelas costas. As pontas esvoaçavam na brisa leve.

Todos os homens do clã se inclinaram para a frente, e a necessidade de ver se a senhora estava bem era visível em cada rosto.

Ewan parou e puxou o cobertor que impedia a visão de Mairin. O pátio explodiu em gritos de comemoração.

Mairin se endireitou no colo dele e sorriu de volta para seu clã. Lágrimas brilhavam em seus olhos enquanto acenava a fim de confortá-los.

– Mamãe! Mamãe!

Crispen se enfiou na multidão e correu direto para o cavalo de Ewan, que sorriu para o filho.

– Fique bem aqui, garoto. Vou descer sua mãe.

Os sorrisos de Crispen e Mairin iluminaram o pátio inteiro. Algo dentro de Ewan se agitou e se contraiu até seu peito doer. Com amor.

Alaric e Caelen avançaram e Ewan entregou Mairin a eles enquanto ele desmontava. Como ele esperava, ela abraçou Alaric primeiro e apertou-o até ele implorar, rindo, por misericórdia. Então o soltou e se virou para Caelen, que já estava com as mãos para cima para afastá-la. Sem se importar, ela se lançou nele e ele não teve outra opção a não ser pegá-la para que não caísse. Ela o abraçou forte, balbuciando agradecimentos o tempo todo.

– Sua louca – Caelen murmurou. – Sinceramente pensou que a deixaríamos com aquele porco? – Ele beliscou seu queixo e ela sorriu antes de abraçá-lo de novo.

Caelen resmungou e a virou na direção de seu marido. Ewan estava feliz demais, segurou-a e a girou.

– Coloque-a no chão, papai! Quero abraçar a mamãe.

Rindo, Ewan a colocou em pé e Crispen imediatamente jogou os braços em volta de sua cintura. Chorando, Mairin o pegou nos braços e beijou cada centímetro de seu cabelo.

Alaric e Caelen pareciam se esforçar para tolerá-la, mas Ewan podia ver nos olhos deles a óbvia afeição que tinham por sua esposa. Ela havia conquistado a todos. Ewan. Seus irmãos. Seus homens. Seu clã.

Ele ergueu a mão para silenciar o rebuliço em volta deles.

– Hoje é um dia verdadeiramente glorioso – ele disse para o clã reunido. – Nossa senhora retornou para nós finalmente. Ela fez sacrifícios enormes para manter nosso filho a salvo e o legado McCabe vivo. Ela se preocupou que a perda do dote fosse, de alguma forma, diminuir nosso entusiasmo por sua volta quando, na verdade, ela é nosso maior tesouro.

Ele se virou para Mairin e, lentamente, se ajoelhou diante dela.

– Você é meu maior tesouro – ele sussurrou.

À sua volta, seus homens se ajoelharam, desembainhando suas espadas e apontando-as em sua direção. Alaric e Caelen deram um passo para a frente. Ewan viu o questionamento nos olhos dela. Então ambos se ajoelharam diante dela.

Era muito para sua esposa de coração mole. Ela chorava tanto quanto um recém-nascido. Ninguém parecia se importar. Todos os homens estavam exaustos, mas sorriam.

– Oh, Ewan – ela chorou enquanto se lançava nele.

Ele não teve opção além de pegá-la, embora eles tenham caído no chão com os braços e as pernas enroscados. Ela foi para cima dele e encheu seu rosto e pescoço de beijos.

Mairin estava chorando tanto que duas vezes seus lábios deslizaram pelo rosto de Ewan até alcançar as orelhas dele.

– Eu te amo – ela chorou. – Nunca sonhei em encontrar um homem como você.

Ewan a segurou nos braços e olhou em seus olhos com amor.

– Todos sabem que você foi um presente de Deus para este clã, moça. E para mim. Principalmente para mim – ele sussurrou.

A vibração da multidão quase os deixou surdos. Mairin colocou as mãos nas orelhas, mas seu sorriso era suficiente para iluminar a escuridão da noite de inverno.

Sem se importar quem o via ou a que conclusão chegassem, ele se levantou, pegou-a no colo e começou a subir as escadas do castelo.

– Ewan, o que está fazendo? – ela perguntou.

Ele a silenciou com um beijo enquanto entrava no salão.

– Shh, esposa. Não me questione. Tenho uma necessidade imensa de provar da indecência de minha esposa.

Capítulo 38

Mairin olhava de forma saudosa para o terreno ondulado, a terra explodia em verde, e inalou o perfume doce do ar do verão. Ela ansiava por sair do castelo, mesmo que fosse só para caminhar pelo pátio, porém Ewan a tinha proibido expressamente de sair da segurança dos muros, e ele já tinha preocupação suficiente sem ela precisar adicionar nada.

O Clã McCabe se preparava para a guerra. Não havia sido anunciado, mas, em silêncio, os homens e as armas estavam sendo preparados. Haviam se conformado de seu destino como inimigos da coroa e de Duncan Cameron.

Mairin saiu da janela e desceu as escadas para o salão, onde encontrou Gannon e Cormac almoçando com seus soldados. Ela acenou para que eles continuassem a comer.

– Só vou até a cozinha para ver Gertie – ela falou quando passou por eles. – Não vou me aventurar mais do que isso.

Gannon assentiu, mas ficou de olho nela.

– Fique onde eu possa vê-la, milady.

Ela sorriu e entrou na cozinha, mas permaneceu onde Gannon pudesse vê-la de onde estava sentado.

Só que Gertie não estava mexendo no fogo como era seu costume.

Mairin cheirou o ar. Nenhum pão estava sendo assado também, o que era incomum dado que Gertie sempre tinha um pão assando, de dia ou à noite. Mairin sempre se perguntava quando a mulher descansava.

Talvez ela estivesse na despensa. É, isso era provável e, se tivesse, voltaria em um instante. Gertie não deixaria o fogo abandonado por mais do que uns segundos.

No entanto, quando Gertie não retornou, Mairin estranhou. Um barulho que parecia um gemido vinha da despensa e a deixou atenta. Ela correu pela cozinha e entrou no cômodo pequeno, procurando Gertie.

Ali, jogada no chão, estava Gertie, sangue pingando de sua têmpora. Mairin correu para se ajoelhar ao lado da mulher mais velha. Então se virou, pronta para chamar Gannon, quando uma mão tapou sua boca e um braço a jogou no chão ao lado do corpo duro.

– Nenhum som, milady.

Ela conseguiu libertar a boca.

– Diormid?

– Silêncio – ele falou ríspido.

Passou o sentimento de surpresa e deu lugar à raiva fervente.

– Como ousa vir às terras McCabe? Você não vai viver para ver outro nascer do sol. Meu marido vai te matar.

– Você é meu caminho para a liberdade – ele falou entredentes em seu ouvido.

A sensação nítida da lâmina cortando seu vestido sobre sua barriga causou arrepios na espinha de Mairin. Ele segurou a faca tão perto que ela mal conseguia se mover de medo de ser cortada.

Diormid a apertou mais e apoiou a lateral da lâmina contra sua barriga nua.

– Ouça bem. Se fizer qualquer tolice, vou cortar sua barriga e derrubar seu bebê no chão. Se eu falhar em levar você de volta a Cameron, morrerei. Se eu for pego nas terras McCabe, morrerei. Não tenho nada a perder, Lady McCabe, e juro que, se chamar atenção para nós, vou matar você e seu bebê antes de morrer.

Por algum motivo, as palavras dele a enfureceram em vez de causar medo. Ela estava cansada de viver esse medo eterno. Estava cansada de ver preocupação nos olhos de Ewan. Ele não dormia bem. Não comia adequadamente. Tudo porque temia as consequências das escolhas que fazia como laird.

Ela tocou na adaga guardada em seu cinto. Caelen lhe presenteara com ela quando retornaram ao castelo McCabe. Ele achava que não havia motivo para uma moça não conseguir se defender em uma situação grave.

Naquele momento, ela concordava totalmente com ele.

Tomando cuidado para não aborrecer Diormid de nenhuma maneira, ela assentiu, concordando.

– Claro que farei tudo que deseja. Não quero que nada machuque meu filho.

– Vamos sair pelos fundos, onde há a ondulação do terreno. Meu cavalo está entre as árvores. Se alguém a vir, você grita falando que Gertie precisa de um curandeiro.

Mairin assentiu. A mão de Diormid se fechou em sua nuca enquanto sua outra mão ainda segurava a faca contra a barriga dela. Assim que sentiu o metal se afastando de sua pele, ela girou com a adaga na mão.

Quando Diormid se surpreendeu, ergueu a faca, cortando o braço dela. Mas ela mal sentiu a dor, de tão focada que estava em seu objetivo.

Mairin deu uma joelhada entre as pernas de Diormid e, ao mesmo tempo, enfiou a adaga bem fundo na barriga dele. Ele cambaleou para trás e, depois, caiu contraindo-se, com as mãos na virilha. Estava gritando de um jeito muito mais lamentável que Heath quando Ewan o tratou do mesmo jeito.

Querendo se certificar de que ele estivesse incapacitado, ela pegou uma das panelas pesadas do chão e a jogou na cabeça dele. Ele ficou imóvel instantaneamente, esparramado no chão, com braços e pernas abertos. Só havia o cabo da adaga para fora da sua barriga. Não dava para ver a lâmina. Estava enterrada muito profundamente na carne.

Certa de que ele não iria a nenhum lugar naquele momento, ela se virou e saiu correndo, gritando para Gannon.

Quando ela entrou na cozinha, correu muito rápido até Gannon e titubeou. Teria caído se ele não tivesse segurado seus braços para equilibrá-la. Então ele viu seu vestido rasgado e ficou com uma expressão violenta.

– O que foi, milady? O que aconteceu?

Antes que ela pudesse responder, ele a colocou para trás dele e desembainhou sua espada.

– Há algo que preciso lhe mostrar – ela disse com urgência. – Bom, quer dizer, preciso que fique de guarda enquanto vou chamar Ewan.

Sem esperar a resposta dele, ela rodeou Gannon e pegou sua mão, puxando-o para a despensa. Ela apontou para Diormid deitado no chão.

– Preciso buscar Ewan. Pode se certificar de que ele não se mexa até eu voltar?

A expressão de Gannon ficou coberta por fúria ao olhar para o homem em quem ele confiou e a quem chamou de irmão. Então olhou assustado para Mairin.

– Milady, o que você fez com ele?

Com a pergunta dele, os acontecimentos dos últimos minutos a atingiram rápido e forte. Ela percebeu quanto ela e o bebê passaram perto de ser machucados. Suas mãos começaram a tremer e seu estômago se revoltou. Ela se virou e vomitou muito. Curvou-se e segurou sua barriga enquanto se jogava no chão. Lágrimas queimaram seus olhos enquanto tentava respirar normalmente para acalmar seu estômago.

– Milady, está machucada? O que aconteceu? – Gannon perguntou preocupado.

Ela se levantou e colocou a mão no braço de Gannon para se equilibrar.

– Você jura, Gannon? Vai cuidar para que ele não se mova até eu voltar com Ewan?

– Já estou aqui, moça. O castelo inteiro ouviu seu grito – a voz de Ewan soou por trás dela.

Ela se virou em sua direção e viu Ewan e seus irmãos parados na porta e imediatamente se arrependeu de sua atitude. A náusea subiu por sua garganta e ela se curvou mais uma vez.

Foi Caelen que colocou o braço ao seu redor e a segurou quando ficou com ânsia. Ewan estava muito ocupado analisando a cena à sua frente.

– O que, em nome de Deus, aconteceu? – Ewan rosnou. – Como ele entrou em nossa despensa? – Virou-se para Gannon. – Tem uma explicação para isso?

– Não, laird, não tenho.

– Gertie – Mairin sufocou. – Ewan, ela está ferida.

Ewan gesticulou para Gannon verificar Gertie, que ainda estava deitada no chão a alguns metros. Gannon pegou Gertie no colo e a tirou da despensa. Ela já estava acordando e protestando alto que podia andar sozinha e Ewan se virou para Mairin, que tremia como uma vara verde ao lado de Caelen.

– Me conte o que aconteceu, moça.

– Ele cortou meu vestido – ela disse ao segurar o tecido estragado de suas saias. – Ameaçou arrancar meu bebê da barriga se eu não cooperasse.

Alaric a encarou indignado.

– Se ele segurava uma faca contra sua barriga, como, em nome de Deus, ele acabou inconsciente no chão com sua adaga na barriga dele?

– Aprendi com Ewan – ela disse afetada.

Ewan ergueu uma sobrancelha e trocou olhares com Caelen.

– Isso eu tenho que ouvir – Caelen murmurou.

– Dei uma joelhada nele... naquele lugar. E, bom, enfiei minha adaga na barriga dele ao mesmo tempo. Quando ele caiu, queria me certificar de que não fugisse, então bati com a panela na cabeça dele.

Alaric estremeceu.

– Não acho que ele vai a lugar nenhum, moça.

Ela deu de ombros.

– É verdade que eu queria matá-lo. Ele ameaçou meu filho.

Caelen riu.

– Não acho que Crispen ou seus outros filhos vão precisar se preocupar em serem machucados, Ewan. Sua esposa vai resolver com as próprias mãos qualquer ameaça aos seus filhos.

Ewan puxou Mairin para seu lado e beijou o topo de sua cabeça.

– Está tudo bem, docinho?

– Ele não me machucou.

Ele tirou a mão do braço dela e franziu o cenho quando viu sangue.

– Então o que é isto? – ele perguntou.

Ela deu de ombros, lembrando-se só naquele momento que Diormid a havia cortado durante a briga.

– Não é nada mais que um arranhão, laird. Vou lavar depois.

– O que é para ser feito com Diormid, laird? – Cormac perguntou da porta.

A expressão de Ewan ficou sombria, mas depois ele olhou para Mairin, lembrando-se de sua aversão em matar Heath por seu comportamento.

– Acho que ele deveria alimentar um bando de lobos selvagens – Mairin murmurou. – Talvez amarrá-lo entre duas árvores e deixá-lo sangrando para atrair predadores.

Ewan e seus irmãos ficaram boquiabertos, admirados.

– Ou poderíamos simplesmente arrastá-lo atrás de um cavalo por alguns quilômetros? – ela perguntou esperançosa.

Caelen morreu de rir.

– Que moça sanguinária. Adorei! Ela é cruel, Ewan. Gosto muito da sua esposa.

– Nem me fale – Ewan murmurou.

Ewan olhou exasperado para sua esposa.

– Eu ia sugerir que o matássemos e acabássemos com isso, já que ele não vai sobreviver à sua adaga na barriga de qualquer forma.

– É uma morte muito rápida – ela disse, fungando. – Acho que deveria sofrer.

Ewan franziu a testa e ela cedeu com um suspiro.

– Ah, tudo bem. Mate-o rapidamente. Mas ele não será enterrado na propriedade McCabe. Pode alimentar os urubus com o corpo dele, não pode?

Ewan balançou a cabeça e riu com o tom de esperança na voz dela. Ele a pegou nos braços e a apertou até ela não conseguir respirar.

– Sim, moça, podemos alimentar os predadores com ele. Vai se sentir melhor se imaginar os olhos dele sendo arrancados?

O estômago dela se revoltou com a imagem e ela colocou uma mão na boca para conter a vontade de vomitar de novo. Então olhou para seu marido.

– Você fez de propósito!

Ele sorriu e depois se virou para seus irmãos.

– Cuidem do corpo dele. Vou levar minha esposa para o salão.

Mairin deixou Ewan guiá-la, mas, então, parou e gritou para trás.

– Vou querer minha adaga de volta, Caelen.

Capítulo 39

– Laird! Laird! O rei se aproxima!

Ewan soltou a mão de Mairin e correu para o salão onde Owain estava gritando para ele. O jovem havia, obviamente, corrido todo o percurso, porque estava tentando respirar enquanto procurava Ewan de maneira frenética no salão.

Quando viu Ewan, Owain se aproximou correndo e repetiu sua declaração.

– Espere! – Ewan o interrompeu. – Conte tudo. Onde exatamente está o rei? Está com seu exército?

Antes de Owain poder responder, outro soldado de Ewan entrou correndo no salão.

– Laird! McDonald está passando por nossos portões!

Ewan correu para o pátio, com Mairin atrás dele. Ele chegou às escadas quando o Laird McDonald descia do cavalo. Além dos portões do castelo, parecia estar todo o exército de McDonald espalhado pelo terreno.

– Ewan – McDonald gritou. – Meus homens trouxeram notícias de que o exército do rei se aproxima.

Um segundo depois do pronunciamento do Laird McDonald, o exército McDonald se dividiu para permitir que o Laird McLauren passasse pela ponte e entrasse no pátio. Ao longe, o exército McLauren se reunia atrás dos homens McDonald.

– Ewan – McLauren cumprimentou ao se aproximar dos dois lairds. – Vim assim que soube.

Ewan olhou surpreso para ambos. A visão de tantos soldados a cavalo era impressionante e se espalhava até onde conseguia ver.

– Vocês sabem que, com essa atitude, se tornam rebeldes contra a coroa? Serão chamados de foras da lei – Ewan disse.

O Laird McLauren franziu a testa.

– Foi errado o que ele fez, Ewan. Se ele toma a mulher de um homem, o que fará em seguida? Tirará suas terras? Estou ao seu lado, assim como meus homens.

O Laird McDonald assentiu, concordando.

Ewan pegou o antebraço do Laird McLauren e se virou para fazer o mesmo com McDonald. Depois ergueu o punho no ar e deu um grito de guerra que continuou por seus homens e se espalhou pelos de McDonald e McLauren. Logo, as colinas que rodeavam o castelo ecoavam com o som da batalha iminente.

Ele se virou para Mairin e segurou suas mãos.

– Quero que pegue Crispen e permaneçam atrás dos muros do castelo. Não saiam até que eu os chame. Jure.

Ela assentiu, mostrando que entendera, com os olhos arregalados de medo.

Ele se inclinou e a beijou.

– Não fique com medo, Mairin. Vamos triunfar neste dia. Agora vá cuidar desse corte no braço.

Ela tocou o rosto dele.

– Eu sei que vamos.

Ela se virou e chamou Crispen. Depois ordenou que todas as mulheres do castelo ficassem atrás dos muros.

– Vamos receber nosso rei na fronteira de minhas terras – Ewan declarou. Ordenou que os homens montassem nos cavalos e cavalgassem para longe, com os McDonald e McLauren atrás.

Ewan estava bem descontente, mas determinado a se posicionar contra a coroa. A vida que ele estava criando para ele, Mairin e seus filhos não era fácil. O nome deles seria eternamente associado à desonra. Um herói para alguns, um fora da lei para a maioria.

Se manter a mulher que amava ao seu lado era a causa dessa desonra, ele estava pronto para vestir o manto pelo resto de seus dias.

Quando chegaram à fronteira, Ewan ficou surpreso em ver o rei montado no cavalo com apenas uma escolta de uma dúzia de homens. Ele esperava além da fronteira, sem se esforçar para entrar nas terras de Ewan.

– Isso é algum tipo de truque? – McLauren murmurou ao lado de Ewan. – Onde está o resto dos homens dele? É suicídio vir sem seu exército.

– Fique aqui – Ewan disse severamente. Ele gesticulou para seus irmãos, Gannon e Cormac, e cavalgou até estar diante do rei, mas ainda nas terras McCabe.

O rei parecia cansado e como se ainda sofresse os efeitos de sua doença. Seu rosto estava deformado e pálido e seus ombros se curvavam precariamente.

– Sua Majestade – Ewan cumprimentou. – Por que veio até minha fronteira?

– Vim para corrigir um engano. E para agradecê-lo.

De todas as coisas que Ewan pensou que seu rei pudesse dizer, essa não era uma delas. Ele inclinou a cabeça para o lado, mas não disse nada, em vez disso, esperou a explicação do rei.

– Você veio com a força não apenas do seu exército, mas dos McDonald e McLauren – o rei disse. – Me diga, Laird McCabe, teria lutado contra mim neste dia se eu tivesse vindo sob a declaração de guerra?

– Sim – Ewan disse sem hesitar.

Os olhos do rei brilharam com diversão.

– Ao fazer isso, iria ser visto como exilado pelo resto de seus dias.

– Só se eu perdesse – Ewan falou pausadamente. – E eu não pretendia perder.

O rei se ajeitou na sela.

– Eu gostaria de falar com minha sobrinha, Laird McCabe.

Ewan encarou o rei David, confuso pela mudança abrupta de assunto.

– Não permitirei que Mairin saia dos muros do castelo.

O rei assentiu, aprovando.

– E é por isso que espero que me convide para entrar. Temos muito a discutir e, como eu disse, tenho muito a agradecê-lo.

– Pode ser um truque – Alaric murmurou.

– Você entrará sozinho – Ewan disse. – Seus homens permanecerão fora do castelo.

O rei arqueou uma sobrancelha.

– Está me pedindo para confiar tanto assim em um homem que admitiu não ter problemas em me matar?

– Se tudo que eu quisesse fosse matar você, já estaria morto – Ewan disse tranquilamente.

David o analisou por um instante e, depois, assentiu lentamente.

– Muito bem, então. Entrarei com você no castelo. Meus homens me escoltarão até seu portão.

Ewan se virou e fez sinal para seus homens se conterem. Então acenou para David segui-lo. Os irmãos de Ewan rodearam o rei enquanto cavalgavam para o castelo.

Cumprindo sua palavra, David sinalizou para seus homens pararem quando chegaram na ponte que cruzava o lago. Os guerreiros McDonald e McLauren ficaram para trás enquanto os homens de Ewan marchavam pela ponte atrás de seu laird.

Eles desmontaram e David desceu de seu cavalo e cambaleou. Ewan franziu o cenho, mas não fez nada para envergonhar seu rei ao oferecer ajuda diante de seus homens.

– Laird, devo buscar Lady McCabe? – Cormac sussurrou.

Ewan balançou a cabeça.

– Não e, na verdade, quero que vá até sua senhora e se certifique de que ela não saia do quarto até eu chamá-la. Proteja-a bem, Cormac, até eu saber o que se passa aqui.

Cormac assentiu e se apressou para o castelo.

Os homens entraram no salão e Ewan pediu bebida e refresco. Eles se sentaram na mesa mais alta e David ficou em silêncio enquanto bebia sua cerveja.

Depois de um instante, olhou para Ewan por cima de seu cálice e mordeu seus lábios de forma pensativa.

– Preciso de homens do seu feitio, Ewan. Você tinha todos os motivos para me desprezar e, mesmo assim, alertou meu guarda da suspeita de que eu estava sendo enfraquecido por homens em quem confiava. Foi por causa do seu alerta que estou vivo e diante de você hoje. Archibald realmente tramava contra mim junto a Cameron. Archibald me envenenava ao longo do tempo para que parecesse que eu havia adoecido e morrido de causas naturais.

O rei suspirou e colocou o cálice na mesa.

– Gostaria de me desculpar pelos danos causados a você e, principalmente, à sua esposa. Gostaria de ver minha sobrinha com sua bênção.

Ewan considerou as palavras do rei por um longo período, mas viu apenas sinceridade refletida nos olhos do homem mais velho. Então se virou para Caelen.

– Vá e escolte Mairin ao salão para que ela possa ver seu tio.

Mairin segurou no braço de Caelen quando eles começaram a descer as escadas. Ela instruíra Crispen para permanecer em seu quarto com Maddie, mas, naquele momento, daria tudo para ter alguém em quem segurar.

Caelen parou no topo das escadas, depois lhe deu sua adaga em uma bainha pequena de couro que fizera para que ela colocasse no cinto.

– Pensei que quisesse isso de volta – ele disse, divertindo-se.

Ela pegou a adaga e a colocou no cinto.

– Obrigada, Caelen. Foi muito gentil de sua parte.

Ele sorriu e apertou seu braço, confortando-a.

– Queixo para cima. Uma moça poderosa como você não se curva a ninguém.

Desceram as escadas e seguiram para o salão. Do outro lado do cômodo, Ewan e o rei se levantaram em sua presença.

Os joelhos de Mairin se bateram de medo. Não com medo de que o rei fosse machucá-la. Não, Ewan estava bem ao lado de David e nunca permitiria que algo assim acontecesse.

Mas era sua família. Sua carne e seu sangue. Seu tio. E ele era o rei da Escócia.

Caelen parou diante do rei e soltou o braço de Mairin, dando um passo para trás para deixá-la com seu tio.

Lembrando-se de que deveria mostrar respeito ao rei, independentemente do que Caelen pensasse sobre não se curvar a ninguém, ela rapidamente fez uma reverência e rezou para que não caísse aos pés dele.

Esperou a permissão dele para se levantar, mas, para sua surpresa, ele se ajoelhou em frente a ela e segurou suas mãos. Ele a levantou, e ela ficou mais chocada ainda ao ver o brilho molhado nos olhos dele. Olhos que lembravam os dela.

Ele parecia abatido. Pálido e exausto, como se tivesse lutado uma batalha longa contra a doença e tivesse acabado de começar a se recuperar. As rugas estavam profundas em sua testa, e o canto de seus olhos estava enrugado.

Ele manteve o aperto firme enquanto segurava as mãos dela entre as dele.

– Mesmo se tivesse alguma dúvida, agora já não tenho – ele disse com uma voz áspera. – Você tem o olhar de sua mãe, que Deus tenha sua alma.

– Tenho? – Mairin sussurrou.

– Sim, ela era uma mulher linda, gentil e devotada àqueles que necessitavam.

Mairin engoliu, emocionada pela grandeza daquele momento. Depois de tanto tempo se escondendo, vivendo com medo, ela fora reconhecida abertamente como sangue de seu pai.

Ewan foi para o lado dela e passou o braço por sua cintura. Relutantemente, o rei soltou as mãos dela e olhou para Ewan.

– Você fez bem, Ewan. Só de pensar na moça nas mãos de Duncan Cameron... – Ele limpou a garganta. – Vou trabalhar para corrigir os erros feitos a você e sua esposa. Abençoarei publicamente seu casamento e farei o dote ser transportado imediatamente sob grande proteção de Neamh Álainn.

Mairin ficou surpresa.

– Pensei que meu dote tivesse se perdido para Duncan Cameron.

O rei balançou a cabeça.

– Archibald concedeu o dote para Duncan, mas ele não sabia onde estava guardado. Só eu tenho conhecimento, já que apenas a mim foi confiado que o legado de Alexander fosse transmitido à sua primeira filha. Está trancado com chave e cadeado em Neamh Álainn desde que Alexander o transformou em herança há muitos anos.

– Oh, isso é maravilhoso, Ewan! – ela exclamou e quase dançou nos braços do laird.

Ela se virou para seu tio, preocupada com sua palidez e evidente fraqueza.

– O senhor nos traria muita honra se permanecesse aqui até sua saúde estar restabelecida.

Os olhos do rei se arregalaram de surpresa e ele olhou para Ewan a fim de confirmar o convite. Ewan deu de ombros.

– Já defini há muito tempo o quanto sou tolo em negar qualquer coisa à minha esposa. Além disso, ela tem razão. Até retomar toda força, ainda está gravemente ameaçado. Precisa de tempo para investigar quem trabalhou com Archibald. Ficaríamos honrados se passasse esse tempo conosco.

David deu um grande sorriso.

– Então eu ficaria feliz em aceitar sua hospitalidade.

No fim, David ficou por duas semanas, até o dote de Mairin ser entregue. Seu marido e o rei, depois de um início desconfiado, se deram muito bem. Foram caçar na maioria das noites, saindo com os irmãos de Ewan e voltando para beber cerveja no salão e discutir para ver quem trouxe a maior caça.

A saúde de David melhorou rapidamente com a comida de Gertie e a insistência de Mairin para ele descansar. Quando ele saiu cavalgando com o grupo de soldados que entregou o dote dela, Mairin ficou, na verdade, um pouco triste de vê-lo ir embora.

Naquela noite, na privacidade de seu quarto, Ewan fez amor docemente com ela e, depois, ela deu risada por lembrar-se de ter dito ao seu laird que ele não tinha habilidade para amar.

– O que a diverte, esposa? É um pecado rir logo depois que um homem se satisfez com amor.

Ela sorriu e se aconchegou nos braços dele. Como sempre fazia, ele a puxou mais para perto, envolvendo de forma protetora sua barriga protuberante.

– Estava me lembrando de certas avaliações inadequadas que fiz sobre sua maestria.

– Com certeza estava enganada – ele resmungou.

Ela riu de novo e depois suspirou satisfeita.

– Este foi um dia maravilhoso, Ewan. Nosso clã está a salvo. Podemos alimentar nosso clã, vestir nossas crianças e suprir nossos homens com armas e armadura das quais necessitam urgentemente.

– Sim, docinho, hoje é um dia maravilhoso. – Ele se virou e a beijou até ela não conseguir respirar. Ele a olhou com tanta ternura que seu coração flutuou em seu peito. – Quase tão maravilhoso quanto o dia em que pisou nas terras McCabe.

Leia um trecho emocionante do próximo romance de Maya Banks

Seduzida por um Highlander

Alaric McCabe olhou pela extensão das terras McCabe e lutava contra uma indecisão irritante. Ele inspirou o ar frio e olhou para o céu. Não nevaria naquele dia. Mas logo. O outono havia se estabelecido nas Terras Altas. O ar mais gelado e os dias mais curtos haviam começado.

Depois de tantos anos se esforçando para sobreviver, para reconstruir seu clã, seu irmão Ewan fizera grandes avanços para restabelecer a glória aos McCabe. Naquele inverno, o clã não passaria fome. Suas crianças não ficariam sem roupas adequadas.

Agora era hora de Alaric fazer sua parte para seu clã. Em pouco tempo, ele viajaria para o castelo McDonald, onde pediria formalmente a mão de Rionna McDonald em casamento.

Era apenas uma cerimônia. O acordo fora selado semanas antes. Agora o laird idoso queria que Alaric passasse um tempo entre os McDonald, o clã que um dia se tornaria de Alaric quando ele se casasse com a sua filha e única herdeira.

Até agora, o pátio estava cheio de atividade pois um grupo de soldados McCabe se preparava para viajar com Alaric.

Ewan, o irmão mais velho de Alaric e laird do Clã McCabe, quis enviar seus homens mais confiáveis para acompanhar Alaric em sua viagem, porém ele recusara. Ainda existia perigo em relação à esposa de Ewan, Mairin, que estava grávida do filho de Ewan.

Enquanto Duncan Cameron vivesse, seria uma ameaça aos McCabe. Ele cobiçava o que era de Ewan – sua esposa e o futuro controle sobre Neamh Álainn, um legado recebido pelo casamento com Mairin, a filha do antigo rei da Escócia.

E agora, por causa da paz temporária nas Terras Altas e da ameaça que Duncan Cameron era não apenas aos clãs vizinhos, mas também para o reinado de David, Alaric concordou que o casamento forjaria uma aliança entre os McCabe e o único clã entre Neamh Álainn e as terras McCabe.

Era uma boa combinação. Rionna McDonald era formosa mesmo que fosse uma moça esquisita que preferia as roupas e as funções de um homem. E Alaric teria o que ele nunca teria se permanecesse com Ewan: seu próprio clã para liderar. Suas próprias terras. Um herdeiro para receber o manto da liderança.

Então por que ele não estava mais ansioso para montar em seu cavalo e cavalgar para seu destino?

Ele se virou quando ouviu um barulho à sua esquerda. Mairin McCabe estava subindo a colina correndo, ou pelo menos tentava correr, e Cormac, seu guarda designado naquele dia, parecia desesperado ao seguir seus passos. Seu xale estava enrolado firmemente nela, e seus lábios tremiam de frio.

Alaric ergueu a mão e ela a pegou, apoiando-se nele ao tentar respirar.

– Você não deveria estar aqui em cima, moça – Alaric a repreendeu. – Vai congelar até a morte.

– Não, ela não deveria – Cormac concordou. – Se nosso laird descobrir, vai ficar bravo.

Mairin revirou os olhos e depois olhou ansiosa para Alaric.

– Tem tudo o que precisa para sua viagem?

Alaric sorriu.

– Tenho, sim. Gertie embrulhou comida suficiente para uma viagem duas vezes mais longa.

Ela alternava entre apertar e dar tapinhas na mão de Alaric, com os olhos preocupados enquanto passava a outra mão na barriga enorme. Ele a puxou para mais perto para que se aquecesse no calor de seu corpo.

– Talvez devesse esperar outro dia. Já está quase na hora do almoço. Talvez devesse esperar e partir amanhã no amanhecer.

Alaric abafou sua risada. Mairin não estava feliz com sua partida. Estava muito acostumada a ter seu clã bem onde ela queria. Nas terras McCabe. E agora que Alaric iria partir, ela começara a verbalizar sua preocupação e insatisfação.

– Não vou ficar muito tempo, Mairin – ele disse gentilmente. – Algumas semanas, no máximo. Então voltarei por um tempo antes de me casar e ir morar permanentemente no castelo McDonald.

Mairin deixou estampado no rosto quanto estava infeliz, ao se lembrar que Alaric deixaria os McCabe e, por motivos práticos, se tornaria um McDonald.

– Pare de ficar triste, moça. Não é bom para o bebê. Nem é bom você estar aqui fora nesse frio.

Ela suspirou e jogou os braços em volta dele. Ele deu um passo para trás e trocou olhares divertidos com Cormac por cima da cabeça dela. A moça estava ainda mais emotiva agora que estava inchada com uma criança, e os membros de seu clã se acostumaram mais com suas demonstrações espontâneas de afeto.

– Vou sentir sua falta, Alaric. Sei que Ewan também vai. Ele não fala nada, mas está mais quieto agora.

– Vou sentir sua falta também – Alaric disse solenemente. – Descanse bastante, estarei aqui quando der à luz o mais novo McCabe.

Ao ouvir isso, o rosto dela se iluminou, ela deu um passo para trás e deu um tapinha em sua bochecha.

– Seja bom com Rionna, Alaric. Sei que você e Ewan acham que ela precisa de uma mão firme, mas, na verdade, acho que o que ela mais precisa é de amor e aceitação.

Alaric ficou inquieto, intimidado por ela querer discutir questões de amor com ele. Por Deus.

Ela riu.

– Tudo bem. Posso ver que o deixei desconfortável. Mas preste atenção no que eu disse.

– o laird a viu e não parece feliz – Cormac disse.

Alaric se virou e viu Ewan em pé no pátio, com os braços cruzados à frente do peito e uma carranca no rosto.

– Venha, Mairin – Alaric disse ao colocar a mão dela sob seu braço. – É melhor eu levá-la de volta ao meu irmão antes de ele vir atrás de você.

Mairin resmungou baixinho, mas permitiu que Alaric a escoltasse para descer a colina.

Quando eles chegaram ao pátio, Ewan olhou para sua esposa, mas voltou sua atenção para Alaric.

– Tem tudo o que precisa?

Alaric assentiu.

Caelen, o irmão McCabe mais novo, veio ficar ao lado de Ewan.

– Tem certeza de que não quer que eu o acompanhe?

– Precisam de você aqui – Alaric disse. – Mais ainda conforme o tempo de Mairin se aproxima. A neve estará sobre nós logo. Seria típico de Duncan planejar um ataque quando ele acha que menos esperamos.

Mairin estremeceu ao lado de Alaric de novo e ele se virou para ela.

– Me dê um abraço, irmã, depois volte para o castelo antes que morra de frio. Meus homens estão prontos e não quero você chorando em cima de nós enquanto tentamos partir.

Como esperado, Mairin fez uma careta, mas, de novo, jogou os braços em volta de Alaric e o apertou forte.

– Que Deus esteja com você – ela sussurrou.

Alaric passou a mão afetuosamente em seu cabelo, depois a obrigou a voltar ao castelo. Ewan reforçou a declaração de Alaric com uma careta feroz.

Mairin mostrou a língua, depois se virou e foi embora, com Cormac seguindo-a para as escadas do castelo.

– Se precisar de mim, me envie uma mensagem – Ewan disse. – Irei até você imediatamente.

Alaric pegou o braço de Ewan e os dois irmãos se encararam por bastante tempo antes de Alaric soltá-lo. Caelen bateu nas costas de Alaric quando Alaric foi montar no cavalo.

– Será bom para você – Caelen disse sinceramente, assim que Alaric montou em seu cavalo.

Alaric olhou para seu irmão e sentiu a primeira agitação de satisfação.

– Será, sim.

Ele respirou fundo ao apertar as mãos nas rédeas. Suas terras. Seu clã. Ele seria laird. Sim, isso seria bom.

Alaric e uma dúzia de soldados McCabe cavalgaram em passo firme durante o dia. Já que saíram tarde, o que normalmente levaria um dia inteiro de cavalgada agora exigiria que eles chegassem nas terras McDonald na manhã seguinte.

Sabendo disso, Alaric não pressionou e, na verdade, parou seus homens para acamparem logo após o pôr do sol. Eles fizeram apenas uma fogueira e mantiveram a chama baixa para que não iluminasse uma grande área.

Depois de comerem o que Gertie preparara para a viagem, Alaric dividiu seus homens em dois grupos e disse para os primeiros seis homens pegarem o primeiro turno de vigia.

Eles se posicionaram em volta do acampamento, fornecendo proteção para o os outros seis, que dormiriam por algumas horas.

Embora Alaric estivesse escalado para o segundo turno, não conseguia dormir. Ele ficou deitado, porém acordado, no chão duro, olhando para o céu cheio de estrelas. Era uma noite clara e fria. Os ventos vinham do norte, anunciando uma mudança no clima.

Casado. Com Rionna McDonald. Ele tentava muito, mas não conseguia se encantar com a imagem da moça. Tudo o que conseguia se lembrar era de seu cabelo dourado vibrante. Ela era quieta, o que ele supôs ser uma boa característica para uma mulher, apesar de Mairin não ser uma esposa quieta nem particularmente obediente. E ele ainda a achava cativante e sabia que Ewan não mudaria uma única coisa nela.

Mas Mairin era tudo o que uma mulher deveria ser – delicada e doce –, enquanto Rionna era masculinizada tanto no modo de se vestir quando na forma de agir. Não era feia, o que tornava intrigante o fato de assumir atividades completamente inadequadas para uma dama.

Era algo que ele precisava analisar imediatamente.

Uma leve mudança no ar foi o único alerta que ele teve antes de desviar para o lado. Uma espada atingiu sua lateral, cortando sua roupa e sua pele.

A dor queimou seu corpo, mas ele a ignorou e pegou a espada, levantando-se. Seus homens acordaram e o ar noturno se encheu com os sons da batalha.

Alaric lutou contra dois homens. O barulho das espadas atormentava seus ouvidos. Suas mãos vibravam com os golpes repetidos enquanto ele aparava e empurrava.

Ele recuou até o perímetro estabelecido por seus homens e quase tropeçou em um que colocara como vigia. Uma flecha estava fincada em seu peito, uma prova de quanto aquela emboscada fora discreta.

Eles estavam em menor número e, embora Alaric pusesse os soldados McCabe contra qualquer um, a qualquer hora, com certeza do resultado, sua única opção era bater em retirada para que eles não fossem massacrados.

Ele gritou rouco para seus homens pegarem os cavalos.

Então matou o homem à sua frente e se esforçou para montar no cavalo. Saía sangue de sua lateral. O cheiro acre subiu no ar frio e preencheu suas narinas. Sua visão já estava embaçada e ele sabia que, se não montasse no cavalo, estaria acabado.

Ele assobiou e seu cavalo vinha até ele no momento em que outro guerreiro atacou. Enfraquecendo rapidamente pela perda de sangue, ele lutou sem a disciplina que Ewan instigara nele. Assumiu riscos. Estava imprudente. Estava lutando por sua vida.

Com um grito, o oponente de Alaric atacou. Agarrando sua espada com as duas mãos, Alaric se movimentou, cortando o pescoço do atacante e o decapitando.

Alaric não perdeu um único segundo saboreando sua vitória. Já havia outro atacante avançando sobre ele. Com o pouco de força que lhe restava, ele se jogou em seu cavalo e lhe ordenou que corresse.

Ele pôde ver os corpos enquanto seu cavalo cavalgou para longe e, com uma sensação ruim, Alaric sabia que eles não eram do inimigo. Ele perdeu a maioria, senão todos os seus soldados no ataque.

– Para casa – ele comandou rouco.

Ele apertou sua lateral e tentou, bravamente, permanecer consciente, mas, a cada solavanco do cavalo pelo terreno, sua visão ficava mais turva.

Seu último pensamento foi que ele tinha que chegar em casa para avisar Ewan. Só esperava que não tivessem atacado o castelo McCabe também.